Andersen, Hans Christian

O.T.

Ein dänischer Roman

CLASSIC PAGES

Andersen, Hans Christian

O.T.

Ein dänischer Roman

ISBN: 978-3-86741-567-5

Auflage: 1
Erscheinungsjahr: 2010
Erscheinungsort: Bremen, Deutschland

Cover: Foto von Hans Snoek/Pixelio

O.T.

Ein dänischer Roman

Inhaltsverzeichnis

1.

»Quod felix faustumque sit!«
Die akademische Matrikel.

Es gibt eine Glückseligkeit, die noch kein Dichter recht besungen, keine noch so liebenswürdige Leserin je in dieser Welt erlebt hat, noch je erleben wird. Es ist dies ein Zustand der Glückseligkeit, welcher nur dem männlichen Geschlecht und selbst unter diesem nur den Auserwählten erreichbar ist. Es ist ein Lebensmoment, der unsere Gefühle, unsern Geist, unser ganzes Wesen ergreift. Tränen der Unschuldigen sind vergossen, schlaflose Nächte sind darüber hingegangen, in welchen die fromme Mutter und die zärtliche Schwester für diesen kritischen Augenblick des Lebens flehentlich Gott angerufen haben.

Glückseliger Augenblick, den kein Weib, und sei es auch noch so gut, noch so schön und geistreich, erleben kann – glückseliger Augenblick, Student zu werden, oder um mich des üblicheren Ausdrucks zu bedienen, das erste Examen bestanden zu haben.

Der Kadett, welcher Offizier, der Schüler, welcher akademischer Bürger, der Lehrjunge, welcher Geselle wird, sie alle empfinden in höherem oder geringerem Grad dieses Hinweghüpfen über den Examenswall, hinein in den Tummelplatz der Philosophie. Alle streben wir nach einer größeren Bahn und eilen brausend weiter, dem Fluss gleich, der sich ins Meer verliert.

Zum ersten Mal fühlt nun die jugendliche Seele so recht ihre Freiheit und fühlt sie folglich doppelt. Sie strebt nach Wirksamkeit, beginnt ihr eigenes Ich zu begreifen, das ja geprüft und nicht zu leicht befunden ist, und wird noch von all den ungetäuschten Träumen des Kindes umgaukelt. Nicht Liebesglück, nicht Begeisterung für Kunst und Wissenschaft elektrisiert so alle Nerven, wie das Bewusstsein: Nun bin ich Student!

Dieser Frühlingstag des Lebens, an welchem die Eisdecke der Schule gesprengt wird, der Baum der Hoffnungen Knospen treibt, die warme Frühlingssonne leuchtet, fällt bekanntlich bei uns in Dänemark in den Monat Oktober, gerade, wenn die Natur ihres Laubes entkleidet wird, wenn die Abende beginnen, dunkler zu werden und sich das Wintergewölk dichter zusammenzieht, recht als wollte es der Jugend zurufen: »Euer Frühling, der aus dem Examen hervorsprießt, ist nur ein Traum! Gerade nun werdet ihr erst recht den Ernst des Lebens kennenlernen!« Allein daran denkt die glückliche Jugend nicht, und wir wollen es ebenfalls nicht, wollen vielmehr mit den Fröhlichen fröhlich sein und ihren Kreis mit Vorliebe aufsuchen. In einem solchen nimmt unsere Erzählung ihren Anfang.

2.

Wenn unsre Pfade nun sich scheiden.
Uns trennet bald das weite Meer,
Wird die Erinn'rung uns vereinen.
So froh wird uns kein Tag mehr lachen,
Als unsrer Jugend schöne Zeit!
Carl Bagger.

Es war im Oktober des Jahres 1829. Das Examen *artium*, die sogenannte Maturitätsprüfung, war beendet. Einige junge Studenten waren abends bei einem ihrer Kommilitonen, einem achtzehnjährigen Kopenhagener versammelt, dessen Eltern ihm und seinen neuen Freunden zu Ehren des Tages eine kleine Festlichkeit veranstaltet hatten. Mutter und Schwester hatten alle Einrichtungen auf das Niedlichste getroffen, der Vater einen ausgezeichneten Wein aus seinem Keller geliefert, und der Student selbst, der hier in der Rolle des *regis convivii* auftrat, für Tabak, echten Oronoco-Knaster gesorgt. Was jedoch die Pfeifen anlangte, so hieß es in der Einladung, die selbstverständlich in lateinischer Sprache abgefasst war, dass ein jeder seine eigene mitbringen müsse.

Die Gesellschaft, zu der nur die intimsten Freunde eine Einladung erhalten hatten, bestand aus einundzwanzig Personen. Alle hatten sich pünktlich eingefunden. Ungefähr der dritte Teil der Anwesenden stammte aus den Provinzen, die übrigen dagegen waren Kopenhagener.

»Der alte Vater Homer muss mitten auf dem Tisch stehen!« sagte einer der Lebhaftesten, indem er eine Gipsbüste vom Ofen herab nahm und sie auf den gedeckten Tisch setzte.

»Warum nicht? Er hat im Trinken gewiss eben so viel geleistet, wie die übrigen Dichter!« sagte ein Älterer. »Gib mir eines deiner Exerzitienbücher, Ludwig, damit ich ihm einen Kranz von Weinblättern ausschneiden kann, da wir ja doch keine Rosen haben und ich mich auf das Ausschneiden derselben nicht verstehe.«

»Ich will mit der Libation beginnen!« rief ein Dritter. » *Favete liguis!*« Nach diesen Worten streute er eine Messerspitze voll Salz über die Büste, während er gleichzeitig sein Glas erhob, um die Libation mit einigen Tropfen Wein zu vollenden.

»Behandle meinen Homer nicht wie einen Ochsen!« rief der Wirt. »Homer soll den Ehrenplatz zwischen der Bowle und der Makronentorte einnehmen! Er ist mein Lieblingsdichter! Ihm habe ich das » *laudabilis et quidem egregie*« im Griechischen zu verdanken. Nun wollen wir gegenseitig auf unser Spezielles trinken! Jörgen soll *magister bibendi* sein, und darauf singen wir, » *gaudeamus igitur*« und » *integer vitae.*«

»Der Küster mit dem Kardinalhut muss Vorsänger sein!« rief einer der Provinzialen, indem er auf einen jungen Mann mit auffallend roten Backen hinwies.

»O, jetzt ist es mit der Küsterei vorbei!« erwiderte dieser lachend. »Kannst du deine Sticheleien noch immer nicht lassen, so erhältst du deinen alten Spitznamen »Rauchfang« auch wieder.«

»Meinetwegen! Diesem Namen liegt doch wenigstens eine prächtige Geschichte zugrunde!« versetzte jener. »Ihn nannten wir nach dem Amt seines Vaters Küster. Darin liegt nun gerade nicht viel Witz. Aber in Bezug auf den Hut hatten wir den Nagel auf den Kopf getroffen, denn der glich vollkommen einem Kardinalhut. Meinen Namen erhielt ich jedoch auf lustigere Weise.«

»Er wohnte unmittelbar neben der Schule,« fuhr der Andere fort. »So oft wir unsere Freiviertelstunde hatten, konnte er sich nach Hause schleichen. Eines Tages hatte er den Mund voll Tabakrauch genommen, um uns denselben ins Gesicht zu blasen. Als er aber mit hoch aufgetriebenen Backen in den Schulgang kam, war die Viertelstunde bereits verstrichen, und wir befanden uns schon wieder in der Klasse. Da der Rektor noch in der Tür stand, konnte er den Rauch nicht entweichen lassen und machte deshalb den Versuch, sich hineinzuschleichen. »Was hat er da im Mund?« fragte der Rektor. Philipp konnte natürlich nicht antworten, ohne zugleich den Rauch herauszuqualmen zu lassen. »Nun, was glotzt er mich so sprachlos an?« sagte der Rektor und gab ihm eine Ohrfeige, dass ihm der Rauch gleich aus Nase und Mund hervor dampfte. Es war ein prächtiger Anblick! Der Rektor selbst geriet in so heitere Laune, dass er ihm das *Notabene* erließ!«

Integer vitae!« intonierte hier plötzlich der Vorsänger, und in voller Harmonie stimmten die Anderen in den Gesang ein. Darauf zeigte ein junger Kopenhagener sein dramatisches Talent, indem er die Vortragsweise der akademischen Professoren mit Hervorhebung aller ihrer Eigentümlichkeiten auf das Täuschendste nachahmte, indes auf eine so gutmütige Weise, dass es selbst die ehrwürdigen Zielscheiben seines Witzes belustigt haben würde. Jetzt folgten Toaste: »*Vivant omnes hi et hae!*«

»Auf das Wohl des besten Mädchens!« rief keck einer der lustigen Brüder.

»Das beste Mädchen soll leben!« wiederholten einige der Jüngeren und stießen mit den Gläsern an, während sie über ihre eigene Keckheit erröteten, da sie noch nie an ein geliebtes Wesen gedacht hatten, aber das sollte ihnen ein gewisses Ansehen unter den Anderen verleihen. Der Rundgesang begann, bei welchem jeder den Vornamen seiner Geliebten nennen musste. Obgleich sicherlich die Hälfte einen aus der Luft griff, nannten Einzelne auch einen richtigen Namen mit einigem Herzklopfen. Das Gespräch wurde lebhafter. Die bevorstehenden militärischen Übungen, an welchen sich die Studenten als besonderes Korps zu beteiligen hatten, die hübsche Uniform, die Aufnahme in die akademischen Verbindungen, das Vergnügen, welches man sich von ihnen versprach, alles war von großem Interesse. Auch von dem künftigen *philologicum* und *philosophicum* war die Rede, bei welchen es galt, sich im Lateinischen zu zeigen.

»Was meinen Sie dazu,« sagte einer von ihnen, »wenn wir einmal die Woche abwechselnd beieinander Zusammenkünfte hielten und uns im Disputieren übten? Dabei dürfte dann kein einziges Wort in der Muttersprache geredet werden. Das könnte ganz vortrefflich werden.«

»Ich bin dabei!« riefen mehrere durcheinander.

»Es müssen dann aber auch bestimmte Verhaltungsregeln gegeben werden!«

»Ja, aber unseren besten Lateiner, den Kronjütländer Otto Zostrup, müssen wir auch zur Teilnahme auffordern! Er schrieb sein *exercitium* in Hexametern.« »Er hat zu heut' Abend, wie es scheint, keine Einladung erhalten!« äußerte der Nachbar des letzten Redners, der junge Baron Wilhelm aus Fünen, der einzige Edelmann in der ganzen Gesellschaft.

»Otto Zostrup!« erwiderte der Wirt. »Er ist allerdings ein sehr begabter junger Mann, aber er hat ein sehr hochmütiges Benehmen. Er hat etwas in seinem Wesen, was mir durchaus nicht gefällt. Weil er neunmal *prae ceteris* erhielt, brauchen wir Andern doch auch noch keine Dummköpfe zu sein!«

»Ärgerlich war es doch,« versetzte ein Anderer, »dass er in der Mathematik das einzige *non* bekommen musste. Er hätte sonst eine öffentliche Belobigung erhalten! Nun kann er sich über die vielen brillanten Prädikate nur ärgern!«

»Ja, und dabei ist er gerade ein ausgezeichneter Mathematiker!« fügte Wilhelm hinzu. »Beim Schriftlichen war irgendein Versehen vorgefallen, an welchem der Aufseher allein die Schuld trug! Wie die Sache zusammenhängt, weiß ich übrigens nicht. Allein Zostrup ist unendlich heftig und kennt in seiner leidenschaftlichen Hitze keine Rücksichten. Wütend stand er auf und ging fort. Auf seinem Platz fand sich nur ein Stück unbeschriebenes

Papier, und dafür erhielt er eine Null, die das Mündliche nicht höher als auf *non* zu bringen vermochte. Zostrup ist jedenfalls ein herrlicher junger Mann. Wir haben auf dem Dampfschiff zusammen die Reise von Helsingör nach Kopenhagen gemacht und saßen beim Schriftlichen nebeneinander; nur an dem Tag, an welchem wir die mathematischen Aufgaben zu lösen hatten, saß ich weiter unten. Von seinem Stolz abgesehen, den man ihm abgewöhnen muss, gefällt er mir sehr gut.«

»Herr Baron,« sagte sein Nachbar, »ich teile Ihre Ansicht. Wollen wir uns nicht du nennen?«

»Wir wollen heut' Abend alle Brüderschaft trinken!« rief der Wirt, »es ist nicht hübsch, wenn sich Kommilitonen und gute Freunde Sie anreden.«

» *Evoe Bacchus!*« jubelten die Lustigen. Die Gläser wurden geleert, die Nachbarn kreuzten die Arme und man leerte die Gläser, während Einzelne das » *dulce cum sodalibus*« anstimmten.

»Sage mir, wie du heißt?« fragte einer der Jüngeren seinen neuen Duzbruder.

»Wie ich heiße?« erwiderte dieser. »Bis auf einen Buchstaben führe ich denselben Namen wie der Baron.«

»Der Baron!« rief ein Dritter. »Ja, wo ist denn der geblieben?«

»Da steht er und plaudert an der Tür. Das Glas genommen, Baron! Wir anderen haben schon sämtlich Brüderschaft gemacht!«

8

Die Gläser wurden emporgehoben, der junge
Baron lachte, stieß an und rief den jungen Leuten
rings im Kreis umher zu: »du, du!« In der ganzen
Art und Weise lag indes etwas Gezwungenes, was
jedoch den jungen Gemütern entging. Noch viel-
weniger stieg in einem der lustigen Studenten der
Gedanke auf, dass sein plötzliches Zurücktreten
während des ersten Smollirens vielleicht einzig und
allein deshalb geschah, um demselben aus dem
Wege zu gehen. Bald war er jedoch wieder einer der
Ausgelassensten, versprach jedem angehenden
Theologen eine Pfarrei auf seinem Gut, wenn er erst
frei auf demselben schalten könnte, und schlug
darauf vor, dass am kommenden Freitag bei ihm
der Anfang mit den lateinischen Disputations-
übungen gemacht werden sollte. Otto Zostrup
müsste aber an denselben Teil nehmen – selbstverständlich, wenn er Lust hätte – er wäre ein tüchtiger
Student und sein Freund, wären sie ja doch zusammen gereist und am grünen Tisch Nachbarn
gewesen!

Zu denen, welche am frühesten ihr » *valete,
amici*« sprachen, gehörte der Baron, einige wollten
den lustigen Kreis jedoch noch nicht verlassen.
Draußen auf der Straße, die im hellen Mondschein
dalag, war bereits die tiefste Stille eingetreten. In
den meisten Häusern hatte sich alles zur Ruhe begeben, nur hier und da war noch ein Lichtschimmer
zu entdecken. Die meisten Leute schliefen, selbst
solche, die die Pflicht hätte wach erhalten sollen. So
saß ein unglückseliger Mietkutscher hoch oben auf
dem Kutschenbock und genoss, die Zügel um die
Hände geschlungen, vor dem Haus, von welchem er
seine Herrschaft abholen sollte, die erwünschte
Ruhe. Wilhelm (wir wollen künftig den jungen

Baron nur bei seinem Vornamen nennen), wanderte allein durch die Straße. Der Wein hatte sein nordisches Blut erwärmt, das ohnehin nie allzu langsam floss; bei seinem jugendlichen Sinn, seiner ausgelassenen Laune und in der fröhlichen Stimmung, die er aus der lustigen Gesellschaft mitgebracht hatte, vermochte er an diesem schlafenden Endymion nicht still vorüberzugehen. Er geriet mit einem Mal auf den Einfall, den Kutschenschlag zu öffnen und in den Wagen hineinzuspringen. Darauf ließ er das Fenster nieder und rief mit kräftiger Stimme: »Fahr zu!« Der Kutscher fuhr aus seinem gesegneten Schlaf empor und fragte ganz verdutzt: »Wohin?« Ohne sich zu bedenken, rief Wilhelm: »Nach dem Wirtshaus zum Schiff in der Weststraße!« Der Kutscher fuhr zu. Auf halbem Weg öffnete Wilhelm jedoch den Kutschenschlag, wagte einen kühnen Sprung, und der Wagen rollte weiter. Vor dem Wirtshaus zum Schiff machte er Halt. Der Kutscher stieg ab und öffnete den Schlag. Niemand befand sich im Wagen. Um sich recht zu überzeugen, steckte der Kutscher den Kopf hinein, aber nein, er war und blieb leer! »Sonderbar!« sagte der Mann, »sollte ich das geträumt haben? Ich hörte doch ganz deutlich die Worte: Fahr' nach dem Schiff! Wie werden sie jetzt auf mich warten!« und hastig kletterte er auf seinen Bock und jagte wieder zurück.

Inzwischen hatte Wilhelm seine Wohnung in der Weinberggasse erreicht; bei der schönen Nacht hatte er das Fenster geöffnet und schaute nun auf den einsamen von Buden eingeschlossenen Platz neben dem Kirchhof hinaus. Zum Schlafen hatte er keine Lust, obgleich sich alles in der Straße, bis auf den Wächter hinab, dieser Gottesgabe zu erfreuen schien. Wilhelm dachte an die lustige Abendgesellschaft, an sein Abenteuer mit dem armen Mietkutscher, nahm darauf seine Violine von der Wand und begann einige Variationen zu spielen.

Die Nachzügler von dem ruhmvollen Zechgelage kamen jetzt in einem noch heitereren Zustand als bei Wilhelms Abschied die Straße einhergewandert. Einer von ihnen versuchte sich im Jodeln, und kein Wächter zeigte sich als störendes Prinzip. Sie hörten Wilhelms Violine und erkannten den Musikfreund.

»Hör, du da oben!« riefen sie, »spiele uns eine Française.«

»Aber der Wächter – –?« fragte einer der weniger Beherzten.

»Potztausend, da sitzt er!« rief ein Dritter, und zeigte auf einen schlafenden Gegenstand, dessen Kopf gegen eine große hölzerne Kiste vor einer verflossenen Bude gelehnt war.

»Der ist selig!« sagte der Erste. »Hätten wir nur den starken Isländer hier, der würde ihn bald an seinem Bandelier an einen der eisernen Haken aufgehängt haben. Dieses Meisterstück hat er schon früher ausgeführt! Er besitzt Pferdekräfte. Er fasste einen solchen Burschen ganz säuberlich mitten um den Leib und hängte ihn am Gürtel auf einen der Haken an der Waage. Das war ein reizender Anblick! Da hing der Wächter und pfiff, damit ihm die andern zu Hilfe kommen sollten. Der Erste, welcher herbeistürzte, wurde sofort neben ihn gehängt, und jetzt erst ergriff der Isländer die Flucht, während die beiden Duette bliesen.«

»Hört, fasst mit an!« rief einer der lustigen Brüder, indem er schnell den hölzernen Kasten öffnete, dessen Deckel nur durch einen Pflock geschlossen war. »Lasst uns den Wächter, der ja in einem wahren Bärenschlaf liegt, hineinsperren!«

Augenblicklich hatten vier den Schläfer ergriffen, der allerdings erwachte, aber sich schon, ehe er noch ganz zur Besinnung kam, im Kasten befand. Der Deckel flog zu, und ein paar der Freunde sprangen hinauf, während der Pflock vorgesteckt wurde. Der Wächter im Kasten griff sofort nach seiner treuen Pfeife und entlockte ihr die herzzerschneidensten Töne. Schnell verschwanden die Plagegeister, gingen aber nur so weit zurück, dass sie die Pfeife noch hören und Zeuge des nun folgenden Auftrittes sein konnten.

Da erschienen die Nachbarwächter.

»Was ist los? Wo steckst du denn?« riefen sie und fanden endlich die Stelle.

»Ach, Gott hilf mir!« schrie der Ärmste in seinem Kasten. »Lasst mich heraus, lasst mich heraus! Ich muss ja die Stunde abrufen!«

»Du hast wieder einmal über den Durst getrunken, Kamerad!« entgegneten die Anderen. »Bist du in den Kasten gefallen, so bleib nur darin liegen, du Lump!« und lachend gingen sie von dannen.

»O, die Spitzbuben!« seufzte er und arbeitete sich vergebens ab, den Deckel zu heben. Der Kasten stürzte infolge dieser gewaltsamen Anstrengungen um. Nun traten die jungen Menschen hervor, und nachdem sie sich über die Geschichte, die er ihnen ausführlich erzählen musste, höchst erstaunt gestellt hatten, ließen sie sich bewegen, den Kasten zu öffnen, freilich nur unter der ausdrücklichen Bedingung, dass er die Straße von der Einmischung der andern Wächter frei erhalten sollte, während sie nach Wilhelms Violine eine Française tanzten.

Der arme Mann wurde aus seinem Gefängnis erlöst und musste nun hübsch Schildwache stehen, während jene zur Française antraten. Wilhelm wurde gebeten, zu spielen, und der Tanz begann. Leider fehlte ein Tänzer. In diesem Augenblick ging ein biederer Bürger vorüber. Der Herr, welcher noch ohne Dame war, näherte sich ihm mit komischer Ehrerbietung und bat ihn, die Rolle seiner Tänzerin übernehmen zu wollen.

»Ich tanze nie!« sagte der Mann lachend, und wollte weiter.

»O,« erwiderte der Kavalier, »Sie müssen mir trotzdem das Vergnügen schenken, sonst habe ich ja das leidige Zusehen!« Mit diesen Worten schlang er den Arm um seinen Leib, und der Tanz begann. Der gute Mann mochte wollen oder nicht.

»Der Wächter muss von jedem eine Mark Trinkgeld erhalten!« sagten sie nach Beendigung der Française. »Er ist ein braver Mann, der in seiner Straße Ordnung hält, dass man ungestört ein Tänzchen machen kann!«

»Das sind achtbarer Leute Kinder!« dachte der Wächter bei sich selbst, während er vergnügt das Geld in seinen Lederbeutel steckte.

Alles war wieder auf der Straße still, auch die Violine schwieg.

3.

Wer blickt in meines Herzens Schattenreich?
A. v. Chamisso.

Im vorhergehenden Kapitel wurde eines jungen Studenten, Otto Zostrups, Erwähnung getan, der nach Aussage seiner Kommilitonen wegen seiner Tüchtigkeit neunmal das Prädikat *prae caeteris* erhalten hatte, aber auch einen Stolz besaß, der ihm abgewöhnt werden müsste. Wir wollen seine Bekanntschaft nicht bei den verabredeten Disputierübungen machen, obschon man da vor dem guten Lateiner Achtung bekommen würde; auch nicht in großer Gesellschaft, in der ihn sein einnehmendes Äußeres, der sprechende melancholische Blick interessant machen müsste; eben so wenig im Parterre des Hoftheaters, obwohl ihn uns dort seine wenigen, aber stets treffenden Bemerkungen als einen jungen Mann von vielem Geiste zeigen würden; nein, wir wollen ihn zum ersten Mal bei seinem Freund, dem jungen Baron Wilhelm, aufsuchen. Es ist in den ersten Tagen des Novembers; wir finden sie beide mit der Pfeife im Mund; auf dem Tisch liegen Tibull und Anakreon, die sie zum bevorstehenden *phililogicum* gemeinschaftlich lesen.

Im Zimmer steht ein Fortepiano mit einer Menge Musikalien, an der Wand hängen Weyses und Beethovens Brustbilder, denn unser junger Baron ist musikalisch, ja sogar Komponist.

»Sehen Sie, nun haben wir schon wieder diesen schauerlichen dichten Nebel!« sagte Wilhelm; »draußen kann man ihn förmlich schmecken. Zu

Hause scheute ich ihn wie die Pest, hier londonisiert
er nur die Stadt!«

»Für mich hat es nichts Unangenehmes!« ver-
setzte Otto. »Mir ist er ein alter Bekannter von der
Nordsee. Es ist mir, als brächte er mir Grüße vom
Meere und den Sanddünen!«

»Sehen möchte ich die Nordsee schon einmal,
aber wohnen möchte der Teufel da! Welcher Marktflecken liegt dem Gute Ihres Großvaters am
nächsten?«

»Lemvig!« entgegnete Otto. »Will man die
Nordsee recht kennenlernen, so muss man die
Ämter Thisted und Hjörring bereisen. Ich habe es
getan, habe meine Familie im Kloster Börglum besucht und außerdem noch einige kürzere Ausflüge
gemacht. Nie werde ich einen Abend vergessen! Es
herrschte ein Unwetter, von dem man sich mitten
im Land keinen Begriff machen kann. Ich ritt,
damals nur noch Knabe und obendrein ein wilder
Bube, in Begleitung eines Knechts. Gerade, als wir
uns zwischen den Sanddünen befanden, brach der
Sturm aus. Das hätten Sie sehen sollen! Der Sand
bildet den Strand entlang hohe Bänke, gleichsam als
Dämme gegen das Meer! Diese sind nun mit
Strandhafer und Sandhalm bewachsen; gelingt es
aber dem Sturm ein Loch hineinzureißen, so wird
der ganze Pflanzenwuchs vernichtet. Wir mussten
Augenzeugen einer solchen Verwüstung sein. Es
war, als hätte uns eine arabische Sandhose eingehüllt, und dazu brüllte die Nordsee, dass es
meilenweit zu hören war. Der salzige Schaum flog
uns mit dem Sand ins Gesicht!«

»Das muss herrlich sein!« rief Wilhelm mit funkelnden Augen aus. »Jütland ist jedenfalls der romantischste Teil Dänemarks! Seitdem ich Stern-Blichers Novellen gelesen habe, hege ich ein lebhaftes Interesse für dieses Land. Es scheint mir mit dem schottischen Flachland viel Ähnlichkeit zu besitzen. Es halten sich daselbst ja auch Zigeuner auf!«

»Landstreicher und Gauner nennen wir sie,« sagte Otto mit einem unwilligen Zug um den Mund. »Sie entsprechen diesen Namen vollkommen!«

»Die Fischer an der Küste werden schwerlich besser sein. Lassen sie noch immer von der Kanzel bitten, dass Gott ihren Strand segnen möge? Schlagen sie die Schiffbrüchigen noch immer tot?«

»Ich habe unsern Pfarrer, der schon ein alter Mann ist, erzählen hören, er habe in den ersten Jahren nach Antritt seines Amtes in der Kirche beten müssen, dass, sollten einmal Schiffe stranden, dies doch in seinem Distrikte geschehen möchte. Ich selbst habe es jedoch nie gehört. Was man sich sonst noch vom Totschlagen erzählt, so sind freilich die Meergänse, wie die Landratten die armen Küstenbewohner zu nennen belieben, eben kein weichherziges Volk; so weit geht es indes heut' zutage doch nicht. Es starb in jenem Küstenstriche ein alter Bauer, über den allerdings das Gerücht im Umlauf war, er habe bei bösem Wetter seinem Pferde eine Laterne unter den Bauch gebunden und es dann am Strand auf und ab gehen lassen, damit der fremde Schiffer, der etwa draußen segelte, glauben sollte, das Licht rühre von einem kreuzenden Schiff her, und er befände sich folglich noch in ziemlicher Entfernung vom Land. Manches Schiff soll auf diese Weise zugrunde gegangen sein. Aber sehen Sie, diese Geschichten werden jener Gegend schon seit der ältesten Zeit angeheftet und reichen weit über meine eigenen Wahrnehmungen hinaus; sie gehören jener goldenen Zeit an, wo man nach solch einer guten Strandung in der verfallenen Fischerhütte echte, von der See nur wenig beschädigte Schals, als Bettvorhänge benutzt, finden konnte. Stiefel und Schuhe wurden mit der feinsten Pomade geschmiert. Wenn ihnen das Meer jetzt dergleichen an den Strand wirft, so wissen sie es zu größerem Nutzen in Geld umzusetzen. Allein die Strandaufseher passen scharf auf, jetzt soll dort ein wahres kupfernes Zeitalter sein!«

»Sie haben wohl auch schon ein Schiff stranden sehen?« fragte Wilhelm mit steigendem Interesse.

»Unser Gut liegt nur eine halbe Meile vom Meer entfernt. In jedem Jahr ging es um diese Zeit, wenn der Nebel, wie heute, über Meer und Land lagerte und die Stürme zu rasen begannen, gar lustig zu. Bei meiner Wildheit im Knabenalter und bei der Einförmigkeit meines Lebens konnte ich mich ordentlich danach sehnen. Auf einer Reise nach dem Kloster Börglum erlebte ich einen Sturm. In der Morgenstunde herrschte völlige Windstille, die ganze Natur schien sich in graue Farbe gehüllt zu haben, und plötzlich bot sich uns der überraschende Anblick einer Fata Morgana dar. Ein Schiff, das noch nicht über den Horizont aufgetaucht war, zeigte sich auf dem Meer, aber mit völlig umgekehrter Takelage; während der Mast nach unten gerichtet war, stand der Rumpf nach oben. Dies nennt man dort das Totenschiff, und so oft es sich sehen lässt, kann man mit Sicherheit auf Unwetter und Strandung rechnen. Etwas später am Vormittag erhob sich auch ein leiser Windhauch, und nach kaum einer Stunde hatten wir eine tüchtige Brise. Das Meer begann schon ganz artig zu brummen! Wir fuhren langsam zwischen Sanddünen hinauf, die wie Hügel und Täler zur Winterzeit aussehen. Hier und da ragt ein schwarzer Pfahl hervor, der letzte Überrest eines Wracks, dessen Geschichte man nicht kennt. Gegen Nachmittag artete der Wind zu einem Sturm aus, dem ähnlich, den ich mit meinem Knecht auf dem Ritt durch die Dünen erlebt hatte. Wir waren nicht imstande weiter zu fahren, und mussten uns deshalb in eine der Hütten flüchten, welche sich die Fischer als Zufluchtsorte zwischen den weißen Dünen errichtet hatten. Dort blieben wir, und ich war Zuschauer einer Strandung, die ich nie, nie vergessen werde. Nicht einen Büchsenschuss vom Land lag ein Amerikaner. Die Schiffbrüchigen kappten eben den Mast. Sechs bis sieben Mann klammerten sich im Wasser fest an denselben an. O, wie sie in dem spritzenden Schaum hin und her schaukelten! Der Mast bewegte sich der Küste zu. Zuletzt hingen nur noch drei Mann an ihm. Mit einem Mal wurde er aufs Land geschleudert, allein die zurückrollende Welle riss ihn wieder hinweg, und nun zerschmetterte er dem sich Anklammernden Arme und Beine, zerschmetterte sie wie Gewürm. Mehrere Nächte träumte mir davon. Hoch empor schleuderten die Wellen den Rumpf des Schiffs, bis nach einer Stelle, wo sonst die Wagen gefahren waren, und bohrten ihn tief in den Sand. Als wir später auf demselben Weg zurückreisten, waren Vor- und Hintersteven verschwunden und die

Borde glichen zwei starken Bretterzäunen, durch welche der Weg führte. Noch bis auf die Stunde fährt man mitten durch den Rumpf.«

»Dort drüben in Ihrer Heimat muss ja jedes poetische Gemüt ein Byron werden,« sagte Wilhelm. »Auf dem Gut meiner Eltern fließt das Leben nur in Idyllen hin; ganz Fünen ist ein einziger Garten. Wir statten uns auf unsern Edelsitzen einander Besuche ab, bei denen es lustig hergeht, tanzen mit den Bauernmädchen bei dem Erntefest, durchstreifen jagend die Wälder und fischen in den Landseen. Das Einzige, was uns zur Trauer mahnt, ist ein Leichenbegängnis und an romantischen Charakteren können wir nur einen kleinen buck-ligen Musikanten, eine kluge Frau und einen ehr-lichen Schulmeister aufweisen, der noch immer, wie Weiland Hieronymus, steif und fest in dem Glauben lebt, die Erde sei flach, und man müsse, falls sie sich einmal umdrehe, hinunterfallen, weiß der Teufel, wohin.«

»Ich liebe Jütlands Natur!« rief Otto, »liebe das offene Meer, die braune Heide und das buschige Moorland. Sie müssten das Wildmoor sehen! Was hat das für eine Ausdehnung! Fast beständig schwebt über seiner unzugänglichen Mitte, die niemand kennt, ein nasser Nebel. Keine fünfzig Jahre sind es her, dass noch Wölfe in demselben hausten. Oft gerät es in Brand, kein Wunder, denn Schwefelwasserstoffgas durchdringt es, und meilenweit kann man dann das Feuer sehen.«

»Das sollte meine Schwester Sophie alles hören!« sagte Wilhelm. »Sie würden Glück bei ihr machen. Das gute Mädchen! Zu Hause gilt sie für den besten Kopf, aber sie hascht gern nach Effekten. Sie schwärmt für Hoffmann und Victor Hugo. Von Byron kann sie sich selbst im Schlafzimmer nicht trennen. Sie vermöchten sie durch Ihre Erzählungen von der jütländischen Westküste, von Heiden und Mooren dazu zu bewegen, eine Reise dorthin zu unternehmen. Man sollte wirklich nicht glauben, dass wir so romantische Gegenden in unserm eigenen Land hätten!«

»Ist sie Ihre einzige Schwester?« fragte Otto.

»Nein!« erwiderte Wilhelm, »ich besitze zwei Schwestern; die andere heißt Louise. Sie ist von ganz entgegengesetztem Charakter. Ich weiß nicht, welche von ihnen man am meisten lieben muss. Haben Sie keine Geschwister?« fragte er Otto.

»Nein!« versetzte dieser mit dem früheren halbunwilligen, halb wehmütigen Zug. »Ich bin ein einziges Kind. Still und einsam ist es da drüben in meiner Heimat; nur mein Großvater befindet sich noch am Leben. Er ist ein gesunder, kräftiger und sehr ernster Mann. Er unterrichtete mich in der Mathematik, die er aus dem Grund versteht. Bei dem Pfarrer lernte ich Lateinisch, Griechisch und Geschichte, während sich in der Religion zwei meiner annahmen, der Pfarrer und meine alte Rosalie. Sie ist eine gute Seele. Wie oft neckte ich sie und war ausgelassen, ja fast böse gegen sie. Trotzdem hatte sie mich gar lieb, war mir Mutter und Schwester und unterrichtete mich in der Religion eben so gut wie der Pfarrer, obgleich sie sich zur katholischen Kirche bekennt. Seit der Kindheit meines Vaters ist sie im Hause gleichsam eine Art Gouvernante gewesen. Sie hätten nur sehen sollen, wie wehmütig sie lächelte, wenn sie mir das in der Geografie aufgegebene Pensum abfragte und wir dabei die Schweiz, ihr Geburtsland oder Südfrankreich berührten, in welchem sie einst als Kind gereist war. Die jütländische Westküste mag sich neben diesen Ländern freilich gar mager ausnehmen!«

»Sie hätte Sie ja aber katholisch machen können! Sollte Ihnen nicht wirklich etwas davon ankleben?«

»Rosalie war ein verständiges und gereiftes Mädchen. Zu ihren Lehren würde sich Luther selbst bekannt haben. Was dem Menschenherzen heilig ist, bleibt auch in jeder Religion heilig!«

»Aber der Madonna Altäre bauen,« rief Wilhelm, »eine Frau anbeten, die nicht die Bibel einmal zu einer Heiligen macht; das heißt doch der Torheit die Krone aufsetzen! Und was sollen alle diese Beräucherungen und das fortwährende Glockengeläute! Mich könnte die Lust überfallen, dem Papste mit seiner ganzen Klerisei die Köpfe abzuschlagen! Ablass verkaufen –? Aber was müssen das auch für Leute sein, die wirklich daran glauben! Ich will nicht einmal den Hut vor der Madonna abziehen!«

»Dann werde ich es wenigstens tun, und werde mich in meinem Herzen vor ihr beugen!« entgegnete Otto ernst.

»Habe ich es mir nicht gleich gedacht? Sie hat Sie katholisch gemacht!«

»In keiner Weise! Ich bin ein so guter Protestant wie Sie. Allein weshalb sollten wir wohl die Mutter Christi nicht achten? Was das Zermonienwesen, den Ablass und all diese priesterlichen Zusätze des Katholizismus betrifft, so bin auch ich dafür, alle einen Kopf kürzer zu machen, die in solcher Weise Gott und den menschlichen Verstand herabwürdigen. Aber in vielen Punkten sind wir unbillig. Wir vergessen so leicht das erste und größte Gebot: »Liebe deinen Nächsten als dich selbst! Es fehlt uns an Toleranz. Wir feiern ein Fest zu Ehren der Heiligen Drei Könige. Was haben nun aber diese Könige getan? Sie knieten vor Christi Krippe. Das ist der einzige Grund, um deswillen wir sie ehren. Zu Ehren der Mutter Gottes begehen wir indes kein Fest, ja die Menge lächelt sogar bei ihrem Namen! – Wollen Sie meinen einfachen Schlussfolgerungen ein ruhiges Gehör schenken, so werden wir uns bald einigen und Sie werden vor der Madonna den Hut abnehmen und sich vor ihr verneigen. Nur zwei Fälle sind denkbar: Entweder war Christus ganz Mensch, oder, wie die Bibel uns lehrt, ein göttliches Wesen; ich will nun das Letztere annehmen. Er ist Gott selber, welcher auf eine uns unbegreifliche Weise von der Jungfrau Maria geboren wurde. Dann aber musste sie, da Gott sie für würdig fand, die Mutter seines Sohnes, des Eingebornen zu werden, das reinste, das vollkommenste weibliche Wesen sein. Dadurch wird sie so heilig, wie es überhaupt ein Mensch nur werden kann, und tief müssen wir uns vor der Reinen, der Erhabenen beugen. Ich nehme jedoch an, dass Christus ein Mensch war wie wir, weil er uns meiner Ansicht nach sonst nicht hätte auffordern können, seinen Fußtapfen nachzufolgen, und es auch nichts Großes wäre, als Gott einem leiblichen

Tode entgegenzugehen, von dem er jeden Schmerz fernzuhalten vermochte. War er nun nichts weiter als Mensch, von Maria geboren, so verdient er unsere doppelte Bewunderung, so müssen wir vor seinem großen Geist, vor seiner Licht verbreitenden und tröstlichen Lehre die Knie beugen. Dürfen wir dann aber wohl vergessen, welch eine Einwirkung die Mutter auf das Kind ausgeübt hat; vergessen, wie erhaben und tief die Seele derjenigen gewesen sein muss, die zuerst zu seinem Herzen redete? Wir müssen sie achten und ehren! Wo sie auch nur in der Schrift auftritt, überall erblicken wir in ihr ein Beispiel zärtlicher Sorgfalt und Liebe. Mit ganzer Seele hängt sie an dem Sohne. Erinnern Sie sich, wie sie sich ängstigte und ihn im Tempel suchte, denken Sie an ihre sanften Vorwürfe. Ich habe in den Worten des Sohnes stets eine Härte gefunden. »Das sind die derben Ausdrücke der Orientalen,« sagte mein alter Pfarrer. »Der Erlöser war streng, streng, wie er es sein musste!« Aber schon damals kamen mir seine Worte zu strenge vor. Sie dagegen war ganz Mutter, war es bei dieser Gelegenheit, wie später, als sie auf Golgatha weinte. Ehre und Achtung verdient sie sicherlich von uns.«

»Aber die verweigern wir ihr ja auch nicht!« erwiderte Wilhelm und fügte, indem er Otto auf die Schulter klopfte, lächelnd hinzu: »Es fehlt wirklich nicht viel, so stellen Sie nach römisch-katholischer Weise die Mutter über den Sohn. Die alte Rosalie hat einen Proselyten gemacht! Sie sind doch ein halber Katholik!«

»Nein, das bin ich nicht!« versetzte Otto, »und will es nicht sein!«

»Sieh, die Gewitterwolken ziehen!« tönte es plötzlich unten auf dem Hof; die hübsche neapolitanische Volksmelodie erreichte das Ohr der Freunde. Sie traten in das Nebenzimmer und öffneten das Fenster. Unten im Wind und Regen standen drei arme Knaben und stimmten das Lied an. Der Größte mochte vierzehn oder fünfzehn Jahre alt sein; seine tiefe rohe Stimme schien er mehr dem Einfluss der Witterung als seinem Alter zu verdanken zu haben. Die schmutzigen nassen Kleider hingen ihm in Fetzen um den Körper. Die Pantoffeln an seinen nackten Füßen und der Hut, dessen Rand mit weißem Zwirn lose angeheftet war, konnten als Luxusartikel gelten. Die beiden anderen Knaben hatten weder Schuhe noch Hut, aber ihre Kleider waren wenigstens ganz und rein. Der Jüngste schien sechs bis sieben Jahre zu zählen; seltsam stach sein silberweißes Haar gegen das braune Gesicht, die dunkeln Augen und die langen schwarzen Augenwimpern ab. Mädchenhaft fein und weich klang seine Stimme gegen die der beiden Andern; sie glich dem sanften Lufthauch eines schönen Herbstabends gegenüber dem rauen Wind des Novemberwetters.

»Das ist ein bildhübscher Knabe!« riefen die beiden Freunde gleichzeitig.

»Und eine reizende Melodie!« fügte Otto hinzu.

»Ja, allein sie singen leider falsch!« versetzte Wilhelm, »der eine singt einen halben Ton zu tief, der andere einen halben Ton zu hoch!«

»Gott sei Dank, entgeht das meinem Ohr!« sagte Otto. »Für mich ist es ein Ohrenschmaus, und der Kleine könnte ein Sänger werden! Armer Junge!« fügte er mit tiefem Ernst hinzu. »Nackte Füße, bis auf die Haut durchnässt, unter solchen Umständen wird ihn der Große leicht zum Branntweintrinken verführen können. Vielleicht hat er schon vor Ablauf eines Monats die Stimme verloren. Dann ist die Nachtigall tot!« Schnell wickelte er einige Schillinge in Papier und warf sie hinab.

»Komm' herauf!« rief Wilhelm und winkte. Pfeilgeschwind wollte der größte der Knaben herausstürzen, aber Wilhelm rief hinab, der kleinste wäre gemeint. Die beiden andern blieben vor der Tür stehen, und der Kleine trat herein.

»Wessen Sohn bist du?« fragte Wilhelm. Der Knabe schwieg und schlug verlegen die Augen nieder. »Nun, du brauchst dich nicht zu schämen. Man kann es dir ansehen, dass du von gutem Blut stammst. Bist du nicht deiner Mutter Sohn? Ich werde dir Strümpfe schenken und obendrein ein paar Stiefel, die mir zu klein sind. Ertrinkst du in ihnen nicht, so sollen sie dein Eigentum sein! Aber erst musst du uns etwas vorsingen!« Er setzte sich an das Klavier und schlug an. »Nun, weshalb fängst du nicht an?« rief er etwas unwillig. Der Kleine senkte seine Blicke zur Erde.

»Wie? Weinst du, oder ist es der Regen, der dir in den schwarzen Augenwimpern steht?« fragte Otto und hob ihm den Kopf in die Höhe. »Wir wollen dir ja nur Gutes tun. Da hast du auch noch von mir einen Schilling!«

Aber der Kleine blieb trotzdem ziemlich wortkarg. Alles, was man von ihm herauszubringen vermochte, war, dass er Jonas hieße, und dass ihn seine alte Großmutter sehr lieb hätte.

»Nimm, hier hast du Strümpfe!« sagte endlich Wilhelm, »und sieh einmal, hier ist noch ein Rock mit Samtkragen, hochlöblichen Angedenkens. Und nun erst die Stiefel! – du kannst gewiss mit beiden Beinen in einen einzigen hineinfahren. Sieh, das ist eben so gut, als hättest du zwei Paar zum Umwechseln. Lass uns einmal sehen, probiere, ob sie passen!«

Die Augen des Knaben strahlten vor Freude. Die Stiefel zog er an, aber die Strümpfe steckte er in die Tasche und das Bündel nahm er unter den Arm.

»Nun musst du uns aber noch erst ein Lied vorsingen!« sagte Wilhelm, und der Kleine begann die alte wohlbekannte Melodie aus dem Weiberfeind: »Nicht Cupido kann man trauen!«

Der lebendige Ausdruck seiner dunkeln Augen, dazu der Knabe selbst in den nassen ärmlichen Kleidern, in den großen Stiefeln und mit dem Bündel unter dem Arm hatte etwas so Charakteristisches, dass, wäre es gemalt gewesen und der Maler hätte dem Bild die Unterschrift »Amor auf der Wanderschaft« gegeben, jeder den kleinen Gott, obgleich er nicht blind war, für getroffen erklärt hätte.

»Aus dem Knaben und seiner Stimme könnte etwas werden!« sagte Wilhelm, als der kleine Jonas überglücklich mit den beiden andern Knaben das Haus verlassen hatte.

»Das arme Kind!« seufzte Otto. »Der Gedanke an sein Schicksal hat mir meine ganze Laune verdorben. Ich fühle mich stets eigentümlich erschüttert, wenn ich Elend und Genie im Verein erblicke. Einst erschien auf unserm Gut in Jütland ein Mann, der die Rohrpfeife blies und gleichzeitig Becken und Trommel schlug. Neben ihm stand ein kleines Mädchen und schlug die Triangel. Dieser Anblick entlockte mir Tränen; wenn mir auch das volle Verständnis fehlte, so ahnte ich doch dunkel das Unglück des unschuldigen Kindes. Ich war selbst nur noch ein Knabe.«

»Er gewährte in seinen großen Stiefeln einen so komischen Anblick, dass ich eher lustig als ernst gestimmt wurde,« sagte Wilhelm. »Schade ist es allerdings, dass so edeles Blut, wie es offenbar in seinen Adern rollt, dass ein so hübscher Junge ein roher Klotz werden und die schöne Stimme in ein ähnliches Gebrüll übergehen soll, wie es der lange Laban vor uns ausstieß. Wer weiß, ob nicht der kleine Jonas erster Sänger an der königlich dänischen Oper werden könnte! Ja, wer weiß, wie weit er es zu bringen vermöchte, wenn Geist und Stimme die gehörige Ausbildung erhielten. Ich hätte fast zu dem Versuch Lust, jemandem in der Welt weiterzuhelfen, ehe ich noch selbst meinen Flug begonnen habe.«

»Wurde er zum Bettler geboren,« entgegnete Otto, »so lassen Sie ihn auch als Bettler leben und sterben und eröffnen Sie ihm nicht erst eine höhere Welt. Das ist besser, das ist wünschenswerter!«

Wilhelm setzte sich an das Klavier und spielte eine seiner eigenen Kompositionen. »Das ist schwer,« sagte er, »das kann nicht jeder spielen.«

»Je einfacher, desto schöner!« erwiderte Otto.

»Über Musik dürfen Sie nicht mitsprechen!« versetzte der Freund. »Für diese haben Sie kein Verständnis. Italienische leichte Opern sind nicht schwierig zu komponieren.«

Erst gegen Abend trennten sich die Freunde. Gerade, als Otto seinen Hut nahm, klopfte es an die Tür, und Wilhelm ging hin, um zu öffnen. Draußen stand ein armes altes Weib mit bleichen, scharf geschnittenen Gesichtszügen, das einen kleinen Knaben an der Hand hielt. Es war Jonas; also ein Besuch von ihm und seiner Großmutter.

Die andern Knaben hatten ihm sowohl die Stiefel als auch die Kleider, welche er erhalten hatte, verkauft. Sie hätten ein Recht auf Teilung, behaupteten sie. Diese himmelschreiende Ungerechtigkeit hatte die alte Großmutter veranlasst, sich sofort mit dem kleinen Jonas zu den beiden guten Herren zu begeben, um ihnen zu klagen, wie wenig der arme Knabe von dem, was doch ihm einzig und allein zugedacht war, erhalten hätte.

Wilhelm sprach seine Ansicht über des Knaben hübsche Stimme aus und meinte, dass er bei dem Theater sein Glück machen könnte; dann dürfte man ihn aber freilich nicht in Wind und Regen barfuß umhertraben lassen.

»Allein das macht es ihm gerade möglich, manchen Schilling mit nach Hause zu bringen,« erwiderte die Alte. »Darauf sehen sein Vater und seine Mutter, denn Geld kann man immer brauchen.« Auch sie hätte übrigens schon daran gedacht, ihn beim Theater unterzubringen, doch hätte sie ihr Augenmerk auf das Ballett gerichtet, weil den Kindern zum Tanzen Schuhe und Strümpfe geliefert würden, die sie dann auch auf dem Heimweg benutzen dürften, und das wäre doch immer ein großer Vorteil.

»Ich will den Knaben in der Musik unterrichten!« versprach Wilhelm, »er kann mitunter zu mir kommen.«

»Und dann, mein guter Herr, bekommt er auch wohl ein wenig abgelegtes Zeug,« bat die Großmutter, »ein Hemd oder eine Weste, wie es sich gerade trifft.«

»Werde lieber Schneider oder Schuster!« sagte Otto ernst und legte seine Hand auf des Knaben Kopf.

»Er soll ein Genie werden!« versetzte Wilhelm.

4.

Weihnachtszeit!
Schnee deckt die Wälder weit und breit!
Oehlenschlägers Helge.

Einige Wochen sind verflossen. Man schrieb den vierundzwanzigsten Dezember, der uns das schöne Weihnachtsfest bringt. Wir finden beide Freunde auf einem Spaziergange.

Beschreibe einem Südländer ein Land, dessen Erde mit dem reinsten karrarischen Marmor bedeckt scheint, in welchem die Zweige der Bäume weißen, mit Diamanten übersäten Korallen gleichen, und über dem sich ein Himmel wölbt, so blau, wie ihn der Süden besitzt, und er wird sagen: »Das ist ein Feenland!« Könntest du ihn dann plötzlich von seinen dunklen Zypressen und Olivenbäumen nach dem Norden versetzen, wenn der frische Schnee die Erde bedeckt, wenn der weiße Reif wie Puder auf den Zweigen liegt und die Sonne von dem blauen Himmel herab scheint, dann würde er die Schilderung wieder erkennen und den Norden ein Feenland nennen.

Diese Pracht war es, welche die Freunde bewunderten. Die großen Bäume auf dem Festungswalle zeigten sich in der klaren blauen Luft wie kristallisiert. Noch war der Sund nicht zugefroren; mit aufgespannten Segeln glitten Schiffe in der roten Abendsonne vorüber. Die schwedische Küste schien näher gerückt zu sein; deutlich konnte man die einzelnen Häuser in Landskrona erkennen. Das herrliche Wetter hatte viele Spaziergänger nach dem Walle und jenem, unter dem Namen der langen

Linie bekannten, reizenden Spaziergange am Ufer des Sundes herausgelockt.

»Schweden scheint so nahe, dass man meinen sollte, hinüberschwimmen zu können!« sagte Wilhelm.

»Die Strecke würde doch zu weit sein,« entgegnete Otto, »aber draußen in dem blauen tiefen Wasser möchte ich mich wohl umhertummeln!«

»Wie das erfrischt,« sagte Wilhelm, »wenn einem das Wasser um die Wangen spielt. Als ich noch daheim war, schwamm ich oft im Großen Belt. Sie werden gewiss ein halber Fisch sein, wenn Sie ins Wasser kommen?«

»Ich?« fragte Otto, ohne weiter darauf etwas zu antworten. Nach einiger Zeit begann er jedoch mit einer ihm sonst fremden Verlegenheit, die den Eindruck erweckte, als ob es für ihn ein beschämendes Gefühl wäre, einen Mangel einzugestehen: »Ich kann nicht schwimmen.«

»Dann müssen Sie es im Sommer lernen!« entgegnete Wilhelm.

»Es gibt noch gar viel zu lernen,« erwiderte Otto, »das Schwimmen wird sich wohl mit dem letzten Platze begnügen müssen.« Darauf wandte er sich plötzlich nach der Festung hin und blieb stehen. »Sehen Sie nur, wie melancholisch und still sie daliegt,« fuhr er fort und lenkte das Gespräch wieder auf ihre Umgebung. »Ruhig geht die Schildwache vor dem Gefängnisgebäude auf und ab; die Sonne spiegelt sich in ihrem Bajonett. Wie mich das an ein reizendes Gedicht von Heine erinnert! Es ist, als schilderte er diese Festung und diesen Soldaten nur in der Sommerwärme. Jeder Zug des vom Dichter vor uns entrollten Bildes findet sich in der Landschaft vor uns wieder, und der Dichter endet so ergreifend: »Ich wollt', er schösse mich tot!« – Hier ist es romantisch schön! Rechter Hand die belebte Promenade und die Aussicht über den Sund, linker Hand dagegen der gemiedene Platz, die Richtstätte der Militärverbrecher und dicht daneben das Gefängnis mit der Palisadenumfassung. Kaum vermag der Sonnenschein durch ein solches Fenster hindurchzudringen. Doch kann uns sicher der Gefangene auf dem Wall lustwandeln sehen.«

»Und uns um unsere goldene Freiheit beneiden!« sagte Wilhelm.

»Vielleicht spottet er ihrer auch,« entgegnete Otto. »Er ist freilich an seine Zelle und den kleinen Hof mit dem unübersteiglichen Bohlenzaun gebunden; allein auch wir sind an die Küste gebunden, können nicht mit den Schiffen hinausfliegen in die große, die herrliche Welt. Auch unsere Füße sind gefesselt, nur, dass unsere Kette etwas länger ist als die des Gefangenen. Aber entschlagen wir uns solcher Gedanken! Lassen Sie uns nach jener Stelle hinabgehen, wo die schönen Damen wandeln!«

»Um zu sehen und gesehen zu werden!« rief Wilhelm. » *Spectatum veniunt; veniunt, spectentur ut ipsae,* wie Ovid sagt.«

Die Freunde verließen den Wall.

»Dort kommt ja mein Schüler, der kleine Jonas!« rief Wilhelm. Die Kleider des Knaben waren von besserer Beschaffenheit, als bei seinem letzten Auftreten. Schnell nahm er seine kleine Mütze ab und blieb stehen. Ein junges, ärmlich gekleidetes Mädchen hielt ihn an der Hand.

»Guten Tag, mein flinkes Bürschchen!« sagte Wilhelm, und sein Blick streifte das Mädchen. Die Kleine war von außerordentlich feiner Gestalt. Bei besserer Haltung hätte sie für eine vollkommene Schönheit gelten können. Es war Psyche selbst, die neben Amor stand. Sie lächelte freundlich; der Kleine hatte ihr gewiss zugeflüstert, wer die Herren wären. Als ihr aber Wilhelm nachschaute, wurde sie blutrot und schlug die Augen nieder. Er gab Jonas einen Wink, und dieser eilte sofort zu ihm. Nach seiner Aussage war das Mädchen seine Schwester und hieß Eva. Wilhelm nickte ihr zu und die Freunde gingen weiter.

»Das war ein bildhübsches Mädchen!« sagte Wilhelm und blickte sich noch einmal nach ihm um. »Eine Rosenknospe, die man küssen könnte, bis sie sich in eine aufgebrochene Rose verwandelte!«

»Bei welchem Experiment die Rosenknospe aber auch leicht geknickt werden könnte;« versetzte Otto, »wenigstens pflegt dies bei den wirklichen Blumen der Fall zu sein. Aber schauen Sie sich doch nicht mehr um, es ist ja eine wahre Sünde!«

»Sünde?« wiederholte Wilhelm, »nun, dann ist es wenigstens eine sehr unschuldige Sünde! Sie können mir glauben, es schmeichelt dem kleinen Wesen, dass wir seine Schönheit bewundern. Ich kann mir recht wohl vorstellen, wie verlockend ein zärtlicher Blick von einem jungen reichen Herrn für solch ein schwaches weibliches Gemüt sein kann. Die süßen Worte sind erst recht ein Gift, welches in das Blut eindringt. Aber noch habe ich, gottlob, ein gutes Gewissen; nicht eine einzige unschuldige Seele habe ich vergiftet.«

»Und doch sind Sie jung und reich genug dazu!« entgegnete Otto mit einer gewissen Bitterkeit. »Unsere Freunde gehen uns darin mit einem guten Beispiel voran. Da kommen einige von unseren Altersgenossen, welche die Rosen kennen.«

»Guten Abend, du!« riefen ihnen drei oder vier junge Leute zu, obgleich ihre Grußworte hauptsächlich Wilhelm zu gelten schienen.

»Haben Sie mit diesen Allen Brüderschaft gemacht?« fragte Otto.

»Ja,« erwiderte Wilhelm, »ich wurde bei einem Zechgelage dazu genötigt. Da sämtliche Brüderschaft tranken, konnte ich füglich nicht zurückbleiben. Sonst nenne ich nur meine liebsten Freunde du. Für mich liegt in dem Du etwas Verwandtschaftliches, etwas Heiliges. Viele sind imstande, sofort mit dem Ersten Besten, mit welchem, sie ein Glas trinken, Brüderschaft zu schließen. Bei jener Festlichkeit konnte ich jedoch nicht gut Nein sagen.«

»Weshalb nicht?« entgegnete Otto, »ich hätte mich dadurch nie bestimmen lassen.«

Beide Freunde wanderten Arm in Arm weiter. Erst später am Abend begegnen wir ihnen wieder bei einer adeligen Familie, deren Name und Stand im dänischen Staatskalender verzeichnet steht. Es wäre deshalb undelikat, sie in einer Erzählung zu nennen, deren Begebenheiten uns noch so nahe liegen.

Große Gesellschaften pflegen die langweiligsten zu sein. In denselben gibt es zweierlei Folterbänke. Entweder muss man Stunden lang am Spieltisch sitzen, oder man bildet eine Wandzierde, wobei man, mit dem Hut in der Hand oder später mit demselben zu seinen Füßen, selbst während der Mahlzeit stehen muss. Doch dieses Haus gehörte zu den geistreichen. Du, der du es wieder erkennst, wirst auch zugestehen, dass es nicht zu jenen gezählt werden darf.

>»Wo Alltagsgeist und matter Fisch
Dir ward beschieden an dem Tisch.«
(Christian Winter.)

Diesen Abend wollen wir nicht die nähere Bekanntschaft der Familie machen, sondern uns nur mit ihrem schönen Weihnachtsfest beschäftigen.

In einem großen Zimmer war die Gesellschaft versammelt, die Astrallampe brannte nur schwach, um den Effekt zu erhöhen, wenn sich die Saaltür öffnete und sich nun die Kinderschar erwartungsvoll und glücklich hineindrängen würde.

Jetzt trat Wilhelm an das Klavier; einige Akkorde reichten hin, um Stille und Aufmerksamkeit herbeizuführen. Unter gedämpften Tönen traten aus der Seitentür drei weiß gekleidete Mädchen herein, auf deren Nacken ein langer Schleier hinabwallte. Sie hatten für denselben verschiedene Farben, blau, rot und weiß gewählt. Sie sollten Wahrsagerinnen aus dem Morgenland vorstellen, und jede trug deshalb eine Urne im Arm. Sie brachten Glück oder Unglück, was jede in einem kleinen Verse ankündigte. Man musste eine Nummer ziehen, und nach dieser erhielt man später seine Gabe vom Weihnachtsbaum. Eins der Mädchen brachte Nieten; doch welches? Ja, nun galt es, ein Glückskind zu sein. Alle, selbst die Kinder zogen ihre ungewisse Nummer, lediglich mit dem Hausarzt und einigen älteren Damen, welche zu der Familie gehörten, wurde eine Ausnahme gemacht. Ihnen wurde eine besondere Zahl in die Hand gesteckt, welche die ihnen im Voraus bestimmten Geschenke bezeichnete.

»Welche von Ihnen bringt mir Glück?« fragte Otto, als die drei hübschen Mädchen sich ihm näherten. Die weiß gekleidete war Wilhelms älteste Schwester, Fräulein Sophie, welche sich diesen Winter über hier zum Besuch aufhielt. Sie war ihrem Bruder sehr ähnlich. Der weiße Schleier um ihr Haupt ließ ihr Antlitz noch ausdrucksvoller erscheinen. Fest ruhte ihr Auge auf Otto, und vielleicht, weil er ihres Bruders Freund war, erhob sie den Zeigefinger. Wollte sie ihn etwa damit warnen oder auffordern? Otto glaubte Letzteres darin zu erkennen, griff in die Urne und zog die Nummer 33. Alle hatten nun ihre Nummer erhalten. Die Mädchen verschwanden, und die Flügeltüren des Saales öffneten sich.

Ein blendendes Licht strömte der Gesellschaft entgegen. Ein prächtiger Tannenbaum, dicht mit brennenden bunten Lichtern besetzt und mit Flittergold, vergoldeten Eiern und Äpfeln, Knackmandeln und Traubenrosinen behängt, blendete das Auge. Zu beiden Seiten des Baums befanden sich Grotten von Tannenreisern und Moos errichtet und mit Laternen von rotem und blauem Papier behängt. In jeder Grotte war ein Altar angebracht; auf dem einen stand Johann von B . . . 's schwebender Merkur, auf dem andern ein Gipsabguss von Thorwaldsens Hirtenknaben in halber Größe. Die Stufen waren dicht mit Geschenken besetzt, die mit den verschiedenen Nummern bezeichnet waren.

»Herrlich, reizend!« ertönte es von allen Seiten, und die glücklichen Kinder jubelten vor Freude. Man nahm in einem Halbkreis Platz, eine Reihe hinter der andern. Nun trat einer der Vettern der Familie, ein junger Dichter, auf, der sich, wenn wir uns nicht irren, später an dem bekannten Werk »Neujahrsgabe dänischer Dichter« anonym beteiligt hat. Diesen Abend erschien er in der Tracht eines Magiers und setzte in einem kleinen Gedicht launigen Inhalts auseinander, dass, da ja jeder selbst in die Schicksalsurne gegriffen habe, niemand sich beschweren könnte, ob ihm nun Ehre oder Spott zu Teil würde. Das Schicksal, nicht das Verdienst, gäbe hier den Ausschlag. – Zwei kleine Knaben, die Schmetterlinge darstellten und deshalb große Flügel trugen, brachten die verschiedenen Geschenke herbei. Eine der Nummern, die einer der älteren Damen absichtlich eingehändigt war, wurde jetzt aufgerufen, und die beiden Knaben schleppten einen großen schweren, irdenen Henkelkrug herbei. Von demselben hing ein zwei Bogen langer Zettel mit der Aufschrift: »Mittel gegen Frost« herab. Der Krug wurde geöffnet und eine niedliche Boa hervorgezogen, die der Dame überreicht wurde.

»Was haben Sie für eine Nummer, mein gnädiges Fräulein?« fragte Otto Wilhelms Schwester, die jetzt, von ihrem langen Schleier befreit, hereintrat und an seiner Seite Platz nahm.

»Nummer 34!« erwiderte sie. »Ich sollte, wenn alle Andern gezogen hätten, die übrig bleibende Nummer behalten.«

»So hat uns denn das Schicksal zu Nachbarn gemacht!« versetzte Otto. »Ich habe Nummer 33.«

»Dann wird eines von uns sicherlich etwas sehr Schlechtes bekommen!« sagte Sophie. »Soviel ich weiß, fällt nur auf jede zweite Nummer ein gutes Geschenk.«

In demselben Augenblick wurde ihre Nummer gezogen. Das die Gabe erläuternde Gedicht erklärte, dass nur ein poetisches edeles Gemüt dieses Geschenk verdiente. Es war ein französischer kolorierter Holzschnitt, dem eine einfache, aber rührende Idee zugrunde lag. Man erblickte einen zugefrorenen See, bis an den Horizont nichts als eine kahle Eisfläche. An einer Stelle befand sich ein Loch im Eis, neben welchem ein Hut mit rotem Futter lag. Daneben saß ein Hund mit ernsten Blicken still und wartend. Rings um die in das Eis gebrochene Öffnung ließen deutliche Spuren erkennen, dass der Hund in die scharfe Eisrinde gekratzt hatte. » *Il attend toujours*« war die ganze Unterschrift.

»Das ist herrlich!« rief Otto. »Ein rührender Gedanke! Sein Herr fand in dem See sein Grab, und der treue Hund wartet beständig. Ich wünschte, dass das Bild mir zugefallen wäre!«

»Ja, es ist hübsch!« versetzte Sophie, und ihr wehmutsvoller Blick verlieh dem jungen Mädchen noch höhere Schönheit.

Etwas später kam auch die Reihe an Wilhelm.

»So öffne doch, und du wirst schaun die allerschönste Gabe traun!«

So lautete der Vers. Er öffnete das Paket, und sieh', ein kleiner Spiegel lag darin. »Der war für eine der Damen bestimmt!« rief er lachend, »und dann hätte der Vers freilich die Wahrheit geredet; einem Empfänger, wie ich bin, trägt er aber nur Spott ein!«

»Für mich wird wohl nichts als meine Nummer übrig bleiben!« sagte Otto zu seiner Nachbarin, als sämtliche Geschenke verteilt zu sein schienen.

»Die letzte Gabe trägt die Nummer 33!« fuhr der Vetter fort und brachte eine Papierrolle zum Vorschein, die sich bisher im Grünen versteckt hatte. Es war der alte Stammbaum eines ausgestorbenen Geschlechtes. Zu unterst lag der Ritter mit Schild und Harnisch, und aus seiner Brust wuchs der viel verzweigte Baum mit Schilden und Namen. Vermutlich war er mit anderem alten Plunder auf einer Auktion gekauft und nun zur Weihnachtszeit, wo man in allen Winkeln Nachsuchungen anstellte, um alles als Scherz oder Ernst zu benutzen, mit zur Ausstaffierung des Weihnachtsbaums verwandt worden. Der Vetter las folgenden Vers:

»Bist du von Adel nicht, so lass dich mahnen, dass dieser Baum dann nicht gilt deinen Ahnen, dass er nur dir gilt, deinem Tun und Wollen, und neue Zweige dir entsprossen sollen. Trittst du hervor, wo Geltung nur hat Adel, dann zeig den Stammbaum, Ritter ohne Tadel! Empfang' den Adel jetzt aus meiner Hand, sei treu und wahr auch stets im neuen Stand!«

»Gratuliere!« sagte Wilhelm lächelnd. »Nun werden Sie zu der Rangsteuer herangezogen werden.«

Einige der nächsten Damen brachten ebenfalls lächelnd eine Art Glückwunsch dar; Sophie allein verhielt sich stumm und betrachtete das Geschenk einer der übrigen Damen, ein recht geschmackvolles Nadelkissen in der Form eines bunten Schmetterlings!

Die vorderste Reihe erhob sich jetzt, um sich die hübsche Ausstattung des Weihnachtsbaumes näher zu betrachten. Sophie zog eine der Damen mit sich fort.

»Wir wollen uns die schönen Statuen ansehen,« sagte sie, »den Hirtenknaben und den Merkur!«

»Das ist unschicklich!« flüsterte die Dame, »aber sehen Sie nur, welche köstliche große Rosinen dort am Baum hängen!«

Sophie trat vor Thorwaldsens Hirtenknaben hin. Die Dame flüsterte einer Freundin zu: »Das nimmt sich doch eigentümlich aus, dass sie dergleichen Figuren betrachtet!«

»Ach,« versetzte diese, »sie ist ja, wie Sie wissen, Kunstliebhaberin. Denken Sie nur, auf der letzten Kunstausstellung ging sie mit ihrem Bruder in den großen Saal, in welchem die Gipsabgüsse untergebracht sind. Sie sah sich sowohl den Herkules als auch die übrigen unanständigen Figuren an und fällte das Urteil, dass sie ganz vortrefflich wären. Das soll nun natürlich sein! Sonst ist sie ein ganz niedliches Mädchen!«

»Schade, dass sie ein wenig schief ist!«

Sophie näherte sich; beide Damen machten ihr Platz und forderten sie herzlich auf, sich zu ihnen zu setzen. »Komm zu uns, du liebes Mädchen!«

5.

Hört nun der Pauken und Trompeten Klang,
verstimmte Geigen, Schreien und Gesang.
Jetzt ist, Hurra!
Der Doktor da!
Auf diesem Hügel wollen wir uns lagern!

J. L. Heiberg.

Nicht Schritt für Schritt wollen wir die Haupt-
personen in unserer Erzählung begleiten, sondern
nur die hervorragenden Lebensmomente mitteilen,
mögen sie nun groß oder klein sein, wir verweilen
bei ihnen, wenn sie dazu beitragen können, das
ganze Gemälde anschaulicher zu machen.

Der Winter war verstrichen; die Zugvögel
hatten schon längst ihre alten Nester wieder aufgesucht, Fluren und Wälder standen üppig grün da,
und was den Freunden eben so interessant war, sie
hatten das *examen philologicum* glücklich bestanden.
Wilhelm, der unmittelbar nach Beendigung desselben seine Schwester nach Hause begleitet hatte,
war bereits wieder zurückgekehrt, sang mit dem
kleinen Jonas, dachte schon an das *philosophicum*,
erwog aber auch, wie er den Sommer, den hier im
Norden eben so schönen wie kurzen Sommer genießen könnte.

Es war Johannistag. Die Kopenhagener waren
nach ihren hübschen Landhäusern am Strandweg
hinausgezogen, wo Reiter und Wagen vorbei-
sausten und die Landstraße unaufhörlich von Fuß-
gängern belebt war. Der ganze Weg bot ein Bild des
Pariser Lebens auf den Boulevards dar. Die Sonne
brannte und der Staub wirbelte hoch in die Luft

empor, weshalb Viele die angenehme Fahrt mit dem Dampfschiff die Küste entlang wählten, von dem aus man das ganze Treiben auf der Landstraße überschauen konnte, ohne von Staub und Sonnenhitze zu leiden. Schiffe segelten vorüber, muntere Matrosen wetteiferten, um mit kräftigen Ruderschlägen das Dampfboot zu überholen, dessen schwarzer Rauch dämonenhaft halb über der Spitze des Mastbaums und halb in der Luft hinschwebte.

Mehrere junge Studenten, unter welchen sich auch Wilhelm und Otto befanden, verließen bei Charlottenlund, dem besuchtesten Lustwäldchen der Kopenhagener, das Schiff. Zum ersten Mal war Otto hier, zum ersten Mal sollte er den Tiergarten sehen.

Ein Sommernachmittag im Linkeschen Bad bei Dresden hat mit Charlottenlund ungemein viel Verwandtes, nur dass der dänische Wald größer ist, dass wir statt der Elbe den Sund vor uns haben, der hier eine Breite von drei Meilen erreicht, und wo oft mehr als hundert Schiffe unter allen nur denkbaren europäischen Flaggen vorübergleiten. Ein Musikchor spielte Stücke aus Preciosa, durch die grünen Buchen schimmerten die weißen Zelte wie Schnee oder Schwäne hindurch. Hier und da war ein Herd von Rasen errichtet, auf welchem man kochte und briet, sodass der blaue Rauch zwischen den Bäumen emporwirbelte. In langen Reihen hielten außerhalb des Waldes Bauernwagen, Kaffeemühlen genannt. Sie entsprechen, was die Billigkeit, die Überladung mit Passagieren und die dadurch hervorgebrachte malerische Gruppierung anlangt, dem *Corricolo* der Neapolitaner, wie dem *coucou* der Pariser. Auf einem Gemälde von Marstrand sind diese Szenen

44

aus dem Volksleben in genialer Weise aufgefasst. Lustig geht es nun zwischen Äckern und Wiesen nach dem Tiergarten hinüber; die Freunde wanderten jedoch den Fußpfad entlang.

»Soll ich die Herren abbürsten?« riefen gleichzeitig fünf bis sechs kleine Jungen, die ungestüm die Freunde umdrängten, als sich dieselben dem Eingange zum Tiergarten näherten. Ohne erst eine Antwort abzuwarten, begannen sie sofort sämtlich, ihnen den Staub von Kleidern und Stiefeln abzubürsten.

»Das sind Kirsten Piils Pagen!« sagte Wilhelm lachend. Sie sorgen dafür, dass man rein und sauber auftreten kann. »Aber nun sind wir blank genug!« Ein Sechsschillingstück belohnte die kleinen Savoyarden.

Die » *Champs Elysées*« der Pariser bei einem großen Volksfest, wenn die Theater aufgeschlagen sind, die Schaukeln schweben, Trompeten und Trommeln die sanftere Musik zu übertäuben drohen und sich das Menschengewimmel wie ein einziger zusammenhängender Körper zwischen Buden und Zelten entlang bewegt, gewähren einen ähnlichen Anblick, wie ihn der sogenannte Tiergartenhügel darbietet. Man glaubt Neapels » *Largo del castello*« mit seinen tanzenden Affen, schreienden Bajazzos und dem ganzen betäubenden Jubel in einen nordischen Buchenwald versetzt zu sehen. Auch hier zeigen an den Bretterbuden große grelle Gemälde, welche köstlichen Schauspiele man in ihnen genießen kann. Die schöne Kunstreiterin steht auf dem Bretterbalkon und knallt mit der Peitsche, während der Clown in die Trompete stößt. Große bunte Papageien nicken von der Stange, auf der sie festgekettet sitzen, über den Köpfen der Menge. Hier steht ein Bergmann in seiner schwarzen Tracht und zeigt das Innere eines Bergwerks. Er dreht den Leierkasten, und die Puppen steigen nach der Musik auf und nieder. Wieder ein Anderer zeigt die prächtige Festung Frederikssteen: »Die ganze Kavallerie und Infanterie, welche erschrecklich viel gelitten haben! Hier ein Mann ohne Gewehr, da ein Gewehr ohne Mann! Hier Einer ohne Bajonett, da ein Bajonett ohne Einen, und doch sind sie froh und zufrieden, denn sie haben ihren Sieg verwunden.«[1]

Holländische Waffelbuden, in denen hübsche Holländerinnen in ihrer Nationaltracht aufwarten, locken Jung und Alt. Hier ein Guckkasten, dort ein seltener dänischer Ochse usw. Hoch zwischen die frischen Baumzweige empor fliegt die Schaukel. Sind es vielleicht zwei Liebende, die dort schweben? Ein Luftzug erfasst des Mädchens Kleid und Schal; fest schlingt der junge Mann seinen Arm um der Geliebten Leib; es geschieht nur der Sicherheit wegen, sie sitzt dann weniger der Gefahr aus-gesetzt. Unten am Fuß des Hügels ist alles mit Kochen und Braten beschäftigt; man glaubt, ein Zigeunerlager vor sich zu haben. – Unter dem Baum sitzt der alte Jude, der heute gerade sein fünfzig-jähriges Jubiläum feiert; seit einem halben Jahr-hundert sang er hier täglich sein komisches Doktor-lied. Jetzt, wo wir dieses lesen, ist er tot; das charakteristische Antlitz Staub, die sprechenden Augen sind geschlossen, sein Gesang verhallte Töne. Oehlenschläger hat uns das Bild desselben in seinem St. Johannis-Abendspiel aufbewahrt, und es

---

[1] Des Ausrufers eigene Worte

wird eben so fortleben, wie Meister Jakel, unser dänischer Thespis. Hier auf dem Hügel steht sein kleines Theater; von Vater auf Sohn vererbten sich Marionetten und das Stück, welches jede Viertelstunde am Tag wiederholt wird. Die offene Natur ist der Zuschauerplatz, und nach jeder Vorstellung geht der Direktor selbst mit dem Teller umher.

Dies war das erste Schauspiel, welches die Freunde zu sehen bekamen. Nicht weit davon stand ein bäurisch gekleideter Taschenspieler mittleren Alters, der die Aufmerksamkeit durch sein gemeines, hässliches Gesicht ans sich zog. Seine Hemdsärmel waren in die Höhe gestreift und zeigten dicht behaarte, muskulöse Arme. Die Menge, welche sich schnell verlief, als Meister Jakel den Teller umhergehen ließ, riss Otto und Wilhelm mit sich fort und schob sie bis an die niedere Schranke, welche vor des Taschenspielers Tisch errichtet war.

»Treten Sie herein, meine gnädigen Herren, meine hohen Herrschaften!« sagte der Taschenspieler mit einer Betonung der Worte, die seine deutsche Abstammung zu erkennen gab. Er öffnete die Schranke, und beide Freunde, die förmlich hineingestoßen wurden, nahmen auf der Bank Platz, auf der sie sich doch wenigstens außerhalb des Gedränges befanden.

»Wollen der wohlgeborene Herr so gütig sein, diesen Becher zu halten!« sagte der Taschenspieler und reichte Otto einen seiner Apparate. Otto blickte den Mann, welcher mit seiner Kunst beschäftigt war, scharf an, und errötete plötzlich bis an die Stirn, während unmittelbar darauf Todesblässe sein

Antlitz überflog. Seine Hand bebte, wenn auch nur einen kurzen Augenblick. Er raffte schnell seine ganze Seelenstärke zusammen, und niemand hätte eine äußerliche Veränderung an ihm wahrzunehmen vermocht.

»Das Kunststück macht Ihnen alle Ehre!« sagte Wilhelm.

»Ja, in der Tat!« entgegnete Otto, obgleich er durchaus nichts gesehen hatte. Er fühlte sich auf das Tiefste ergriffen. Nachdem der Mann noch einige Kunststücke gemacht hatte, näherte er sich mit dem Teller. Otto legte eine Mark hinein und erhob sich zugleich, um sich zu entfernen. Der Mann bemerkte das große Geldstück, ein Lächeln spielte um seinen Mund, er schaute Otto an, und ein eigentümlich boshafter Ausdruck lag in dem tückischen Blicke, mit dem er seinen laut ausgesprochenen Dank: »Herr Otto Zostrup sind stets gleich gnädig und gütig!« begleitete.

»Kennt Sie dieser Mann?« fragte Wilhelm.

»Man hat die Ehre!« grinste der Taschenspieler und ging weiter.

»Auf seiner Reise durch die jütischen Dörfer ist er auch auf meines Vaters Gut als Künstler aufgetreten!« flüsterte Otto.

»Also eine Bekanntschaft aus der Kindheit!« sagte Wilhelm.

»So ist es!« versetzte Otto, und sie bahnten sich einen Weg durch das Gewühl.

48

Sie trafen einige junge Edelleute, die mit Wilhelm verwandt waren, den Vetter, der die Verse zur Weihnachtsbescherung verfasst hatte, so wie auch einige Freunde vom Examensschmaus, und die Gesellschaft vermehrte sich. Sie beabsichtigten, wie Viele an diesem Festtage zu tun pflegten, die Nacht im Walde zuzubringen und um Mitternacht aus Kirsten Piils Quelle zu trinken. Mit Eintritt der Dunkelheit begänne hier die Lust erst recht, versicherten sie. Otto hatte indes schon vorher erklärt, gegen Abend wieder nach der Stadt zurückzukehren. »Daraus wird nichts!« sagte der Dichter, »machen Sie Miene sich zu entfernen, so binden wir Sie an einen von uns fest!«

»Dann nehme ich ihn auf dem Rücken mit mir!« erwiderte Otto, »und laufe trotzdem nach der Stadt. Was soll ich wohl die Nacht über im Wald?«

»Lustig sein!« entgegnete Wilhelm. »Kommen Sie uns jetzt nicht mit Ihren Absonderlichkeiten, oder ich schlage auch einmal hinten aus!« Leierkasten, Trompeten und Trommeln brausten durcheinander; Bajazzo brüllte und einige alte heisere Jungfern sangen und klimperten auf der Guitarre; es machte einen komischen oder rührenden Eindruck, je nachdem man sich aufgelegt fühlte. Der Abend begann zu dämmern, und nun wurde das Gedränge größer, die Freude geräuschvoller.

»Aber wo ist denn Otto?« fragte mit einem Mal Wilhelm. Otto war im Gedränge verschwunden. Nachsuchen wäre vergeblich gewesen; man musste sich auf den Zufall verlassen, der sie vielleicht wieder zusammenführte. Oder hatte er sich etwa absichtlich von ihnen getrennt? Niemand vermochte

zu sagen, was ihn dazu veranlasst haben könnte;
niemand ließ sich träumen, was in seiner Seele vor-
gegangen war.

Es wurde Abend, und bald glich der aus dem
Tiergarten führende Landweg so wie der daneben
hinlaufende Fußpfad zwei beweglichen bunten
Bändern, während im Park selbst das Gewühl merk-
lich abnahm. Nun schien die Landstraße in den
Tiergartenhügel verwandelt. Die Wagen jagten wie
bei einer Wettfahrt aneinander vorüber, das Volk
schrie und sang, und wenn es auch nicht so
melodisch wie die Barkarole der Fischer unter dem
Lido klang, so sprach sich doch die ganze
Karnevalsfreude des Südländers darin aus. Das
Dampfschiff eilte die Küste entlang. Rings umher
stiegen aus den Gärten der Landhäuser Raketen in
die blaue Luft empor, des Nordens Moccoli nach
dem Karneval des Tiergartens.

Wilhelm blieb mit seinen jungen Freunden im
Wald, wo sie ja mit dem Schlag Zwölf aus Kirsten
Piils Quelle trinken wollten. Männer und Frauen,
Mädchen und Burschen der niederen Volksklassen
und sonst noch andere junge lustige Leute pflegen
hier in dieser Weise die Johannisnacht zu feiern.
Noch immer lärmte die Musik, noch immer blieben
die Schaukeln in Bewegung und brannten die aus-
gehängten Laternen, während der Neumond durch
die dunkeln Baumzweige hindurch schimmerte.

Gegen Mitternacht erstarb allmählich der
Lärm. Nur ein blinder Bauer saß noch immer da
und kratzte auf den drei letzten Saiten seiner Geige.
Einige Dienstmädchen gingen mit ihren Geliebten
Arm in Arm und sangen. Um zwölf Uhr drängten

sich alle um die Quelle und tranken das klare eiskalte Wasser. In einiger Entfernung erklang in der schweigenden Nacht feierlich ein vierstimmiger Männerchor. Es war, als sängen die Waldgötter zum Preise der Quellnymphe.

Auf dem Hügel war es jetzt leer und still, Bajazzo und *il padrone* schliefen im luftigen Leinwandzelt unter einundderselben Decke. Der Mond ging zwar unter, aber man befand sich in der Zeit der hellen Nächte. Einen schöneren Sternenhimmel kann man selbst in einer frostklaren Winternacht nicht erblicken. Wilhelms Gesellschaft war lustig, die Stunden flossen ihr leicht dahin. Unter vierstimmigem Gesang wanderte die Gesellschaft durch den Wald nach dem Meeresufer hinunter. Der Tag graute bereits; am Horizonte verkündete ein roter Streifen sein Kommen.

Die Natur sang ihnen die Mythe von der Schöpfung der Welt genau in derselben Weise vor, wie sie sie einst dem Moses sang, der diese Stimme Gottes in der Natur niederschrieb. Das Licht zerstreute die Finsternis; Himmel und Erde wurden geschieden. Zuerst zeigten sich die Vögel in der klaren Luft, dann erhoben sich die Tiere des Feldes und zuletzt betrat der Mensch den Schauplatz der Welt.

»Der Morgen ist ordentlich schwül!« sagte Wilhelm. »Spiegelglatt dehnt sich die See vor uns aus. Wollen wir nicht ein Bad nehmen?«

Der Vorschlag wurde angenommen.

»Da sind auch schon die Najaden!« rief einer aus der Gesellschaft, als eine Schaar Fischer-Frauen und Mädchen in bloßen Füßen, die grünen Röcke aufgeschürzt und mit Körben auf dem Rücken, in denen sie die Fische nach Kopenhagen zu tragen pflegen, plötzlich an ihnen vorüber schritt. Die lustigen Brüder warfen der Schönsten einen Blick zu, so warm und blitzend, wie ihn nur die Sonne selbst auf sie zu werfen vermochte, die in diesem Augenblick aufging und über den Sund ihre ersten Strahlen schoss, wo ein prächtiger Dreimaster alle Segel aufgehisst hatte, um jeden Windhauch auf-fangen zu können. Die Gesellschaft erreichte das Ufer.

»Da schwimmt schon einer draußen!« sagte Wilhelm. »Wie schnell und sicher sind seine Be-wegungen! Das ist ein ausgezeichneter Schwimmer!«

»Hier liegen seine Kleider!« fügte ein Anderer hinzu.

»Wie?« rief Wilhelm, »das ist ja Otto Zostrups Rock! Aber er kann ja gar nicht schwimmen! Ich habe ihn nie zu bewegen vermocht, mich ins Bad zu begleiten. Nun, wir wollen ihm nach und den eigen-tümlichen Grund seiner Weigerung herauszu-bekommen suchen!«

»Er ist es sicherlich!« sagte ein Anderer. »Jetzt tritt er Wasser!«

»Dann muss er aber doch auch die Nacht im Wald zugebracht haben!« rief Wilhelm. »Das ist mir wirklich ein hübscher Vogel! Entläuft uns! Das soll ihm vergolten werden! Guten Morgen, Otto Zostrup!« rief er laut. »Haben Sie die ganze Nacht in der See gelegen, oder hätten wir Sie noch an anderen unpassenden Orten suchen müssen? Es gehört nicht zu den Sitten zivilisierter Leute, seine Freunde ohne das geringste Abschiedswort zu verlassen. Da Sie sich jedoch einmal in der Rolle des Naturmenschen gefallen, so wollen wir Ihre Siebensachen mitnehmen. Es kann für Sie nicht genannt sein, uns in *puris naturalibus* im Wald aufzusuchen!«

Otto erhob zwar den Kopf, verhielt sich aber schweigend.

»Nun, wollen Sie nicht ans Land kommen?« rief Wilhelm. »Nur, wenn Sie vor einem jeden von uns niederknien, erhalten Sie die einzelnen Stücke Ihres Anzugs zurück, damit Sie wieder fähig sind, sich als gebildeter Europäer zu zeigen!« Bei diesen Worten verteilte er die Kleidungsstücke an die übrigen, bis jeder eines derselben in der Hand hielt.

»Lassen Sie diese Narrenspossen!« rief Otto mit einem seltsamen Ernst. »Legen Sie die Kleider hin und gehen Sie Ihrer Wege!«

»Ganz wie Sie befehlen!« entgegnete Wilhelm. »Sie sind wirklich ein geriebener Fuchs! Sie können nicht schwimmen, sagen Sie! Nein, es hilft Ihnen alles nichts, Sie müssen knien!«

»Entfernen Sie sich!« rief Otto, »oder ich schwimme in den Strom hinaus und komme nie wieder!«

»Darin ließe sich immer eine gewisse Originalität erkennen!« versetzte Wilhelm. »Sie haben die
Wahl, schwimmen Sie hinaus oder kommen Sie an
das Land und beugen Sie Ihre Knie!«

»Wilhelm!« schrie Otto mit einem ergreifenden
Seufzer und schwamm augenblicklich in kräftigen
Bewegungen hinaus.

»Da schwimmt er hin!« sagte einer aus der Gesellschaft. »Wie sicher er die Wellen durchschneidet!
Er ist ein herrlicher Schwimmer!«

Lächelnd schauten sie über die spiegelglatte
Fläche hin; immer weiter und weiter schwamm Otto
hinaus.

»Aber wo will er eigentlich hin?« rief endlich,
etwas ernst, einer aus der Gesellschaft. »Er muss ja
die Kräfte verlieren, bevor er die Strecke wieder
zurückzulegen vermag!«

»Er wird doch nicht toll geworden sein!« rief
Wilhelm. »Lasst uns das Boot hier lösen und ihm
nachrudern! Der Scherz kann einen bösen Ausgang
nehmen!«

Sie lösten das Boot. In weiter Ferne schwamm
Otto, mit schnellen Ruderschlägen suchten sie ihn
zu erreichen.

»Wo ist er geblieben?« schrie Wilhelm einen
Augenblick später. »Ich sehe seinen Kopf nicht
mehr.«

»Dort taucht er eben wieder auf!« rief ein Anderer, »aber die Kräfte scheinen den Schwimmer zu verlassen!«

»Vorwärts, vorwärts!« schrie Wilhelm, »er ertrinkt, wenn wir ihm nicht zu Hilfe kommen. Seht, er beginnt zu sinken!«

Alle Kräfte waren Otto verschwunden; sein Kopf sank und verschwand unter dem Wasser. Fast hatten ihn die Freunde erreicht. Schnell warfen Wilhelm und ein paar der besten Schwimmer Stiefel und Röcke von sich, sprangen in die See und tauchten unter das Wasser. Es verging ein kurzer lautloser Augenblick. Da erschien einer der Schwimmer wieder auf der Oberfläche. »Er ist tot!« lautete die erste Schreckensmär. Nach ihm tauchten Wilhelm und die drei anderen empor, welche Otto fest umschlungen hielten. Es hätte nicht viel gefehlt, so wäre das Boot gekentert, als man ihn hineinhob. Totenbleich lag er da, eine schön geformte Marmorstatue, das Bild eines jungen Gladiatoren, der in der Arena gefallen ist.

Die Freunde suchten ihn ins Leben zurückzurufen und rieben ihm vor allem Brust und Hände, während zwei andere nach dem Land zurückruderten.

»Er atmet!« sagte Wilhelm.

Otto öffnete die Augen, seine Lippen bewegten sich; sein Blick wurde fester; eine starke Röte überflog seine Brust und sein Antlitz. Er richtete sich in die Höhe, wobei ihn Wilhelm unterstützte. Mit einem Mal stieß er einen tiefen Seufzer aus, schob

Wilhelm heftig von sich und ergriff wie ein Wahnsinniger eines der Kleidungsstücke, welches er schnell über sich warf. Mit einem krampfhaften Zucken um die Lippen sagte er dann zu Wilhelm, welcher seine Hand erfasst hatte: »Ich hasse Sie!«

6.

Keine halbe Stunde nach dieser Begebenheit rollte ein Wagen auf dem Wege nach der Stadt, ein großer dreisitziger Wagen, in dem aber, den Kutscher abgerechnet, nur ein Einziger Platz genommen hatte. Es war Otto; seine Lippen waren blass, denn der Tod hatte sie ja berührt. Allein jagte er dahin, seine letzten Worte an Wilhelm waren auch seine einzigen gewesen.

»Er muss närrisch geworden sein!« sagte einer der Freunde.

»Er hat wieder einmal seinen Raptus,« versetzte ein Anderer, »wie damals beim Examen, als er in der Mathematik nur ein Blatt weißes Papier abgab, weil er sich von dem die Aufsicht führenden Professor beleidigt fühlte.«

»Ich ärgere mich über meinen törichten Scherz in vollem Ernst!« sagte Wilhelm. »Ich hätte ihn besser kennen müssen! Er hat einen merkwürdigen, unglückseligen Charakter. Gebt mir die Hand darauf, dass kein Wort über den Vorfall gesprochen wird. Es würde nur zu allerlei Gerede Veranlassung geben und ihn tief verletzen. Das verdient er sicherlich nicht, denn er ist sonst ein vortrefflicher, herrlicher Mensch.«

Sie gaben einander die Hand darauf und fuhren nach der Stadt.

Noch am Abend desselben Tages wollen wir Otto aufsuchen. Wir finden ihn auf seinem Zimmer. Schweigend, mit gekreuzten Armen stand er vor einem Kupferstich, einer Kopie von Horace Bernets bekanntem Gemälde, welches Mazeppa darstellt, wie er, auf ein wildes Pferd gebunden, durch den Wald jagte. Wölfe blicken mit glühenden Augen durch das Dickicht und zeigen ihre scharfen Zähne.

»Mein eigenes Leben!« seufzte Otto, »auch ich bin an ein solches wildes Pferd gebunden, welches rastlos mit mir dahinjagt. Und keinen Freund, nicht einen einzigen! Wilhelm, ich könnte dich morden! Sie alle könnte ich in ihrem Blute sehen! O, allmächtiger Gott!« Er bedeckte sein Gesicht mit den Händen und warf sich auf einen Stuhl, aber die Augen hefteten sich immer wieder auf das Bild, welches ihm einen mit seinem eigenen Seelenzustande so verwandten Moment vorhielt.

In diesem Augenblicke ging die Tür auf, und Wilhelm stand vor ihm.

»Wie geht es Ihnen, Zostrup?« fragte er. »Wir sind doch noch immer dieselben alten Freunde, wie sonst?« Bei diesen Worten wollte er ihm die Hand reichen, aber Otto zog die seinige zurück. »Ich habe nichts getan, was Sie in dem Grad erzürnen könnte!« fuhr Wilhelm fort. »Das Ganze war ein Scherz! Geben Sie mir die Hand, und wir wollen dann kein Wort weiter darüber verlieren!«

»Nie reiche ich dem die Hand, welchen ich hasse!« erwiderte Otto, und seine Lippen wurden weiß, wie seine Wangen.

»Zum zweiten Mal sagen Sie mir heute diese Worte!« rief Wilhelm, und das Blut stieg ihm ins Gesicht. »Wir waren Freunde; weshalb können wir es nicht länger sein? Hat man mich bei Ihnen verleumdet? Welche Lügen hat man über mich verbreitet? Sagen Sie es mir offen und ehrlich, und ich werde mich zu verteidigen wissen.«

»Sie müssen sich mit mir schießen!« sagte Otto, und sein Blick wurde finsterer. Wilhelm schwieg. Einen Augenblick herrschte Stille. Otto unterdrückte einen tiefen Seufzer. Endlich unterbrach Wilhelm das Schweigen und sagte mit ernster bewegter Stimme: »Ich besitze einen hohen Grad von Leichtsinn, treibe oft Scherze und fasse alles von der heiteren Seite auf, allein trotzdem habe ich Herz und Gefühl. Sie müssen erkannt haben, wie lieb Sie mir vor den meisten Andern gewesen sind. Sie sind es mir noch, wie sehr Sie mich auch beleidigen. In diesem Augenblick ist Ihr Blut in Wallung. Wenn auch nicht jetzt, so werden Sie es doch nach einigen Tagen selbst am Besten einsehen, wer von uns der eigentliche Beleidiger ist. Sie verlangen, ich soll mich mit Ihnen schießen. Ich will auf diese Forderung eingehen, falls Sie zur Wiederherstellung Ihrer Ehre dieser Genugtuung bedürfen; allein Sie müssen mir auch einen annehmbaren Grund angeben; ich will wissen, weshalb wir unser Leben auf's Spiel setzen. Lassen Sie erst einige Tage darüber hingehen, überlegen Sie reiflich alles mit Ihrem Verstand, wie mit Ihrem Herzen! Von Ihnen selber wird es dann abhängen, ob wir Freunde bleiben sollen, wie zuvor. Leben Sie wohl!« Wilhelm ging.

Jedes seiner Worte war Otto zu Herzen ge-
drungen. Einen Augenblick stand er schweigend
und in sich gekehrt, dann erbebten unwillkürlich
seine Glieder, Tränen entströmten seinen Augen; es
war ein förmlicher Weinkrampf, in den er mit
zurückgebogenem Kopf verfiel. »Gott, wie unglücklich bin ich!« waren die einzigen Worte, die sich
über seine Lippen drängten.

Einige Augenblicke verstrichen. Endlich hatte
er sich ausgeweint und wurde ruhiger. Plötzlich
sprang er dann auf, schob den Riegel vor die Tür,
ließ die Fenstervorhänge herab, zündete ein Licht an
und blickte noch einmal spähend umher; sogar das
Schlüsselloch wurde verhängt. Nun zog er den Rock
aus und entblößte seinen Oberkörper ...

7.

Städte schweben vorbei, nachdem wir kaum sie
erblicket.
Die Reise durch Fühnen von Oehlenschläger.

Schon früh am folgenden Morgen, als Wilhelm
noch im süßen Schlaf lag und von den lieben Ge-
schwistern träumte, ließen sich bekannte Fußtritte
auf der Treppe vernehmen, die Tür öffnete sich und
Otto trat in das Schlafzimmer. Wilhelm schlug die
Augen auf. Otto war bleich, eine schlaflose Nacht
hatte seinen Augen und seiner Stirn das Gepräge
eines tiefen Herzenskummers aufgedrückt.

»Zostrup!« rief Wilhelm froh überrascht und
streckte ihm die Hand entgegen, ließ sie jedoch
gleich wieder sinken. Otto ergriff sie und drückte
sie fest in der seinigen, indem er mit tiefem Ernste
hinzufügte: »Sie haben mich gedemütigt! Werden
Sie das als eine befriedigende Genugtuung anerkennen?«

»So bleiben wir also doch die alten Freunde!«
rief Wilhelm. »Freunde müssen Nachsicht gegen-
einander üben. Sie waren gestern ein wenig sonderbar, morgen kann ich es werden. Darin wird meine
Rache bestehen.«

Otto drückte ihm die Hand. »Lassen Sie uns
über den gestrigen Vorfall nie wieder miteinander
reden!«

»Wie!« wiederholte Wilhelm, eigentümlich ergriffen von des Freundes seltsamem Ernste.

»Sie sind ein edeler und guter Mensch!« sagte Otto und beugte sich über ihn hinab; seine Lippen berührten Wilhelms Stirn.

Wilhelm ergriff seine Hand und schaute ihm treu ins Auge. »Sie sind nicht glücklich!« rief er, »aber wenn ich auch nicht imstande bin, Ihnen zu helfen, so kann ich doch den Kummer eines Freundes redlich teilen, lieber Otto!«

»Und doch darf und muss gerade dieser Punkt nie unter uns erwähnt werden!« versetzte Otto. »Leben Sie wohl! Ich beabsichtige nach Hause zu reisen; nur auf einige Wochen, da ja doch einmal Ferien sind. Seit Beginn meiner Universitätsstudien bin ich nicht in Jütland gewesen. Selbst ein vierwöchentlicher Aufenthalt daselbst wird mich in meinem Studium nicht zurückbringen, da ich auf das *philosophicum* wohl vorbereitet bin.«

»Und wann gedenken Sie zu reisen?« fragte Wilhelm.

»Mit dem morgen abgehenden Dampfschiff. Hier in der Stadt ist es heiß und schwül, mein Blut wird dick. Auch habe ich ja die Meinigen fast seit einem Jahr nicht gesehen!«

»Zostrup!« rief Wilhelm, dessen sich plötzlich ein neuer Gedanke zu bemächtigen schien. »Ich hätte nicht übel Lust, auch die Meinigen zu besuchen. Sie haben mich aufgefordert, doch zu ihnen zu kommen. Hören Sie, reisen Sie über Fünen und bleiben Sie nur drei bis vier Tage bei uns. Meine Mutter wird Sie mit ihrem eigenen Gespann bis Middelfort bringen lassen. Sagen Sie ja, und wir

reisen dann beide zusammen noch heute Abend
ab!«

»Das ist ein Ding der Unmöglichkeit!« erwiderte Otto. Allein schon eine halbe Stunde später,
als sie beide am Teetisch saßen und Wilhelm seinen
Wunsch von Neuem aussprach, gab Otto nach, un-
streitig mehr aus einem dunklen Gefühl, Wilhelm
gegenüber Verpflichtungen zu haben, als aus
eigentlicher Lust. Gegen Abend wollten sie also
aufbrechen, wollten Seeland in der schönen
Sommernacht durchreisen.

Geputzte Familien lustwandelten zum Tor
hinaus nach dem Sommertheater und nach
Frederiksberg. Die Abendsonne vergoldete die Freiheitssäule, jenen schönen Obelisken, um welchen
Wiedewelts Bildsäulen stehen, deren eine noch
immer weinte

In den weißen Marmorkleidern,

voller Kummer in dem Herzen,

ohne Trost in ihren Schmerzen

schaut sie nach der schwarzen See. [2]

in der sich des Künstlers Augen schlossen. War
es etwa die Erinnerung an des großen Künstlers
frühen Tod, welche Ottos Blick mit einem Mal so
finster werden ließ, als sein Auge auf den Bildsäulen ruhte, oder spiegelte sich in seinem Auge
vielleicht die Finsternis seiner eigenen Seele ab?

---

[2] Oehlenschläger

»Hier geht es lebhaft und lustig zu!« sagte Wilhelm, um ein Gespräch anzuknüpfen. »Der Stadtteil um die Westbrücke bildet aber auch unsere glänzendste Vorstadt. Sie macht eine ganze Stadt, einen kleinen Staat für sich aus. Droben auf dem Berg liegt das königliche Schloss, und dort zur Linken zwischen den Weiden die Dichterwohnung, in der einst der alte Rahbek und seine Kamma ihr stilles Leben führten.«

»Schloss und Dichterwohnung,« bemerkte Otto, »einst wird man ihrer mit gleichem Interesse gedenken!«

»Bald wird die baufällige Hütte niedergerissen werden,« fuhr Wilhelm fort. »Auf einem so schönen Platz, in so großer Nähe der Stadt, wird eine prächtige Villa errichtet werden, und nichts erinnert dann mehr an Philemon und Baucis.«

»Aber die alten Bäume um den Weiher werden geschont werden!« entgegnete Otto, »die Blumen werden noch immer im Garten duften und an Kammas Blumen erinnern. Rahbek war kein großer Dichter, allein er besaß eine echte Dichterseele, arbeitete getreu in dem großen Weinberg und hatte die Blumen eben so lieb, wie seine Kamma.«

Frederiksberg lag den Freunden bereits im Rücken. Die weißen Mauern des Schlosses schimmerten nur noch hier und da zwischen den grünen Zweigen hindurch. Nach Süden zu breitete sich das große wohlhabende Dorf aus. Die Sonne war bereits untergegangen, als sie das bekannte Häuschen am Teich erreichten, in welchem die wilden Schwäne nach ihrer Rückkehr vom Meer nisten. Hier ist der letzte schöne Aussichtspunkt. Von jetzt an begrenzen nur noch flache Felder und hier und da ein Hünengrab den Horizont.

Unwillkürlich richtete sich in der hellen Sommernacht der Blick aufwärts. Der Postillon blies einige Stücke auf seinem Horn, und der Wagen rollte der Stadt Roeskilde zu, dem dänischen St. Denis, wo Hroars Kilde (Quelle) noch immer sprudelt und ihre Gewässer mit denen des Issefjord vermischt.

Sie fuhren nach dem Wirtshaus, um die Pferde zu wechseln. Ein junges Mädchen führte die jungen Herren in das Gastzimmer. Es ging mit dem Licht vor ihnen her und seine schlanke Gestalt, so wie sein schwebender Gang fesselten sofort Wilhelms Blicke. Er erlaubte sich, die Schulter desselben leicht mit seiner Hand zu berühren, was es veranlasste, augenblicklich einen Schritt auf die Seite zu springen und sein schönes ernstes Auge fest auf ihn zu richten. Allein mit einem Male wurde der Ausdruck desselben milder, das Mädchen lächelte, und errötete zugleich.

»Sie sind ja des kleinen Jonas Schwester!« rief Wilhelm, die Jungfrau wiedererkennend, welche er auf dem Spaziergang in der Weihnachtszeit gesehen hatte.

»Auch ich,« sagte sie, »muss Ihnen für Ihre Güte gegen den armen Knaben von Herzen danken!« Eilig setzte sie das Licht hin und verließ mit einem sanften Blick das Zimmer.

»Sie ist schön, sehr schön!« sagte Wilhelm. »Das war in der Tat ein angenehmes Zusammentreffen!«

»Sind Sie es wirklich, Herr Baron, der mir die Ehre erweist?« rief der hereintretende Wirt, ein ältlicher Mann mit jovialem Gesicht. »Wahrscheinlich haben der Herr Baron der lieben Familie auf Fünen einen Besuch zugedacht? Nun, es ist auch schon ziemlich lange her, dass Sie sich dort haben blicken lassen.«

»Das ist unser Wirt!« sagte Wilhelm zu Otto. »Er und seine Frau sind beide auf dem Gut meiner Eltern geboren.«

»Ja,« versetzte der Wirt, »in meiner Jugend habe ich manche Schnepfe und wilde Ente mit dem Vater des Herrn Baron geschossen! Aber Eva soll sogleich den Tisch decken, denn die Herren gedenken sicherlich hier zu Abend zu speisen, und für ein gutes Glas Punsch werde ich wohl auch sorgen müssen, wenn der Herr Baron die Neigungen des seligen Herrn Vaters geerbt haben.«

Das junge Mädchen deckte im Nebengemach den Tisch.

»Die Kleine ist allerliebst!« raunte Wilhelm dem Alten zu.

»Und auch eben so fromm und unschuldig wie hübsch!« entgegnete er. »Das ist viel gesagt, da sie ein armes Kind ist und noch dazu aus Kopenhagen stammt. Sie bringt uns großen Nutzen, und meine Frau ist mit mir darin einig, dass sie sich nicht vor ihrer dermaleinstigen Verheiratung von uns trennen darf.«

Wilhelm lud den Wirt ein, mit ihnen ein Gläschen zu trinken; der alte Herr wurde dabei immer lebhafter und vertraute ihm nun, halb geheimnisvoll, an, was Eva gerade in den Augen seiner Frau so achtungswert machte, und was ja wirklich sehr hübsch wäre. »Mein Mütterchen,« erzählte er, »war nach Kopenhagen gefahren, um eine Kellnerin zu mieten. Ja, da waren freilich genug zu bekommen, und überdies sehr schöne Frauenzimmer; aber Mutter hat nun so ihre eigenen Gedanken und Ansichten; gute Augen hat sie! Da kamen sie nun scharenweise und auch die Eva meldete sich. Aber, du lieber Gott, wie ärmlich war sie gekleidet, wie schmächtig und schwach sah sie aus. Was für Nutzen hätte sie uns wohl bringen können? Indes ein hübsches Lärvchen[3] hatte sie, und dann weinte das arme Mädchen und bat Mutter so dringend, sich Seiner doch ja anzunehmen, denn zu Hause ginge es ihm gar nicht gut und es müsste durchaus fort von Kopenhagen. Nun fehlt es Muttern nicht an der nötigen Zungenfertigkeit, – es ist schade, dass sie heute Abend nicht zu Hause ist, wie würde sie sich gefreut haben, den Herrn Baron zu sehen – ja, was wollte ich doch eigentlich nur sagen? Richtig, sie schwatzte nun mit der kleinen Eva so lange hin und her, bis sie ihr richtig gestand, weshalb sie durchaus fort wollte. Sehen Sie, das Mädchen ist schön, und den jungen galanten Herren in Kopenhagen war sein glattes Gesichtchen längst aufgefallen, und den Alten war es ebenfalls nicht entgangen. So ein alter Herr, ich wäre imstande, ihn

---

[3] Puppenhaftes Gesicht

mit Namen zu nennen, aber das kann ja gleichgültig sein, ein schrecklich vornehmer Mann daselbst, der noch dazu Familienvater war, hatte den Eltern allerlei vorgeschwatzt, und für solche arme Leute spielen dreihundert Taler eine so große Rolle, dass man sie fast entschuldigen kann. Allein Eva weinte und sagte, lieber wolle sie sich im Festungsgraben ertränken. Da hatten sie denn dem armen Kinde immer wieder zugesetzt, bis es von dem Dienst hier draußen bei uns hörte. Eva weinte, küsste Muttern die Hand, und so kam sie denn mit, und seitdem haben wir an Eva nur unsere Freude und unsern Vorteil gehabt.«

Einige Augenblicke später trat Letztere herein. Ottos Auge ruhte wehmütig auf der schönen Gestalt; noch nie hatte er bisher ein Weib so prüfend angeschaut. Evas Antlitz war außerordentlich fein, Nase und Stirn edel geformt, die Augenbrauen dunkel und in den schwarzblauen Augen lag etwas Wehmütiges und doch wieder Glückseliges. Man konnte auf diesen eigentümlichen Blick den homerischen Ausdruck anwenden: »Unter Tränen lächeln«. Sie meldete, dass angespannt wäre.

Ein feiner Beobachter würde augenblicklich bemerkt haben, welche große Veränderung des Wirts Erzählung bei den beiden Freunden hervorgerufen hatte. Wilhelm erlaubte sich keine Freiheiten mehr gegen die arme Eva, während Otto sich ihr mehr zu nähern suchte, und beide reichten ihr beim Abschied ein größeres Trinkgeld, als sie sonst gegeben haben würden. Sie stand mit Otto allein an der offenen Tür und war ihm beim Umhängen seines Reisemantels behilflich.

»Bewahren Sie Ihr Herz rein!« sagte er ernst. »Das ist mehr wert als äußere Schönheit!«

Das junge Mädchen errötete und sah ihm überrascht nach. So hatte bisher keiner seiner Altersgenossen zu ihm geredet. Die Freunde rollten weiter.

»Armes Mädchen!« sagte Otto, »indes glaube ich, dass es in die Hände guter Leute geraten ist.«

»Eva hat einen wunderbaren Blick!« bemerkte Wilhelm. »Wissen Sie übrigens, dass zwischen Ihnen und ihr eine auffallende Ähnlichkeit stattfindet? Ich habe sie sofort bemerkt.«

»Das ist ein Kompliment, das ich in der Tat nicht verdiene,« versetzte Otto lächelnd. »Übrigens wünschte ich, ihr wirklich ähnlich zu sein.« Noch vor drei Uhr erreichten die Freunde Ringsted.

»So weit bin ich noch nie in Seeland hineingekommen,« sagte Otto.

»Dann will ich Ihnen als Führer dienen,« versetzte Wilhelm munter. »Ringsted erfreut sich nur einer einzigen Straße und eines kleinen Ansatzes zu einer neuen. Wie schnell man aber in dieser Großstadt bedient wird, davon können Sie sich sofort selbst überzeugen. Mittlerweile kann man an Hagbarth und Signe denken; nicht weit von hier, bei Sigersted, hing sein Mantel an der Eiche, während Signekils Wohnung in Flammen stand. Jetzt ist da nur Feld und Wiese, mit einem Hünengrab in der Nähe, aber in dem Volkslied leben sie fort. Darauf eilen wir an dem freundlichen Soröe vorüber, das sich mit dem Wald in dem buchtenreichen See abspiegelt; indes bekommen wir nicht viel davon zu sehen. Doch gibt es hier eine andere romantische Partie, eine alte in eine Ritterburg verwandelte Kirche, auf einem in den See vorspringenden Hügel, und dicht daneben den unheimlichen Richtplatz. Von dort gelangt man nach Slagelse, einem schon lebhafteren Städtchen, mit dem Kloster Antvorskov, dem Grabe Frankenaus und einer sogenannten lateinischen Schule, die sich durch die in ihr erzogenen Dichter einen Namen erworben hat. Dort haben Baggesen und Ingemann Latein geschwitzt. Als ich mich früher einmal bei der Wirtin nach den dortigen Merkwürdigkeiten erkundigte, vermochte sie mir nur zwei aufzuzählen: Bastholm's Bibliothek und die neue englische Stadtspritze. Der Vorhang des Theaters zeigt eine Allee mit einem Springbrunnen, dessen Strahl so gemalt ist, dass er gerade aus dem Souffleurkasten hervorzusprudeln scheint, oder soll das Ganze etwa die englische Feuerspritze darstellen? Ich weiß es nicht. Die Kulissen geben ein treues Bild des städtischen Marktplatzes, sodass sich die biedern Bewohner in allen Stücken heimisch angeweht fühlen müssen. Sehen Sie, das ist die neuere Geschichte des Städtchens! Aus der älteren und romantischen wird Ihnen wohl bekannt sein, dass der Heilige Anders hier den Pfarrdienst verrichtete. So einen Mann lasse ich mir gefallen! Er ist dafür auch von unsern ersten Dichtern besungen worden. Zuletzt langen wir in Korsör an, wo Baggesen geboren ist und Birckner sein Grab gefunden hat. In der neueren Geschichte dieses Seestädtchens spielt König Salomo und Jürgen Hutmacher, dieses allerliebste Lustspiel Heibergs, in welchem bekanntlich der Dichter die guten Korsöer geißelt, eine große Rolle. Außerdem hat die Stadt meines Wissens einst ein Privattheater besessen, welches aber bald zugrunde ging. Die Kulissen wurden verkauft, ein Müller erstand sie und flickte seine Windmühlenflügel damit aus. Ein Flügel versteckte sich unter dem üppigen Grün eines Stück Waldes, ein anderer hatte sich in eine gemütliche Stube verwandelt, oder zeigte sich als lange Straße mit stattlichen Häusern, und rastlos jagte eines hinter dem andern her. Möglicherweise beruht das Ganze auch nur auf Verleumdung. Meine Kenntnis stammt aus Slagelse, und Nachbarstädte pflegen nicht gut voneinander zu sprechen.«

So plauderte Wilhelm ununterbrochen fort, und die Freunde rollten den beschriebenen Weg entlang. Sie hatten bereits Slagelse und das Dorf Landsgrav passiert, als Wilhelm dem Kutscher befahl, von der geraden Landstraße rechts abzubiegen.

»Wohin wollen Sie uns führen?« fragte Otto.

»Ich beabsichtige, Ihnen eine Freude zu machen!« erwiderte Wilhelm. »In dem langweiligen Korsör kommen wir doch früh genug an. Das Dampfschiff geht erst um zehn Uhr ab, und jetzt ist es noch nicht einmal sieben. Ich will Ihnen eine angenehme Überraschung bereiten, denn ich weiß ja, dass Sie doch ein halber Katholik sind. Ich führe Sie an eine Stelle, wo Sie sich ein paar hundert Jahre zurückversetzt glauben sollen und sich in ein katholisches Land hineinträumen können. Was meinen Sie, wird das Sie nicht sehr angenehm berühren?«

Otto lächelte. Die Freunde stiegen aus und gingen über einen Weizenacker. Der Ort, an dem sie haltmachten, lag ziemlich hoch. Die ganze Landschaft breitete sich auf einmal vor ihren Blicken aus; sie überschauten den Belt mit Sprogö und Fünen. Die Gegend ringsum war freilich flach, allein die verschiedenen Schattierungen des Grüns, der nahe Bach, der dunkle Waldstreifen in der Nähe vor Korsör, der Meerbusen selbst, und dies alles noch dazu in einer warmen Morgenbeleuchtung, nahm sich effektvoll genug aus. Die Freunde schlugen nun den rechtsabführenden Weg ein, und vor ihnen stand auf einer Anhöhe ein großes hölzernes Kreuz mit dem Bild des Gekreuzigten. Zum Schutz gegen den Regen hatte man über das Kreuz ein kleines Dach gebaut, wie man es noch heutigen Tages in Bayern sehen kann. Das hölzerne Bild des Erlösers war mit kräftigen grellen Farben bemalt, und ein verwelkter Kornblumenkranz hing um sein geneigtes Haupt. »Merkwürdig,« sagte Otto, »dass sich in unserer Zeit, im Jahre 1830, ein so echt katholisches Symbol mitten in dem lutherischen Dänemark erhalten hat! Und trotzdem – Sie werden mich freilich auslachen – finde ich es hübsch; ich gestehe, es rührt mich und stimmt mich zur Andacht.«

»Wie? Dieses grelle, geschmacklose Bild?« rief Wilhelm. »Sehen Sie nur, wie plump! Das Haar ist geteert, damit es nicht unter dem Regen zu leiden hat. Die Bauern hier haben indes ihren ganz besonderen Aberglauben. Lassen Sie nämlich dieses Kreuz verfallen, so geht es nach ihrer Einbildung mit dem Ertrag ihrer Ländereien rückwärts. Hier auf dieser Anhöhe war es, wo der Heilige Anders, der vorhin erwähnte, berühmte Pfarrer von Slagelse, erwachte. Er hatte Christi Grab besucht, da er aber zu lange im Gebet verweilt hatte, war das

Schiff abgesegelt und hatte ihn zurückgelassen. Da kam plötzlich ein Mann und nahm ihn zu sich auf das Pferd, um ihn nach Joppe[4] zu bringen. Unterwegs fiel der Heilige Anders in einen tiefen Schlaf. Als er aber erwachte, lag er hier und hörte die Glocken in Slagelse läuten. Durch einen Ritt auf einem Füllen, welches nur eine Nacht alt war, erwarb er der Stadt ihre großen Ländereien in der kurzen Zeit, in welcher sich König Waldemar im Bad befand. Er vermochte seinen Handschuh auf die Strahlen der Sonne zu hängen. Die Anhöhe hier, auf der er erwachte, wurde Ruhestatt genannt, und auf derselben das Kreuz mit dem Bild des Erlösers errichtet. Noch immer steht es hier und erinnert uns an die Sage vom Heiligen Anders.«

In diesem Augenblick kletterte ein kleines Bauermädchen die Anhöhe hinan, blieb aber, als sie die Fremden sah, stehen.

»Fürchte dich nicht, Kleine!« sagte Wilhelm. »Was hast du denn da? Einen Kranz? Soll der auf das Kreuz gehängt werden? Komm nur, wir werden dir helfen!«

»Er sollte über dem Heiland hängen,« sagte die Kleine, welche den Kranz von schönen blauen Kornblumen vor Verlegenheit fast fallen ließ. Otto nahm ihr den Kranz ab und hängte ihn an die Stelle des verwelkten.

»Das war unser Morgenabenteuer!« sagte Wilhelm, und bald rollten sie in dem tiefen Sand auf

---

[4] Ein Hafen im mittelländischen Meer, in welchem die Kreuzfahrer landeten

Korsör zu, den Hügeln entgegen, von welchen
Baggesen als Kind Sonne und Mond ins Meer
hinabsinken sah, und sich Flügel wünschte, um sie
zu fangen.

Trübselig still liegt die Stadt an der flachen
Küste; das alte Schloss dient als Packhaus, und
hohes Gras wächst auf dem Wall. Bei einem Sturm,
der von der See einherbraust, schlägt die Brandung
gegen die äußersten Häuser. Hoch oben auf der
Kirche ist ein Telegraf angebracht; das schwarze
Holzwerk desselben gleicht Trauerflaggen, die über
der sinkenden Stadt aufgehängt sind. Hier gibt es
für den Fremden nichts zu sehen, nichts, als ein
Grab: das des Denkers Birckner. – Die Freunde
fuhren nach dem am Strand gelegenen Wirtshaus.
Nicht ein Mensch begegnete ihnen auf der Straße,
außer einem Jungen, der mit einer Tischglocke vor
den Häusern läutete.

»Das ist der Ruf zur Kirche,« erklärte Wilhelm.
»Da der Turm ohne Glocken ist, behilft man sich mit
einem solchen wandelnden Glockenläuter. Gottlob,
nun werden wir gleich beim Wirtshaus an-
kommen!«

»Baron Wilhelm!« rief da plötzlich eine kräftige
Stimme, und ein Mann in grüner Jacke mit großen
Brusttaschen, der mächtige, bis an die Stulpen be-
spritzte Reitstiefel trug und in der Hand eine
wuchtige Peitsche hielt, trat ihnen entgegen, lüftete
nachlässig seine schwarze Mütze von Rosshaaren
und reichte Wilhelm die Hand.

»Der Kammerjunker aus Fünen!« sagte
Wilhelm, »meiner Mutter Nachbar, einer der

reichsten und tätigsten Rittergutsbesitzer auf ganz Fünen.«

»Sie müssen mich schon an einem der nächsten Tage besuchen!« sagte der Kammerjunker. »Sie sollen das russische Dampfbad probieren, das ich mir auf meinem Gute habe einrichten lassen. Alle, die mir die Ehre ihres Besuches schenken, Damen wie Herren, müssen es ohne Ausnahme versuchen. Sie schwitzen, dass es eine wahre Lust ist!«

»Wie steht es mit den Kirschbäumen?« fragte Wilhelm. »Versprechen sie in diesem Jahre eine reichliche Ernte?«

»Nein, nein,« erwiderte der Kammerjunker, »auf die freuen Sie sich umsonst. Dafür wird aber die Apfelernte wahrscheinlich desto reichlicher ausfallen. All' die alten Apfelbäume in dem Berggarten stehen in voller Pracht. Ich habe ihnen wieder neue Jugendkraft einzuhauchen verstanden. Vor zwei Jahren trugen sie alle zusammen nicht einen Scheffel. Aber ich ließ die Pferde, denen zur Ader gelassen wurde, unter die Bäume führen und das warme Blut über ihre Wurzeln spritzen. Nachdem ich diese Prozedur einige Male vorgenommen hatte, zeigte es sich, dass es eine wahre Lebenseinimpfung gewesen ist.«

»Und wie steht es auf ...?« Wilhelm nannte ein fünisches Rittergut, dessen adelige Herrschaft einen bekannten Namen führt.

»O,« erwiderte er, »beide Fräulein sind, wie Sie wohl wissen werden, mit zwei Vettern verlobt. Sie heiraten ja stets in der Familie, was weder für

Menschen noch für Vieh dienlich ist. Daher haben sie da drüben auch beständig eine ganze Apotheke im Hause, denn bald fehlt es ihnen hier bald da. In China pflegte man allerdings mit dem Vieh das Experiment vorzunehmen, immer nur Verwandtes zu paaren. Das gibt fettes und mürbes Fleisch, Knochen und Sehnen nehmen ab, und solches Vieh liefert doppelt so viel Talg wie gewöhnliches. Aber Herr mein Gott, das ist doch nicht des Menschen Bestimmung!«

»Wir haben hoffentlich guten Wind!« unterbrach ihn Otto, den diese Unterhaltung zu langweilen begann.

»Nein, er weht uns gerade entgegen!« versetzte der Kammerjunker. »Die Wetterfahne auf jenem kleinen Hause drüben lügt. Sie ist stets nach Nyborg gedreht, zeigt stets den Abreisenden guten Wind an. In Nyborg befindet sich ebenfalls eine Fahne, die eben so fest wie die hiesige steht und den Leuten dort gleichfalls von gutem Wind vorschwatzt. In meinen Augen gelten die beiden feststehenden Fahnen nur als eine Art Wegweiser, die sagen wollen: Dorthin geht der Weg. Nein, hätten wir günstigen Wind gehabt, so wäre ich mit dem Fährschiff gegangen, nicht mit dem Plätscherkasten, wie die Seeleute das Dampfschiff nennen. – Der Wagen erwartet wohl die jungen Herren in Nyborg?« fuhr er fort. »Ich schließe mich Ihnen an; ich habe meinen Braunen im Gasthof bei Schalburgs stehen lassen. Den sollen Sie sehen! Sehnen hat er wie Stahlfedern, und seine Beine würden einem Tanzmeister Ehre machen. Dafür ist es auch mein Brauner!«

»Niemand weiß etwas von unserer Ankunft!« erwiderte Wilhelm. »Wir nehmen deshalb in Nyborg einen Wagen.«

»So wollen wir zusammen reisen!« entgegnete der Kammerjunker, »und dann müssen Sie mich mit dem jungen Herrn besuchen. Sie sollen auch in der schwarzen Kammer schlafen. Sie werden mir doch die Freude bereiten?« wandte er sich an Otto. »Schwärmen Sie für Altertümer, so wird Ihnen mein Gut Vergnügen gewähren. Da gibt es Gräben, Türme und Wachtstuben, ja, es fehlen auch Gespenster und Poltergeister nicht, wie man es von einem alten Gute mit Recht verlangen kann. – Die schwarze Kammer! Nicht wahr, Herr Baron, so ganz geheuer ist es darin nicht?«

»Der Henker bleibe bei Ihnen über Nacht!« sagte Wilhelm. »Spät kommt man erst zu Bett und dann darf man sich auch nicht einen Augenblick dem Schlaf überlassen. Sie, Ihre Schwester und die Mamsell bilden ein allerliebstes Kleeblatt! Nein, Zostrup, Sie können sich nicht vorstellen, welche Possen auf dem Gut des Kammerjunkers getrieben werden! Man muss darauf vorbereitet sein. Es soll dort umgehen. Wollen sich indes nicht die Toten damit befassen, so tun es die Lebenden. Der Kammerjunker steht mit seinen Frauenzimmern im Komplott. Neulich hatten sie mir sogar lebendige Maikäfer in mein Kopfkissen genäht. Das kribbelte und krabbelte, und ich plagte mich vergeblich ab, herauszubekommen, was es sein könnte. Außerdem hatten sie mir einen lebendigen Hahn unter das Bett gesetzt, und als ich endlich in der Morgendämmerung einschlafen wollte, begann das schreckliche Tier zu krähen.«

»Das hatten die Frauenzimmer angezettelt,«
sagte der Kammerjunker. »Hatten sie nicht auch in
der nämlichen Nacht eine Türklingel am Kopfende
meines Bettes anbringen lassen? Ich hatte nicht die
geringste Ahnung davon. Der dicke Länder schlief
mit mir in demselben Zimmer und hatte längs der
Wand eine Schnur bis nach der Klingel gezogen. Mit
einem Male erwachte ich von einem heftigen Ge-
klingel. »Was Teufel ist das für eine Klingel?« schrie
ich und schaute rings in der Stube umher, da es mir
unbegreiflich war, woher die Töne kommen
könnten. »Klingel?« fragte Länder, »hier ist ja gar
keine Klingel!« Wirklich hatte auch das Klingeln
plötzlich aufgehört. Ich glaubte deshalb geträumt,
oder von dem Trinkgelage her noch einen kleinen
Spitz zu haben. Aber mit einem Male begann das
Geläute von Neuem. Länder nahm dabei die
allerunschuldigste Miene an, und ich kann mich
selbst nicht begreifen, ich glaubte wirklich, es be-
ruhe auf Einbildung. Es wurde mir ganz eigen zumute, ich verleugnete mein eigenes Gehör und
sagte: »Nein, es hat mir nur geträumt!« Darauf fing
ich zu rechnen und zu zählen an, um wieder zu
vollem Verstand zu kommen. Aber fuhr nicht das
Unwesen fort, dass ich hätte närrisch werden
mögen?! Endlich sprang ich zum Bett hinaus und
überzeugte mich dann auch von dem mir gespielten
Streich; Länders Kopf war aber von verhaltenem
Lachen rot angeschwollen.«

»Ergötzen Sie sich auch an dergleichen
Scherzen auf Ihrem Gut?« fragte Otto, sich an
Wilhelm wendend.

»Nein, wenigstens nicht an so drastischen!«
erwiderte der Kammerjunker. »Höchstens legen sie

einem dort ein Stück Holz oder einen Haubenkopf
ins Bett. Fräulein Sophie unterhält uns übrigens mit
anderen artigen Dingen, mit lebenden Bildern und
Schattenspielen. Ich habe ja auch einmal mitwirken
müssen. Ja, was musste ich doch gleich vorstellen? –
Richtig, ich trat, Gott helfe mir, als König Cyrus auf,
trug eine Papierkrone und hatte Fräulein Sophies
Mantel um, das Futter nach außen, weil es aus
Zobelpelz besteht. Ich sah wahrhaft teuflisch aus.«
Die Passagiere des Dampfschiffs wurden jetzt an
Bord gerufen, die Gesellschaft ging zum Schiff
hinab und bald flog es durch die Wogen des Belts.

8.

Die Nacktheit, die sich uns bei dem letzten
Blick auf Seeland darbietet, bewirkt, dass man von
der Fülle und Üppigkeit, mit welcher Fünen hervortritt, doppelt ergriffen wird. Grüne Wälder
wechseln mit reichen Kornfeldern, und wohin die
Blicke schweifen, treffen sie auf stattliche Edelhöfe
und Kirchen. Nyborg selbst macht gegen das stille
traurige Korsör den Eindruck einer lebhaften
Hauptstadt. Hier erblickt man Leute auf der großen
Schiffsbrücke, Lustwandelnde auf dem Wall und
breite Straßen mit hohen Häusern. Hier marschieren
Soldaten, man hört Musik, und was auf einer Reise
am meisten geschätzt wird, man kommt in ein aus-
gezeichnetes Wirtshaus. Die Ausfahrt durch das
gewölbte Tor ist überraschend; es übertrifft an
Länge und Größe jedes der Tore Kopenhagens.
Dörfer und Bauernhäuser zeichnen sich durch ein
wohlhabenderes Aussehen aus, als ihnen in Seeland
eigen zu sein pflegt, wo man die unmittelbar an der
Landstraße liegenden Wohnhäuser oft für einen
Düngerhaufen hält, der zwischen vier Pfählen auf-
geschichtet ist. Von der Landstraße in Fünen aus
gewahrt man nur reinliche Häuser. Die Fensterrahmen sind angestrichen, vor der Tür befindet sich
ein wohlgepflegtes Blumengärtchen, und wo man
Blumen liebt, ist nach einer treffenden Bemerkung
Bulwers bei dem Bauer stets eine größere Kultur
vorhanden, da er dadurch beweist, dass der Sinn für

das Schöne schon in ihm erwacht ist. An den Gräben längs des Weges finden wir weiß und lila blühenden Flieder. Die Natur selbst hat hier zum Schmuck mit einer Menge wilder Mohnblumen beigetragen, welche sich an Farbenpracht mit den schönsten Blumen messen können, welche in irgendeinem botanischen Garten gezogen werden. Namentlich in der Nähe von Nyborg wachsen sie in seltener Fülle.

»Was für eine blendende Farbe!« rief Otto, als die Freunde an den schönen roten Blumen vorüberrollten. »Das ist ein stolzer Farbenschmuck!« versetzte der Kammerjunker, der auf seinem Braunen dicht neben dem Wagen ritt; »ein stolzer Farbenschmuck; dafür ist dieser Boden aber auch mit andalusischem Hengstblut gedüngt. Gerade in dieser Gegend fand die Schlacht zwischen den Bestien statt. Wie Sie wissen, lagen die Spanier im Jahre 1808 hier auf Fünen. Da die englischen Schiffe im Belt kreuzten, flüchtete sich Romana mit dem ganzen Heer an Bord, ohne die Pferde mitnehmen zu können. Es waren die prächtigsten andalusischen Pferde, die das Auge nur sehen konnte. Man nahm ihnen die Zügel ab und ließ sie hier auf dem Feld wild umherlaufen. Nun grasten hier aber auch die Nyborger Pferde, und als die Andalusier die Unsrigen entdeckten, stellten sie sich in einer Reihe auf und überfielen die dänischen Pferde. Ein entsetzlicher Kampf begann! Schließlich griffen sie sich selbst untereinander an und kämpften, bis sie blutend niedersanken. Als Junge habe ich noch den Schädel einer dieser Bestien gesehen. Dies ist das letzte Abenteuer, welches sich an den Besuch der Spanier in Dänemark knüpft. In dem nächsten Dorf, durch welches wir bald kommen werden, haben sich noch andere Erinnerungen erhalten. Betrachten Sie sich nur die jungen Burschen und Mädchen! Sie haben etwas dunklere Hautfarbe, als die Bauern der anderen fünischen Dörfer. Das rührt vom spanischen Blut her, wie man sagt. Hier soll sich die Geschichte mit der Magd des Pfarrers zugetragen haben, welche über den Aufbruch der Spanier weinte und ganz untröstlich war. Sie trauerte aber nicht über den Verlust ihres Liebsten, jammerte nicht um des Zustandes willen, in welchem sie sich befand, denn auf dergleichen legen die Landleute in Fünen wenig Wert. Ein Mädchen kann dann sogar einen höheren Lohn verlangen; es sagt, ohne sich im Geringsten zu genieren: »Ich muss einige Taler mehr erhalten, weil ich ein Kind habe!« Was ich nun aber erzählen wollte, jene Magd weinte, wie das unglückseligste Menschenkind. Der Pfarrer suchte sie zu trösten; und nun gestand sie, ihre Tränen flössen nur deshalb, weil das unschuldige Kind, falls es seinem Vater ähneln sollte, ja spanisch sprechen würde, was doch keine Seele verstehen könnte. »Ja, solche Geschichten passieren hier auf Fühnen!« sagte er lachend zu Otto.

Mit ähnlichen Erzählungen und einigen landwirtschaftlichen Bemerkungen, je nachdem die Örtlichkeit dazu Veranlassung darbot, unterhielt unser vortrefflicher Gutsbesitzer die jungen Herren. Sie hatten Nyborg bereits einige Meilen hinter sich, als er mitten in einem höchst interessanten Gespräch über die Eigentümlichkeiten des echten Fünen, welcher stets unwillkürlich den Mund wie zum Kauen in Bewegung setzt, so oft er an einem Buchweizenacker vorüberkomme, plötzlich abbrach und Wilhelm auf einen Wienerwagen aufmerksam machte, der von einem der Nebenweg aus auf die große Landstraße einlenkte. Dem Kutscher und den Pferden nach zu urteilen, musste es die Familie des Gutes sein, nach welchem sie fuhren.

Und so war es wirklich; sie kehrte von einem Besuch heim. Wo sich die Wege kreuzten, begegneten sie einander. Otto erkannte augenblicklich Fräulein Sophie, neben welcher eine ältliche Dame mit einem sanften gutmütigen Gesicht saß. Es war ihre Mutter. Große Überraschung und Freude! Sophie errötete; das Zusammentreffen mit dem Bruder konnte sicherlich die Ursache nicht sein. Hatte es vielleicht der Anblick des Kammerjunkers hervorgerufen? Das schien unmöglich. So musste es denn also wohl Otto gelten! Die Mutter reichte ihm die Hand, hieß ihn willkommen und lud darauf den Kammerjunker ein, das Mittagbrot bei ihnen einzunehmen. Es lag so viel Aufmerksamkeit und Verbindlichkeit in der Art und Weise, in welcher sie ihre Bitte aussprach, dass Otto herausfühlte, hier stände der Mann in höherem Ansehen, würde anders geschätzt, als er sich während ihrer kurzen Bekanntschaft hatte vorstellen können.

Sophie fügte lächelnd hinzu: »Sie müssen bleiben!« Trotz dieser wiederholten Einladung entschuldigte sich der Kammerjunker mit dem Hinweis auf seinen Reitanzug.

»Wir sind einander ja nicht fremd!« entgegnete die Mutter. »Auch ist es nur ein einfaches Familienmahl. Sie finden den gewöhnlichen Kreis. Sie, Herr Zostrup,« setzte sie verbindlich hinzu, »glaube ich aus Wilhelms Briefen schon so gut zu kennen, dass Sie uns ebenfalls nicht mehr fremd sind. Die Herren kennen aber einander bereits!«

»So nehme ich denn die Einladung an!« versetzte der Kammerjunker, »und nun will ich Ihnen zeigen, in was für einen Galopp ich meinen Braunen zu setzen vermag. Wie Sie sehen, mein Fräulein, ist es Karl Rise,[5] der so glücklich war, von Ihnen selbst den Namen zu erhalten.«

»Gut, reiten Sie voraus!« sagte Sophie lächelnd. »Sie werden meine Schwester dadurch in hohem Grad verbinden. Sie könnte sonst erschrecken, wenn sie sich eine so große Karawane auf den Hof zu bewegen sähe und den Mittagstisch nicht nach Gebühr geordnet hätte.«

»Wie das gnädige Fräulein befehlen!« versetzte der Reiter und sprengte fort.

Die Gegend wurde nun mit jedem Augenblick waldreicher. Der Weg führte an mehreren kleinen Landseen vorüber, die mit Wasserlilien fast zugewachsen schienen und von prachtvollen alten Bäumen beschattet waren. Jetzt schimmerten die altväterlichen gezackten Giebel des Edelsitzes hervor. Auf dem Steinpflaster in der von wilden Kastanienbäumen gebildeten Allee, durch welche man nun fuhr, drohten die Wagenachsen zu brechen. Rechter Hand lag die Schmiede, durch deren offenstehende Tür die Funken heraussprühten. Ein kleines barfüßiges Mädchen öffnete die Pforte, und nun gelangte man auf einen großen Platz vor den rothangestrichenen Außengebäuden. Die Erde war mit Stroh belegt und alle Rinder des Gutes hier zum Melken zusammengetrieben. Man

---

[5] Der Name eines der Haupthelden in Ingemanns bekanntem Roman: »Waldemar der Sieger«

musste Schritt für Schritt fahren, bis man durch das Tor in den eigentlichen Hof gelangte, der von den Scheunen und dem Hauptgebäude umgeben wurde. Um Letzteres zogen sich breite Gräben, die fast mit Schilf zugewachsen waren. Über eine solide, auf steinernen Pfeilern ruhende Brücke kam man endlich durch den Hauptflügel, an welchem über dem Portal das Wappen und der Namenszug des alten Besitzers angebracht waren, in den innersten Hof, der von drei Flügeln, dem schon erwähnten altfränkischen und zwei neueren eingeschlossen wurde; auf der vierten Seite trennte ein niedriges Gitter den Hof von dem Garten, in welchem einige Kanäle in einen Teich führten.

»Das ist ein interessantes altes Gut!« rief Otto.

»Und doch wird es von dem des Kammerjunkers in jeder Beziehung übertroffen!« entgegnete Wilhelm; »das sollen Sie erst sehen!«

»Ja, Sie müssen mich schon in den nächsten Tagen besuchen!« sagte der Kammerjunker. »Ruhig, Fingal! Ruhig, Waldine!« rief er den freudig bellenden Hunden zu. Einige Truthähne schlugen ein Rad und kollerten aus allen Kräften. Diener und Mägde standen an der Tür. So verlief der Empfang.

»Zostrup wird wohl die rote Stube angewiesen werden?« fragte Wilhelm, und die Freunde stiegen die Treppe empor.

Ein junges bleiches Mädchen, das zwar einige Sommersprossen, aber dafür auch ein seelenvolles Auge hatte, lief ihnen entgegen. Es war Wilhelms jüngste Schwester. Sie drückte den Bruder ans Herz und reichte Otto vertraulich die Hand. »Sie ist nicht schön!« musste er sich bei dieser ersten Begegnung gestehen. Das Zimmer, in welches er geführt wurde, war gewölbt; die Tapeten glichen alten Gobelins; sie stellten den ganzen Olymp dar. Links stand ein alter Kamin mit Verzierungen und vergoldeter Inschrift; fast die ganze erste Wand nahm ein altmodisches Himmelbett mit rotdamastenen Vorhängen ein. Die Aussicht beschränkte sich auf den Burggraben und den inneren Hof. Schon nach wenigen Augenblicken wurden Otto und Wilhelm zu Tisch gerufen. Ein langer Gang, dessen eine Seite die Aussicht ins Freie darbot, und auf der andern viele Türen zu den einzelnen Zimmern zeigte, führte durch zwei Schlossflügel nach dem Speisesaal. Der ganze Gang bildete eine einzige große Bildergalerie; hier hingen die lebensgroßen Porträts hochadeliger Ritter und Damen, die stolz unter rotgepuderten Perücken hervorblickten, so wie die Bildnisse von Kindern, die wie die Alten geputzt waren und Tulpen in den Händen trugen, während große Jagdhunde neben ihnen lagen. Außerdem schmückten auch historische Stücke die Wände.

»Haben wir keinen Kranz auf dem Tisch?« fragte Sophie, als sie mit den Andern in den Speisesaal trat.

»Nur einen schwachen Versuch, meinem Schwesterlein nachzuahmen!« sagte Louise lächelnd.

»Aber der Kranz enthält ja keine einzige Blume! Welche Ökonomie! Und doch ist er niedlich!«

86

»Wie geschmackvoll!« rief Otto, indem er den von Louise gelegten Kranz betrachtete.

Alle Arten von Grün, in unzähligen Übergängen, so wie einige Lindenblätter nebst wenigen Blättern der Blutbuche bildeten auf dem weißen Tischtuch durch ihre verschiedenen Farben und Formen einen geschmackvollen Kranz.

»Sie erhalten eine Distel und ein welkes Blatt!« flüsterte Wilhelm seinem Freunde zu, als derselbe sich setzte.

»Aber gleichwohl das Schönste!« erwiderte dieser. »Die Blutbuche bringt neben der weißgrünen Distel und dem gelben Blatt eine wunderbare Wirkung hervor.« »Meine Schwester Sophie,« sagte Louise, »legt uns jeden Tag einen verschiedenen Kranz, was dem Tische einen allerliebsten Schmuck gewährt. Ist sie einmal abwesend, so bekommen wir keinen. Dies würde auch heute der Fall gewesen sein, wenn ich nicht, sobald ich vernahm, dass Wilhelm käme, und wir,« fügte sie mit einem freundlichen Blick hinzu, »noch zwei Gäste bekämen, in größter Eile den Versuch gemacht hätte ...«

»Und du mir nicht gleichzeitig hättest den Beweis liefern wollen, wie niedlich man es machen könnte, ohne dich deiner Blumen zu berauben!« unterbrach sie Sophie lachend. »Im Grunde genommen bin ich auch wirklich grausam! Ich reiße allen ihren Lieblingen die Köpfe ab. Morgen werde ich aber, um dein heutiges Meisterstück zu parodieren, einen Kranz von Grünkohl und Artischocken legen!«

»Madeira oder Portwein?« fragte der Kammerjunker und lenkte damit das Gespräch von Blumen auf Getränke und Speisen. »Sie sehen, Herr Zostrup, dass man sich hier auf dem Gut sehr wohl befindet! Fräulein Louise sorgt für den Körper und Fräulein Sophie für den Geist!«

»Und Mama schenkt eine Tasse guten Kaffee ein,« sagte die Mutter. »Sie müssen mir doch auch ein wenig Lob spenden!«

»Wenn ich dann nach Tisch noch Musik mache,« setzte Wilhelm hinzu, »so hat die ganze Familie das Feld ihrer Tätigkeit entfaltet.

»Nur keine Fantasien!« bat der Kammerjunker, »keine Fantasien, liebster, bester Freund! Geben Sie uns lieber ein munteres Stück zum Besten, dem man es doch anhören kann, was es sein soll! Nur keins von den Künstlichen!« Ein kräftiger Schlag auf die Schulter sollte seine Ausdrücke mildern.

9.

Sie sieht, ob das Tischtuch ist fein und weiß,
geht, nach den Betten zu sehen
und die Leuchter mit Licht zu versehen.

Sie waltet bescheiden mit sorgender Hand,
bis der Sonne Strahlen enteilen.
Wenn die Erde sich hüllt in ihr Nachtgewand,
Will des Hauses Lust sie erst teilen.
Oehlenschläger.

Louise war eine stille geschäftige Hauselfe, welche besonders die Blumen zu ihren Lieblingen erwählt hatte. Gutmütig lächelte sie zu den Neckereien ihrer Schwester, ruhig hörte sie selbst einen leichtsinnigen Spott an; nur wenn jemand travestierend in das eingriff, was ihrer Seele heilig war, wurde sie aus ihrer Ruhe gebracht und entwickelte eine Art Beredsamkeit.

Wir müssen jetzt die beiden Schwestern ein wenig näher kennenlernen und wollen deshalb zu einem der nächsten Tage übergehen.

Durch ein achttägiges Zusammenleben auf einem Gut wird zwischen Fremden oft eine größere Vertraulichkeit hergestellt, als durch ein häufiges Zusammentreffen in den großen Gesellschaftskreisen einer Stadt während eines ganzen Winters. Otto fühlte sich bereits wie zu Hause; er wurde wie ein naher Verwandter behandelt. – Wilhelm erzählte von der schönen Eva, und Sophie erkannte in ihr einen romantischen Charakter, während Mama das arme Kind bedauerte und Louise wünschte, sie auf dem Gut bei sich zu haben, da ein Wirtshaus doch kein passender Ort für ein ehrbares Mädchen wäre. Dann plauderte man von den Winterfreuden, die Kopenhagen darbot, von Kunst und Theater. Hierüber konnte Luise nicht viel mitreden, obgleich sie doch auch schon ein Stück, nämlich Dyreke, gesehen hatte; die liebenswürdige Natur der Darstellerin hatte ihr tief zu Herzen gesprochen.

Einige Tage waren verflossen, die Witterung war ungünstig. Die Jugend, der es nicht an Stoff zur Unterhaltung fehlte, versammelte sich um den Tisch. Alle, die Brüder oder Söhne besitzen, welche sich der akademischen Laufbahn gewidmet haben, werden aus Erfahrung wissen, in wie hohem Grade dieselben vorzüglich von den physikalischen und astronomischen Vorlesungen ergriffen werden, in denen sich gleichsam die Welt vor ihrem Geistesauge erweitert. Wie wir wissen, hatten die Freunde gerade in diesem Sommer dergleichen Vorlesungen gehört und waren, wie die Meisten, davon erfüllt worden, von der Betrachtung des Wassertropfens mit seinen unzähligen Infusionstierchen an bis zur Entfernung und Größe der Sterne und Planeten.

Den Meisten von uns sind dies bekannte Lehren; auch den Damen des Guts war es nicht etwas durchaus Neues, flößte ihnen jedoch ein lebhaftes Interesse ein, zum Teil vielleicht wegen Ottos fesselnder Beredsamkeit. Das graue, regnerische Wetter lenkte das Gespräch auf die physische Erklärung der Entstehung unseres Erdballes, wie sie die Freunde aus Oersteds Vorlesungen aufgefasst hatten.

»Auch die nordischen und griechischen Mythen stimmen hierin überein!« sagte Otto. »Wir müssen uns denken, dass der Raum von einem ewigen, unendlichen Übel erfüllt war, in welchem sich die Zusammenziehungskraft geltend machte. Der Nebel verdichtete sich infolgedessen zu einem Tropfen; unser Erdball war nichts als ein enormer eiförmiger Tropfen. Auf dieses große Weltenei wirkten nun Licht und Wärme und riefen nicht nur ein Geschöpf, sondern Millionen ins Dasein. Diese mussten wieder sterben, mussten Neuen weichen, allein ihre toten Körper sanken als Staub gegen den Mittelpunkt. Dieser wuchs, das Wasser selbst verwüstete, und bald erhob sich ein Punkt über die Meeresfläche. Auf ihm entwickelte die Sonne Moos und Pflanzen, neue Inseln tauchten auf, immer größere Entwickelung und Veredlung zeigte sich im Laufe der Jahrhunderte, bis die Vollendung erreicht wurde, welche wir jetzt schauen.« »Allein so lehrt die Bibel es uns nicht!« wandte Louise ein.

»Moses hat seine Schöpfungsgeschichte erdichtet!« versetzte Otto, »wir halten uns an die Natur; sie gibt uns größere Offenbarungen als der Mensch.«

»Die Bibel gilt Ihnen doch als ein heiliges Buch?« fragte Louise und errötete.

»Als ein ehrwürdiges Buch!« erwiderte Otto. »Sie enthält die tiefsten Lehren, die fesselndsten Geschichten, aber daneben auch gar vieles, was schlechterdings nicht in ein heiliges Buch gehört!«

»Wie können Sie nur dergleichen behaupten!« rief Louise.

»Tasten Sie nicht die Religion an, wenn sie
unter Ihren Zuhörern sitzt!« sagte Sophie. »Sie ist
ein frommes Gemüt, welches glaubt, ohne nach den
Gründen zu fragen!«

»Ja,« bemerkte Wilhelm, »sie wurde im vergangenen Winter auf mich, und wie ich glaube, zum
ersten Mal recht böse, weil ich äußerte, Christus sei
ein Mensch gewesen!«

»Wilhelm!« unterbrach ihn das junge Mädchen,
»rede nicht davon! Ich fühle mich bei dem bloßen
Gedanken daran unglücklich. Das Heilige kann und
will ich nicht zu mir in das Alltagsleben herab-
ziehen lassen. Es liegt einmal in meiner Natur, dass
ich eine Sünde zu begehen glaube, wenn ich anders
denke, als ich gelernt habe und mein Herz mir erlaubt. Es ist profan, und redet ihr auf diese Weise
noch länger von religiösen Dingen, so verlasse ich
das Zimmer!«

In demselben Augenblick trat die Mutter ein.
»Das Fest hat begonnen!« sagte sie. »Ich habe mein
blankestes Markstück hergeben müssen! Kennen
Sie, Herr Zostrup, den alten Brauch, der in diesem
Landesteil beim Brauen des Biers für das Erntefest
beobachtet wird?«

Ein durchdringendes Geschrei, wie von einer
Horde Wilder klang plötzlich zu ihnen empor.

Die Freunde gingen hinab.

Mitten in der großen Brauerei stand ein Kessel,
um welchen sämtliche Mägde des Guts, von der
Meierin an bis zur Schweinetreiberin hinab, tanzten.

92

Die eisenbeschlagenen Holzschuhe stampften auf das unebene Steinpflaster. Die meisten Tänzerinnen waren ohne Jacken, trugen aber lange Hemdsärmel und das eng anliegende Mieder. Einige schrien, Andere lachten, und alle diese Töne verschmolzen zu einem seltsamen Geheul, während die Mädchen Hand in Hand um den Kessel tanzten, in welchem das Bier gebraut werden sollte. Die Braumagd warf nun das blanke Markstück hinein, worauf alle Mägde wie wilde Mänaden einander die Mützen abrissen und sich in bacchantischer Wildheit um den Kessel herum balgten. Dadurch sollte das Bier an Stärke gewinnen und bei dem bevorstehenden Erntefest berauschender wirken.

Unter den Mägden fiel besonders eine durch ihren kräftigen Körperbau und ihr langes schwarzes Haar auf, welches ihr, da ihr die Mütze abgerissen war, wild um das rote Gesicht hing. Die dunklen Augenbrauen waren zusammengewachsen. Alle schienen ihre Wut hauptsächlich gegen sie zu richten, und in der Tat prägte sich in ihrem ganzen Wesen mehr und mehr etwas Tierisches aus. Beide Arme hatte sie hoch emporgehoben und mit ausgespreizten Fingern drehte sie sich wirbelnd im Kreise umher.

»Das ist ein hässlicher Anblick!« flüsterte Otto; »sie nehmen sich alle wie Wahnsinnige aus!«

Wilhelm dagegen lachte darüber. Die wilde Lustigkeit löste sich endlich in ein glückseliges Gelächter auf. Das Mädchen mit den zusammengewachsenen Augenbrauen ließ die Arme sinken, allein noch immer lag etwas Wildes in ihrem Blick, was das wallende Haar und die entblößte Schulter nur noch mehr hervortreten ließ. Entweder hatte eine der Andern sie ungeschickterweise in die Lippe gekratzt, oder sie selbst hatte sich in bacchantischer Wildheit so in dieselbe gebissen, dass das Blut hervorquoll. Zufällig blickte sie nach der offenen Tür, in welcher beide Freunde standen. Otto verzog das Antlitz wie immer, wenn etwas einen unangenehmen Eindruck auf ihn hervorbrachte. Sie schien seine Gedanken zu erraten und lachte laut auf. Otto trat beiseite; es war, als sagte ihm ein gewisses Vorgefühl, welchen Schatten jene Gestalt einst in sein Leben werfen würde.

Als er mit Wilhelm darauf wieder zu Sophie und Louise zurückkehrte, erzählte er, welchen unangenehmen Eindruck das Mädchen auf ihn gemacht habe.

»Ach, das ist niemand anders als meine Meg Merrilies!« rief Sophie. »Finden Sie nicht auch, dass sie ungeachtet ihrer Jugend etwas von den Walter Scottschen Hexen an sich hat? Wenn sie erst älter wird, muss sie ein vortreffliches Hexenexemplar abgeben! Sie sieht jetzt schon wie eine hohe Dreißigerin aus, und denken Sie nur, sie soll nicht älter als zwanzig Jahre sein! Sie ist ein wahres Hünenweib!«

»Die Ärmste!« sagte Louise. »Alle urteilen nach dem Äußeren. Ihre Umgebung hasst sie und, wie ich glaube, nur deshalb, weil ihre Augenbrauen zusammengewachsen sind und das ein Merkmal sein soll, dass sie ein Alp[6] sei. Sie sind böse gegen

---

[6] In Thieles dänischen Volkssagen heißt es über diesen Volksaberglauben: »Wenn ein Mädchen um Mitternacht

sie, und von der Klasse Menschen, zu welcher sie gehört, kann man doch unmöglich erwarten, dass sie Hohn mit Gutmütigkeit vergelten soll. Um sich nicht zu der allgemeinen Zielscheibe herzugeben, hat sie dies abstoßende Wesen angenommen. Wenn wir in einigen Tagen das Erntefest feiern, werden Sie sich selbst überzeugen, wie jedes Mädchen einen Tänzer bekommt; mag sich aber die arme Sidsel putzen, soviel sie will, so steht sie doch allein.«

»Die Unglückliche!« seufzte Otto.

»Gottlob fühlt sie es nicht!« sagte Wilhelm; »sie kann es überhaupt nicht fühlen, dazu ist sie viel zu roh, viel zu verstandeslos!«

---

die Haut, in welcher sich das Füllen befindet, wenn es geworfen wird, zwischen vier Stöcken ausgespannt und darauf nackend durch dieselbe hindurchkriecht, so wird sie ohne Schmerzen Kinder gebären können, aber alle Knaben, denen sie das Leben schenkt, werden Wehrwölfe und andere Mädchen Alpe. – Am Tage sind sie daran kenntlich, dass die Augenbrauen über der Nase zusammengewachsen sind! Nachts schlüpft der Alp durch das Schlüsselloch hinein und setzt sich dem Schlafenden auf die Brust. Auch in Deutschland findet sich der nämliche Aberglauben. Grimm bespricht denselben und erzählt:: »Sagt man zu dem drückenden Alp:

Trud komm morgen,
So will ich borgen,
so weicht er alsbald und kommt am andern Morgen in
Gestalt eines Menschen, etwas zu borgen.«

10.

Waren nicht jung die Erbsen und frisch und wie
Zucker die Wurzeln?
Und was fehlte dem Schinken, der Gänsebrust und
dem Hering?
Was dem gebratenen Lamm und dem kühlenden
rötlich gesprengten
Kopfsalat? War der Essig nicht scharf und
balsamisch das Nussöl? –
– Nicht die Butter wie Kern, nicht zart die roten
Radieschen? –
Was? –

Voß, Louise.

»Herr Zostrup muss des Kammerjunkers altes
Schloss sehen. Morgen wollen wir hinüber!«

Louise konnte sie leider nicht begleiten, da
hunderterlei kleine Pflichten sie zurückhielten. Vor
allen Dingen nahm das Plätten sie vollauf in Anspruch.

»Das kann ja aber doch das Stubenmädchen
tun!« meinte Sophie, »komm doch mit.«

»Wenn du aber erst deine Wäsche wirst sauber
und niedlich in deinen Schubfächern liegen sehen,«
versetzte Louise, »so wirst du mir schon vergeben,
dass ich zu Hause blieb.«

»Ja, du bist ein seelengutes Mädchen,« sagte
Sophie, »du verdientest, dass dich Jean Paul gekannt und in einem seiner Werke unsterblich ge-

macht hätte! Du verdientest das Glück, von einem solchen Dichter besungen zu werden!«

»Hältst du das wirklich für ein Glück, wenn sich die Aufmerksamkeit der ganzen Welt auf jemanden richtet? Das muss ein beängstigendes, ein unglücklich machendes Gefühl sein? Nein, weit besser ist es doch, unbemerkt zu bleiben. Überbringe den lieben Nachbarn meine Grüße und lass dir meinen Claudius zurückgeben; sie haben ihn nun schon ein halbes Jahr bei sich gehabt!«

»Dann haben sie die volle Hälfte der Bibliothek meiner Schwester da behalten!« sagte Sophie lachend zu Otto. »Sie müssen nämlich wissen, dass sie nur zwei Bücher besitzt! »Mynsters Predigten!« und den »Wandsbecker Boten!«

Der Wagen fuhr endlich ab und lenkte in die große Kastanien-Allee ein.

»Auf jenem Hügel, dort unmittelbar am Saume des Waldes, habe ich mich einst als Elfenmädchen gezeigt,« sagte Sophie. »Ich war damals noch nicht eingesegnet. Wir hatten Bekannte bei uns auf Besuch, die in dem schönen Mondenschein einen Spaziergang durch den Wald machten. Ich hüpfte mit zweien meiner Freundinnen auf den Hügel hinauf, dort reichten wir einander die Hände und begannen einen Ringeltanz. Schon am folgenden Tag erzählten zwei Leute aus der Gemeinde dem Pfarrer, dass drei weiß gekleidete Elfenmädchen im Mondschein auf dem Hügel getanzt hätten. Diese Elfenmädchen waren wir, dass aber unsere Rücken hohl gewesen wären wie eine Backmulde, und der

Hügel geglänzt hätte, als ob er von Silber wäre, das
gehörte ihrer Erfindung an.«

»Und von dieser Eiche hier schoss ich als
Knabe den ersten Vogel herab!« rief Wilhelm. »Es
war eine Krähe, deren Begräbnis selbstverständlich
außerordentlich prächtig war.«

»Ja, sie fand unter der Trauerweide meiner
Schwester ihre Ruhestätte,« erzählte Sophie weiter.
»Wir bestatteten sie in einem alten, mit Schleifen
besetzten Hut, einem sogenannten Dreimaster. Das
Grab war mit Mohnblättern und gelben Lilien verziert. Ich trug die Leiche, Wilhelm, der schon ein
hoch aufgeschossener Junge war, hielt die Leichen-
rede, und Louise streute Blumen.«

»Ja, ihr wart rechte Narren!« sagte die Mutter.
»Aber seht einmal, wer dort kommt!«

»O, mein lieber Dickie, mein Zwerg von
Kenilworth!« rief Sophie, als sich ein kleines buck-
liges Männchen mit dünnen Beinen und einem ält-
lichen Gesichte näherte. Es trug bäurische Kleidung
und hatte auf dem Rücken ein Ränzel von Kalbsleder, das, weil die Haare nach außen gekehrt
waren, noch immer nicht die rote Farbe des Tieres
verloren hatte. In diesem verwahrte es seine Geige.

»Heißt der Mann wirklich Dickie?« fragte Otto.

»Nein, es ist nur ein Scherz von Sophie!« versetzte Wilhelm. »Sie besitzt die Leidenschaft, alle
ehrlichen Menschenkinder in ein romantisches Licht
zu setzen. Er heißt schlecht und recht: »Musikanti!
Sie müssen nämlich wissen, dass die Fünen die

Namen zu italienisieren pflegen. Sonst heißt er auch Peer Krüppel.«

»Sie werden ja seine Töne hören!« sagte Sophie. »Übermorgen, wenn wir das Erntefest feiern, ist er Nummer eins. Er kann Musikstücke, die Ihnen schwerlich bekannt sein werden. Er spielt Ihnen sowohl den »Schustertanz,« als auch die »Kirschsuppe.« Solche Tänze haben unsere Leute hier zu Land.«

»Jetzt befinden wir uns nicht mehr auf meinem eigenen Grund und Boden, sondern fahren schon durch die Ländereien des Nachbarn!« fiel die Mutter ein. »Sie werden einen wahrhaft alten Edelhof zu sehen bekommen.«

Ich möchte wohl wissen,« nahm Sophie das Wort, »wie Ihnen die Bewohner gefallen werden, Herr Zostrup! Den Kammerjunker, der ein vortrefflicher Landedelmann ist, kennen Sie schon. Seine Schwester hat dagegen ihre kleinen Eigentümlichkeiten. Sie gehört zu jenen Leuten, die beständig, selbst bei dem besten Willen, ihrem Nächsten Unangenehmes sagen. Sie besitzt dazu ein seltenes Talent, wie Sie bald selbst erfahren werden. Indes meint sie es wirklich nicht so schlimm und vermag sogar auf Scherze einzugehen. Danken Sie übrigens Gott, dass Sie nicht die Nacht daselbst zubringen, sonst würden Sie sich bald zu Ihrem Schaden davon überzeugen, was sie und die Mamsell anzustellen imstande ist.«

»Auf die Mamsell lasse ich nichts kommen,« fiel Wilhelm ein, »sie ist meine besondere Freundin. Sie werden ihr Nähkästchen mit allen Merkwürdig-

keiten sehen, die es enthält. Dies Kästchen spielt
eine große Rolle. Sie nimmt es bei jedem Besuch mit,
den sie abstattet. Um die Unterhaltung nicht
stocken zu lassen, wird es hervorgeholt. Dann wird
jedes Stück bewundert und macht die Runde. Wie
viele niedliche Sächelchen sind darin enthalten: ein
kleiner Schiebkarren, der das Nadelkissen trägt, ein
silberner Fisch mit wohlriechendem Wasser und die
kleine Elle von Seidenband!«

»Und nun erst das Bernsteinherz,« fuhr Sophie
fort, »sowie der kleine Napoleon von Gusseisen und
der Offizier, der auf den Boden des Kästchens ge-
klebt ist! Er soll, wie sie mir bei unserm letzten Bei-
sammensein anvertraute, einen unserer guten
Freunde in Odense vorstellen.«

»Sehen Sie nur, was für eine hübsche steinerne
Einfriedigung der Kammerjunker hat aufführen
lassen!« sagte plötzlich die Mutter. »Und wie schön
die Kirschbäume stehen! Er ist ein höchst tätiger
Mann!«

Der Wagen näherte sich dem Garten. Der alte
französische Geschmack herrschte in ihm vor.
Überall zeigten sich steife Alleen, Pyramiden von
Buchsbaum und weiß angestrichene steinerne
Figuren. Durch das grüne Laub guckten Satyren
und Göttinnen hervor. Jetzt gewahrte Otto eine
hohe Turmspitze und bald lag das ganze alte Gehöft
vor seinen Blicken da. Aus den breiten Schlossgräben, in denen die Weiden mit gesenkten Kronen
und entblößten Wurzeln im warmen Sonnenschein
dastanden, war das Wasser abgeleitet. Eine Menge
Tagelöhner waren in voller Beschäftigung, die

Gräben vom Schlamm zu reinigen, der auf Schubkarren an beiden Seiten aufgefahren wurde.

Die Einfahrt führte sofort in den Haupthof; die
Seitenflügel und Außengebäude lagen nach der
entgegengesetzten Seite. Zahllose Hunde begleiteten bellend den Wagen; alle möglichen Rassen
waren vertreten, von dem großen Dänischen Hunde
an, den selbst die Pariser kennen, bis zu dem
kleinen Mops des Verwalters hinab, der sich ebenfalls dieser Gesellschaft angeschlossen hatte. Der
Windhund mit seinen ellenlangen Beinen sprang
lustig neben dem Dachshund mit seinen kurzen
einher; alle Abstufungen konnte man sehen, und
jede hatte ihr eigenes melodisches Gebell. Ein paar
Pfauen, die ihre bunten Schweife stolz ausgebreitet
hatten, erhoben gleichzeitig ihr widerwärtiges Geschrei. Der ganze Hof zeigte einen auffallenden
Anstrich von Reinlichkeit; das Gras zwischen den
Steinen war ausgejätet, jedes Fleckchen war gefegt
und sämtliche Gerätschaften waren in eine bestimmte Ordnung gestellt. Vor der Haupttreppe
standen vier große Linden. Da ihre Kronen schon in
ihrer Jugend zusammengebogen und regelmäßig
beschnitten waren, so bildeten sie jetzt zwei große
Ehrenpforten, die Frühling und Sommer hindurch
grünten. Rechter Hand trug ein säulenartig behauener Balken einen hübsch angestrichenen
Taubenschlag, welchen seine bunten Bewohner
girrend umflatterten. Die Pfauentaube spreizte
ihren Schweif mit den schreienden Pfauen um die
Wette, und die Kropftaube richtete sich auf ihren
langen Beinen in die Höhe und brüstete sich, als ob
sie die Fremden mit der Miene eines vornehmen
Mannes willkommen heißen wollte.

Nur das braunrote Ziegeldach und die blinkenden Scheiben deuteten auf das Moderne hin. Das Gebäude selbst, von den steinernen Fenstersimsen an bis auf den altertümlichen Turm, durch welchen man eintrat, verkündete dagegen das Antike. In der gewölbten Eingangshalle standen zwei mächtige Schränke; das massive Holz und das künstliche Schnitzwerk derselben zeugten von ihrem hohen Alter. Oberhalb der Tür waren die Geweihe einiger Zehnender angebracht.

Die Schwester des Kammerjunkers, Fräulein Jakoba, eine Dame in den Dreißigern, die weder fett noch mager war, und durch eine eigentümliche Mischung von jovialem und mürrischem Wesen die Aufmerksamkeit sofort auf sich lenkte, trat ihnen entgegen. Sie schien sich über den Besuch zu freuen.

»Sie sind also doch zu uns herübergekommen!« sagte sie zu Wilhelm. »Ich glaubte, dass Sie mit Ihrem Examen genug zu tun hätten.«

Wilhelm lächelte und versicherte, dass man sich nach dem vielen anstrengenden Studieren auch einmal nach einer Aufheiterung sehne.

»Sie werden auch was Rechtes studieren!« versetzte sie und wandte sich ungemein freundlich an Sophie. »O, mein Gott, liebes Fräulein!« rief sie, »wie hat doch die Sonne Ihre Nase verbrannt! Pfui, wie abscheulich das aussieht! Weshalb bedienen Sie sich denn beim Ausfahren keines Schleiers? Das sollten Sie doch tun, da Sie ja sonst ganz leidlich aussehen!«

Da ihr Otto fremd war, so entging er diesmal noch ähnlichen Anzüglichkeiten. Den ganzen Tag sollten sie hier zubringen, meinte Fräulein Jakoba; allein Mama sprach davon, um Mittag wieder zu Hause zu sein.

»Daraus kann nichts werden!« entgegnete Jakoba. »Ich habe Sie erwartet, und nun haben wir uns darauf eingerichtet und Essen gekocht. Umsonst wollen wir uns diese Umstände nicht gemacht haben. Die besonderen Gerichte sind Ihretwegen bereitet, und deshalb müssen Sie auch davon essen.« Dies alles sagte sie jedoch in einem so gutmütigen Ton, dass sich selbst ein Fremder dadurch nicht beleidigt gefühlt hätte. Der Kammerjunker, erzählte sie, wäre draußen auf dem Felde, um nach seinem Flachs zu sehen, beabsichtigte indes bald zurückzukehren. Junker Wilhelm könnte Herrn Zostrup mittlerweile umherführen, da er, wie sie meinte, ja doch nichts anderes zu tun hätte.

Niemand durfte sich indes in der Wohnstube aufhalten; darin, sagte sie, wäre es so düster; die Wände wären auch noch immer von alters her mit dunklem Kalbsleder bekleidet, welches mit vergoldeten Blumen bedruckt wäre. Nein, sie sollten sich nach dem Saal begeben, der seit der letzten Anwesenheit der Frau Baronin eine moderne Einrichtung erhalten hätte. Und so war es wirklich. Der alte Kamin mit dem hölzernen Schnitzwerk hatte weichen müssen, und ein schöner Ofen von den feinsten Kacheln nahm jetzt seine Stelle ein. Pariser Tapeten deckten die Wände; alle Monumentalbauten dieser Stadt waren auf denselben dargestellt. Notre Dame, Saint Sulpice und die Tuilerien. Lange rote Vorhänge, die über vergoldete Stäbe geworfen

waren, hingen um die hohen Fenster. Jedes Stück
der Einrichtung musste bewundert werden.

»Mir gefällt die altertümliche Wohnstube mit
ihrem alten Kamin und den kalbsledernen Tapeten
doch besser,« erklärte Sophie; »man glaubt sich
förmlich in die Ritterzeit hineinversetzt!«

»Ja, Sie haben immer an einer gewissen Über-
spanntheit gelitten!« entgegnete Jakoba, milderte
aber ihre Rede durch ein Lächeln und einen Hände-
druck. »Nein, der Saal hier regt die Fantasie mehr
an. Ach!« rief sie plötzlich, »was für eine Unordnung! Da hat Tina ihr Nähkästchen auf das
Fensterbrett gesetzt!«

»Wie? Ist das das berühmte Kästchen mit all
den vielen Narrenpossen?« fragte Wilhelm und
langte lächelnd nach ihm.

»Weder Narren noch Narrenpossen befinden
sich darin,« entgegnete Jakoba. »Sehen Sie aber nur
einmal in den Spiegel auf dem Deckel, so werden
Sie vielleicht doch eins von beiden darin erblicken!«

»Nur keine Grobheiten, mein Fräulein!« versetzte Wilhelm mit verstelltem Ernste. »Vergessen
Sie nicht, dass ich akademischer Bürger bin.«

In diesem Augenblicke trat der Kammerjunker
ein. Er trug denselben Reitanzug, in welchem wir
seine Bekanntschaft machten. Er hatte sein Heu und
seinen Hafer besucht, hatte nach den Leuten gesehen, welche mit der steinernen Einfriedigung
beschäftigt waren, und dann auch noch die Plantage
besichtigt. »Nun, Fräulein Sophie,« sagte er, »haben

Sie wohl bemerkt, wie ich um den Hof her auf-
räume? Es erfordert einen Aufwand von mehr als
fünfzehnhundert Talern, und doch sind es Fron-
bauern, die das Ausschlämmen der Schlossgräben
besorgen. Dafür erhalte ich aber auch einen
delikaten Dünger, der so fett und lecker ist, dass
man seine Lust daran hat! – Aber, Jakoba, wo bleibt
denn der Kaffee?«

»Lass sie doch nur erst zur Tür herein-
kommen!« schalt Jakoba. »Sie werden doch wohl
schon vor ihrer Herfahrt etwas zu sich genommen
haben! Überlass mir die Frauengeschäfte und nimm
du dich der Herren an, damit sie nicht herumstehen
und sich langweilen!«

Der Kammerjunker führte die Freunde über die
steinerne Wendeltreppe in den alten Thurm.

»Alles solid und gut!« sagte er. »So bauen wir
jetzt nicht mehr. Die Schießscharten hier dicht unter
der Dachtraufe sind schon zu meines seligen Vaters
Zeit zugemauert. Sehen Sie sich nur einmal dieses
Gebälk an!«

Der ganze Boden schien ein wahres Riesen-
skelett von Balken zu sein; einer kreuzte immer den
andern. Auf jeder Bodenseite war eine gewölbte
Kammer mit einem gemauerten Kamin angebracht.
Wahrscheinlich hatten diese Gemächer als Wacht-
stuben gedient; von beiden zog sich zwischen den
Balkenpalisaden und der breiten Mauer eine Art
Wächtergang hin.

»Von hier aus,« meinte der Kammerjunker,
»haben meine Ahnen die Annäherung des Feindes

gut beobachten können. Wenn Sie durch mein Fernrohr sehen, haben Sie hier das ganze Land von Vissenberg bis zur Munkebobank, den Belt und die Svendborger Anhöhen vor sich. Blicken Sie nur einmal durch! Es ist gerade klare Luft, und wir können Langeland und Seeland wahrnehmen. Hier hätte man 1807 die englische Flotte gut betrachten können!«

Alle drei erstiegen die schmale Leiter, wobei sie an der großen Uhr vorüberkamen, deren Gewichte bei einem Fall die steinerne Treppe sprengen müssten, und bald saßen die Herren auf dem höchsten Punkt. Der Kammerjunker ließ sich das Fernrohr reichen, stellte es und rief:

»Habe ich es mir nicht gleich gedacht! Hat man nicht stets ein Auge auf sie, so treiben sie mit den Frauenzimmern ihre Kurzweil. Na wartet nur, ich sehe es schon! Da schäkern nun die Burschen, die an der Einfriedigung beschäftigt sind, mit den Mägden und faulenzen. Sie vermuten nicht, dass ich hier im Turm sitze und ihnen zusehe!«

»Das ist doch eine gefährliche Waffe, so ein Fernrohr!« sagte Wilhelm lachend. »Sie können Leute in Okularinspektion nehmen, wenn sie es am wenigsten erwarten. Glücklicherweise liegt unser Gehöft hinter dem Wald versteckt, so sind wir doch wenigstens sicher!«

»Durchaus nicht, mein Bester!« erwiderte jener. »Die Außenseite Ihres Gartens liegt noch in meinem Gesichtskreis. Sah ich nicht im vorigen Jahr ganz deutlich, wie Fräulein Sophie Ebereschen in ihr Körbchen pflückte? Und was machte sie da für

Kapriolen! Sicherlich dachte sie nicht, dass ich hier säße und ihre niedlichen Sprünge mit ansähe!«

Sie stiegen von dem Turm hinab und schritten durch den sogenannten Rittersaal, dessen Decke von mächtigen, dicht neben einander liegenden Balken getragen wurde. An jedem Ende des Saales befand sich ein umfangreicher Kamin, über welchem das Familienwappen angebracht war. Jetzt diente der Saal als Kornboden. Man musste über einen Haufen Korn klettern, um in den herrschaftlichen Stuhl der kleinen Kapelle zu gelangen, die schon längst nicht mehr zum Gottesdienst benutzt wurde.

»Hier ließe sich ein recht hübsches Kämmerchen einrichten!« bemerkte der Schlossherr, »allein wir haben ja genug, und deshalb lasse ich der Merkwürdigkeit wegen diesen Raum unverändert. Der Mond dort besitzt einen hohen Wert!« Bei diesen Worten zeigte er auf die gewölbte Decke hin, an der der Mond als eine runde weiße Scheibe abgebildet war. Ganz naiv hatte der Maler auch einen Mann mit einem Bündel Kohl hineingezeichnet, um dadurch an den Volksglauben über die Entstehung der schwarzen Flecken im Mond zu erinnern, nach welchem dies ein Mann sein soll, welchen der Herr dorthin versetzte, weil er seinem Nachbarn Kohl gestohlen hatte – »Das große Bild, welches an der rechten Wand hängt,« fuhr er fort, »stellt Frau Ellen Meerschwein dar; ich kaufte es auf einem Edelhof in einer öffentlichen Auktion. Einer der Bauern bot darauf. Ich erkundigte mich, weshalb er denn eigentlich das kolossale Bild zu besitzen wünschte, da er es ja nicht einmal durch seine Tür hindurchbringen könnte. Aber wissen Sie wohl, was für eine

Spekulation er hatte? Sie war gar nicht so übel. Sehen Sie, die gemalte Leinwand lässt den Regen so hübsch abfließen. Deshalb wollte er sich aus dem Gemälde ein Paar Beinkleider machen lassen, um sie bei Regenwetter hinter dem Pflug zu tragen, denn sie würden gewiss imstande sein, den Regen abzuhalten. Ich glaubte aber doch verhindern zu müssen, dass das Porträt der hochachtbaren Frau Ellen Meerschwein in einen solchen Rahmen gespannt würde. Ich kaufte sie deshalb; nun hängt sie dort an der Wand und sieht ordentlich ganz vergnügt aus. Der Bauer erhielt dafür einen Ritter, vielleicht einen meiner eigenen Ahnen, der nun zu Beinkleidern zerschnitten wurde. Sehen Sie, das hat man davon, wenn man sich malen lässt!«

»Aber der Schrank dort im Pfeiler?« fragte Otto.

»Das war jedenfalls einst der Aufbewahrungsort für Bibel und Gesangbuch. Jetzt hebe ich darin das auf, was ich die Leckerbissen des Kanzleirats Thomson, des Direktors des nordischen Museums, nenne: alte Opfermesser, Keile und Ringe, die ich teils in dem Pferdesumpfe, teils bei Nachgrabungen oben in den Hügeln gefunden habe. Kaum eine Viertelelle unter dem Rasen fanden wir Topf an Topf. Um jeden war ein kleiner Steinwall errichtet, und ein flacher Stein lag darüber, den man aber mit Leichtigkeit entfernen konnte, um sich dann des Topfes mit den verbrannten Hühnerknochen und einem kleinen Knopfe oder einer Messerklinge zu bemächtigen. Die besten Sachen sind schon in dem Kopenhagener Museum ausgestellt, und kommt erst der Kanzleirat, dann nimmt er auch, Gott soll mich strafen, noch den Rest mit. Ich habe nichts dagegen einzuwenden, denn ich kann davon doch keinen Gebrauch machen.«

Nach dem Kaffee wurde der alte Garten besucht. Das Ausschlämmen wurde genauer in Augenschein genommen, in Milchkeller und Schweinestall hinein geguckt und die neue Dreschmaschine bewundert. Nun sollte aber auch noch das russische Dampfbad versucht werden, denn zu Ehren der Gäste war schon geheizt; indes musste es der Kammerjunker leider allein benutzen. Der Mittagstisch war bei seiner Rückkehr aus dem Bade bereits gedeckt. »Aber hier fehlt ja noch Allerlei!« rief er, verließ das Zimmer und kam gleich darauf mit zwei großen Blumensträußen in Biergläsern zurück, die er auf den Tisch stellte. »Die Tafel, an der Sie, Fräulein Sophie, speisen, muss mit Blumen geschmückt sein, wenn wir auch nicht Kränze zu legen verstehen, wie Sie!« Er setzte sich an das Ende des Tisches und wollte, wie er sich ausdrückte, die Rolle des Präsidenten Lars übernehmen. Sie hatten ja den Wandsbecker Boten ein halbes Jahr im Haus gehabt, und es musste Fräulein Sophie deshalb angenehm berühren, wenn man Lektüre verriet. Präsident Lars und die Blumen bedeuteten hier ungefähr eben so viel, als im Süden eine Serenade unter den Fenstern der Schönen.

Als gegen Abend der Wagen zur Heimfahrt schon vor der Tür hielt, stand Otto noch immer und betrachtete einige alte Inschriften, die in den Turm eingemauert waren.

»Sie können uns ein anderes Mal besuchen, um das zu studieren!« redete ihn Jakoba an, »jetzt aber müssen Sie sich ein wenig nützlich machen!« Mit

diesen Worten reichte sie ihm die Mäntel der
Damen.

Unter dem Versprechen eines Gegenbesuches
und dem Abschiedsgebell der Hunde rollte der
Wagen fort.

»Ich bin wirklich in das alte Schloss ganz verliebt!« sagte Sophie.

»Bei näherer Bekanntschaft gewinnt der
Kammerjunker ungemein!« bekannte Otto offen.

Sie waren jetzt an dem äußersten Ende des
Gartens angelangt. Ein Blumenregen ergoss sich
über sie und den Wagen. Der Kammerjunker,
Jakoba und die Mamsell hatten die Ausfahrt auf
einem Richtweg früher erreicht und winkten ihnen
noch ein Lebewohl zu, indem sie ihnen Hyazinthen
und Levkojen zuwarfen. Eine von Jakobas geübter
Hand geschleuderte Nelke traf Otto gerade ins Gesicht und konnte er auf diesen Beweis ihrer besonderen Freundschaft stolz sein. »Leben Sie wohl!
Leben Sie wohl!« erscholl es herüber und hinüber,
und unter dem Geläut der Abendglocke, denn
schon war die Sonne untergegangen, rollte der
Wagen seinem Ziel entgegen.

11.

Tanzet und stampfet,
Dass die Schuhsohlen abfallen.
Dänisches Volkslied.

Am folgenden Tag sollte das erwähnte Erntefest gefeiert werden. Die Heuernte war die Ursache dieser Lustbarkeit.[7]

Auf dem inneren Hof sollte unter freiem Himmel drei Nachmittage hintereinander getanzt werden. Längs der Mauer wurden auf einige Holzklötze rohe Bohlen gelegt und dadurch Bänke gebildet. An den beiden Enden des Hofs standen zwei Tonnen des neulich gebrauten Biers, welches einen größeren Zusatz von Malz als gewöhnlich erhalten hatte und dessen Stärke ja außerdem durch das Markstück und den magischen Tanz der Mägde um den Kessel herum wesentlich erhöht war. Eine große Kanne von Holz, die verschiedene Maß

---

[7] Wenn auch die Leibeigenschaft aufgehört hat, so ist der Bauer nicht ganz frei und kann es nicht sein. Für Haus wie Grund und Boden muss er einen Tribut entrichten, dass er um einer ihm von der Herrschaft aufgegebenen Arbeit willen seine eigene liegen lassen muss. Der Wagen, den er schon angespannt hat, um sein eigenes Getreide heimzubringen, muss, wenn es befohlen wird, auf das Feld des Gutsherrn fahren, um dort Dienste zu leisten. Er bezahlt damit eine Art Abgabe, und für ihre treue Entrichtung wird ihm ein Herbst- und ein Erntefest veranstaltet, bei welch letzterem er ein gewisses Maß Branntwein und so viel Bier erhält, als es zu trinken vermag. Der Tanz findet gewöhnlich mitten auf dem Hofe statt, und die Tanzenden müssen für die Musik selber sorgen.

Branntwein fasste, stand auf einem Tisch. Der gleichzeitig mit der Bewachung der Bleiche betraute Hirte versah an dem Schenktisch das Amt eines Schaffners. Eine Brotfrau aus Nyborg erschien mit einem großen Vorrat frischen Weißbrots und schlug in dem Hof ihren Verkaufstisch auf, denn nur für Trinkwaren hatte die Herrschaft zu sorgen.

Paarweise traten nun die Gäste in den Hof. Die Männer trugen teils Jacken, teils lange Röcke, die bis an die Knöchel hinabreichten. Aus der Westentasche ragte ein kleiner Strauß voll Federnelken und Ambra hervor. Die Mädchen trugen ihr »Wohlgeruchslabsal«, wie sie ihre Sträuße nannten, in den zierlich zusammengefalteten Taschentüchern. Dem Zug schritten zwei blutjunge Musikanten, in Frack und steifer Halsbinde, so wie der uns schon bekannte Peer Krüppel, mit dem Beinamen »Musikanti«, voraus. Sie spielten zwar alle dasselbe Stück, aber jeder auf seine Weise. Gut und alt war es.

Nun wurde darum gelost, wer vor der Tür der Herrschaft und wer vor der des Verwalters tanzen sollte, und daraus losten wieder beide Parteien um die Musikanten. Die Mädchen nahmen in einer Reihe auf den Bänken Platz, bis sie zum Tanz aufgefordert wurden. Die Galanterie entsprach dem Ballsaal, dem harten Steinpflaster. War doch nicht einmal das Gras ausgejätet worden; wenn sie indes nur erst einen Tag getanzt hatten, war dieser Übelstand beseitigt. »Nun, wie sitzest du da?« mit einer halbmürrischen Freundlichkeit gesagt, war die Aufforderung, und diese galt gleich für sieben Tänze.

»Nur nicht traurig!«[8] erscholl es, und nun drehte sich der größte Teil phlegmatisch im Kreise herum, wie im Schlaf oder bei einem aufgezwungenen Tanz; das Mädchen, die Augen unverwandt auf die eigenen Füße gerichtet, der Bursche den Kopf auf die eine Seite gelegt und die Augen in gerader Richtung auf das Kopftuch seiner Tänzerin. Ein Paar der Gewandtesten zeigten allerdings eine gewisse Lebhaftigkeit, die sich in einem so gewaltigen Stampfen auf das Steinpflaster äußerte, dass der Staub in die Höhe wirbelte. O, was war das für eine Freude! Eine Freude, die sie schon seit Wochen beschäftigt hatte, sich aber noch immer nicht so recht herausarbeiten konnte. »Es kommt noch!« sagte Wilhelm, der mit seinen Schwestern und Otto an einem offenen Fenster Platz genommen hatte.

Die Alten hielten sich unterdessen an die Biertonnen und an den Branntwein. Letzter wurde sogar den Mädchen gereicht, und sie mussten wenigstens davon nippen. Wilhelm entdeckte bald die Hübschesten derselben und machte sich das Vergnügen, diesen Rosen zuzuwerfen. Die Mädchen eilten auch sofort herbei, um die Blumen aufzusammeln, aber auch die Kavaliere machten Anspruch auf sie und waren natürlich die Stärkeren. Mit größter Unbefangenheit stießen sie

---

[8] Nur nicht traurig!« .. Eigentlich: Gräme dich nicht um der Grafen (*Greverne*) willen! Eine bei, den fühnischen Bauern gäng und gäbe Redensart. Vielleicht wird unter *Greverne* das Wort *Fedte grever*, Speckgrieben verstanden, die beim Schlachten den Dienstleuten vorgesetzt werden und die man sich leicht überdrüssig essen kann. Davon hat man wohl später diese Redensart auf alles übertragen, was irgendeine unbehagliche Empfindung hervorzubringen vermag.

deshalb ihre Damen beiseite, und zwar so kräftig, dass sich einige derselben, statt Rosen zu bekommen, auf das Steinpflaster niedersetzten. Das war ein reizender Scherz! »Was bist du doch für ein armes Wesen! Da fiel sie dir gerade auf die Schulter und du konntest sie doch nicht festhalten!« sagte der erste Liebhaber zu seiner Dame und steckte die Rose ruhig in die Westentasche.

Alle tanzten, alle Mädchen wurden aufgefordert; sogar die Kinder hüpften draußen auf der Brücke nach ihrem eigenen Gesang umher. Nur eine Einzige stand verlassen: Sidsel mit den zusammengewachsenen Augenbrauen; sie lächelte, lachte laut, trotzdem erhielt sie keinen Tänzer. Da reichte Peer Krüppel einem der beiden jungen Burschen seine Geige und bat, ihm einen Tanz aufzuspielen, denn er wollte seine Beine auch etwas in Bewegung setzen. Die Mädchen zogen sich schnell zurück und schwatzten miteinander; aber Peer Krüppel schritt ruhig auf Sidsel zu, schlang die Arme um ihren Leib und wirbelte im schnellen Tanz mit ihr dahin. Als Sophie unwillkürlich darüber in ein lautes Gelächter ausbrach, richtete Sidsel ihren seltsamen Blick stechend und durchbohrend auf sie. Otto bemerkte es, und das Mädchen wurde ihm dadurch doppelt widerwärtig und abschreckend. Je dunkler es wurde, desto lebhafter ging es in der Versammlung zu; die beiden tanzenden Parteien schmolzen in eine zusammen. Als aber völlige Dunkelheit eingetreten war, die Biertonnen ihr letztes Glas hergegeben hatten, die Kanne wieder und wieder geleert war, zogen sie unter Gesang paarweise von dannen. Jetzt begann erst die Freude, die mächtige Wirkung des Biers. Nun streiften sie im Walde umher und begleiteten, wie sie es nannten, einander nach Hause;

allein das wurde eine Wanderung bis an den hellen
Morgen.

Otto und Wilhelm waren in die Allee hinaus-
gegangen, und von allen Seiten wurde ihnen für
den lustigen Nachmittag ein dankbares »Gute
Nacht!« zugerufen.

»Nun wirkt der Zauber!« sagte Wilhelm, »des
Biers magische Kraft! Nun beginnt das Bacchanal!
Reichen Sie dem hübschesten Mädchen die Hand,
so gibt sie Ihnen gleich das Herz!«

»Schade,« erwiderte Otto, »dass die Mänaden
des Nordens mit denen des Südens nur das
Tierische gemein haben!«

»Sehen Sie nur, da geht die hübsche Schmied-
tochter, dieselbe, der ich die schönste Rose zuwarf.
Sie hat sich gleich zwei Liebhaber angeschafft, einen
unter jedem Arm!«

»Ja, da geht sie!« rief plötzlich eine höhnische
Frauenstimme dicht neben ihnen. Sidsel war es, die
auf dem Fußtritt eines über einen Zaun führenden
Steges saß und in der Dunkelheit, welche die Bäume
und der Zaun noch erhöhten, fast gar nicht zu erkennen war.

»Hat Sie denn keinen Liebsten, Sidsel?« fragte
Wilhelm.

»Hi, hi, hi!« entgegnete sie grinsend, »der Herr
Baron und der andere Herr suchen wohl auch nach
einem Schätzchen! Bin ich hübsch genug dazu? Im
Dunkeln sind alle Katzen grau!«

»Kommen Sie!« flüsterte Otto und zog Wilhelm von ihr fort. »Wie ein Unglücksvogel sitzt sie dort am Zaun!«

»Welch ein Unterschied,« bemerkte Wilhelm, während er seinem Freunde folgte, »welch ein erstaunlicher Unterschied zwischen diesem Untiere, ja selbst zwischen den andern Mädchen und jener schönen Eva! Sicherlich ist sie in der nämlichen Armut und in der nämlichen Umgebung geboren wie diese, und gleichwohl verhalten sie sich wie Tag und Nacht. Was für eine Seele, was für ein angeborener Adel ist Eva nicht verliehen! Darin muss doch mehr als ein bloßes Naturspiel liegen.«

»Lassen Sie nur nicht die Natur ihr Spiel mit Ihnen treiben!« versetzte Otto lächelnd und erhob warnend die Hand. »Sie sprechen häufig von Eva!«

»Hier beruht es jedoch auf natürlicher Ideenverbindung,« erwiderte Wilhelm. »Der Kontrast weckte wieder die Erinnerung in mir.«

Otto ging auf sein Zimmer; da der Mond hell hereinschien, öffnete er das Fenster. Gelächter und Gesang schallten vom nahen Wald zu ihm herüber. Es waren die jungen Burschen und Mädchen, deren jugendlicher Frohsinn sich auf ihrer Wanderung immer lebhafter äußerte. Still und gedankenvoll stand Otto an dem offenen Fenster. Vielleicht war es der Mond, der sein Antlitz so blass erscheinen ließ. Woran dachte er? Etwa an die Abreise? Nur noch einen Tag wollte er hier, wo er sich so heimisch fühlte, weilen; allein seine Reise ging ja nach seiner wahren Heimat, zum Großvater, zu Rosalie und dem alten Pfarrer, die ihn alle so lieb hatten.

Lauschend und schweigend stand Otto da. Deutlicher trug der Wind den Gesang vom Wald herüber.

»Darin suchen sie ihre Freude, ihr Glück!« sagte er. »Auch ich hätte darin meine Freude, mein Glück finden sollen!« lag in dem Seufzer, den er leise ausstieß. Seine Lippen bewegten sich nicht, nur seine Gedanken redeten ihre stumme Sprache. »Ich hätte mit diesen auf gleicher Stufe stehen, meine Seele hätte an den Staub gefesselt sein sollen! Und doch, trotzdem wäre sie dieselbe geblieben, die mich jetzt erfüllt, die alle Welten umfassen möchte, wäre von demselben Gefühl des Stolzes durchdrungen gewesen, das mich zum Wirken und Handeln vorwärtstreibt! Mein Schicksal schwankte, ob ich in die Genossenschaft jener zurückgestoßen oder zu dem Kreise erhoben werden sollte, den die Welt den Höheren nennt. Das Nebelbild sank nicht in den Schlamm hinab, sondern stieg in die frische erquickende Luft empor. Und habe ich dadurch das wahre Glück erreicht?« Sein Auge starrte unbeweglich in die helle Scheibe des Mondes. Zwei heiße Tränen rollten über seine bleichen Wangen hinab. »Unendliche Allmacht! Ja, ich glaube an Dich! Du lenkst alles! Auf Dich will ich mein Vertrauen setzen!«

Ein wehmütiges Lächeln glitt über seine Lippen; er trat in das Zimmer zurück, faltete seine Hände, betete, und seine Seele wurde still und ruhig.

12.

Die Reisenden rollen durch Wald und Flur,
  Wie das Blatt, das der Sturmwind treibt.
Kaum lässt das Entschwundene eine Spur,
  Nur ein Traum ist's, der uns bleibt.
B. S. Ingemann.

Als Otto den folgenden Tag, den letzten vor seiner Abreise, mit Wilhelm im Garten spazieren ging, gesellten sich Louise und Sophie, die einen Kranz von Eichenlaub in der Hand hielt, zu ihnen. Derselbe war für Otto, den sie ja jetzt verlieren sollte, bestimmt.

»Sophie wird wohl morgen kaum so früh aufstehen,« ergriff Louise das Wort, »weshalb sie Ihnen schon heute ihren Kranz überreichen muss. Ich dagegen fehle, wie Sie wissen, nie am Kaffeetisch und werde Ihnen erst dort meinen Strauß einhändigen.«

»Ich werde ihn, sowohl wie diesen Kranz aufbewahren, bis wir uns wiedersehen! Ich will sie als die Vignetten meines schönen Sommertraumes betrachten. Wenn ich nun wieder in Kopenhagen sitze, wenn der Regen hernieder rauscht und nun der Winter mit seiner Kälte und trüben Witterung heranrückt, dann wird Fünen mit seinen grünen Wäldern, mit seinen Blumen und seinem Sonnenscheine vor mir stehen. In meinem Herzen wird es sein, als ob es dort noch immer eben so ist, als seien Kranz und Strauß nur verwelkt, weil sie bei mir die Winterkälte umgibt!«

»In Kopenhagen treffen wir uns wieder!« sagte Sophie.

»Und ich werde Sie mit den Schwalben wiedersehen,« fiel Louise ein, »wenn meine Blumen knospen, wenn warmer Sonnenschein uns lacht. Nach meinem Urteil gehören Sie dem Sommer, nicht dem kalten ruhigen Winter an!«

In der Frühe des nächsten Morgen erschien Sophie gleichwohl am Kaffeetische. Es geschah Otto zu Ehren. Mama zeigte sich erst, als der Wagen schon vor der Türe hielt. Wilhelm erbot sich, ihm das Geleit bis Odense zu geben. Es musste also ein doppelter Abschied genommen werden, hier und dort.

»Immer bleiben wir Freunde, treue Freunde!« gelobte Wilhelm, als sie schieden.

»Treue Freunde!« wiederholte Otto, und fort rollte der Wagen, seinem Ziel, Middelfort, entgegen; so weit sollte Mamas eigener Wagen Otto, den sie alle lieb gewonnen hatten, bringen. Wilhelm war in Odense zurückgeblieben; sein Kutscher fuhr Otto, welcher mit demselben unterwegs ein Gespräch anknüpfte. Bei Vissenberg führte die Straße über die hohen waldbewachsenen Anhöhen, die den Namen der Fünischen Alpen erhalten haben. Die Sage weiß hier von Räubern zu erzählen, die in unterirdischen, unter der Landstraße fortlaufenden Gängen wohnten. Klingeln, welche in denselben aufgehängt waren, verkündeten durch ihr Geläut, sobald jemand vorüberfuhr. Noch heutigen Tages werden die hiesigen Bewohner mit misstrauischen Blicken

angesehen. Vissenberg scheint eine Art Itri[9]
zwischen Kopenhagen und Hamburg zu bilden, bei
der dortigen Kirche lag ehemals ein Stein, auf
welchem Knud der Heilige auf der Flucht vor den
aufrührerischen Jütländern geruht haben soll. Dort,
wo er gesessen hatte, zeigte der Stein die zurück-
gelassene Spur. Der harte Stein war weicher gewesen als die Herzen der Aufrührer.

Diese und ähnliche Sagen wusste der Kutscher
zu erzählen; er stammte aus der dortigen Gegend,
wenn auch nicht aus Vissenberg selbst, wo man erst
vor einigen Jahren eine Falschmünzerbande ergriffen hatte. Jede Sage gewinnt an Interesse, wenn
man sie an der Stätte hört, an welche sie sich knüpft.
An dergleichen Erzählungen ist Fünen namentlich
reich.

Von jenem Hünengrab geht die Sage, zur
Weihnachtszeit erhebe es sich auf vier roten
Pfählen, und man sehe dann im Innern den Tanz
und die Lustbarkeit der Kobolde. Durch jenen
Bauerhof soll jede Nacht eine glühende Kutsche mit
kohlschwarzen Pferden fahren. Wo wir jetzt einen
Teich sehen, in dem Schilf und Rohr wächst, stand
einst eine Kirche, die sofort versank, als sie von
Gottlosen entweiht wurde; noch heut zutage hört
man um Mitternacht ihre Seufzer und Bußpsalmen.

---

[9] Itri, Fra Diavolo's Geburtsort, liegt im Neapolitanischen
an der großen Heerstraße zwischen Rom und Neapel. Die
Einwohner stehen nicht ohne Grund im Verdacht, das
Hauptelement zu den Räuberbanden in den pontinischen
Sümpfen zu geben.

Der ehrliche Kutscher mischte unter seine Erzählungen zwar auch einzelne Sagen, die anderen Gegenden der Insel angehörten, machte hier und da kleine Sprünge und putzte die Märlein auch wohl mit seinen eigenen Gedanken aus, allein trotzdem hörte ihm Otto mit vielem Interesse zu. Endlich lenkte sich das Gespräch auch auf die Gutsherrschaft.

»Die ist allgemein beliebt!« gestand der Kutscher. »Sie können mir glauben, mein Herr, dass wir alle große Stücke auf sie halten.«

»Und welche von den jungen Damen ist eigentlich die Beste?« fragte Otto.

»Ich dächte, mit Fräulein Louise würde jedem Manne am Besten gedient sein!« versetzte jener.

»Indes Fräulein Sophie ist doch weit hübscher!« wandte Otto ein.

»O ja, sie ist ebenfalls sehr gut, wenn sie nur nicht so gelehrt wäre! Sie kann Deutsch, ja, das kann sie! Auch richtige Komödie kann sie spielen! Ich durfte einmal mit den anderen Leuten oben in der großen Stube mit zusehen. Wir standen gleich hinter der Herrschaft; sie machte ihre Sache gar nicht so übel!«

Wie sehr die alten Sagen auch Otto interessierten, so schien es doch, als hörte er lieber das Geplauder des einfachen Mannes über die Familie, die ihm so lieb geworden war. Rede und Gedanken bewegten sich um die dortigen Verhältnisse. Wilhelm war und blieb ihm jedoch der

Liebste. Er erinnerte sich, mit welcher Sanftmut ihm dieser die Hand zur Versöhnung gereicht, nachdem er selbst ihn von sich gestoßen hatte. Wie ein schöner kurzer Traum kamen ihm schon jetzt die fröhlichen Sommertage seines Besuchs vor.

Otto fühlte sich plötzlich von dem Drang ergriffen, seine tiefe Dankbarkeit auszusprechen; selbst sein Stolz, dieser Grundzug seines Charakters, gebot es ihm. Wilhelms Anhänglichkeit, seinen Wunsch einer dauernden Freundschaft glaubte Otto nicht unbelohnt lassen zu dürfen. Aus diesem Grunde fügte er gewiss den wenigen Worten, welche er vor seiner Überfahrt über den Kleinen Belt dem Kutscher mit zurückgab, noch die Nachschrift zu: »Wilhelm, wir wollen uns in Zukunft Du nennen; das ist vertraulicher.« – »Er ist der Erste, dem ich mein Du angetragen habe!« sagte Otto zu sich selbst, als der Brief abgesandt war. »Es wird ihn freuen; nun bin ich ihm doch auch einmal entgegengekommen; indes, er verdient es auch!«

Wenige Augenblicke später verdross es ihn schon wieder. »Ich bin ein eben so großer Narr als alle Übrigen!« schalt er und wünschte, das Papier vernichten zu können. Er wurde an Bord gerufen. Der Kleine Belt ist nicht breiter als ein Fluss. Bald befand er sich deshalb auf jütländischem Boden, die Peitsche knallte und die Räder drehten sich, dem Glücksrad gleich, auf und nieder, doch immer vorwärts der Heimat zu.

Spät abends erreichte er die bestimmte Herberge. Von dem einsamen Zimmer aus flogen seine Gedanken in entgegengesetzter Richtung, bald nach den Sanddünen, zwischen denen das einsame

Gut des Großvaters lag, bald nach dem lebhaften Edelhof auf Führen, wo die neuen Freunde wohnten. Er hatte seinen Koffer geöffnet und den Kranz von Eichenblättern, sowie den ihn heute Morgen erst überreichten Strauß, die beide oben auflagen, herausgenommen.

Man pflegt zu behaupten, dass man nachts von dem träume, was die Gedanken am meisten beschäftigt habe. Otto muss deshalb mit seinen Gedanken am meisten bei der Nordsee geweilt haben, denn von dieser und nicht von den jungen Damen träumte er die ganze Nacht.

13.

Die Heidelerche singt nur Grabeslieder.
S. S. Blicher.

Die Halbinsel Jütland besitzt nicht nur die nämlichen Naturschönheiten, welche Seeland und Fünen darbieten: herrliche Buchenwälder und duftende Kleefelder in der Nähe der salzigen Meeresflut; sie besitzt auch noch außerdem eine wilde, öde Natur in den mit Heidekraut bewachsenen Wüsteneien und den sich weithin erstreckenden Sümpfen. Ost und West sind ebenso verschieden, wie das grüne saftige Blatt und das weißlichgraue Seegras am Meeresufer. Von den Marselisborger Wäldern bis zu den Wäldern südlich vom Koldinger Fjord ist das Land reich und blühend: Es ist die dänische Natur in ihrer Größe. Hier erhebt sich der »Himmelberg« mit seiner Wildnis von Gebüsch und Heidekraut, und von ihm aus breitet sich nach Westen hin vor den Blicken die reiche Landschaft mit Wäldern und Binnenseen aus.

Die Westküste dagegen trägt keinen Baum, keinen Strauch, nur weiße Sandbänke stellen sich dem einbrechenden Meer entgegen, das die tote traurige Küste mit Sandflug und scharfen Winden peitscht. Zwischen diesen Gegensätzen, welche die Ost- und die Westküste, gleich Hesperien und Sibirien, darbieten, zieht sich die große mit Heidekraut bewachsene Einöde hin, welche sich vom Lüneburger Sand bis nach Skagen erstreckt. Keine Einfriedigung lässt hier die Grenze der Besitzungen erkennen. In den sich kreuzenden Gleisen muss man die Nebenwege suchen. Verkrüppelte Eichen, mit weißlichgrünem Moos bis zu den äußersten

Zweigen bedeckt, kriechen gleichsam über den Erdboden hin, als fürchteten sie sich vor Sturm und Meeresnebel. Wie Nomaden, wenn auch ohne Herden, wandern hier die sogenannten Taterbanden umher, die ihre besondere Sprache und eigenen Sitten bewahrt haben. Plötzlich zeigt sich mitten in der öden Heide eine Kolonie, ein anderes fremdes Volk, deutsche Auswanderer, die durch Fleiß und Betriebsamkeit der mageren Gegend Fruchtbarkeit abzuzwingen suchen.

Von Veile aus beabsichtigte Otto den Weg über Viborg einzuschlagen, als den geradesten und kürzesten nach dem Gut seines Großvaters, das zwischen Nisumfjord und Lemvig lag.

Wie liebe Freunde der Kindheit begrüßten Otto die ersten Büschel Heidekraut. Hinter ihm lagen nun die schönen Buchenwälder, der Heidestrich begann, aber die Heide war ihm lieb. Gerade diese Natur war es, an welche sich fast alle seine teuren Erinnerungen knüpften.

Mehr und mehr erhob sich das Land; so weit das Auge reichte, reihte sich ein brauner Hügel an den andern. Häuser und Bauerhöfe wurden seltener, die Kirschgärten verwandelten sich in Kohlpflanzungen. Nur an einzelnen Flecken war das Heidekraut von niedrigem Gras verdrängt, welches sich moosartig, oder wie die grünen Wasserlinsen auf den Teichen ausbreitete. Hier versammelten sich die Vögel zu hunderten und flatterten zwitschernd empor, wenn der Wagen vorüberfuhr.

»Ihr verstehet das grüne Plätzchen auf der Heide zu finden und euch auf demselben glücklich zu fühlen!« seufzte Otto. »O könnte ich euch darin ähnlich werden!« In größerer Ferne erhoben sich kahle Hügel, ohne Heidekraut, ohne Ackerland; braun und gelb leuchteten die steilen Abhänge herüber, die von der Ahlheide überzogen waren. Dicht am Wege hütete ein kleiner Junge und ein niedliches Mädchen ihre Schafe. Der Knabe blies die Rohrflöte, und das Mädchen stimmte einen Choral an. Mit einem schöneren Lied glaubten sie den Reisenden nicht empfangen zu können, um sein Herz zur Mildtätigkeit zu bewegen.

Der Tag war warm und schön, am Abend stellte sich vom Meere der kalte Nebel ein, der jedoch im Innern des Landes an Stärke verliert.

»Ein Kuss zum Willkommen aus der Heimat!« sagte Otto. »Der Todeskuss des Meerweibes, auf Fünen würde man sagen, des Elfenmädchens!«

Seit einigen Jahren übersiedelt man arme Kinder mit Vorliebe nach der Ahlheide, um, statt Kopenhagener Gauner ehrliche jütländische Bauern werden zu können. Einen solchen Burschen hatte Otto zum Kutscher erhalten. Er war völlig zufrieden, und doch wurde Otto durch seine Erzählung verstimmt. Lebenserinnerungen regten sich in seiner Brust. »Danke Gott!« sagte er, indem er dem Burschen ein ansehnliches Geschenk in die Hand drückte, »auf der Heide hast du Haus und Heimat; in Kopenhagen hättest du vielleicht auf der bloßen Erde dein Nachtlager aufschlagen können, und der anbrechende Tag hätte dir Hunger und Kälte gebracht!«

Je weiter Otto nach Westen gelangte, eine desto ernstere Stimmung bemächtigte sich seiner. Es war, als ob sich die öde Natur und der kalte Meeresnebel in seine Seele senkten. Die Bilder von dem fröhlichen Edelhof auf Fünen wurden von den Erinnerungen an die Heimat beim Großvater verdrängt. Seine Verstimmung nahm mit jedem Augenblick zu. Erst, als er sich der Heimat bis auf eine Meile genähert hatte, verschwand seine Schwermut bei dem Gedanken, dass er nun bald alle seine Lieben überraschen würde.

Er erblickte das rote Dach des Wohnhauses auf dem Gut, sah die Weidenpflanzungen und hörte das Gebell des Kettenhundes. Auf dem mit Heidekraut bewachsenen Hügel unmittelbar vor dem Tor stand eine Schar Kinder. Otto vermochte das langsame Fahren in den tiefen Gleisen nicht länger auszuhalten. Er sprang aus dem Wagen und lief mehr als er ging. Die Kinder auf dem Hügel wurden seiner gewahr und blickten alle nach der Richtung hin, aus welcher er kam.

Durch das lange Fahren und dadurch, dass er sich ganz seinen finsteren Gedanken hingegeben hatte, war sein kräftiger Körper völlig erschlafft, nun aber kehrte augenblicklich alle Spannkraft zurück; seine Wangen glühten und hörbar klopfte sein Herz.

Vom Hof her ertönte Gesang; es war ein Choral. Otto schritt durch das Tor. Auf dem Hof standen eine Menge Bauern mit entblößten Häuptern; vor der Tür des Wohnhauses hielt ein Wagen; einige Männer waren eben im Begriff, einen schwarzen Sarg auf denselben zu heben. In der Tür

aber stand der alte Pfarrer und sprach mit einem
andern schwarzgekleideten Manne.

»Herr Jesus! Wer ist denn gestorben?« waren
Ottos erste Worte, und sein Antlitz ward totenbleich.

»Otto!« riefen alle.

»Otto!« rief auch erstaunt der alte Pfarrer,
reichte ihm die Hand und sagte ernst: »Der Herr
hat's gegeben, der Herr hat's genommen, der Name
des Herrn sei gelobt!«

»Lasst mich des Toten Antlitz schauen!« bat
Otto. Keine Träne trat ihm in die Augen, dazu
waren Überraschung und Schmerz zu groß.

»Soll ich den Sargdeckel noch einmal abnehmen?« fragte der Mann, welcher ihn so eben erst
festgeschraubt hatte.

»Lasst ihn in Frieden schlafen!« erwiderte der
Pfarrer.

Otto starrte den schwarzen Sarg an, in
welchem sein Großvater ruhte. Der Wagen setzte
sich in Bewegung. Otto folgte mit dem Pfarrer
hinter demselben, hörte diesen Erde auf den Sargdeckel werfen, hörte Worte, deren Sinn er nicht
verstand, sah, wie die letzte Ecke des Sarges seinen
Blicken entschwand. Alles erschien ihm wie ein
Traum.

Sie kehrten zum Pfarrhaus zurück; eine blasse Gestalt kam ihnen entgegen. Es war Rosalie, die alte Rosalie.

»Wir haben hienieden keine bleibende Stätte, sondern die zukünftige suchen wir!« sagte der alte Pfarrer. »Stärkt euch durch Speise und Trank! Der Körper vermag nicht wie die Seele zu leiden. Wir haben ihm die letzte Ehre erwiesen, haben ihn bis zu seiner Ruhestätte begleitet; sein Bett war wohl bereitet! Ich habe das Abschiedsgebet gesprochen, er ruht in Gott und wird erwachen zum Schauen seiner Herrlichkeit! Amen!«

»Otto! Du lieber Otto!« rief Rosalie. »So muss mir gerade der bitterste Tag diese Freude bringen! Wie habe ich doch deiner gedacht! Mit wie großem Schmerz hat es mich erfüllt, dass du unter Fremden die erschütternde Todesnachricht erhalten solltest, dass niemand da wäre, der deinen Gram mitfühlen könnte, dass kein Auge deinen Verlust mit dir beweinen würde! Und nun bist du hier, jetzt, wo ich dich so weit entfernt glaubte! Ein wahres Wunder ist es! Erst heute hättest du den Brief erhalten können, in dem wir dir den Tod des Seligen meldeten!«

»Ich wollte euch überraschen!« entgegnete Otto, »und nun stand mir selbst die traurigste Überraschung bevor!«

»Setze dich, mein Kind!« sagte der Pfarrer und führte ihn trotz seines Widerstrebens an den gedeckten Tisch. »Wenn der Baum fällt, der uns Schatten und Frucht gab, von dem wir in unserm eigenen kleinen Garten Setzlinge und Samenkörner ausgepflanzt haben, dann dürfen wir seinem Fall wohl wehmütig zusehen, dürfen den Verlust fühlen, aber trotzdem dürfen wir darüber den eigenen Garten nicht vergessen, dürfen nicht die Pflege dessen vergessen, was wir von dem gesunkenen Baum gewonnen haben, dürfen nicht aufhören, für die Lebenden zu leben! Ich betrauere, wie Ihr, den stolzen Baum, der auch meine Seele und mein Herz erfreute, aber ich weiß, dass er in einen besseren Garten verpflanzt ist, wo sich Christus selbst das Amt des Weingärtners vorbehalten hat.«

Die Einladung des Pfarrers, während seines Besuchs in der Heimat bei ihm seinen Aufenthalt zu nehmen, lehnte Otto dankend ab. Schon heute wollte er in seiner eigenen kleinen Kammer im Trauerhause übernachten, und auch Rosalie wünschte, wieder in dasselbe zurückzukehren.

»Wir haben viel Miteinander zu besprechen,« sagte der Pfarrer und legte seine Hand auf Ottos Schulter. »Im kommenden Sommer werden Sie schwerlich meine Hand noch drücken können, dann wird der Rasen sie wohl drücken!«

»Ich werde Sie morgen besuchen!« entgegnete Otto und fuhr mit der alten Rosalie nach Hause zurück.

Obwohl Otto es verhindern wollte, küsste ihm, als dem neuen Herrn, das Gesinde Hand und Rock; das alte Mädchen brach darüber in Tränen aus. Otto trat in das Zimmer, in welchem die Leiche ge-standen hatte. Mehrere Möbel waren deshalb herausgenommen, und gerade diese Leere wirkte noch ergreifender auf Otto. Die langen weißen

Trauergardinen flatterten vor den offenen Fenstern im Wind. Rosalie führte ihn an der Hand in das kleine Schlafzimmer, in welchem der Großvater gestorben war. Hier stand noch alles, wie sonst, die großen Bücherspinde mit den Glastüren, in welchem er seinen geistigen Schatz aufbewahrt hatte. Wieland und Fielding, Millot's Weltgeschichte und van der Hagens Narrenbuch nahmen den Ehrenplatz ein; sie hatten des alten Herrn Lieblingslektüre gebildet. Aber auch die Werke fehlten nicht, denen Otto seine erste geistige Anregung zu verdanken hatte: Albertus Julius, der englische Zuschauer und Ewalds sämtliche Schriften. An der Wand hingen Pfeifen, Pistolen und ein großer alter Säbel, den der Großvater einst getragen hatte. Auf dem Tisch unter dem Spiegel stand ein Stundenglas, welches abgelaufen war. Rosalie zeigte nach dem Bett. »Dort starb er, zwischen sechs und sieben Uhr abends. Er war nur drei Tage krank. Während der beiden letzten lag er in fortwährenden Fieberfantasien. Er richtete sich in die Höhe und schüttelte die Bettpfosten; zwei starke Männer musste ich bei ihm wachen lassen. »Zu Pferde! Zu Pferde!« schrie er, »die Kanonen sollen vorrücken!« Nur Krieg und Schlachten erfüllten sein Gehirn. Auch von Ihrem seligen Vater sprach er, aber hart und bitter! Jedes Wort glich einem Messerstich; auch jetzt noch war er eben so hart gegen ihn wie sein ganzes Leben lang!«

»Und verstanden die Männer seine Rede?« fragte Otto mit gerunzelter Stirn.

»Nein, für den Uneingeweihten waren es unverständliche Worte, und selbst wenn ein Sinn in ihnen gelegen hätte, würden sie doch geglaubt haben, dass nur die Krankheit aus ihm redete. »Da steht die Mutter mit den beiden Kindern! Das eine soll in die Flanken einhauen, soll mir Ehre und Freude bringen! Mutter und Tochter kenne ich nicht!« Das waren die einzigen Ausgerungen, die er über Sie, ihre Mutter und Schwester tat. Am Mittag des dritten Tages ließ das Fieber allmählich nach; der starke, finstere Mann war schwach und sanft wie ein Kind geworden; ich saß an seinem Bett. »Hätte ich doch Otto hier!« sagte er. »Das Fieber hat mich tüchtig geschüttelt, Rosalie, allein jetzt fühle ich mich weit besser. Ich will ein wenig schlafen, das stärkt!« Darauf lächelte er mich freundlich an, schloss die Augen und lag ganz still. Ich sprach ein Gebet und entfernte mich dann, um ihn nicht zu wecken, ganz leise. Bei meiner Rückkunft lag er noch immer unverändert da. Als ich einige Zeit an seinem Bett gesessen hatte, berührte ich seine Hände, welche auf der Decke lagen. Sie waren eiskalt. Da erschrak ich; ich befühlte seine Stirn und sein Gesicht. Er war tot, war gestorben, ohne den geringsten Todeskampf!«

Lange noch sprachen sie von dem Verstorbenen; erst gegen Mitternacht stieg Otto die schmale Treppe nach der kleinen Dachkammer empor, in der er als Kind und Knabe geschlafen hatte. Hier stand noch alles, wie vor einem Jahr, nur in zierlicherer Ordnung. An der Wand hing die Scheibe, deren Zentrum er einmal beinahe getroffen hätte. Aus der Kommode lagen die Schlittschuhe neben der mit dem Kopfe nickenden Gipsfigur. Die lange Reise, sowie die erschütternde Überraschung bei seiner Ankunft, hatten ihn stark angegriffen. Er öffnete das Fenster; dicht vor demselben erhob sich wie eine Mauer ein großer weißer Sandhügel und entzog ihm die Aussicht. Wie oft hatte er nicht in den vom Regen in dem Sande gerissenen Furchen die Umrisse von Städten und Türmen, ja ganze auf dem Marsche begriffene Armeen zu erkennen geglaubt; jetzt erschien ihm der Hügel nur wie eine Mauer, die an ein Leichentuch erinnerte. Nur ein schmaler Streifen des blauen Himmels war zwischen dem Haus und dem Abhang des Hügels sichtbar. Noch nie hatte Otto gefühlt, noch nie darüber nachgedacht, was es heißt, allein in der Welt dazustehen, niemanden zu haben, mit dem man sich durch Bande der Blutes vereinigt weiß und auf dessen Liebe man vertrauen darf.

»Einsam, wie in dieser schweigenden Nacht, stehe ich in der Welt. Mitten in dem großen Menschengewühl bin ich doch allein. Nur ein Wesen kann ich mein nennen, nur eines als Bruder an mein Herz drücken, und doch überfällt mich ein Schauder bei dem Gedanken an ein Zusammentreffen mit demselben, doch würde ich es als einen Segen betrachten, könnte ich sagen: Sie ist tot! – Vater! Du stürztest ein Wesen und machtest drei unglücklich. Nie habe ich dich geliebt, Bitterkeit erwachte in meiner Brust, als ich dich kennenlernte! Mutter! Deine Züge sind in meiner Erinnerung erloschen, aber dich schätze ich! Du warst ganz Liebe, ihr brachtest du dein Leben, ja mehr als das Leben zum Opfer! Bete für mich bei deinem Gotte! Betet für mich, ihr Toten, falls es eine Unsterblichkeit gibt, falls das Fleisch nicht etwa nur in Gras und Würmern wiedergeboren wird und die Seele sich in den Strömen der Luft verliert. Absichtlich sind wir darüber in Unwissenheit gelassen, ewig sollen wir schlafen! Ewig!« – Otto presste die Stirn gegen den Fensterrahmen; matt sanken seine Arme herab.

»Mutter, arme Mutter! Dir war der Tod Gewinn, wäre er auch nur ein ewiger Schlaf ohne Traum! – Eine kurze Spanne Zeit haben wir nur zu leben, und teilen doch die Lebenstage mit dem Schlaf. Mein Körper sehnt sich nach diesem kurzen Tode! – Ich will schlafen, schlafen, wie alle die Meinigen. Sie erwachen nicht wieder!« Er warf sich auf das Bett; vom Meer her wehte ein kalter Luftzug durch das offene Fenster. Der ermattete Körper siegte und versank in einen totenähnlichen Schlaf, während die zweifelnde Seele, in ruheloser Tätigkeit, lebhafte Träume gebar.

14.

Ein töricht Wesen dünkt mich der Mensch,
Treibt dahin auf den Wogen der Zeit,
Endlos geschleudert auf und nieder,
Und wie er ein Fleckchen Grün erspäht,
Gebildet von Schlamm und stockendem Moor,
Und der Verwesung grünlichem Moder,
Ruft er: Land! und rudert drauf hin,
Und besteigt's – und sinkt und sinkt –
Und wird nicht mehr gesehn.
Das goldene Fließ von Grillparzer.

Als Otto am folgenden Morgen zu der alten Rosalie hinunterkam, ordnete sie den Kaffeetisch. Stille Ruhe und Gottergebenheit lagen auf ihrem sanften Antlitz. Otto war bleich, bleicher als gewöhnlich, aber auch schöner als ihn Rosalie je gesehen hatte. Ein Jahr hatte ihn älter und männlicher gemacht; der feine Flaum auf seinen Wangen kräuselte sich zum Bart; ein Ausdruck männlichen Ernstes lag in dem Auge, in welchem sie beim Abschied noch den angeborenen melancholischen Blick gesehen hatte. – Mit einem gewissen Wohlgefallen betrachtete sie sein schönes, trauriges Gesicht und mit inniger Liebe reichte sie ihm die Hand.

»Komm, Otto, hier steht dein Stuhl und hier deine Tasse! Ich will dein Willkommen trinken. Es schien mir gar lange, dass ich dich nicht sah, und doch dünkt es mich jetzt, wo ich dich wieder habe, nur ein kurzer Zeitraum gewesen zu sein. Wäre nur der Platz dort nicht leer!« Mit diesen Worten zeigte sie auf den gewöhnlichen Platz des Großvaters am Tisch.

»Hätte ich ihn nur vorher noch sehen können!« klagte Otto.

»Im Tode nahm sein Antlitz einen völlig sanften Ausdruck an,« fuhr Rosalie fort. »Die Strenge und der Ernst, die um seine Augen zu lagern pflegten, waren geglättet. Ich selbst habe ihn mit ankleiden helfen. Man zog ihm seine Lieblingsuniform an, die er bei allen festlichen Gelegenheiten trug, gürtete ihm den Säbel um und setzte ihm den Staatshut auf den Kopf. Ich wusste, dass dies sein Wunsch gewesen war!« – Still bekreuzigte sie sich.

»Sind sämtliche Papiere des Großvaters versiegelt?« fragte Otto.

»Die Wichtigsten, alle, die für dich das größte Interesse haben werden, sind in den Händen des Pfarrers. Noch im vorigen Jahre überreichte er sie demselben und zwar gleich am Tag nach deiner Abreise. Meines Wissens befindet sich auch der letzte Brief deines Vaters darunter.«

»Mein Vater!« rief Otto und blickte zur Erde. »Ja,« fuhr er fort, »nur zu wahr sind die Worte der Schrift, dass die Sünden der Väter an den Kindern heimgesucht werden bis ins dritte und vierte Glied!«

»Otto!« entgegnete Rosalie mit bittendem und doch auch wieder vorwurfsvollem Blick. »Dein Großvater war ein harter Mann. Du hast ihn gekannt, hast seine finstern Augenblicke gesehen, und
136

doch war er damals schon vor Alter und Kummer weicher geworden. Seine Liebe zu dir besänftigte jedes Aufbrausen. Hätte er deinen Vater so lieb wie dich gehabt, so hätte vielleicht alles einen bessern Ausgang genommen. Allein wir dürfen nicht richten!«

»Und was habe ich getan?« fragte Otto. »Du, Rosalie, kennst die Geschichte meines Lebens. Ist es nicht, als ruhte ein Fluch auf mir? Ich war ein wilder Junge, der dir oft Tränen ausgepresst hat, aber trotzdem hieltest du die Strafe von mir fern. In meinem bösen Blut, in diesem Blut, das seit meiner Geburt in meinen Adern rollt, lag der Fluch, der mich trieb!«

»Allein du wurdest gut und liebreich, wie du es jetzt bist!« versetzte Rosalie.

»Doch erst, als es mir gelang, mich selbst und mein Schicksal kennenzulernen. In der Wildheit der Jugend, weder mich noch die Welt kennend, ließ ich selbst das Zeichen des Elends, das jetzt auf meiner Seele lastet, in mein Fleisch eingraben. Ja, Rosalie, es gibt für mich kein Vergessen; in voller Klarheit habe ich mir die Erinnerungen aus jener Zeit bewahrt, ehe mich der Großvater zu sich nahm, ehe ich als Knabe hier ins Haus kam. Ich entsinne mich noch deutlich des großen Gebäudes, aus dem ich ab- geholt wurde, der vielen Menschen, welche in dem- selben arbeiteten, sangen und lachten und mir selt- same Geschichten davon erzählten, wie schlecht man in der schönen Welt behandelt würde. Als ich anfing über Eltern und das Verhältnis der Kinder zu denselben nachzudenken, glaubte ich, es wäre das Haus meiner Eltern. Nach meinen Gedanken war es eine große Fabrik, die sie besaßen; gab es darin doch so viele Arbeitsleute, die sich alle mit mir herumtummelten. Ich war wild und ausgelassen, und obgleich ich nur ein sechsjähriger Bursche war, besaß ich eine Ausdauer und einen Willen, als zählte ich schon zehn Jahre. Rosalie! Du hast noch viele Beweise dieses Bösen in meinem Blut gesehen; es artete fast in Trotz aus. Deutlich entsann ich mich noch des starken lustigen Heinrichs, der am Webstuhl beständig sang. Er zeigte mir und den Übrigen seine tätowierte Brust, auf der seine ganze Leidensgeschichte eingegraben war; auf dem Arm standen sein und seiner Geliebten Namen. Ich hatte meine Freude daran und wünschte meinen Namen ebenfalls auf meinem Arm zu haben. »Es tut weh,« sagte er, »und dann schreist du, Junge!« Das war für mich erst recht ein Ansporn, meinen Willen durchzusetzen. Ich ließ ihn mit einer Nadel ein O und ein Z in meine Schulter stechen und weinte dabei nicht, weinte nicht einmal, als das Pulver die Schriftzüge einbrannte. Dafür wurde ich aber auch höchlichst gelobt und war stolz darauf, diesen Namenszug zu tragen, stolz, bis ich hier vor drei Jahren mit Heinrich wieder zusammentraf. Ich erkannte ihn sofort, aber er mich nicht; um seine Erinnerung wach zu rufen, zeigte ich ihm meine Schulter und bat ihn den Namen, bat ihn, dieses O und Z zu lesen. Er aber rief nicht Otto Zostrup, sondern nannte einen Namen, der das Glück meiner Kindheit tötete und mich für immer unglücklich machte!«

»Es war ein entsetzlicher Tag!« sagte Rosalie. »Du kamst zu mir und verlangtest eine Erklärung. Der Großvater gab sie dir, und nun warst du nicht länger derselbe Otto, der du früher gewesen. Aber weshalb davon noch reden? Du bist gut und klug, edel und unschuldig! Sammle nicht Kummer in deinem Herzen aus einer längst vergangenen, vergessenen Zeit, die es auch für dich sein muss.«

»Aber Heinrich lebt noch!« entgegnete Otto; »ich habe ihn getroffen, mit ihm gesprochen; mir war, als ob mich alle Besinnung verließe.«

»Wo und wann?« fragte Rosalie.

Da erzählte Otto von seiner Wanderung mit Wilhelm im Tiergarten, erzählte von ihrem Besuch des Taschenspielers, in welchem er Heinrich wiedererkannte. »Gewaltsam riss ich mich von meinen Freunden los und wanderte allein die ganze Nacht im Walde umher. O, Rosalie, ich dachte an den Tod, dachte an ihn in einer Weise, wie ein Christ es nicht darf. Ein schöner Morgen folgte derselben; ich ging an das Ufer des Meeres hinab, welches ich liebe, dessen Wellen mich so oft getragen haben. – Seitdem jenem Namenszug auf meiner Schulter eine Deutung gegeben war, die mich an meine unglückliche Geburt erinnerte, hatte ich sie nie vor jemandem entblößt. O, mit einem Mauerstein habe ich sie blutig gerieben! Die Buchstaben sind verschwunden, und doch glaube ich sie in der tiefen Narbe noch immer zu erkennen. Für mich ist dort immer noch ein Kainszeichen eingebrannt. An jenem Morgen fühlte ich Lust, ein Bad zu nehmen. Die frischen Wellen gossen wieder Leben in meine Seele. Da überraschten mich mit einem Mal Wilhelm und mehrere Bekannte. Sie riefen mich, ja, sie nahmen meine Kleider an sich. Mein Blut geriet in Wallung; mein ganzes Unglück, das mir in dieser Nacht wieder so lebendig vor der

Seele gestanden hatte, erfüllte mich von Neuem. Es war mir, als wollten die beiden erloschenen Buchstaben auf meiner Schulter wieder zum Vorschein kommen und das Geheimnis meines Kummers verraten. Lebensüberdruss bemächtigte sich meiner. Was ich ihnen zurief, weiß ich nicht mehr, aber es war mir, als müsste ich in das Meer hinausschwimmen, um nie zurückzukehren. Ich schwamm, bis es Nacht vor meinen Augen wurde. Wilhelm rettete mich. Nie haben wir seitdem von dieser Stunde geredet. O, Rosalie, lange, lange ist es mir nicht möglich gewesen, mein Herz so ausschütten zu können, wie dir gegenüber in diesem Augenblick. Der kann nicht als ein Freund gelten, dem man nicht alle seine Gedanken anvertrauen kann! Niemandem habe ich sie enthüllen können, außer dir, die den ganzen Sachverhalt schon kennt. Ich leide wie ein Verbrecher und bin gleichwohl unschuldig, wie auch der hässliche und Verwachsene an seinem Elend unschuldig ist.«

»Zwar besitze ich deine Kenntnisse nicht, Otto!« ergriff Rosalie das Wort und drückte ihm die Hand, »habe mich nie eines so hellen Kopfes rühmen können wie du, aber dafür habe ich, was du dir noch nicht erworben haben kannst: Erfahrung. In Leid wie in Freud' verwandelt die Jugend leicht Spinnengewebe in ein Ankertau. Selbsttäuschung hat das Blut in deinen Adern, den Gedanken in deiner Seele umgewandelt; klammere dich aber nicht unaufhörlich an diesen schwarzen Punkt! Das wirst du auch nicht! Er wird dich vielmehr zur Tätigkeit antreiben, wird deine Seele erheben, anstatt sie niederzudrücken! Nun hat dich auch noch die traurige Überraschung durch den Tod des Großvaters, den du gesund und munter anzutreffen hofftest, tief gebeugt und deine Gedanken noch mehr umwölkt. Aber es warten deiner noch bessere Tage, glückliche Tage! Du bist jung, und Jugend macht Leib und Seele gesund!«

Sie führte Otto in den Garten, dessen Weidenpflanzung die anderen Bäume gegen den scharfen Westwind schützte. Die Stachelbeersträucher waren mit Früchten bedeckt, die indes noch nicht die völlige Reife erlangt hatten. Einen Strauch hatte Otto als Setzling gepflanzt. Nun war er groß. Rosalie hatte seine Zweige, damit er den Sonnenstrahlen recht ausgesetzt wäre, an ein Spalier gebunden. Otto dachte nicht an die gute Absicht, sondern nur an die Fesseln. »Lass ihn frei wachsen,« sagte er, »er wird sonst nur verletzt werden, wenn einmal das morsche Staket zusammenbricht!« Und mit diesen Worten schnitt er die Bänder durch.

»Du bist doch immer noch der alte Otto!« sagte Rosalie. Darauf suchten sie ihre kleine Wohnstube auf, dessen einziger Schmuck in einem auf dem Tisch stehenden Kruzifix und aus einem Glas mit Blumen vor demselben bestand. Über dem Kreuz hing ein Kranz von verwelktem Heidekraut. »Den gabst du mir vor zwei Jahren, Otto!« sagte Rosalie. »Da es damals keine Blumen noch irgendetwas Grünes außer dem Heidekraut mehr gab, flochtest du mir den Kranz davon. Später habe ich ihn nicht von dem Kruzifix wegnehmen wollen.«

Sie wurden durch einen Besuch unterbrochen. Der alte Pfarrer trat ein.

15.

Sein abgetragener Rock war alt,
Keinen besseren er begehrte.
Gleich dem, der einst deckte des Täufers Gestalt,
Als er auf Erden lehrte.
C. J. Boye.

Nicht nur Ottos eigene Angelegenheiten, sondern auch die Stadt da drüben, wie der Pfarrer Kopenhagen nannte, sollten den Gegenstand ihres Gespräches bilden. Nur ein einziges Mal in der Woche gelangte der »Viborger Sammler« zu ihm, und die Kopenhagener Blätter gebrauchten sogar einen ganzen Monat, ehe sie den Kreis aller Leser durchlaufen hatten. »Man möchte doch gern mit der Zeit gleichen Schritt halten!« meinte er.

Gestern, am Begräbnistag des Großvaters, wäre es ihm nicht schicklich erschienen, seinen Drang, den lieben Otto von der »Stadt« erzählen zu hören, zu befriedigen, allein heute, sagte er, ginge es schon an, und deshalb hätte er Ottos Besuch nicht erst abwarten, sondern ihm selbst einen abstatten wollen.

»Du hast doch wohl unseren guten König gesehen?« war das erste, wonach er sich erkundigte. »Der Herr segne den Gesalbten! Er ist doch immer noch gesund und rüstig wie sonst, mein guter König Friedrich?« Und darauf konnte er sich nicht versagen, einen Zug zu erzählen, der ihm sein ganzes Herz abgewonnen hatte und, wie er überzeugt war, einen Platz in den Jahrbüchern der Geschichte verdiente. Es hatte sich das Ereignis bei der letzten Anwesenheit des Königs in Jütland zugetragen. Er hatte alle Hauptorte des Landes bereist und bei dieser Gelegenheit auch die Westküste besucht. Als der König ein Wirtshaus verließ, wäre ihm die alte Besitzerin nachgelaufen und hätte den Landesvater schließlich noch gebeten, zum Andenken seinen Namen mit Kreide an einen Balken zu schreiben. Da die vornehmen Herren seiner Begleitung sie hätten zurückweisen wollen, wäre sie so dreist gewesen, den König am Rock zu zupfen, der auch, sobald er ihren Wunsch vernommen, ihr freundlich zugenickt und gesagt hätte: »Herzlich gern!« Darauf wäre er wirklich zurückgekehrt und hätte seinen Namen an den Balken geschrieben. Dem alten Manne traten bei dieser Erzählung Tränen in die Augen; er weinte und betete für seinen König. Dann fragte er, ob der alte Baum im Regentsgaard noch stände, und erkundigte sich nach einigen alten Bekanntschaften aus seiner Studentenzeit.

Im Grunde genommen blieb er selbst der eigentliche Erzähler. Jede Frage, die er an Otto richtete, berührte das Eine oder das Andere aus seinem eigenen Leben; beständig kehrte er dabei zur Quelle, zu seiner Studentenzeit, zurück. Da hätte man sich anders geregt als heutzutage, das wäre ein anderes Leben, eine andere Bewegung gewesen, meinte er. Sein wahres Schönheitsideal war die Königin Mathilde. »Ich sah sie oft zu Pferde,« erzählte er, »obwohl es damals bei uns nicht Sitte war, dass Damen ritten. In ihrem Lande erregte es keinen Anstoß, hier gereichte es jedoch zum Ärgernis. Gott verlieh ihr Schönheit, eine Königskrone und ein Herz voll Liebe. Die Welt gab ihr, was sie geben kann, ein Grab in der Nähe der kahlen Heide.

Zwar wurde in Folge der unaufhörlichen
Rückkehr zu seinen eigenen Erinnerungen seine
Ausbeute an Neuem nicht sehr groß, allein er fühlte
sich trotzdem befriedigt. Kopenhagen schien ihm
eine ganze Welt, eine königliche Stadt, aber leider
nahmen auch Sodom und Gomorra darin mehr als
eine Straße ein.

Otto lächelte über den Ernst, mit welchem er
dies Urteil fällte.

»Ja, das kenne ich besser als du, mein Junge!«
fuhr der Pfarrer fort. »Der Teufel geht zwar nicht
darin umher, wie ein brüllender Löwe, aber er hat
doch in dieser Stadt seine größten Fabriken errichtet. In guter Kleidung geht er einher und ver-
birgt den Pferdefuß und die Klauen. Vertraue nicht
auf deine Kraft! Wie die Katze in der Fabel schleicht
er, »pede suspenso« listig und vorsichtig. Im
Grunde genommen gleicht der Teufel einem jütländischen Bauerburschen. Dieser kommt, ohne
etwas zu besitzen, in die Stadt, läuft umher und
putzt den jungen Leuten Schuhe und Stiefel,
wodurch er endlich so weit kommt, einige Groschen
beiseitelegen zu können. Da er zu sparen versteht,
vermag er sich mit der Zeit den Keller des Hauses,
in welchem du wohnst, zu mieten und einen kleinen
Handel anzufangen. Das Geschäft blüht, es gedeiht!
Nun ist er imstande, das untere Stockwerk zu
mieten. Der Verdienst wächst infolgedessen, er wird
ein gemachter Mann, und ehe du dich dessen ver-
siehst, kauft er das ganze Haus. Siehe, das ist der
Lebenslauf eines jütländischen Bauerburschen, und
ähnlich geht es mit dem Teufel. Zuerst nistet er sich
im Keller ein, dann bekommt er das untere Stockwerk und schließlich das ganze Haus!«

16.

Zwar ist's schön im fremden Lande,
Doch zur Heimat wird es nie! –

Möcht' die Berge wiedersehen,
Und die lautern Gletscher d'ran –

Möcht' die Glocken wieder hören.
Wenn der Hirt zu Berge treibt.
Schweizers Heimweh.

Erst nach dem Frühstück ging der Pfarrer zu
Ottos eigenen Angelegenheiten über. Das Testament
des Großvaters setzte denselben zum einzigen
Erben des bedeutenden Vermögens ein. Ein Kopenhagener, der Comptoirchef Berger, sollte, da der
Pfarrer die Annahme dieses Ehrenamtes abgelehnt
hatte, Kurator sein. Rosalie war nicht vergessen,
ihre Anhänglichkeit und Treue hätte nicht größer
sein können, wenn sie eine Verwandte des Hauses
gewesen wäre. Deshalb sollte sie in ihren letzten
Tagen nicht noch Sorgen kennenlernen, nachdem
sie unablässig bemüht gewesen war, alle Sorgen von
dem Verstorbenen fernzuhalten. Ein sorgenfreies
Alter wartete ihrer, welches Otto aber auch in ein
glückliches zu verwandeln wünschte. Den Plan, den
er sich entworfen hatte, teilte er dem Pfarrer mit;
dieser schüttelte jedoch den Kopf dazu, hielt ihn für
unausführbar und betrachtete ihn als einen Einfall,
eine bloße Grille. Das war er aber keineswegs.
Einige Tage verstrichen. Eines Nachmittags saß
Rosalie auf der kleinen hölzernen Bank unter den
Kirschbäumen und nähte an dem Trauerkleid,
welches sie im nächsten Winter tragen wollte.

»Es ist der letzte Sommer, in dem wir hier sitzen können,« begann sie, »der letzte Sommer, in dem wir hier unsere Heimat haben! Ich war mit dieser Stätte gleichsam verwachsen. Es tut mir weh, von ihr scheiden zu müssen!«

»Du hast auch deine liebe Schweiz verlassen müssen,« entgegnete Otto. »Das muss dir schwerer vorgekommen sein!«

»Damals war ich noch jung!« erwiderte sie. »Der junge Baum lässt sich leicht verpflanzen, aber der alte hat tiefere Wurzeln geschlagen. Dänemark ist ein gutes Land, ein schönes Land!«

»Nur nicht die Westküste Jütlands!« rief Otto. »Statt deiner grünen Alpenweiden hast du hier Heidekraut, statt deiner Berge niedrige Sanddünen!«

»Auf dem Juragebirge gibt es auch Heidekraut,« versetzte Rosalie. »Das hiesige Heidekraut mahnt mich oft an meine Heimat im Jura. Dort ist es ebenfalls kalt, schon im August kann dort Schnee fallen. Oft stehen die Tannenwälder dann schon wie überpudert da!«

»Ich liebe die Schweiz, obwohl ich sie nie gesehen habe. Deine Erzählung hat mir ein Bild der malerischen Größe gegeben, die dieses Bergland besitzt. Ich habe einen Plan, Rosalie. Es ist mir bekannt, dass in dem Herzen des Bergbewohners das Heimweh nie erstirbt. Ich entsinne mich, wie stets dein Auge funkelte, so oft du von der Wanderung nach Le Locle und Neufchatel erzähltest; schon als Knabe war es mir, als ob ich die

146

leichte Bergesluft bei deinen Worten fühlte. Ich fuhr mit dir auf der schwindelnden Höhe, von der aus gesehen die Wälder unter uns wie Kartoffelfelder dalagen; was von unten wie der Rauch aus dem Meiler eines Kohlenbrenners emporstieg, bildete in der Luft eine Wolke! Ich sah die Alpenkette wie schwimmende Wolkenberge, unten Nebel, oben finstere Gestalten mit weithin leuchtenden Gletschern!«

»Ja, Otto!« sagte Rosalie, und ein jugendliches Feuer funkelte aus ihren Augen, »den Eindruck bringt die Alpenkette hervor, wenn man von Le Locle nach Neufchatel hinabfährt. So erblickte ich sie, als ich das letzte Mal vom Jura hinabstieg. Es war im August. Gelb und rot standen die Laubbäume zwischen den dunkeln Tannen. Berberitzen und Hagebutten wuchsen zwischen den großen Farnkräutern. Im schönen Sonnenglanz lagen die Alpen da, ihr Fuß war himmelblau und die Gipfel schimmerten schneeweiß. Wehmut füllte mein Herz, schied ich doch von meinen Bergen! Ja, ich bin auch einmal jung gewesen, Otto!« sagte sie und lächelte wehmütig. »Der Neufchateller See tief unter mir war spiegelglatt; ein kleines Boot mit weißen Segeln glitt wie ein Schwan über die Oberfläche. An dem Wege, auf welchem wir fuhren, fällten die Bauern Kastanienbäume. Die Weinreben hingen voll großer blauer Trauben. Wie ein solcher Eindruck in der Seele zu haften vermag! Fünfunddreißig Jahre sind seitdem verflossen, und noch immer sehe ich das Boot mit den weißen Segeln, die hohen Alpen und die dunkelblauen Trauben!«

»Du sollst deine Schweiz wiedersehen, Rosalie!« rief Otto, »sollst den Kuhreigen hören auf den grünen Matten! Du sollst wieder nach der Kapelle in der Franche Comté wallen, deine Freunde bei Le Locle besuchen, die unterirdische Mühle und den Doubfall sehen!«

»Das Mühlrad geht noch, das Wasser stürzt noch hernieder wie in meiner Jugend; aber die Freunde sind verschwunden, meine Familie ist zerstreut! Als eine Fremde würde ich zurückkehren, und wenn man erst in meinem Alter ist, kann einem die Natur nicht genügen, man will auch Menschen haben!«

»Wie du weißt, Rosalie, hat dir der Großvater eine lebenslängliche Pension ausgesetzt. Ich hatte mir nun gedacht, du könntest deine letzten Tage bei deinen Lieben in der Heimat, in der schönen Schweiz zubringen. Im Oktober lege ich mein *philosophicum* ab und hatte mir vorgenommen, dich dann im nächsten Sommer zu begleiten. Auch ich muss dieses herrliche Gebirgsland sehen, muss von der Welt ein wenig mehr kennenlernen, als mir bisher möglich war. – Ich weiß, wie du mit deinen Gedanken noch immer in der Schweiz lebtest und webtest; zu ihr will ich dich zurückführen! Dort wirst du weniger einsam sein, als hier in Dänemark!«

»Du nimmst in deinen Gedanken den Flug der Jugend, wie du sollst und musst, du teure liebe Seele!« sagte sie lächelnd. »In meinem Alter geht es nicht so leicht!« »Wir machen nur kurze Tagereisen,« wandte Otto ein, »gehen mit dem Dampfschiffe den Rhein hinauf, was mit keinen Beschwerden verbunden ist, und von Basel kann man die Franche Comté im Jura leicht erreichen.«

»Nein, auf der Heide, an dem Ufer der Nordsee,« erwiderte sie, »will die alte Rosalie sterben. Hier fühle ich mich jetzt heimisch, hier habe ich doch wenigstens einige Freunde. Die Familie in Lemvig hat mich eingeladen; bei ihr finde ich einen Platz am Tisch, ein Kämmerlein und freundliche Gesichter. Die Schweiz würde mir doch nicht mehr die Schweiz sein, die ich verließ. Wohl würde ich die Natur wie eine alte Bekannte begrüßen; wie Musik würde mir das Glockengeläut der Kühe vorkommen; mit tiefer Rührung würde es mich erfüllen, in der stillen Bergkapelle zu knien; aber ich würde mich dort bald fremder fühlen als hier. Vor fünfzehn Jahren wäre es etwas anderes gewesen; damals lebte meine Schwester noch, die fromme Adele; sie wohnte, wie du weißt, mit meinem Onkel dicht an der Neufchateller Grenze, kaum weiter als eine Viertelstunde von Le Locle entfernt, von der Stadt, wie wir sie nur zu nennen pflegten, weil sie unter sämtlichen Flecken der Nachbarschaft die größte war. Jetzt leben nur noch einige weitläufige Verwandte von mir, die mich längst vergessen haben. Dort bin ich eine Fremde. Dänemark gab mir Brot und wird mir auch ein Grab nicht verweigern!«

»Ich dachte dir dadurch eine Freude zu bereiten!« sagte Otto.

»Das tust du durch deine Liebe zu mir!« erwiderte sie.

»Ich dachte, du solltest mir selbst deine Berge zeigen, deine Heimat, von der du so häufig redetest!«

»Das bin ich noch imstande. Ich entsinne mich
jedes Plätzchens, jedes Baumes, alles habe ich noch
mit völliger Klarheit in meiner Erinnerung bewahrt.
Jetzt fahren wir das Gebirge hinan, höher und
immer höher. Hier gibt es keine Weinberge mehr,
keinen Mais noch Kastanien, nur dunkle Tannen,
hohe Felsen, hier und da eine einzelne Buche, grün
und mächtig wie in Dänemark. Nun ist der Wald
verschwunden, Tausende von Metern stehen wir
über dem Meeresspiegel. Der frische Luftzug verrät
es dir! Ringsumher grüne Wiesen; von allen Seiten
klingt das Geläute der Kuhglocken zu uns herüber.
Noch gewahrst du nichts von der Stadt, und doch
haben wir Le Locle fast erreicht. Mit einem Mal
macht der Weg eine Biegung, und nun sehen wir
mitten auf der Bergfläche ein kleines Tal. In ihm
liegt die Stadt mit ihren roten Dächern, ihren
Kirchen und ihren großen Gärten! Dicht vor den
Fenstern erhebt sich der Bergabhang, mit Gras und
Blumen dicht bewachsen; es macht den Eindruck,
als müsste das Vieh auf die Häuser hinabstürzen.
Wir schreiten durch die lange Straße an der Kirche
vorüber; die Bewohner sind Protestanten. Es ist eine
ganze Uhrmacherstadt. Mein Onkel und Adele
saßen auch den ganzen Tag und arbeiteten an
Rädern und Ketten. Ihr Brotherr war Monsieur
Houriet in Le Locle. Seine Töchter kenne ich. Die
eine heißt Rosalie, wie ich. Rosalie und Lydia, sie
haben mich gewiss vergessen! Doch es ist ja wahr,
wir befinden uns auf der Reise! Siehst du, am Ende
der Stadt gehen wir nicht der breiten Landstraße
nach, die nach Besançon führt, sondern bleiben auf
dem kleineren Weg, hier im Tal, in welchem die
Stadt liegt. Das hübsche Tal! Den grünen Bergabhang behalten wir zur rechten; hoch hinauf an demselben liegen weit und breit Häuser mit großen

150

Steinen auf den schrägen Holzdächern und kleine
Obstgärten, die namentlich Pflaumenbäume enthalten. Schroffe Felsenwände schließen das Tal ein;
dort öffnet sich eine Felsspalte; erkletterst du sie, so
blickst du gerade nach Frankreich hinein und über-
schaust eine Ebene, die flach wie das dänische Land
ist. Im Tal, durch welches wir wandern, dicht neben
der erwähnten Kluft, liegt ein Häuschen, o, ich sehe
es so deutlich! Weiß getüncht und mit blau angestrichenen Fensterrahmen; am Tor liegt ein großer
Kettenhund. Ich höre ihn bellen! Wir treten in das
stille freundliche Häuschen ein. Auf dem Fußboden
spielen die Kinder. O, mein kleiner Henry Numa
Robert! Ach, es ist ja wahr, nun ist er größer und
älter als du. Wir steigen eine Treppe zum Keller
hinab. Hier stehen Säcke und Kisten mit Mehl. Ein
eigentümliches Brausen schallt unter dem Fußboden hervor. Noch einige Stufen hinab und wir
müssen die Lampe anzünden, denn Dunkelheit
umgibt uns. Wir stehen nun in einer großen
Wassermühle, einer unterirdischen Mühle. Tief
unter der Erde braust ein Fluss; oberhalb lässt sich
niemand etwas davon träumen; mehrere Faden tief
stürzt das Wasser über die Räder hinab, die
rauschen und klappern, als ob sie unsere Kleider
ergreifen und uns in ihren Wirbel hinziehen
wollten. Die Stufen, auf denen wir stehen, sind aus-
getreten und schlüpfrig; aus den Wänden trieft
Wasser hervor, und dicht vor uns scheint eine
bodenlose Tiefe zu gähnen! O du würdest diese
Mühle eben so lieb gewinnen, wie ich sie immer
gehabt habe. Draußen unter freiem Himmel gewahrt man nur das stille freundliche Häuschen.
Weißt du wohl, Otto, oft, wenn du still und
träumerisch, ruhig wie eine Bildsäule dasaßest,
dachte ich an meine Mühle, an ihre scheinbare

Ruhe, während doch wild der Strom in ihrem
Innern brauste, die Räder klapperten und Finsternis
über der Tiefe lagerte!«

»Wir nehmen Abschied von der Mühle!« sagte
Otto und suchte sie von ihren Betrachtungen auf die
eigentliche Erzählung zurückzuführen. »Wir
wandern durch den Wald, in dem das Abend-
geläute von der Kapelle in der Franche Comté zu
uns herübertönt!«

»In ihm steht meines Vaters Haus!« fuhr
Rosalie fort. »Vom Eckfenster aus blickt man über
den Wald bis nach Aubernezv [10], woselbst die
Brücke über den Doubs führt. Die Sonne spiegelt
sich im Fluss, der sich tief unten silberhell dahin-
schlängelt.«

»Und ganz Frankreich breitet sich nun vor uns
aus!« fügte Otto hinzu.

»Wie schön! Wie schön!« rief Rosalie, und ihre
Augen flammten, indem sie vor sich hinschaute.
Aber bald wurde ihr Blick wieder wehmütig, sie
drückte Otto die Hand und sagte: »Niemand würde
mich in meiner Heimat willkommen heißen! Ich
kenne ihre Freuden und Leiden nicht, und sie nicht
die meinigen! In Dänemark habe ich jetzt meine
Heimat. Wälzt sich der kalte Nebel vom Meer heran
und lagert sich über die Heide, so bilde ich mir oft
ein, wieder auf meinen Bergen zu wohnen, aus
denen das Heidekraut wächst. Der Nebel kommt

---

[10] Ein Dorf im Canton Neufchatel, dicht am Flusse Doubs
gelegen, wo derselbe die Grenze zwischen der Schweiz
und Frankreich bildet.

mir dann wie eine Schneewolke vor, die die Berges-
gipfel umhüllt, und wenn Andere über schlechtes
Wetter klagen, weile ich dann grade auf meinen
Bergen in den Wolken.«

»Du willst also durchaus zu der Familie in
Lemvig ziehen?« fragte Otto.

»Dort,« erwiderte sie, »bin ich willkommen!«

17.

>»Betracht' das ruhiger werdende Meer.
>Noch beben die Wogen über der Tiefe,
>Noch fürchten sichtlich sie den Sturm!«
>– »Über mir schwebt der schattige Nebel,
>Und taubenetzt sind meine Locken.«
>*Ossian.*

Noch immer hatte Otto die Sanddünen und den Strand nicht besucht, war noch immer nicht mit den Fischern und Bauern in Verkehr getreten, unter denen er sich sonst in allen seinen Freistunden umhergetummelt hatte.

Der schöne Sommertag trieb ihn endlich hinaus; sein Herz sehnte sich nach Sonnenwärme.

Lediglich die Wege zwischen den größeren Städten sind hier in leidlichem Zustand, oder richtiger gesagt, in so gutem, wie es die Gegend überhaupt gestattet. Die Seitenwege werden nur durch die nebeneinander hinlaufenden Gleise angedeutet. Um das Versinken der Räder in den tiefen Sand zu verhindern, ist an einzelnen Stellen Heidekraut gestreut. Wo dies jedoch fehlt und die Spuren sich kreuzen, wird ein Fremder schwerlich den Weg finden. Hier braucht keine Feldordnung ihre Grenzsteine zwischen den nachbarlichen Grundstücken aufzurichten.

Jeder Hof, jede Hütte, jede Anhöhe waren für Otto alte Bekannte. Er schlug die Richtung nach Harboöre, einem Kirchdorf, ein, von dem sich wohl behaupten lässt, dass es nur aus Sand und Wasser bestehe, und welches gleichwohl nicht unfruchtbar genannt werden kann. Einzelne Gemeindeglieder treiben Ackerbau, die Mehrzahl jedoch sind Fischer, zu deren kleinen Häusern am Strande kein Grundbesitz gehört.

Zuerst begegnete ihm auf seiner Wanderung einer jener großen Planwagen, in welchen die sogenannten Aalmänner zwischen Johanni und Bartholomäi ihre Aale nach den südlich und östlich gelegenen Marktflecken fahren, von welchen sie dann als Rückfracht Äpfel und Gartenfrüchte mitnehmen, ein Artikel, der zu dieser Zeit bei den niedrigeren Leuten eine reißende Abnahme findet. Der Aalmann hielt, als er Otto sah und erkannte.

»Willkommen, Herr Otto!« begrüßte er ihn. »Sie haben leider in einer traurigen Angelegenheit herbeieilen müssen! Dass der Oberst Zostrup so plötzlich zum Abmarsch blasen musste! Es ließ sich von ihm freilich nichts anderes erwarten. Alt genug war er ja!«

»Der Tod fordert sein Recht!« entgegnete Otto und drückte dem Mann die Hand. »Ihm geht es doch gut, Morten Chränsen?«

»Den ganzen Wagen voller Aale; auch einige andere geräucherte Seefische führe ich noch bei mir. Eure Begegnung wird gewiss von guter Vorbedeutung sein, Herr Otto! Auf dem Land wenigstens verkündigt ein Pfarrer etwas Gutes, wenn auch nicht auf der See, wie man hierzulande zu sagen pflegt. Ihr seid gewiss schon Pfarrer, oder wollt es doch werden?«

»Nein, ich studiere nicht Theologie!« erwiderte
Otto.

»Dann werdet ihr wahrscheinlich Advokat
werden wollen? Ich denke, Ihr seid klug genug,
dass Ihr nicht so lange zu studieren braucht. Geht
nur nicht an meinem Hause vorüber. Großmutter
sitzt und spinnt Garn zu Aalreusen. Nun hat sie
auch noch auf dem andern Auge den Star bekommen, aber der Mund läuft ihr noch immer eben
so schnell wie früher. Sie lässt sich nicht verblüffen,
obgleich sie im Dunkeln sitzt. Mutter hat für Köder
zu sorgen; die Angelhaken machen ihr Arbeit
genug!«

»Aber Marie? Die muntre kleine Marie?« fragte
Otto.

»Die Dirne? Sie ist heuer mit den andern
Fischermädchen nach Ringkjöbing gezogen und hat
sich zur Heu- und Kornernte verdingt. Wir
glaubten, dass wir hier auch ohne sie auskommen
könnten. Aber, Gott befohlen! Nun muss ich
fahren!« Treuherzig schüttelte er Otto die Hand und
setzte seine langsame Fahrt fort.

Die Brüder des Aalbauern waren gewandte
Fischer, wie es ihr Vater gewesen war. Obgleich
verheiratet, wohnten sie doch beieinander. Die
Kinderschaar war nicht gering. Klein und Groß
bildete hier eine einzige Familie, in welcher die
blinde Großmutter die erste Stimme führte.

Otto näherte sich dem Wohnhaus; vor demselben lag ein kleines Gärtchen mit Kartoffeln und
Mohrrüben; auch für ein Beet mit Zwiebeln und

156

Thymian war gesorgt. Zwei große Bullenbeißer mit scharfen Zähnen und nichts Gutes verkündenden Augen stürzten sich auf Otto los. »Wolf! Grumsling!« rief eine gellende Stimme, und mit gesenktem Schwanz zogen sich die Hunde leise knurrend zum Haus zurück. Hier saß auf dem Hausflur eine alte Frau in wollener, krapproter Jacke; um den Hals hatte sie ein Tuch von dem nämlichen Stoffe und der nämlichen Farbe geschlungen, und auf dem Kopf trug sie einen Männerhut von schwarzem Filz. Sie saß vor ihrem Spinnrocken. Es war, wie sich Otto sofort überzeugte, die blinde Großmutter.

»Gottes Frieden sei mit diesem Hause!« sprach er grüßend.

»Diese Stimme habe ich seit Jahr und Tag nicht gehört!« versetzte die Alte und erhob den Kopf, als wollte sie mit ihren erloschenen Augen sehen. »Seid Ihr nicht Oberst Zostrups Sohn? Eure Sprache gleicht der seinigen. Ich habe es mir wohl gedacht, dass Ihr an unserm Hause nicht vorübergehen würdet, falls Ihr hierher kämt! Ide soll den Köder stehen lassen und den Kessel aufsetzen, damit Ihr eine Schale Kaffee bekommen könnt, die Ihr sonst nicht verschmähtet. Oder seid Ihr etwa auf Eurer Reise hoffärtig geworden? Die hiesige Zichorie ist gut und schmeckt besser als die Bohnen des Kaufmanns.« Die Hunde knurrten Otto noch immer an. »Könnt ihr dummen Tiere denn mit sehenden Augen nicht sehen und des Obersten Otto nicht erkennen?« rief sie und teilte ein Paar kräftige Püffe unter sie aus.

Ottos Ankunft versetzte den kleinen Haushalt
in große Bewegung. Willkommen war er, das
konnte man jedem Gesicht ansehen.

»Ja,« begann die Großmutter von Neuem, »nun
seid Ihr in der Stadt da drüben viel weiser geworden, könnt, wenn es verlangt wird, gewiss einen
Kalender schreiben! Habt Ihr Euch denn dort schon
eine Braut angeschafft, oder wollt Ihr sie Euch aus
Lemvig holen? Denn eine Städterin wird sie wohl
sein müssen! Ja, ich habe Euch von Kindesbeinen an
gekannt. Draußen auf der Mauer habt Ihr einmal
den leibhaftigen Teufel mit Haut und Haaren aus
lauter Heringsköpfen zusammengesetzt. Unser
Ferkel habt Ihr in den Aalwagen mitten unter die
Kisten und Kasten gesteckt. Vergeblich suchten wir
einen ganzen Tag nach demselben, und so musste es
denn die Reise nach Holstebrø mitmachen. Ja, Ihr
wart ein richtiger Wildfang! Als es dann an das
viele Lernen ging, wurdet Ihr mit einem Mal wie
schwermütig. Ja, ja, in den letzten Jahren haben
Euch die Bücher hart mitgenommen!«

»Wie oft ist er mit meinem Mann in die See ge-
stochen!« unterbrach sie eine der Schwiegertöchter.
»Eine ganze Nacht sogar brachte er auf dem Meer
zu! Ich weiß noch, wie sehr die französische
Mamsell auf dem Gut darüber erschrocken war!«

»Hochmütig wart Ihr nie!« ergriff die Großmutter wieder das Wort. »Zu frischem Fisch aßt Ihr
mit uns gedörrten Fisch und trankt dazu eine Tasse
Molke, mit etwas Wasser verdünnt, obwohl Ihr es
zu Hause besser gewohnt wart!«

Jetzt wurde der Kaffee aufgetragen und in große, irdene Schalen geschenkt. Otto musste seinen Teil trinken.

»Entsinnt Ihr Euch noch,« fragte die Großmutter, »wie gern Ihr zum Kaffee an einer getrockneten Flunder nagtet, wenn wir keinen Zwieback hatten? Heute haben wir jedoch frisches und gutes Weißbrot, welches erst gestern von Lemvig kam.«

Das Branntweinglas, das auf einem hölzernen rotgemalten Fuß ruhte, wurde vor Otto hingesetzt. Der Anker Branntwein unter dem Bett, welcher als Strandgut aufgefischt war, sollte auch seinen Anteil zu Ottos Bewirtung hergeben.

Otto erkundigte sich nach den verheirateten Söhnen. Sie waren mit den Knechten zum Strand hinabgegangen, um auf den Fang auszuziehen. Großmutter wollte ihn hinunter begleiten, denn sie hatten die Fahrt noch nicht angetreten, weil sie ihnen erst die nötigen Vorräte bringen musste.

Die Großmutter nahm ihren Stock, die Hunde sprangen voran und nun ging die Wanderung zwischen die Dünen hindurch der Stelle entgegen, wo ihre Hütte oder Bude aus einfachem Sparrenwerk mit Erdbekleidung aufgeführt war. Rings herum hatte man den Fischabfall, Köpfe und Eingeweide hingeworfen. Die Männer standen eben in Begriff, den Behälter mit dem Fischgerät an Bord zu bringen.

Vor ihnen lag die offene, in diesem Augenblick, da der Wind von Osten her wehte, fast spiegelglatte See. Ein halb bäurisch gekleideter Reiter, mit Bein-

kleidern, die an den Seiten zugeknöpft waren, hielt
in der Nähe.

»Haben Sie schon die große Neuigkeit gehört?«
rief er Otto zu. »Ich komme gerade von
Ringkjöbing. Bei dem Kaufmann Kohen habe ich die
deutschen Zeitungen gelesen. In Frankreich ist eine
Revolution ausgebrochen. Karl der Zehnte befindet
sich mit der ganzen königlichen Familie auf der
Flucht. Ja, in Paris geht es lustig zu!«

»Die Franzosen sind ein wildes Volk!« bemerkte die Großmutter. »Einem König und einer
Königin haben sie zu meiner Zeit den Kopf ab-
geschlagen. Nun werden sie es mit den jetzigen
eben so machen. Gottes Wege sind unerforschlich,
dass er solche Gräuel gegen seine Gesalbten
duldet!«

»Da wird es wieder Krieg geben!« meinte einer
der Fischer.

»Dann blüht der Pferdehandel!« versetzte der
Fremde, drückte Otto die Hand und setzte seinen
Weg die Dünen entlang weiter fort.

»War das nicht der Roßkamm von Varde?«
fragte Otto.

»Gewiss! Er besitzt große Sprachkenntnisse,«
erwiderte der Fischer. »Deshalb erfährt er die
Neuigkeiten vom Ausland stets früher als wir
anderen. Also schlägt man sich schon wieder in
Frankreich! Das Blut fließt in den Straßen. So wird
es in Dänemark nicht zugehen, bis der Türke sein
Ross an den Busch im Viborger See bindet. Aber

dann naht auch nach der Weissagung der Sibylle
das Ende der Welt!«

Inzwischen waren alle Vorbereitungen getroffen, um auf den Fang ausziehen zu können. Falls
etwa Herr Otto das hinterste Ruder führen wollte
und Lust hätte, wieder einmal eine Nacht draußen
auf dem hohen Meer zuzubringen, so wollte man
ihm gern einen Platz im Boot einräumen; er hatte
indes Rosalie versprochen, noch vor Abend zurückzukehren. Die Großmutter sprach nun kniend mit
den anderen ein Gebet, und bald glitt das flache
Boot unter raschen Ruderschlägen vom Strand in
die offene See hinaus. Frankreichs Schicksal war
vergessen, nur der Fang beschäftigte die Fischer.

Die Alte schien auf die sich entfernenden
Ruderschläge zu lauschen; unbeweglich ruhten die
erloschenen Augen auf dem Meer. Eine Möwe strich
in ihrem Fluge dicht an ihr vorüber. »Das war ein
Vogel,« sagte sie; »hier ist doch niemand außer uns
beiden?«

»Nein, kein Einziger!« entgegnete Otto gleichgültig.

»Ist auch niemand in der Hütte, niemand
hinter den Dünen?« fragte die Großmutter von
neuem. »Nicht um des Proviantes willen, nicht um
mein Antlitz am Strande zu kühlen, begleitete ich
Euch, sondern um mit Euch unter vier Augen zu
reden, was im Hause nicht möglich war. Wollt Ihr
mir nicht Eure Hand geben? Seitdem der Alte im
Grabe ruht, seid Ihr Euer eigener Herr; das Gut soll
ja wohl verkauft werden, und dann werdet Ihr
schwerlich je wieder hierher nach der Westküste

kommen. Der Herr hat mein Augenlicht verdunkelt, ehe er auch meine Ohren schließt und mich in sein Reich aufnimmt. Vermag ich Euch auch jetzt nicht mehr zu sehen, so lebt Euer Bild doch noch immer in meiner Erinnerung, wie ich es damals in mich aufnahm, als Ihr die hiesige Gegend verließt. Ihr werdet vermutlich schöner sein, allein heiterer seid Ihr nicht; plaudern könnt Ihr zwar, und ich habe Euch sogar lachen hören, aber es klang doch nur wenig munterer als in den beiden letzten Jahren Eures hiesigen Aufenthalts. Einst war es anders mit Euch bestellt, alles hatte bei Euch einen andern Zuschnitt als jetzt, kein Kobold hätte es mit Euch an Wildheit aufnehmen können!«

»Man wird mit den Jahren ruhiger!« erwiderte Otto und blickte die blinde Frau, die seine Hand noch immer fest hielt, erstaunt an. »Die übertriebene Lustigkeit, der ich mich als Knabe hingab, konnte unmöglich Bestand haben, und dass ich gerade in dieser Zeit ernst bin, dazu habe ich doch, wie Sie ja selber einsehen muss, hinreichenden Grund. Meine letzte Stütze ist mir genommen!«

»Allerdings, allerdings!« versetzte sie langsam und überlegend, dann aber schüttelte sie den Kopf. »Und doch liegt darin der Grund nicht. Glaubt Ihr nicht an des Teufels Macht? Unser Heiland verzeihe mir, glaubt Ihr nicht an die Kräfte böser Menschen? Es kann kein größerer Unterschied zwischen einem Menschenkinde und dem Wechselbalg stattfinden, das die Unterirdischen für dasselbe in die Wiege legen, als zwischen Euch in Eurem Knabenalter und Eurer ganzen Art und Weise während des letzten Jahres vor Eurer Abreise! Das kommt von den Büchern, kommt von dem vielen Lernen, sagte ich zu den Anderen. Hätte ich mir diesen Trost auch nur selbst sagen können! Aber Ihr sollt wieder froh werden, der Kummer Eures Herzens soll vergehen, wie ein giftiges Unkraut. Ich weiß, woher er stammt, und besitze, wenn Gott seinen Gnadenbeistand dazu verleiht, ein Heilmittel gegen denselben. Wollt Ihr mir heilig versprechen, dass keine Seele auf der ganzen Welt erfahren soll, was wir in dieser Stunde sprechen?«

»Was in aller Welt habt Ihr mir zu sagen?« fragte Otto, von dem sonderbaren Ernst der Alten eigentümlich ergriffen.

»Ich will von dem deutschen Heinrich, dem Komödianten, mit Euch reden! Ihr erinnert Euch gewiss noch seiner. Er trägt die Schuld an Eurem Gram. Ja, sein bloßer Name bewirkt, dass Euer Puls heftiger zu schlagen beginnt. Ich kann es fühlen, wenn ich Euch auch nicht ins Gesicht blicken kann!«

»Der deutsche Heinrich!« wiederholte Otto, und seine Hand bebte wirklich. Sollte etwa Heinrich, als er vor drei Jahren hier war, dieser Alten, sollte er den Fischern hier gesagt haben, was niemand wissen durfte, was den Frohsinn seiner Jugend ertötet hatte? »Was habe ich mit dem deutschen Heinrich zu schaffen?«

»Nicht mehr, als ein frommer Christ mit dem Teufel zu schaffen hat!« entgegnete sie und schlug ein Kreuz vor sich. »Aber Heinrich hat Euch ein böses Wort ins Ohr geraunt, hat Euern frohen Sinn gebannt, wie man eine Natter bannen kann!«

»Das hat er Ihr mitgeteilt?« rief Otto und holte schneller Atem. »Sage Sie mir alles, was er Ihr erzählt hat!«

»Ihr werdet mir deshalb hoffentlich keine Verdrießlichkeiten bereiten,« sagte sie. »Ich bin unschuldig daran, und gleichwohl habe ich dazu mitgewirkt! Es war nur ein einziges Wort, aber ein ungeziemendes Wort, und dafür muss man einst Rechenschaft ablegen am Tage des Gerichtes!«

»Ich verstehe Sie nicht!« versetzte Otto, und sein Auge spähte rings umher, ob niemand sie hören könnte. Sie befanden sich ganz allein. Wie ein dunkler Punkt zeigte sich in weiter Ferne das Boot mit den Fischern.

»Entsinnt Ihr Euch noch, wie ausgelassen Ihr als Knabe wart? Denkt Ihr noch daran, wie Ihr einmal der Katze Schweineblasen an Schwanz und Beine bandet und sie zur Bodenluke hinauswarft, damit sie fliegen sollte? Ich sage das nicht, um Euch weh zu tun, denn wir hatten Euch trotzdem alle lieb, allein wenn Ihr es gar zu arg triebt, konnte man ja wohl im Ärger sagen: Vermag denn niemand diesen Burschen zu zügeln? Seht, genau dieselben Worte, sagte ich. Das ist meine ganze Sünde, aber sie haben mir seitdem schwer auf dem Herzen gelegen. Da erschien vor drei Jahren plötzlich der deutsche Heinrich in dieser Gegend und erhielt zwei Tage in unserm Hause Herberge. Gott verzeih' mir meine Sünden! Kunststücke konnte er machen, dass es eine Art hatte. Er verstand mehr als sein Vaterunser, mehr als einem Menschen zu wissen frommt. Bei einem Kunststück solltet Ihr ihm behilflich sein; als er Euch aber den Becher gab, machtet

Ihr Eure eigenen Künste, und er konnte das Seinige nicht ausführen. Ihr hattet ihm zeigen wollen, dass Ihr auch etwas verstandet. Von dem Augenblick an konnte er Euch nicht leiden, wenn er sich auch immer noch sanft und untertänig stellte, da Ihr ein herrschaftliches Kind wart. Entsinnt Ihr Euch nun – aber nein, das habt Ihr gewiss vergessen – kurz und gut, Ihr hattet bei derselben Gelegenheit den Köder von den Angelhaken abgenommen und statt dessen meine Holzschuhe angebunden. Damals sagte ich im Zorne, und des Menschen Zorn ist niemals gut: »Vermag denn niemand diesen Burschen zu zügeln? Er hat Euch ja vor sichtlichen Augen zum Narren gehabt!« sagte ich zu dem Komödianten. »Versteht Ihr keine Kunst, mit der sich diese wilde Katze zähmen lässt?« Da lachte er tückisch, ich aber dachte nicht länger daran. Am nächsten Tag aber sagte er: »Nun habe ich den Burschen zur Ruhe gebracht. Ihr könnt Euch darauf verlassen, dass er zahm geworden ist, und sollte er wieder einmal anfangen, ungebärdig zu werden, so braucht Ihr ihn nur nach den Worten zu fragen, die ihm der deutsche Heinrich ins Ohr geflüstert habe, und Ihr sollt sehen, wie mürbe er werden wird. Dieses Kunststück soll er nicht zuschanden machen!« Ein Schauder fuhr zwar durch mein Herz, aber ich dachte später, es würde wohl nichts zu bedeuten haben. – Ja, ja, seit jener Stunde wart Ihr nicht mehr derselbe wie sonst; der Grund liegt in dem Zauberwort, das er Euch ins Ohr raunte. Ihr seid nicht imstande, das Wort auszusprechen, das hat er mir auch gesagt; aber durch dasselbe seid Ihr gebannt worden. Dies allein und nicht das viele Studieren trägt die Schuld. Aber ich will Euch erlösen. Habt Ihr Glauben daran, und den müsst Ihr freilich haben, so sollt Ihr wieder heiter und guter Dinge werden, und ich werde vor dem bösen Wort, zu dem ich mich unbesonnenerweise hinreißen ließ, ruhig im Grabe schlafen können. Wollt Ihr dieses hier jetzt, wo der Mond abnimmt, auf die Herzgrube legen, so wird mit der Abnahme der Mondscheibe auch Euer Gram mehr und mehr verschwinden!« Mit diesen Worten zog sie einen kleinen Lederbeutel aus der Tasche, öffnete ihn und nahm ein zusammengelegtes Papier heraus. »Hierin befindet sich ein Stück von der Holzart, aus welcher das Kreuz, an dem unser Erlöser starb, gezimmert war. Dieses Holz wird den Kummer aus Eurem Herzen ziehen und ihn tragen, wie es denjenigen trug, der den Kummer der ganzen Welt auf sich nahm!« Sie drückte in frommer Einfalt einen Kuss auf das Stückchen und reichte es dann Otto.

Nun wurde ihm alles, aber auch alles klar. Er erinnerte sich, wie er als ausgelassener Knabe es so einzurichten wusste, dass ein Kunststück Heinrichs misslingen musste, was zwar den Zuschauern großes Vergnügen bereitete, ihm aber auch Heinrichs ganzen Unwillen zuzog. Bald wurden sie wieder Freunde, und Otto erkannte in ihm den lustigen Weber aus der Fabrik, wie er das Haus, in welchem er seine früheste Kindheit verlebt hatte, zu nennen pflegte. Sie befanden sich allein; auf Ottos Frage, ob er sich seines Namens nicht mehr entsinnen könnte, schüttelte Heinrich den Kopf. Da entblößte Otto seine Schulter, um ihn den eingeätzten Namenszug lesen zu lassen, und vernahm nun jene entsetzliche Deutung, die seinem Frohsinn den Todesstoß gab. Heinrich musste jedenfalls bemerkt haben, welchen Eindruck seine Worte auf den Knaben ausgeübt hatten. Er benutzte diese Gelegenheit nicht nur sich zu rächen, sondern auch sich gleichzeitig wieder als Hexenmeister in Ansehen zu bringen. Er hätte ihn gezähmt, flüsterte er der Alten zu, hätte den Burschen durch ein einziges Wort gezähmt. Bei jedem neuen mutwilligen Streich Ottos mussten sofort Ernst und Schrecken bei ihm zurückkehren, sobald ihn jemand fragte: »Was für ein Wort hat dir der deutsche Heinrich ins Ohr geflüstert?« – »Ja, fragt ihn nur,« hatte derselbe gesagt.

Auf eine ganz natürliche Weise lag demnach in der Tat ein Zauber in Heinrichs Worten, wenn auch nicht so, wie ihn der Aberglaube der Alten in denselben fand. Eine Erklärung des Zusammenhangs würde genügt haben, sie in ihrem Gewissen zu beruhigen; allein Otto konnte sich nicht dazu verstehen, eine solche abzugeben. Er drückte ihr deshalb nur die Hand und bat sie, ruhig zu sein. Außer dem Kummer über den Verlust seines geliebten Großvaters laste kein anderer auf seinem Herzen.

»Jeden Abend habe ich Euch in mein Gebet eingeschlossen! So oft ein böses Wetter im Anzug war und sich meine Söhne auf dem Meere befanden, sodass wir Flaggen aushängen oder sie durch Feuerzeichen warnen mussten, dachte ich an jene Worte, die mir entschlüpften, und die der böse Heinrich auffing. Stets quälte mich die Furcht, dass Gott meine Sünde an meinen Kindern heimsuchen würde.«

»Sei Sie nur ruhig, liebe Alte!« sprach ihr Otto freundlich zu. »Bewahre Sie nur selbst das heilige Holz, auf dessen Kräfte Sie Ihr Vertrauen setzt. Möge es Ihr eigenes Herz von jedem Kummer befreien!«

»Nein, an meinem Kummer bin ich selbst schuld, den eurigen verschuldet dagegen eine fremde Macht! Nur den Kummer der Unschuld will das Kreuzesholz tragen!«

Das Schöne, welches ihr unbewusst in diesen Worten lag, rührte Otto. Er nahm deshalb das Geschenk an, verwahrte es, suchte sie noch einmal zu beruhigen und warf dann noch einen letzten Blick auf das grenzenlose, prächtige Meer.

Erst gegen Abend langte er wieder auf dem Gut an, wo Rosalie schon auf ihn wartete. Der letzte Auftritt mit der blinden Fischerfrau hatte ihn wieder in seine trübe Gemütsstimmung versetzt. »Im Grunde genommen, weiß sie doch nichts!« sagte er zu sich selbst. »Dieser Heinrich ist mein böser Engel! Möchte ihn doch bald der Tod ereilen!« Es war ihm zumute, als ob er dem Heinrich ruhig eine Kugel durch das Herz schießen könnte. »Hätte er nur erst unter dem Heidekraut sein Grab gefunden, dann wäre auch mein Geheimnis mit ihm begraben! Blut will ich! Ja, es liegt etwas teuflisches in dem Menschen. Wäre doch Heinrich tot! Und doch, was würde es helfen? Es leben ja noch mehrere, die meine Geburt kennen! – Meine Schwester! Meine arme zurückgesetzte Schwester, sie, die dasselbe Recht auf Geistesbildung hatte, wie ich! Wie bange ich vor einem Zusammentreffen mit ihr! Es wird bitter werden! Fort muss ich! Fort will ich! Hier ersticke ich. Ich habe ja Vermögen, ich will reisen. Das lebhafte Frankreich wird mir die Grillen verscheuchen, und – ich bin dann fort, weit von der Heimat entfernt. Im kommenden Frühling weile ich als ein Fremder unter Fremden!« Seine Gedanken

gingen endlich in stille Wehmut über. So erreichte
er das Gut.

18.

»Die Politik, meine Herren!«
Mortons Lustspiel: Der heimgekommene Nabob.

»In Frankreich ist eine Revolution ausgebrochen!« war das erste, was Otto erzählte. »Karl
der Zehnte befindet sich mit seiner Familie auf der
Flucht. Die Nachricht soll in den deutschen
Zeitungen gestanden haben!«

»Revolution!« rief Rosalie und faltete die
Hände. »Das unglückliche Frankreich! Viel Blut ist
da schon vergossen und nun fließt es von neuem!
Dort verlor ich meinen Vater und meinen Bruder.
Ich habe landesflüchtig werden und mir ein neues
Vaterland suchen müssen!« Sie trocknete eine Träne
von der Wange und versank in stilles Nachdenken.
Sie kannte die Schrecken einer Revolution, erblickte
in dieser neuen nur eine Wiederholung all der
Schreckensszenen, die sie selbst mit durchgemacht
und welche sie in die Welt hinaus, bis hoch nach
dem Norden hinauf getrieben hatte, wo sie umher-
geschleudert wurde, bis sie endlich bei Ottos Großvater eine Heimat, eine bleibende Stätte fand.

Alles Große und Schöne ergriff Ottos Seele, nur für eine Wissenschaft hatte er bisher kein Interesse bewiesen, für die Politik, und gerade mit dieser hatte sich der Großvater in seiner Abgeschiedenheit am meisten beschäftigt. Allein Ottos Seele war zu lebhaft, zu leicht beweglich, ließ sich von dem Zunächstliegenden zu leicht mit fortreißen. »Ehe uns die Weltbegebenheiten ergreifen können, müssen wir uns erst in das Leben selbst recht hineinleben!« war seine Meinung. »Bei den Meisten, die frühzeitig zu politisieren beginnen, geschieht es nur aus Affektation. Es geht ihnen wie dem Knaben, der sich zwingt Tabak zu rauchen, um älter zu scheinen, als er ist!« Außer seiner Heimat war Frankreich eigentlich das einzige Land, für welches Otto ein gewisses Interesse hegte. Hier hatte Napoleon geherrscht, und Napoleons Name hatte Eingang in sein Herz gefunden. Seine Jugend fiel in eine Zeit, in welcher dieser Name auf allen Lippen lebte. Des Helden Name und Taten klangen ihm schon als Knaben wie ein großes Weltmärchen. Wie oft hatte er nicht den Großvater kopfschüttelnd sagen hören: »Nun haben die Zeitungsschreiber nur wenig zu erzählen, denn Napoleon ist ein stiller Mann geworden!« Dann hatte er ihm von dem Helden bei Arcole und den Pyramiden, von den großen Feldzügen gegen Europa, von dem Brand Moskaus und der Rückkehr von Elba erzählt.

Wer hat in seiner Jugend nicht schon ein Schauspiel geschrieben? Ottos einziges Sujet war Napoleon: des Helden ganze Geschichte von den Schneebatterien bei Brienne bis zu der Felseninsel im Weltmeer. Zwar war die Dichtung ein wilder Schössling, aber sie war doch immer aus einem begeisterten Herzen entsprungen. Damals hütete er sie wie einen Schatz. Einen kleinen Zug, der sich an dieselbe knüpft und Ottos Aufbrausen in seinem Knabenalter charakterisiert, können wir nicht unerwähnt lassen.

Eines der Kinder des Gesindes, ein kleiner munterer Knabe, mit dem sich Otto viel abzugeben pflegte, spielte bei ihm auf seinem Dachstübchen. Damals war er nun gerade mit der Abfassung seines Schauspiels beschäftigt. Aus Neckerei zupfte der Knabe an den Papieren. Otto verbot es ihm mit der Drohung: »Tust du es noch einmal, so werfe ich dich zum Fenster hinaus!« Gleichwohl zupfte der Knabe bald wieder an denselben. Sofort packte ihn Otto um den Leib, hob ihn zum Fenster empor und hätte ihn sicherlich hinausgestürzt, wäre Rosalie nicht glücklicherweise ins Zimmer getreten und hätte Ottos Arm mit einem Ausruf des Schreckens ergriffen. Wieder zu sich selbst gekommen, stand er nun totenbleich und am ganzen Körper zitternd da.

Napoleon war es also zuzuschreiben, dass Otto ein so lebhaftes Interesse für Frankreich hegte. Auch Rosalie sprach nächst ihrer Schweiz am liebsten von diesem Lande. Die Revolution hatte zerstörend in ihr Leben eingegriffen, und deshalb mussten sich auch die Gefühle, die die Eindrücke jener Zeit in ihr erregt hatten, in ihrer Unterhaltung lebhaft äußern. Selbst vor den Augen des alten Pfarrers stand sie wie ein selbst erlebtes Weltereignis da. Die Revolution und Napoleon hatten seine Gedanken und Worte oft auf dieses Land gelenkt. Ohne auch nur im Geringsten nach der Politik zu fragen, war Otto auf diese Weise in einem gewissen Interesse für Frankreich aufgewachsen. Die Nachricht von den Kämpfen der Julitage war ihm folglich durchaus nicht gleichgültig. Bis jetzt wusste er nur, was der Pferdehändler erzählt hatte, wusste nichts von der Kongregation noch von Polignacs Ministerium; aber Frankreich erschien ihm wie der mächtige Weltkrater, der durch prächtige Ausbrüche glänzte, welche auch hier in der Ferne seine Bewunderung erweckten.

Der alte Pfarrer schüttelte, als ihm Otto die politische Neuigkeit mitteilte, bedenklich den Kopf. Ein König galt ihm, solange er lebte, er mochte nun sein, wie er wollte, für heilig. Nach seinen Anschauungen glichen die Handlungen eines Königs den Worten der Bibel, die der Mensch nicht abwägen dürfte; sie müssten in dem Sinne genommen werden, wie sie gegeben wären. »Es ist keine Obrigkeit ohne von Gott!« sagte er; »der Gesalbte ist heilig; ihm verleiht Gott Weisheit, er ist ein Licht, zu dem wir alle emporschauen müssen.«

»Nein, er ist ein Mensch wie wir!« erwiderte Otto. »Er ist der erste Beamte des Landes, und in dieser seiner Eigenschaft sind wir ihm die tiefste Ehrfurcht und unbedingten Gehorsam schuldig. Geburt und nicht Verdienst gibt ihm den hohen Posten, welchen er bekleidet. Nur das Gute darf er wollen, nur Gerechtigkeit darf er üben! Seine Pflichten sind eben so groß wie die seiner Untertanen!«

»Aber jedenfalls schwieriger, mein Junge!« entgegnete der Greis. »Darin liegt kein Verdienst, als Blume im Kranze zu sitzen und in ihm zu prunken; eine ungleich höhere Aufgabe fällt der Hand zu, welche ihn flicht. Das Band darf weder zu straff noch zu lose sein, es darf nicht in die Stängel einschneiden, und nicht so locker gewunden sein, dass die Blumen auseinanderfallen. Ja, ihr jungen Leute schwatzt, so weit euer bischen Verstand reicht. O wohl, ihr seid klug, genau so klug wie die Frau, die ein gebratenes Küchlein zum Abendbrot aufbewahrte. Auf einem zinnernen Teller setzte sie es in die glühenden Kohlen und ging dann ihren Geschäften nach, als sie aber wieder nach Hause kam, war der Teller geschmolzen, und der Braten lag in der Asche. »Was für eine kluge Katze ich doch habe!« rief sie da aus, »den Teller hat sie gefressen und das Küchlein liegen lassen!« Sieh, ihr schwatzt auch nicht um ein Haar anders und seht die Dinge von derselben vernünftigen Seite an. Richte dich in deinen Urteilen nicht nach den Anderen in der Stadt da drüben! Fürchte Gott und ehre den König! Mit den beiden haben wir nichts zu raisonieren, das machen sie beide untereinander ab. Die Franzosen sind den jungen Füchsen ähnlich: Haben diese ihr *examen maturitatis* glücklich bestanden, so bilden sie sich ein, die ganze Weisheit mit Löffeln gegessen zu haben! Sie schlagen hinten aus und machen eitel Lärm! Die Franzosen müssen einen Napoleon haben, der sie zu beschäftigen weiß. Versuchen sie auf eigenen Füßen zu stehen, so machen sie tolle Streiche!«

»Wir wollen zunächst ruhig abwarten, wie eigentlich die Zeitungsnachrichten lauten!« entgegnete Otto.

Den Tag darauf traf ein langer Brief von Wilhelm ein. Er lautete:

»Mein teuerster Otto!

Wir haben alle auf Otto Zostrups Gesundheit getrunken; ich erhob das Glas und trank noch ganz besonders auf Dein Wohl. Die Freundschaftsdissonanz, sie hat sich nun endlich in ein harmonisches Du aufgelöst, und was noch mehr sagen will, Du selbst hast den Akkord angeschlagen. Alle sprechen zu Hause von Dir; selbst des Kammerjunkers Mamsell wählte neulich Dich anstatt ihres Nähkästchens zum Gegenstand der Unterhaltung. An dem Abend, an welchem Du über die jütländische Heide fahren musstest, setzte ich mich an das Klavier und fantasierte meinen Schwestern Deine ganze Reise vor. Die Fahrt über die Heide malte ich ihnen durch ein monotones Stück von drei Tönen aus, das der bekannten Komposition Rousseaus in vieler Beziehung ähnlich war. Die Schwestern gerieten fast in Verzweiflung, doch suchte ich sie durch die Versicherung zu trösten, dass es auf der Heide auch nicht unterhaltender wäre. Bisweilen brachte ich einen kleinen Lauf oder Triller an; das stellte dann die Lerche vor, die emporflatterte. Die Introduktion zum Zigeunerchor in der Preciosa deutete die vorüberziehenden Zigeunerbanden an. Darauf folgte das Thema aus Jeannot und Colin: »O frohe Kindheitstage«, und nun langtest Du zu Hause an. Ich hämmerte gewaltig unten im Bass, um das Brausen der Nordsee, den Chor in Deiner jetzigen *grand' Opéra* zum Ausdruck zu bringen. Du kannst versichert sein, dass meine Leistung auf Originalität Anspruch machen konnte. Sonst geht hier zu Hause alles seinen alten Gang. Neulich bin ich in Svendborg gewesen und habe daselbst das schöne Lied »Die Wünsche« von Karl Bagger in Musik gesetzt. Die Verse sind zwar etwas hart, doch steckt in dem Dichter sicherlich ein gesunder Kern. Er hat meine eigenen Wünsche ausgesprochen. Übrigens haben die überraschenden Nachrichten aus Frankreich auf uns und alle guten Leute die Wirkung eines elektrischen Schlags ausgeübt. Du hast in Deiner Abgeschiedenheit wahrscheinlich noch gar nichts von den glänzenden Julitagen gehört. Die Pariser haben Karl den Zehnten abgesetzt. War die frühere Revolution eine Blutfrucht, so ist diese eine wahre Passionsblume, die sich unerwartet entfaltet hat und durch ihre wunderbare Schönheit blendet. Am meisten gefällt mir aber, dass sie nach Vollendung ihres Werks selbst ihre Blätter wieder zusammenrollte. Mein Vetter Joachim, der sich, wie Du weißt, gerade jetzt in Paris aufhält, hat diese merkwürdigen Tage erlebt. Vorgestern erhielten wir einen interessanten Brief von ihm, der uns nicht nur über das Ganze, sondern auch über viele Einzelheiten genauer unterrichtete, als es die Zeitungen vermögen. Scharenweise versammeln sich die Leute um die Posthäuser, um die Blätter sofort nach ihrer Ankunft abzuholen. – Aus dem Brief des Vetters habe ich mir aus den Schilderungen, die mich am meisten ergriffen, einige Auszüge gemacht, die ich diesem Briefe beilege. So kannst Du doch da drüben in Deiner Abgeschiedenheit wenigstens einigermaßen mitleben. In Mamas Herzen hast Du einen Platz und nicht weniger in dem meinigen.

Dein Freund und Bruder Wilhelm.«

P. scr. »Beinahe hätte ich etwas vergessen! Meine Schwester Sophie lässt Dich bitten, ihr doch ja einen Stein von der Nordsee mitzubringen. Vielleicht nähmst du für mich gleich einen ganzen

Eimer Seewasser mit, wenn er Dich nicht allzu sehr geniert!«

Dieser herzliche Brief versetzte Otto im Geist in den Kreis der lieb gewonnenen Menschen in Fünen. Die Ecke des Papiers, auf der Wilhelms Name stand, drückte er an seine Lippen. Er schwelgte im Gefühl edler Freundschaft.

Der Auszug, welchen Wilhelm aus dem Brief des Vetters gemacht hatte, war kurz und bezeichnend. Er ließ sich einem schönen, in gute Prosa übersetzten Gedicht vergleichen.

Im Theater interessieren wir uns für die kämpfende Unschuld; noch tiefer fühlen wir uns jedoch ergriffen, wenn es sich um das Schicksal eines ganzen Volkes handelt. Deshalb flößt uns Wilhelm Tell ein so großes Interesse ein. Aber ein noch Größeres, als das Schauspiel, welches der Dichter schafft, erweckte in Ottos Seele die Schilderung der Julitage. Hier lebte er in der Wirklichkeit selber. Sein Herz war von Bewunderung für Frankreich erfüllt, welches den heiligen Kampf der Freiheit gekämpft und mit der Sprache des Schwertes den Bannstrahl des Zeitalters über die Feinde der Aufklärung und Veredelung ausgesprochen hatte.

Der alte Pfarrer faltete seine Hände, als er es hörte; sein Auge funkelte, aber bald schüttelte er wieder den Kopf. »Dürfen die Menschen in dieser Weise über den Gesalbten Gottes richten? Wer zum Schwerte greift, soll durch das Schwert umkommen!«

»Der König,« wandte Otto ein, »ist um des
Volkes willen da, nicht das Volk um des Königs
willen!«

»O, die arme unglückliche Tochter Ludwigs
des Sechzehnten!« seufzte Rosalie. »Zum dritten
Male ist sie nun aus ihrem Vaterland vertrieben!
Eltern und Bruder gemordet, ihr Gemahl entehrt!
Sie selbst besitzt Geist und Herz. Sie ist der einzige
Mann unter den Bourbonen, hat ja schon Napoleon
bekannt.«

Der Pfarrer, nach altem Schlag ehrlich und von
ganzem Herzen Royalist, schwankte in seinen Ansichten über die Sache und bangte für die Zukunft.
Rosalie dachte hauptsächlich an diejenigen, welche
unglücklich geworden waren, an die königlichen
Damen und die armen Kinder. Jeder folgte seiner
Natur und den Anschauungen seines Alters. Das tat
auch Otto, und deshalb war seine Seele voller Begeisterung; sie ist ein Erbteil der Jugend. Seine Gedanken träumten nur von Paris; dorthin flogen alle
seine Wünsche!

»Ich will reisen!« rief er. »Das wird meinem
ganzen Charakter eine kräftigere Richtung geben.
Ich will, ich muss reisen!« fügte er still in seinen
Gedanken hinzu, »mein Kummer wird dadurch
gemildert, meine Jugenderinnerungen werden ver-
gessen werden. In der Ferne stellen sich mir keine
Schreckensbilder unter die Augen, wie hier überall.
Mein Vater ist ja tot! Fremde Erde deckt seinen
Sarg!«

»Aber das Amtsexamen!« sagte der alte Pfarrer,
»lass es dir angelegen sein, das erst abzulegen! Es ist

immer gut, wenn man es hinter sich hat, sogar für
den Fall, dass man es nicht braucht. Noch in diesem
Jahre machst du ja dein *philosophicum* ...«

»Und im kommenden Frühjahr reise ich!« fiel
Otto ein.

»Das wird doch auch mit von deinem Kurator
abhängen, mein Junge!« versetzte der Pfarrer.

Wieder vergingen einige Tage, und es begann
Otto in der Heimat einsam vorzukommen. Alles
drehte sich hier in engem Kreis. Sein Geist war gewöhnt, größere Flügelschläge zu tun. Er langweilte
sich, und in einem solchen Zustand kriechen die
Stunden ja schneckengleich dahin.

»– – die Minuten recken und strecken sich
gleichsam. Man fühlt sich versucht, es ebenso zu
machen.« [11]

Er dachte an die Abreise.

»Diesmal,« sagte Rosalie, »musst du den Weg
über Lemvig nehmen. Ich habe mir so wie so vorgenommen, die Familie daselbst auf einige Tage zu
besuchen, und es wird sie gewiss sehr freuen, dich
auch einmal wieder zu sehen. Ich kann dann um so
viel länger mit dir zusammenbleiben. Diese Bitte
wirst du mir doch erfüllen?«

Der Tag der Abreise wurde bestimmt.

---

[11] Aus den »Skizzen aus dem Alltagsleben« von
Frederike Bremer.

Den Abend vorher machte Otto dem Pfarrer den letzten Besuch. Lange unterhielten sie sich von dem verstorbenen Großvater. Der Pfarrer händigte Otto noch mehrere Papiere und unter diesen auch den letzten Brief seines Vaters ein.

Otto zu Ehren wurde jetzt eine Flasche Wein auf den Tisch gesetzt.

»Dein Wohl, mein Junge!« sagte der Pfarrer und erhob das Glas. »Schwerlich werden wir wieder einen Abend beisammensitzen. Du wirst noch vieles durchmachen müssen, ehe du so weit kommst, wie ich. In der Welt gibt es mehr Dornenbüsche als goldene Berge! Wir gehen allem Anschein nach einer bewegten Zeit entgegen! Frankreich beginnt eine neue Art von Feldzügen in Europa und wird sicherlich alle jungen Leute mit fortreißen. War es früher der Eroberer Napoleon, um dessen Fahne sich alles sammelte, so ist es jetzt die Freiheitsidee. Möge nur Gott unseren guten König behüten, so wird wenigstens in unserm Vaterland alles friedlich ablaufen. Du, Otto, fliegst in die weite Welt hinaus – hättest du doch erst dein Staatsexamen abgelegt! – Wohin du aber auch immer deinen Flug richten mögest, bleibe in jeder Hinsicht des Bibelspruchs eingedenk: »Wenn dich die bösen Buben locken, so folge ihnen nicht!« Alle wollen wir leider regieren. Phaëton wollte den Sonnenwagen lenken, allein seine Hand vermochte die Zügel nicht zu führen, die Länder fingen Feuer, er selber fiel hinab und brach sich den Hals. – Dort drüben in der Stadt Kopenhagen besitze ich niemanden mehr, den ich dich bitten kann, zu grüßen. Alle meine Jugendfreunde sind nach Ost und West zerstreut. Sollten sich noch einige von ihnen in der Stadt befinden, so haben sie mich sicherlich vergessen. Wenn du aber einmal nach dem Regentsgaard kommen und im Kreise guter Freunde unter dem Baum daselbst eine Pfeife rauchen solltest, dann denke meiner! Ich habe ebenfalls dort gesessen, als ich jung war wie du, als gleichfalls Frankreichs Revolution mein Blut schneller pulsieren ließ und Freiheitsgedanken meine Brust schwellten. Der liebe alte Baum![12] Man wird ihn wahrscheinlich eben so wenig mehr ansehen wie mich! Wie viele Jahre sind seitdem verflossen!« Er drückte Otto einen Kuss auf die Stirn, erteilte ihm seinen Segen, und sie schieden voneinander.

Otto war wehmütig gestimmt; ein Gefühl sagte ihm, dass er den Greis zum letzten Male gesehen hätte. Bei seiner Rückkunft fand er Rosalie in vollem Einpacken begriffen. Schon früh am nächsten Morgen wollten sie zusammen nach Lemvig reisen; Otto hatte sich daselbst schon seit zwei Jahren nicht sehen lassen. Sonst war ihm die Reise dorthin stets ein Fest gewesen; jetzt ließ sie ihn fast gleichgültig.

Er ging nach seinem Stübchen hinauf; zum letzten Mal in seinem Leben sollte er in demselben schlafen. Von morgen an begann, wie es ihm vorkam, ein neuer Lebensabschnitt. Wie eine alte Melodie klang ihm Byrons Lebewohl vor den Ohren:

---

[12] Er wurde bereits gegen Ende des vorigen Jahrhunderts umgehauen und statt seiner wurden zwei junge Bäume angepflanzt, die jetzt eine Zierde des Hofes bilden.

>Lebewohl! Und ist's auf ewig,
Nun, auf ewig dann, leb wohl!«[13]

Beim ersten Grauen des Tages rollte der Wagen mit ihm und Rosalie aus dem Gutshof. Beide verhielten sich schweigend; in den tiefen Gleisen ging es nur langsam vorwärts. Otto schaute noch einmal zurück. Zwitschernd schwebte eine Heidelerche über ihnen.

>Es wird ein schöner Tag!« sagte der Knecht, der sie fuhr. In seinen Worten wie in dem Gesang der Lerche fand Rosalie eine gute Vorbedeutung für Ottos ganze Reise.

---

[13] »Fare thee well, and, if for ever, still for ever fare thee well!«

19.

Heske. Hast du Sirup in den Kaffee getan?
Heinrich. Ja, gewiss.
Heske. Seid dann so freundlich, ihr lieben Damen,
vorlieb zu nehmen.
Holbergs politischer Kannengießer.

Lemvig liegt bekanntlich an einem Arm des Limfjords. Die Sage erzählt, dass hier im schwedischen Krieg ein Trupp feindlicher Reiter einen Bauer zwang, sich zu Pferde zu setzen und ihnen den Weg zu zeigen. Als die Dunkelheit einbrach, befanden sie sich schon auf den hohen Sandbänken. Der Bauer ritt auf einen steilen Abhang zu; von hier aus bemerkten sie in einem Gehöft jenseits des Fjords ein Licht. »Das ist Lemvig!« rief der Bauer, »lasst uns nun eilen!« Mit diesen Worten gab er seinem Pferde die Sporen, die Schweden folgten seinem Beispiel und alle stürzten in den Abgrund hinab. Am nächsten Morgen fand man ihre Leichen. In der Sage und in den Liedern der Dichter ist dem braven Lemviger Bauern sein Denkmal errichtet, und solche Denkmäler dauern am längsten. Dadurch erhielt der kahle Abhang eine geistige Schönheit, die sich dreist mit dem sonst schönen Blick über die Stadt und den Fjord hinweg messen konnte.

Rosalie und Otto fuhren in die Stadt hinein. Nur zwei Jahre waren seit seiner letzten Anwesenheit hierselbst vergangen, aber in dieser kurzen Zeit schien alles zusammengeschrumpft zu sein. Alles, was sich seinen Blicken zeigte, kam ihm eng und klein vor. Seine Erinnerung hatte ihm Lemvig stets in ganz anderer Größe dargestellt.

Jetzt hielten sie vor dem Haus des Kaufmanns. Der Eingang führte durch den Laden, dessen Wände voller Holzschuhe, wollener Handschuhe und Eisengerät hingen. Dicht neben der Tür standen zwei Fässer mit Teer. Über dem Ladentisch schwebte ein ausgestopfter seltener Fisch, und neben ihm hatte eine ganze Reihe Hüte zum Gebrauch für beide Geschlechter ihr Unterkommen gefunden. Der Handel, dem der Sohn des Hauses vorstand, wurde *en gros* und *en detail* betrieben. Der Vater selbst war Nummer eins in Lemvig, er hatte Schiffe auf der See und machte, wie es in der Gegend hieß, ein feines Haus.

Die Stubentür ging auf, und die Frau des Hauses, eine korpulente, vierschrötige Erscheinung mit einem ehrlichen, heiteren Gesicht, trat in eigener Person heraus und empfing ihre Gäste mit Küssen und Umarmungen; leider lässt sich ihr gutmütig klingender jütländischer Dialekt in der Schriftsprache nicht wiedergeben.

»Nein, wie prächtig ist es doch, dass die Mamsell uns besucht und Herrn Zostrup mitbringt! Wie schön und groß er geworden ist! An der Tür ist noch sein Maß zu sehen!« und dabei zog sie Otto hin. »Über eine ganze Viertelelle ist er emporgeschossen!«

Er betrachtete alle Gegenstände rings umher.

»Ja,« sagte sie, »seit Sie zum letzten Mal hier waren, ist jenes Instrument dort angeschafft worden. Maren hat es von ihrem Bruder erhalten. Sie werden ja hören, wie sie singt. Es ist ganz erschrecklich, was für eine Brust sie hat! Letzte

Pfingsten sang sie mit dem Musikverein in der Kirche; ich konnte ihre Stimme durch die Orgelklänge hindurch hören!«

Otto näherte sich dem Sofa, über welchem eine große und höchst eigentümliche Stickerei in einem prächtigen vergoldeten Rahmen hing.

»Das ist Marens Modelltuch,« erklärte die freundliche Wirtin. »Es ist sehr hübsch. Sehen Sie, da finden Sie alle unsere Namen. Können Sie wohl erraten, Herr Zostrup, was das Übrige vorstellen soll? Hier sind sämtliche Zahlen, und zwar in Hohlstichen genäht. Das Schiff dort ist die Jacht Mariane, die ihren Namen nach mir erhalten hat. In jener Ecke ist Lemvigs Wappen angebracht: Ein Turm, der auf Wellen steht, und an der andern Ecke steht in gleichen und ungleichen Stichen: »Maren, den 24. Oktober 1828.« Ja, seit Vollendung dieser Arbeit sind schon zwei Jahre vergangen. Jetzt hat sie ein Sofakissen gestickt, das einen Türken darstellt. Es machte die Runde durch die ganze Stadt, denn alle wollten es gar zu gern sehen! Es ist ganz erschrecklich, wie Maren ihre Hände zu brauchen versteht!«

Rosalie erkundigte sich nach dem vortrefflichen Mädchen.

»Sie ist mit einigen Vorbereitungen beschäftigt!« antwortete die Mutter. »Heute Abend besuchen uns einige gute Freunde. Der Sekretär kommt ebenfalls und wird mit Maren musizieren. Sie werden in Kopenhagen freilich weit Schöneres gehört haben, denn unsere musikalischen Leistungen sind sehr einfacher Natur, aber sie singen doch wenigstens nach Noten, und ich hoffe auch, dass der Sekretär seine Spieldose mitbringen wird. Die ist unübertrefflich! Neulich sang er ein Liedchen zu der Dose; das klang niedlicher, als wenn er sich auf dem Instrument begleitet hätte. Ich muss Ihnen nämlich nur sagen, dass er nicht die starke Brust hat wie Maren!«

Erst bei Tisch versammelte sich die ganze Familie. Die beiden Personen, welche die untersten Plätze einnahmen, schienen am meisten auf Originalität Anspruch machen zu können. Es waren der Ladendiener und die Tante. Diese beiden hatten nur beim Mittagstische die Ehre, mit der Familie in Berührung zu kommen; von den Abendgesellschaften waren sie ein– für allemal ausgeschlossen. Der Ladendiener, welcher in seinem Laden der erste war und dort ganz gut zu plaudern verstand, saß hier, das Haar nach der einen Seite gekämmt, schüchtern und befangen da und wusste nicht, was er mit seinen roten aufgeschwollenen Händen anfangen sollte. Nicht ein Sterbenswörtchen entschlüpfte seinen Lippen. Der Frau vom Haus beim Eintritt in das Zimmer und bei Aufhebung der Mahlzeit die Hand zu küssen, war alles, was er außer dem Essen tat.

Die Tante, wie sie nicht nur von der Familie, sondern von der ganzen Stadt genannt wurde, war zwar eben so wortkarg, zeigte aber beständig ein lächelndes Gesicht. Ein geblümtes Mützchen von rotem Kattun schloss sich eng um das magere Gesicht, dem die hervortretenden Kinnbacken und die herabhängende Unterlippe etwas ungemein Charakteristisches verliehen. »Sie diente,« wie sich die Frau des Hauses ausdrückte, »als Stütze im Hauswesen, konnte aber an feiner Gesellschaft nicht teilnehmen.« Nie konnte sie es der Tante vergessen, wie sie am Reformationsfest, wo nur der Musikverein in der Kirche sang, aus ihrem Gesangbuch mitzusingen begann, sodass der Küster sie bitten musste, zu schweigen. Nun aber geriet sie in sittliche Entrüstung und behauptete, sie hätte eben so gut wie die andern das Recht, ihren Gott zu preisen, und nun sang sie allen zum Trotz erst recht. Wäre sie nicht die Tante und ein Mitglied einer so hervorragenden Familie gewesen, so würde man sie bestimmt hinausgewiesen haben.

Heute war sie die Letzte, welche sich zum Essen einfand und am Tisch Platz nahm. Eine halbe Stunde hatte man nach ihr suchen müssen, ehe man sie finden konnte. Sie hatte am äußersten Ende des Gartens vor dem hölzernen Gitter gestanden. Auf der Wiese, dicht vor dem Garten, hatte man Heu gemacht und in einen Schober gestellt. Um diesen besser betrachten zu können, war sie bis an das Gitter herangetreten. Der süße Duft des Heus, den sie begierig einsog, hatte sie in eine angenehme Stimmung versetzt, glückselig hatte sie die Kinnbacken zwischen die Stäbe des Gitters gesteckt und nun war sie während ihres bewundernden Anschauens des Schobers in Gedanken, oder eigentlich richtiger, aus den Gedanken gefallen. Man fand sie und schüttelte die Träumende, bis wieder Bewegung in ihre Glieder zurückkehrte. Jetzt war sie ziemlich lebhaft und lachte, so oft Otto sie anblickte. Letzterem war sein Platz am oberen Ende des Tisches zwischen der Frau des Hauses und Maren angewiesen worden. Diese war ein recht niedliches Mädchen, klein, etwas wohlbeleibt, weiß und rot und zierlich gekleidet. Nur ein Überfluss an Schleifen und gar zu viele abstechende Farben

waren ihre schwache Seite. In dieser Zeit las sie
»Kabale und Liebe.«

»Dieses Schauspiel liest du ja deutsch!« sagte
die Mutter. »Es soll ein herrliches Stück sein! Ich
kann zwar ganz gut deutsch sprechen, wenn ich es
aber lesen soll, so geht es mir zu langsam, und ich
will immer gern das Ende des Buches wissen!«

Der Hausvater nahm den obersten Platz am
Tisch ein. Ein schwarzes Samtkäppchen saß glatt
aufliegend auf seinem grauen Haar, und aus seinen
Augen leuchteten Witz und Klugheit. Mit gefalteten
Händen betete er still für sich und neigte darauf das
Haupt nach allen Seiten, bevor angerichtet werden
durfte. Er hatte Rosalie zu Tisch geführt. Ihr Nachbar zur Rechten schien sehr beredt. Es war ein alter
Soldat, der in seinem vierzigsten Jahre als Leutnant
seinen Abschied genommen und die Erlaubnis erhalten hatte, die Uniform tragen zu dürfen, weshalb
er in einer Art militärischem Waffenrock und mit
steifer Halsbinde dasaß. Er befand sich schon mitten
in dem Ministerium Polignac und in dem Triumph
der Julitage, hatte aber das Unglück, beständig
Lafitte und Lafayette miteinander zu verwechseln.
Der Sohn des Hauses sprach wieder nur von Stier-
kälbern. Seine Tischnachbarin war ein kleines Fräulein aus Holstebrø, die, wie eine Konfirmandin geputzt, in schwarzseidenem Kleid, über welches ein
langer roter Schal herabfiel, neben ihm saß. Sie war
in großer Toilette, da sie zum Besuch war. Übrigens
verstand sich die junge Dame auf die Schneiderei
und konnte die Flöte blasen, was sie jedoch nur mit
einer gewissen Verschämtheit tat; außerdem sprach
sie gut, namentlich über traurige Begebenheiten. Die
Weinflasche kreiste nur am oberen Ende des

Tisches; der Ladendiener und die Tante tranken Bier, aber es schäumte herrlich, da es auf Rosinenstängel abgelagert war.

»Der Comptoirchef, welchen Sie zum Kurator erhalten haben, Herr Zostrup, ist ein braver Mann!« bemerkte der Herr des Hauses. »Ich stehe mit ihm in vielfacher Verbindung.«

»Auffallend ist es jedoch,« unterbrach ihn seine Gattin, »dass bis jetzt nur eine seiner fünf Töchter verlobt ist. Gehen die Mädchen in Kopenhagen nicht besser ab, was soll man dann erst bei uns sagen?«

»Nun, Herr Zostrup wird sich wohl einer derselben erbarmen,« meinte der Vater. »Dort ist Geld und Ihnen fehlt es ja ebenfalls nicht an Vermögen. Erhalten Sie dann noch ein Amt, so können Sie *in floribus* leben!«

Maren errötete, obgleich keine Ursache zum Erröten vorhanden war. Sie schlug sogar die Augen nieder.

»Was soll wohl Herr Zostrup mit einer von diesen?« ergriff die Frau des Hauses wieder das Wort. »Er muss sich ein jütländisches Mädchen wählen! Es gibt auf den Gütern hier herum ja genug hübsche Fräulein!« fügte sie hinzu und legte ihm das beste Stück auf den Teller.

»Werden auf der königlichen Bühne hübsche Opern aufgeführt?« fragte Maren und lenkte das Gespräch damit auf einen andern Gegenstand.

Otto zählte verschiedene Stücke auf, unter anderen auch den Freischütz.

»Darin soll es grässlich zugehen!« versicherte der Leutnant. »Die Wolfsschlucht soll ganz natürlich sein, mit einem Wasserfall und einer Eule, die mit den Flügeln schlägt. Bürgermeisters Mimi hat von einem jungen Mädchen in Aarhuus, das in Kopenhagen gewesen ist und das Stück gesehen hat, darüber schriftliche Nachrichten erhalten. Es war so schrecklich, dass sich ihre Freundin die Augen zuhalten musste und beinahe ohnmächtig geworden wäre. Das Theater muss dort wirklich prächtig sein!«

»Ja, aber unser kleines Theater war doch auch ganz nett!« fiel die Hausfrau ein. »Es ist sehr zu beklagen, dass das Liebhabertheater eingehen musste. Ich erinnere mich des letzten Stücks, welches wir gaben, noch ganz genau. Es hieß: »Die Zerstreuten.« Ich war damals gerade krank. Da ich es gar zu gern sehen wollte, hatte das ganze Personal die Aufmerksamkeit, es noch einmal aufzuführen, und zwar hier im Saal, wo ich auf dem Sofa liegend zusah. Es war in der Tat eine außerordentliche Artigkeit von den Mitgliedern, die ich ihnen um so höher anrechne, da selbst der Herr Bürgermeister mitspielte!«

Den Fremden zu Ehren sollte der Kaffee nach Tisch im Garten eingenommen werden, wo unter den Pflaumenbäumen eine Schaukelbank aufgestellt war. Daran sollte sich später eine Segelfahrt auf dem Fjord schließen. Eine kleine Jacht des Kaufmanns lag eben ausgeladen an der Schiffbrücke.

Otto fand Maren und das junge Mädchen von Holstebrø in der Laube sitzend. Erschrocken suchten sie bei seinem Eintritte etwas zu verbergen.

»Die Damen haben Geheimnisse! Darf man in dieselben nicht eingeweiht werden?«

»Nein, um alles in der Welt nicht!« versetzte Maren.

»Jenes kleine Buch enthält sicherlich abgeschriebene Gedichte!« sagte Otto und näherte sich kühn. »Vielleicht eigene Dichtungen?«

»O, es ist nur mein Album!« entgegnete Maren errötend. »Wenn ich etwas wahrhaft Schönes lese, so schreibe ich es mir ab, da wir die Bücher nicht behalten können.«

»Dann darf ich es wohl ansehen?« fragte Otto. Sein Auge fiel auf die Worte:

> »So fließen nun zwei Wasser
> Wohl zwischen mir und dir.
> Das eine sind die Tränen,
> Das andere ist der See!«[14]

»Das ist sehr schön!« sagte er, nachdem er den Vers laut gelesen hatte. »Der verlorene Schwimmer« heißt das Gedicht. Nicht wahr?«

---

[14] Des Knaben Wunderhorn.

»Ja, ich habe es aus dem Album des Sekretärs abgeschrieben; es enthält gar viele reizende Gedichte.«

»Der Sekretär hat ja über viele Schätze zu gebieten!« sagte Otto lächelnd. »Album, Spieldose ...!«

»Und auch eine Wappensammlung besitzt er!« fügte die junge Dame aus Holstebrø hinzu.

»Ich muss noch mehr lesen!« meinte Otto, allein die Damen flüchteten sich mit glühenden Wangen.

»Machen Sie mir die Mädchen nicht scheu!« redete ihn die Wirtin an, die in diesem Augenblick in den Garten trat. »Sie können sich nicht denken, wie sehr sich Maren nach Ihnen gesehnt, wie viel sie von Ihnen gesprochen hat. Nicht ein einziges Mal haben Sie an uns geschrieben. Nur, wenn uns Mamsell Rosalie einige Mitteilungen aus Ihren Briefen machte, erfuhren wir etwas von Ihnen. Das ist wirklich nicht hübsch! Sie und Maren wurden doch immer miteinander geneckt. Sie waren ein paar bildhübsche Kinder, und jetzt, als Erwachsene, sind Sie beide auch nicht hässlicher.« –

Schon um vier Uhr versammelte sich die Abendgesellschaft, ein ganzer Schwarm junger Damen, einige alte Jungfern und der viel besprochene Sekretär, der sich durch eine wahre Sammlung von Petschaften, welche ihm, an einer langen Uhrkette befestigt, unaufhörlich an den Leib schlugen, ferner durch einen blendend weißen Busenstreif, steifen Halskragen und einen förmlichen Hahnenkamm, in welchem jedes einzelne

Haar in eine besondere affektierte Lage gebracht zu sein schien, bemerklich machte. Sie wanderten alle nach dem Fjord hinab. Otto war durch einige Geschäfte aufgehalten worden. Indem er, um der Gesellschaft nachzueilen, allein über den Hof schritt, vernahm er aus dem Hinterhaus ein entsetzlich wildes Geschrei, welches in ein heiseres Schluchzen überging. Erschrocken trat er näher und sah nun zu seiner Überraschung, wie die Tante mitten in einem großen Torfhaufen dasaß. Die delphische Priesterin hätte unmöglich verstörter aussehen können. Sie hatte sich die Mütze vom Kopfe gerissen, wild flatterte ihr das lange graue Haar um die Schultern, und wie ein eigensinniges Kind stampfte sie mit den Füßen auf den Torf, dass die Stücke nach allen Seiten umherflogen. Als sie Otto gewahrte, wurde sie augenblicklich ruhig, dann aber presste sie plötzlich ihre mageren Hände vor das Gesicht und begann laut zu schluchzen. Aus ihrem eigenen Munde zu hören, was ihr denn zugestoßen wäre, daran war gar nicht zu denken.

»Das hat weiter nichts zu sagen,« versicherte die Dienstmagd, an welche Otto sich wandte, »sie hat nur ihren Raptus! Tante ist böse, weil sie nicht zur Mitfahrt aufgefordert ist. So treibt sie es immer; sie kann schrecklich boshaft werden. Als sie mir neulich helfen sollte, die Laken auswringen, drehte sie dieselben beständig nach der nämlichen Seite wie ich, sodass wir nie fertig werden konnten und ich mir die Hände wund rieb.«

Otto wandelte nach dem Fjord hinunter. Das Segel wurde aufgehisst, der Sekretär holte seine Spieldose hervor, und unter ihren Klängen glitt man

in dem brennenden Sonnenschein über das Wasser
dahin.

An dem andern Ufer sollte Tee getrunken
werden und nach demselben Maren sich hören
lassen. Die Mutter bat sie um das Lied mit den
starken Tönen, damit Otto hören könnte, was für
eine Brust sie hätte.

Sie trug ihr Lieblingslied »Dannevang« vor.
Ihre Stimme hatte in der Tat eine ungewöhnliche
Stärke, aber es fehlte ihr sowohl an Schule wie an
Vortrag.

»Eine solche Stimme haben Sie, meinem Be-
dünken nach, nicht bei dem Theater in Kopenhagen!« bemerkte der Sekretär mit absprechendem
Ernste.

»Eine solche Brust möchten sich die Opern-
sängerinnen wünschen!« sagte der Leutnant bei-
stimmend.

Nun sollte der Sekretär singen, der aber eine
Erkältung vorschützte. Daran litt er indes beständig.

»Sie müssen zur Dose singen!« entschied die
Wirtin, und ihrem Ausspruch fügte er sich. Hätte
Maren ihn begleitet, so würde man es für ein Spiel
zwischen Boreas und Zephyr haben halten können.

Nun wurde ein wenig promeniert, abermals
Tee getrunken und dann wurde die Heimfahrt angetreten, um zu Hause noch einen kleinen Imbiss,
Fisch, Braten, eine Scheibe gekochten Schinken und
andere gute Sachen zu sich zu nehmen.

Schon am nächsten Morgen an die Abreise zu denken, konnte Otto unter keinen Umständen gestattet werden. Einige Tage sollte er noch hier bleiben und Kräfte zu dem bevorstehenden Herbstexamen in Kopenhagen sammeln. Allein er wollte nur für einen einzigen Tag alle die Freundlichkeiten annehmen, mit denen man ihn hier überhäufte. Er sehnte sich nach anderen Menschen, nach einer geistreicheren Umgebung. Noch vor zwei Jahren hatte er sich in diesem Kreis wohlbefunden, war er ihm interessant und geistvoll vorgekommen, jetzt aber wurde in ihm das Gefühl vorherrschend, dass Lemvig doch nur eine kleine Stadt wäre, deren biederen, braven Bewohnern jedes Interesse für etwas Höheres fehlte.

Der folgende Tag brachte wieder eine prächtige Schmauserei, leckere Speisen, feine Weine. Es geschah, wie ausdrücklich bemerkt wurde, Herrn Zostrup zu Ehren. Es wurde auf sein Wohl getrunken, Maren wurde zutraulicher, Tante hatte ihren Kummer vergessen und saß mit lächelnder Miene neben dem verlegenen Ladendiener. Übrigens musste man sich heute mit der Tafel ein wenig beeilen, da die Stadtspritze probiert werden sollte, und Otto, da es sich eben so glücklich traf, nicht um diese Augenweide kommen durfte.

»Wie kannst du aber nur glauben, Mutter, dass dies Herrn Zostrup Vergnügen macht?« sagte Maren. »Daran ist doch wahrlich nichts zu sehen!«

»Es hat ihm doch sonst immer Vergnügen gemacht!« versetzte die Mutter. »Es ist auch wirklich ein gar zu lächerlicher Anblick, wenn die Jungen unter dem Spritzenregen umherlaufen und sie der

Strahl gerade in den Nacken trifft.« Darauf verglich
sie Ottos früheres und sein jetziges Benehmen. Er
hätte so großstädtische Manieren, wäre sowohl im
Schnitt seiner Kleider, als in seinem ganzen Wesen
so fein und nett geworden. Trotzdem fand sie Gelegenheit, ihm einen kleinen Wink zu noch größerer
Feinheit zu geben. Man denke nur! Er erlaubte sich
den weißen Zucker zum Kaffee mit den bloßen
Fingern zu nehmen!

»Aber wo in aller Welt ist denn die Zuckerzange, die Zuckerzange von massivem Silber?«
fragte sie. »Maren, wie kannst du ihn nur den
Zucker mit den Fingern nehmen lassen?«

»Das ist bequemer!« erwiderte Otto un-
befangen. »Das tue ich stets!«

»Wenn nun aber Fremde hier gewesen wären!«
sagte die Frau des Hauses in freundlich be-
lehrendem Ton, »so hätte ich es wie jene vornehme
Dame machen müssen, die, wie Sie wissen werden,
den Zucker zum Fenster hinauswerfen ließ.«

»In den höheren Gesellschaften, in denen man
reine Finger hat, pflegt man sich dieser zu bedienen,« versetzte Otto. »Bei dem steten Gebrauch
der Zange würde man nie zu Ende kommen.«

»Sie ist von massivem Silber!« wandte die
Mutter halb entschuldigend ein und wog sie in der
Hand.

Gegen Abend suchte Rosalie die Pflaumen-
anlage im Garten auf. »Diese Bäume,« sagte sie zur
Erklärung, »erinnern mich ebenfalls an meine Berge.

Diese Frucht ist die einzige, die dort noch gut fortkommt. Lemvig liegt wie Le Locle in einem Tal!« Lächelnd deutete sie dabei auf die sich rundum erhebenden Sandhügel. »In allem Übrigen ist aber ein großer Unterschied zwischen dem hiesigen Aufenthalt und dem auf deines Großvaters Gut. Dort war ich so an die Einsamkeit gewöhnt, dass es mir hier fast zu lebhaft ist. Eine Zerstreuung reiht sich an die andere!«

Auch Otto konnte sich damit nicht befreunden. Die Kleinstädterei widerte ihn an; er konnte an diesem Treiben kein Gefallen finden, am allerwenigsten an demselben teilnehmen.

Früh am folgenden Morgen wollte er aufbrechen. Alle behaupteten aber, die Fahrt auf dem sandigen Weg in der Sonnenhitze würde zu ermüdend sein, und forderten ihn auf, die kühlen Abendstunden abzuwarten, zumal eine Nachtreise weit angenehmer wäre. Rosalies Bitten gaben den Ausschlag. Also erst nach dem Mittagstisch und dem Kaffee sollte angespannt werden.

Es war der letzte Tag. Maren war etwas ernst gestimmt. Otto musste sich in ihr Stammbuch einschreiben, denn nun würde er wohl, meinte sie, nie wieder nach Lemvig kommen. Als Kinder hätten sie doch schon miteinander gespielt. Seit seiner Übersiedlung nach Kopenhagen habe sie manchen Abend auf der Schaukelbank neben der Laube gesessen und seiner gedacht. – Wer weiß, ob sie es nicht auch getan hatte, als sie aus des Sekretärs Album die Verse abschrieb:

»So fließen nun zwei Wasser
Wohl zwischen mir und dir!«

»Maren kommt vielleicht zum Winter nach Kopenhagen!« erzählte ihre Mutter, »indes dürfen wir noch nicht laut davon reden, weil es noch nicht fest abgemacht ist. Die Reise würde wirklich zu ihrer Aufheiterung viel beitragen. Es hat sich ihrer in der letzten Zeit eine sehr trübe Stimmung bemächtigt, obgleich Gott mein Zeuge ist, dass wir ihr kein Vergnügen versagen.«

Nun langte ein wahrer Berg von Briefen an, die Otto von den verschiedensten Bekannten, und wieder von deren Bekannten mit der Bitte zugeschickt wurden, ob Herr Zostrup nicht die Güte haben wollte, diese nach Viborg, jene nach Aarhuus und die übrigen nach Kopenhagen zu besorgen. Eine ganze Ladung war zusammengekommen, denn noch immer pflegt man leider in den Städten die Reisenden mit dergleichen Aufträgen zu behelligen, als ob es keine Posten gäbe.

Der Wagen hielt vor der Tür.

Rosalie brach in Tränen aus. »Schreibe mir!« sagte sie. »Dich selbst werde ich wohl nie wieder sehen! Grüße meine Schweiz, wenn du hinkommst!«

Die Andern waren guter Dinge. Marens Mutter sang:

»O könnt' ich mit den Wolken eilen!«

Die junge Dame von Holstebrø verneigte sich vor Otto mit einem Stammbuchblatt in der Hand und bat ihn um einige Zeilen der Erinnerung. Maren reichte ihm die Hand, errötete und zog sich zurück; als sich aber der Wagen in Bewegung setzte, fächelte ihr weißes Taschentuch aus dem offenen Fenster: »Lebe wohl! Lebe wohl!«

20.

»Halt!« rief da plötzlich mit Kraft und mit
donnernder Stimme Patroklos.
Ilias.

Die Trennung von Rosalie, die Gastfreiheit der
befreundeten Familie und ihre aufrichtige Teilnahme rührten Otto. Er dachte an die letzten Tage,
an seinen ganzen Aufenthalt in der Heimat, den der
Tod des Großvaters zu einem bedeutungsvollen
Lebensabschnitt gemacht hatte. Der stille Abend
und der einsame Weg stimmten sein Gemüt noch
mehr zum Nachdenken.

Wie anregend und erheiternd war ihm nicht
sonst ein Besuch in Lemvig gewesen! Damals gab er
ihm wochenlang Stoff zur Unterhaltung mit Rosalie;
jetzt knüpfte sich für ihn keine Bedeutung an denselben. Die Menschen daselbst waren ja dieselben
geblieben; in ihm musste also die Veränderung ihre
Quelle haben. Er dachte an Kopenhagen, welches
ihm so hoch stand, und an die dortigen Bekannten.

»Im Grunde genommen, ist der Unterschied
doch nicht so groß!« dachte er bei sich. »In Kopenhagen gibt es zahlreichere gesellige Brennpunkte
verschiedener Interessen. Der Tag selbst mit seinen
Ereignissen bringt Abwechselung in die Unterhaltung, und man kann sich seine Gesellschaft
wählen. Die Masse dagegen hat stets etwas Spieß-
bürgerliches, was selbst unter dem Ballkleid am
Hofe hervorguckt. Es kommt eben so gut in dem
Salon des reichen Großhändlers zum Vorschein, wie
bei dem Branntweinbrenner, dessen Besitzungen
ihn und zwei seiner Brennknechte wählbar machen

können. Überall wird uns dasselbe Gericht vorgesetzt, nur mit dem Unterschied, dass man es in den Landstädten auf irdenem Geschirr, in Kopenhagen auf Porzellan erhält. Besitzt man nur den Mut, in den sogenannten höheren Kreisen durch die bloß äußerliche Glasur und Schliff zu dringen, welche man nur einem größeren Gesellschaftsleben, einem Leben mit der Welt verdankt, dann wird man bei mancher Dame von Stande, bei manchem Edelmann, der nicht nur im Parkett des Theaters auf der ersten Bank sitzt, bald das leere klanglose Töpfergut finden. Wie bei der Kaufmannsfrau in Lemvig, kann auch in den höheren Zirkeln ein *Déjeuner* oder eine *Soirée* die Gemüter wie eine Weltbegebenheit vorher wie nachher beschäftigen. Ein Hofball, auf welchem der Sohn oder die Tochter figurierte, gilt für eben so wichtig, wie der glänzendste Ausfall eines Amtsexamens. Die Autoritäten in Lemvig nötigen uns ein Lächeln ab, und doch läuft auch in Kopenhagen die Menge immer nur hinter den Autoritäten her. Es liegt darin ein gewisser Unschuldszustand. Wie mancher arme Offizier oder Student muss nicht am Tische des Reichen die traurige Rolle des Lemviger Ladendieners spielen und der Frau des Hauses dankbar die Hand küssen, weil sie auf Dankbarkeit Anspruch machen kann. Was tut nicht bei der Masse des Theaterpublikums »eine erschreckliche Brust.« Eine Kraft der Stimme, die recht durch das dicke Pfundleder des Geistes durchzudringen vermag, erregt einen wahren Beifallssturm, während Geschmack und Vortrag nur von den Einzelnen gewürdigt werden. Mit Sicherheit kann der Schauspieler auf Beifall rechnen, wenn er nur die Abgangsverse herzudonnern versteht. Der Komiker wird eher applaudiert werden, wenn er eine Plattheit einschaltet oder die Beine aneinander reibt, als wenn seine Worte von Geist und Genialität sprudeln. Das massive Silberzeug im Hause erfüllt manche Frau mit der Dreistigkeit, Belehrungen zu erteilen, obgleich sie erst selbst zu lernen nötig hätte. Manche Dame rauscht, wie das kleine Fräulein von Holstebrø, stets in Seide einher und macht mit langem Schal Staat, fragt man sie aber nach ihrem Wissen, so versteht sie sich höchstens auf die Schneiderei und hat nicht einmal das kleine Nebentalent, die Flöte blasen zu können. Wie viele schreiben nicht wie Maren aus anderer Blumenlesen ab, und werden auch nicht gerade Spieldosen prahlerisch vorgewiesen, so hört man doch viel Dosenmusik und muss auf Stimmen lauschen, die an Unbedeutsamkeit mit der des Sekretärs wetteifern können.«

Solchen und ähnlichen Betrachtungen gab sich Otto hin, und sicherlich war es ein gutes Gefühl, welches ihnen zu Grunde lag. Wir müssen bei unserm Urteile über ihn auf seine große Jugend Rücksicht nehmen. Erst seit einem Jahr kannte er Kopenhagen, sonst würde er sicher ganz anders gedacht haben.

Die Nacht breitete sich über die Heide aus; der Himmel war klar. Nur langsam bewegte sich der Wagen in dem tiefen Sand fort. Das einförmige Knarren der Räder, die gleichmäßige Bewegung, alles wirkte einschläfernd auf Otto. Wie ein feuriger Pfeil schoss eine Sternschnuppe am Himmel hin. Dieser Anblick hielt ihn einen Augenblick wach, bald aber ließ er den Kopf sinken und schlief tief und fest.

Es war schon eine Stunde nach Mitternacht, als er durch einen lauten Ruf geweckt wurde. Der Wagen hielt plötzlich still. Er fuhr empor. Gerade vor sich gewahrte er ein loderndes Feuer, und zwischen diesem und den Pferden standen zwei Gestalten, welche sich der Zügel bemächtigt hatten. Dicht daneben konnte er einen Karren erkennen, unter welchem auf einem Strohlager eine Frau, so wie einige Kinder schliefen.

»Wollt Ihr mir denn durchaus in den Suppenkessel hineinfahren?« fragte eine barsche Stimme, während die andere Person in einem Kauderwelsch schimpfte, welches für Otto unverständlich war.

Es war dem Kutscher wie ihm gegangen, nur dass derselbe ein wenig später eingeschlafen war, die Pferde waren aus dem Geleise gekommen, und wer weiß wie lange, über den pfadlosen Teil der Heide gefahren. Ein Trupp Zigeuner, die in diesen Gegenden noch immer nomadisch umherziehen, hatte hier sein Nachtquartier aufgeschlagen, Feuer angezündet und den Kessel darüber gehängt, um einige Stücke eines auf der Reise erbeuteten Lamms zu kochen.

Nach Aussage einer schon bejahrten Frau, die gerade ein Büschel Heidekraut unter den Kessel legte, wären sie nur ungefähr eine halbe Stunde von der Landstraße entfernt.

»Eine halbe Stunde?« wiederholte eine Stimme auf der andern Seite des Wagens, und Otto gewahrte dort jetzt erst einen Mann, der sich, in einen großen grauen Reitermantel gehüllt, in das Heidekraut hingestreckt hatte. »Nicht eine Viertelstunde ist es bis zur Landstraße, wenn man die Richtung kennt!«

Des Mannes Aussprache klang zwar ein wenig fremdländisch, war aber dafür rein und frei von jenem Kauderwelsch, welches die übrigen in ihre Rede mischten. Die Stimme schien Otto bekannt, sein Ohr lauschte auf die Betonung, und schneller rollte sein Blut durch die Adern. Sein Gefühl sagte ihm, dass es der deutsche Heinrich, der böse Engel seines Lebens wäre, und fester hüllte er sich in seinen Mantel, um sein Gesicht zu verbergen.

Ein halb erwachsener Knabe erhob sich und bot sich zum Führer an.

»Aber zwei Mark muss der Bube erhalten!« sagte die Frau.

Otto nickte bejahend und schaute noch einmal nach dem Mann hin, in welchem er den deutschen Heinrich wiederzuerkennen glaubte. Nachlässig hatte sich derselbe wieder in das Heidekraut gestreckt und schien sich auf keine weitere Unterredung einlassen zu wollen.

Die Frau forderte und erhielt die Bezahlung voraus. Der Knabe drehte die Pferde seitwärts. In demselben Augenblick loderte das Torffeuer hoch empor, ein großer Hund, mit einem losen Strick um den Hals, sprang auf und verfolgte unter lautem Gebell den Wagen, der in der dämmernden Nacht über die Heide dahinfuhr.

21.

Die Poesie braucht nicht immer Schmerzen,
der Regenbogen
wölbt sich auch im unbewölkten blauen Himmel.
Jean Paul.

Abermals befinden wir uns in Kopenhagen, wo
wir Otto begegnen und jeden Tag Wilhelm, Fräulein
Sophie, so wie ihre vortreffliche Mutter, deren Aufenthalt daselbst nur wenige Wochen dauern sollte,
erwarten können. Um über ihre Ankunft Er-
kundigung einzuziehen, beschloss Otto der Familie,
bei der sie abzusteigen gedachten, einen Besuch
abzustatten. Wir kennen das Haus schon, wir haben
in demselben das Weihnachtsfest mitgefeiert; hier
hatte Otto seinen adeligen Stammbaum erhalten.

Wir wollen mit den einzelnen Gliedern der
Familie erst etwas nähere Bekanntschaft machen.
Der Mann selbst war, was man einen guten Kopf
nennt, hielt sich einen ausgezeichneten Weinkeller
und war, wie einer der Freunde versicherte, ein
guter L'Hombrespieler. Aber die Seele des Hauses,
der belebende Genius, der alles, was Geist und
Jugendlichkeit besaß, in diesen Kreis hineinzog, war
die Frau. Schön konnte man sie keineswegs nennen,
allein unter dem Zauber ihrer natürlichen Lebhaftigkeit, ihres Geistes und ihres einfachen Wesens
hatte man dies in wenigen Minuten vergessen. Eine
seltene Leichtigkeit in der Auffassung komischer
Züge aus dem Alltagsleben, und dazu eine gutmütige Originalität in der Schilderung derselben,
ließen es ihr nie an einem reichen Unterhaltungs-
stoff fehlen. Es machte den Eindruck, als hätte die

Natur aus Zerstreutheit ein nichtssagendes Gesicht geschaffen, dann sich aber bemüht, den Fehler dadurch wieder gut zu machen, dass sie demselben eine Seele einhauchte, die selbst durch matte blaue Augen, bleiche Wangen und gewöhnliche Formen ihre Schönheit zu enthüllen vermochte.

Als Otto eben in das Zimmer eintreten wollte, vernahm er Musik. Er lauschte. Es musste Weyse oder Gerson sein.

»Es ist der Professor Weyse!« sagte der Diener, und Otto öffnete, ohne anzuklopfen, leise die Tür.

Die Astrallampe brannte auf dem Tisch. Auf dem Sofa saßen zwei junge Damen. Die Frau des Hauses nickte Otto ein freundliches Willkommen zu, legte dann aber, um ihn zum Schweigen zu ermahnen, lächelnd den Finger auf den Mund und wies auf einen Stuhl. Still setzte er sich und lauschte den sanften Tönen, die wie Geisterhauch von dem Fortepiano, an dem der Künstler saß, zu ihm herüber drangen. Es war, als hätten die entschlummernden Gedanken und Gefühle der Seele, die in jeder Brust, selbst bei den verschiedensten Völkern etwas Verwandtes haben, Stimme und Sprache erhalten. Die Fantasien verhallten langsam in einem sanften geisterhaften Piano. So leicht hat Raphael die Madonna die Foligno auf die Wolke hingehaucht; sie ruht aus derselben, wie die Seifenblase auf einem Samtkissen ruht. Das Dahinsterben der Töne ließ sich dem Liebesgedanken der Braut vergleichen, wenn sich ihr Auge schließt und der lebendige Traum ihres Herzens unmerklich in den Schlaf hinübergleitet und verschwindet.

Auch hier schwiegen die Töne,

> »Der Bettelvogt von Ninive
> Zog hinab zum Genfersee,
> Hm, hm!« [15]

begann der Künstler wieder mit einer Originalität und Laune, dass sich die ganze Gesellschaft dadurch mit fortreißen ließ. Nur zu früh brach er auf, nachdem er noch durch seine eigenen Schätze, wie durch die komischen Seiten des Volkslebens aus der Welt der Töne alle bezaubert hatte. Erst nach seinem Aufbruch bekam die Bewunderung Sprache. Seine Fantasien hallten noch in jedem Herzen nach.

»Er verdiente einen europäischen Ruf zu haben!« sagte die Frau des Hauses. »Aber wie Wenige in der Welt kennen Weyse und Kuhlau!«

»Es ist in der Tat ein Unglück für einen Künstler,« bemerkte Otto, »aus einem kleinen Land zu stammen. Seine Werke bleiben nur Manuskripte für seine Freunde. Unser Hörsaal erstreckt sich nur von Skagen bis Kiel. Da ist die Tür schon verschlossen!«

»Man muss sich damit trösten,« entgegnete der Vetter des Hauses, den wir schon durch seine Verse zum Weihnachtsbaum kennen, dass alles Große und Gute doch einmal Anerkennung findet. Die Völker wollen sich mit allem Herrlichen im Reiche des Geistes bekannt machen, ob es nun in einem kleinen

---

[15] Ein altes deutsches Volkslied

oder in einem großen Land blüht. Darüber ist dann freilich der Künstler oft gestorben, allein dafür muss ihm in einer andern Welt Ersatz werden.«

»Indes glaube ich,« versetzte die freundliche Wirtin, »dass sich der Künstler schon hienieden, wo sich nun einmal nach dem Laufe der Dinge der Unsterbliche vor dem Sterblichen beugen muss, etwas voraus wünschte.«

»Gewiss!« erwiderte Otto. »Die großen Männer des Zeitalters gleichen den Bergeshöhen. Sie sind es, die das Land schon in der Ferne kenntlich machen und ihm ein Ansehen verleihen, während sie selbst kalt und unwirtlich sind. Man kennt nicht einmal ihre Höhe vollkommen.«

»Sehr schön!« sagte die Frau des Hauses. »Sie reden wie ein Jean Paul.«

In diesem Augenblick öffnete sich die Tür, und die Gesellschaft wurde durch das Eintreten Sophies, Wilhelms und ihrer lieben Mama überrascht. Man hatte ihre Ankunft erst am nächsten Abend erwartet. Sie waren den ganzen Tag durch Seeland gereist.

»Wir wären noch rechtzeitig zum Mittagessen eingetroffen,« erzählte Sophie, »wenn nur mein Bruder in Roeskilde hätte fertig werden können; aber bald hatte er vergessen, die Pferde zu bestellen, bald verhinderte dieser und jener kleine Unglücksfall unsere Abreise. Ganze sechs Stunden mussten wir da aushalten! Mama fasste da eine gewisse Inklination; sie verliebte sich förmlich in ein junges Mädchen, die hübsche Eva!«

»Ja, sie ist allerliebst!« versicherte die alte Dame. »Habe ich nicht Recht, Herr Zostrup? Sie und mein Wilhelm hatten mir ja bereits ein Interesse für sie eingeflößt. Sie hat etwas so Edeles und Feines, wie man es selten bei der niederen Volksklasse antrifft. Sie verdiente in der Tat, bei gebildeten Menschen Aufnahme zu finden!«

»Otto, was sollen unsere Herzen sagen,« rief Wilhelm lachend, »wenn es schon meiner Mutter so ergeht?«

Man versammelte sich um den Teetisch. Wilhelm redete Otto mit dem vertraulichen Du an, wozu ihn dieser ja selbst aufgefordert hatte. »Wir wollen mit vollen Teetassen anstoßen und die Brüderschaft erneuern!«

Otto lächelte, aber merkwürdig wehmütig und ohne ein einziges Wort zu erwidern.

»Das Andenken an den alten Großvater hat ihn überschlichen!« dachte Wilhelm und klopfte ihn darauf freundlich auf die Schulter, indem er sagt: »Der Kammerjunker und seine Damen lassen dich grüßen. Ich glaube, die Mamsell würde dich, wenn es sich irgend tun ließe, am liebsten in ihr Nähkästchen legen.«

Otto blieb still, aber seine Seele war in seltsamer Erregung. Es würde schwierig sein, den Beweggrund, der eben auf Ottos besonderer Eigentümlichkeit beruhte, völlig klar darzulegen. Es griff dies in die Mysterien der Seele ein. Bei den Einzelnen nennt es die Menge Eigenheit, der Psychologe aber findet darin eine tiefere Bedeutung, die der

Verstand nicht zu ergründen vermag. Man hat Beispiele, dass sich Männer, die leiblich und geistig vollkommen kräftig waren, bei dem Duft einer Rose ohnmächtig fühlten; Andere wieder verfielen bei der Berührung eines Stückchens Löschpapier in einen krampfartigen Zustand. Es lässt sich dies nicht erklären, sondern gehört zu den Rätseln der Natur. Eine ähnliche, gleichsam lähmende Empfindung erfüllte Otto, als er zum ersten Mal das trauliche Du aus Wilhelms Munde vernahm. Es kam ihm so vor, als ob sich das geistige Band, welches sie aneinander knüpfte, mit einem Mal löste und Wilhelm ihm fremd würde. Es war ihm geradezu eine Unmöglichkeit, das Du zu erwidern. Indes fühlte er zugleich das Unrichtige in seinem Betragen, machte sich Vorwürfe über diese Eigenheit und suchte sie zu bekämpfen; aber obgleich er sich Gewalt antat und sich auch wieder eine gewisse Gesprächigkeit bei ihm einstellte, so kam doch kein Du über seine Lippen. »Deine Gesundheit, Otto!« sagte Wilhelm und stieß mit der Tasse gegen die seinige.

»Gesundheit!« wiederholte Otto lächelnd.

»Es ist ja wahr!« begann der Vetter, »ich versprach Ihnen neulich, einmal meine Anzeigensammlung mitzubringen; der erste Band ist geschlossen.« Nach dieser Einleitung zog er ein Buch aus der Tasche, in welches eine Sammlung der originellsten Bekanntmachungen, wie man sie noch täglich in den Zeitungen finden kann, eingeklebt war.

»Ich habe auch eine für Sie aufgehoben!« bemerkte die Wirtin, »ich fand sie vor Kurzem und dachte gleich an Sie. Hören Sie nur: »Eine Frau wünscht sich ein Kind auf Flasche!«

»Hier ist auch eine sehr ergötzliche!« sagte Wilhelm, der in dem Buche geblättert hatte: ›Ein Knabe, auch mosaischer Religion, kann sofort als Tischlerlehrling eintreten; wenn er aber nicht alles essen will, was im Hause fällt, so kann nicht auf ihn reflektiert werden.‹ – »Das ist allerdings eine harte Bedingung für den armen Jungen!«

»Fast jeden Tag,« erzählte der Vetter, »kann man lesen: ›Zur heutigen oder morgenden Theateraufführung ist in der dritten Etage dieser oder jener Straße ein guter Platz zu haben,‹ und wenn dieselbe auch noch so weit vom Theater entfernt ist.«

»Theater!« rief der Herr vom Hause, der eben aus seinem eigenen Zimmer kam, um am Teetisch Platz zu nehmen. »Man kann sofort hören, wer das Wort führt; nun ist er schon wieder beim Theater! Dieses Menschenkind kann von nichts Anderem reden. Es sollte wirklich eine Strafe ausgemacht werden, die er zu erlegen hätte, so oft er das Wort Theater aussprächte. Und würde sie auch nur auf zehn Pfennige festgesetzt, so bin ich doch vollkommen überzeugt, dass er noch vor Ablauf des Monats sein ganzes Taschengeld und Rock und Stiefeln obendrein als Buße bezahlen müsste. Es ist eine wahre Sucht bei dem Menschen! Unter meinen jungen Freunden,« fügte er mit einem ironischen Lächeln gegen Wilhelm hinzu, »kenne ich keinen, der ein solches stehendes Steckenpferd hätte, wie unser guter Vetter!«

»Hier tust du ihm denn doch Unrecht!« nahm seine Gemahlin den Vetter in Schutz. »Außerdem warne ich dich: Leg ihm keine Strafe auf, sonst musst du in einem seiner Lustspiele figurieren. Wie er im Theaterwesen lebt, so lebst du übrigens in der Politik, Wilhelm im Generalbass und Herr Zostrup in gelehrten Materien! Auf diese Weise ist jeder von euch ein kleiner Nagel in den Rädern der Welt. Wer den Anderen verachtet, beweist damit nur, dass er sein Rad für das erste hält, oder glaubt, dass die Welt wie ein Schiebkarren, nur auf einem Rad gehe! Nein, sie ist eine künstlichere Maschine.«

Als die Gesellschaft gegen Abend aufbrach, gingen Otto und Wilhelm miteinander.

»Ich glaube nicht,« begann Letzterer, »dass du mich schon mit dem Du angeredet hast. Es ist dir doch nicht wieder Leid geworden?«

»Es war ja mein eigener Wunsch, meine eigene Bitte,« erwiderte Otto. »Ich habe auf die Wahl meiner Worte nicht geachtet.« Darauf versank er in Schweigen. Wilhelm selbst schien mit fremden Gedanken beschäftigt, die ihm wohl den plötzlichen Ausruf eingeben mochten: »Das Leben ist doch eine rechte Segensgabe! Nie muss man sich eingebildeten Sorgen hingeben! » *Carpe diem*«, sagt der alte Horaz.«

»Das wollen wir!« entgegnete Otto, »aber jetzt müssen wir zunächst an unser Examen denken!«

Scheidend drückten sie einander die Hände.

»Ich habe doch kein Du gehört!« sagte Wilhelm zu sich selbst. »Er ist ein Original, und gleichwohl habe ich ihn lieb! Darin besteht vielleicht meine Originalität.«

Er trat in sein Zimmer, welches die Wirtin zu seinem Empfang aufgeputzt hatte. Außerdem hatte sie Bücher und Papiere nach ihrer Art in die zierlichste Ordnung gebracht, was in Wilhelms Augen freilich eine entsetzliche Unordnung war. Selbst die Lampe hatte einen neuen Platz erhalten, und das sollte ordnen heißen!

Freudig lächelnd setzte er sich an das Klavier. Wie lange war es doch schon her, dass er auf seinem Lieblingsinstrument gespielt hatte! Er machte erst einige Läufe, aber bald verlor er sich in Fantasien. »Das ist eine hübsche Melodie!« rief er plötzlich, »allein sie ist nicht meine eigene Komposition! Aus welcher Oper ist sie eigentlich? Sie verwebt sich wunderbar mit meinen eigenen Gefühlen!« Er spielte sie wieder. Es war ein Thema aus »Tankred«. Also von Rossini, gerade von dem Komponisten, den unser musikalischer Freund am wenigsten liebte. Wie hätte er also wohl erraten können, wer diese Töne, die jetzt eine so ergreifende Sprache zu seinem Herzen redeten, geschaffen habe? Sein ganzes Wesen fühlte er von einem Wohlsein, von einer Lebensfreude durchdrungen, deren Quelle ihm unbekannt war. Seine Gedanken weilten bei Otto mit einer Wärme, die dessen sonderbares Benehmen nicht verdiente. Alle seine Lieben schwebten ihm in so liebenswürdiger Gestalt vor. Es war dies einer von jenen Augenblicken, die alle Guten kennen. Man fühlt sich als ein Glied in der großen Liebeskette, welche die Welt zusammenhält.

Solange die Rosenknospe noch geschlossen ist, scheint sie geruchlos, doch bedarf sie nur eines Morgens, und sie öffnet sich; ein süßer Atem entströmt ihrem Purpurmund. Es ist nur ein einziger Augenblick, es ist der Anfang eines neuen Daseins, welches schon längst in der Knospe selbst verborgen lag, aber man gewahrt den Zauberstab nicht, der die Verwandlung hervorrief. Vielleicht berührte sie dieser Leben schaffende Geist erst in der verflossenen Stunde; vielleicht schloss der letzte Abendstrahl, der auf die Blätter fiel, diese Kräfte in sich! Die Rosen des Gartens müssen sich öffnen und die des Herzens folgen denselben Gesetzen. War dies Liebe? Aber sie ist ja, wie der Dichter singt, ein Leiden; sie ist der Krankheit der Muschel zu vergleichen, unter welcher sich die Perlen bilden. Allein Wilhelm war nicht krank; er fühlte sich im Gegenteil voller Kraft und Lebenslust. Des Dichters Bild von der Muschel und der Perle klingt schön, beruht aber nicht auf Wahrheit. Die meisten Dichter stehen mit der Naturgeschichte auf dem Kriegsfuß und versündigen sich deshalb gar oft gegen dieselbe. Die Perle ist nicht etwa eine krankhafte Bildung; wenn ein Feind die Muschel angreift, schleudert sie zu ihrer Verteidigung Tropfen von sich, welche sich in Perlen verwandeln. Es ist also gerade eine Kraft und nicht eine Schwäche, aus der das Schöne hervorgeht. Es ist völlig verkehrt, in der Liebe eine krankhafte Erscheinung oder wohl gar ein Leiden zu erblicken. Sie ist vielmehr eine Lebenskraft, die Gott der menschlichen Brust eingehaucht hat. Sie erfüllt unser ganzes Wesen, wie der Duft jedes Blatt der Rose erfüllt, und offenbart sich dann unter den Kämpfen des Lebens als eine wertvolle Perle.

Diese Gedanken stimmten zwar völlig mit denen Wilhelms überein, aber trotzdem war er sich darüber noch nicht völlig klar geworden, dass er von ganzer Seele liebte, wie man nur einmal zu lieben vermag.

Am folgenden Vormittag stattete er dem Professor Weyse einen Besuch ab.

»Sie reisen, wie ich höre, nach Roeskilde?« sagte Wilhelm gesprächsweise. »Hier in unserer Frauenkirche habe ich Sie freilich schon oft auf der Orgel gehört, indes hätte ich auch wohl Lust, Sie einmal in der dortigen Domkirche zu hören. Würden Sie mir wohl, wenn ich die Reise dorthin unternähme, daselbst etwas vorfantasieren?«

»Sie kommen doch nicht!« versetzte der Künstler.

»Ich komme gewiss!« erwiderte Wilhelm und hielt Wort. Zwei Tage nach diesem Gespräch rollte er durch die Straßen Roeskildes.

»Ich komme einer Wette halben!« erzählte er dem Wirt, obschon es bei demselben keiner Entschuldigung bedurft hätte. »Ich soll Weyse auf der Orgel spielen hören!«

Mit bewunderungswürdiger Anmut und Zartheit hat Bulwer in seinem Romane »Der Pilger am Rhein« eine ganze Elfenwelt hervorgezaubert. Die kleinen Geister schweben darin wie ein Lufthauch über die materielle Wirklichkeit dahin, dass man sich fast gezwungen sieht, an ihr Dasein zu glauben. Ein Genius, stark wie der, welcher Bulwer be-

geisterte, herrlich wie jener, der Shakespeare den
Duft zuatmete, den wir über den Sommernachts-
traum ausgebreitet finden, erfüllte auch Wilhelm.
Weyses Töne, die tiefen Melodien der Orgel in der
alten Domkirche hatten ihn ja nach dem stillen
Städtchen getrieben! Des Herzens mächtige Töne
hatten ihn gerufen! Durch sie gewann selbst das
Alltägliche eine Färbung, einen Ausdruck der
Schönheit, dem ähnlich, welchen uns Byron in
Worten malt, Thorwaldsen in hartem Stein und
Corregio in Farben darstellt.

Wir besitzen von Goethe ein reizendes Gedicht:
»Amor als Landschaftsmaler.« Der Dichter sitzt auf
einer Felsenspitze und blickt vor sich in den Nebel
hinein, der, wie ein grau grundiertes Tuch gespannt,
alles in die Breite und Höhe deckt. Da kommt der
Liebesgott und lehrt ihn ein Bild auf den Nebel
malen. Der Kleine zeichnet nun mit seinem Zeigefinger, der so rötlich war wie eine Rose, ein Bild,
wie es uns nur die Natur und ein Goethe geben
können. Wäre der Dichter hier, so könnten wir ihm
zwar keinen Felsen als Ruheplatz anbieten, aber
doch etwas durch Sagen und Lieder ebenso Herrliches. Er würde dann singen: Ich setzte mich auf
den moosbewachsenen Stein über dem Hünengrab.
Der Nebel glich einer aufgespannten Leinwand. Der
Liebesgott begann seine Zeichnung auf demselben.
Zuoberst malte er eine herrliche Sonne, deren
Strahlen ein blendendes Lichtmeer ergossen.
Goldfarbig ließ er die Ränder der Wolken
schimmern und die Sonnenstrahlen hindurch-
dringen. Nun malte er die feinen leichten Zweige
frischer duftender Bäume und deutete mit
flüchtigen Umrissen eine ganze Reihe von Hügeln
an. Halbverborgen lag hinter diesen ein Städtchen,

über welchem sich eine mächtige Kirche erhob. Stolz ragten ihre zwei Türme mit hohen Spitzen in die Luft empor. Unter der Kirche aber, bis weit hinaus, wo dunkle Wälder den Horizont begrenzten, zeichnete er einen Meerbusen so natürlich, dass man zu erkennen glaubte, wie er mit den Sonnenstrahlen spielte, dass man zu hören meinte, wie die Wellen gegen die Küste plätscherten. Nun fügte er Blumen hinzu. Samtartig leuchteten die Fluren und Wiesen, und jenseits des Meerbusens verloren sich die finstern Wälder in einen bläulichen Nebel. »Ich verstehe mich auf das Malen!« sagte der Kleine, »allein das Schwerste bleibt doch noch übrig!« und nun zeichnete er mit den zarten Fingern gerade da, wohin die Sonne ihre hellsten Strahlen sandte, ein anmutiges und liebliches Mädchen mit dunkelblauen Augen und mit Wangen so rot, wie die purpurroten Finger, welche das Bild hinzauberten. Und seht, ein sanfter Lufthauch erhob sich, die Blätter der Bäume begannen leise zu rauschen, die Fläche des Wassers kräuselte sich, das Gewand des Mädchens wehte, das Mädchen kam näher, das Bild selbst war Wirklichkeit! In solchen Farben zeigten sich Wilhelm die alte Königsstadt, die Türme der Domkirche, der Fjord, die fernen Waldungen und – Eva.

Die erste Liebe eines reinen Herzens ist heilig! Das Heilige kann wohl angedeutet, aber nicht in Worte gefasst werden – –! Wir kehren zu Otto zurück.

22.

Für des Dichters Fantasie nimmt der Mensch die
erste Stelle ein; doch nur dann werden wir ihm die
Kunst zu idealisieren zuschreiben, wenn uns sein
Genie wirkliche Menschen und Dinge so klar und
ungeschmeichelt vor Augen zu stellen weiß, dass
wir sie lebendig vor uns zu sehen glauben.
H. Hertz.

Wir überspringen einige Wochen. Es war gegen
das Ende des Septembers, das *examen philosophicum*
stand nahe bevor. Die Vorbereitungen auf dasselbe
hatte Otto als Entschuldigung vorgeschützt, dass er
der Familie seines Kurators, des Comptoirchefs
Berger noch keinen Besuch abgestattet hatte. Dieser
wurde jedoch dadurch eingeleitet, dass er, als er
sich behufs einer notwendigen Besprechung eines
Tages zu ihm begab, seine Frau im Geschäfts-
zimmer desselben antraf. Wie wir wissen, sind fünf
Töchter hier im Hause, nur eine ist verlobt, und
doch sind es gebildete Mädchen, häusliche
Mädchen, wie die Mutter bei mehr als einer Gelegenheit versicherte.

»So habe ich doch endlich einmal die Ehre, Ihre
Bekanntschaft zu machen,« begann Frau Berger.
»Wenn nun auch Ihr Besuch mir und den Kindern
nicht gilt, so kommen Sie diesmal doch nicht eher
fort, als bis Sie eine Tasse Kaffee mit uns getrunken
haben. In den Wohnzimmern sieht es allerdings ein
wenig unordentlich aus, weil die Mädchen mit der
Anfertigung ihrer Wintermäntel beschäftigt sind,
allein wir wollen uns vor Ihnen nicht genieren und
Sie völlig als ein Glied der Familie betrachten. Nun

218

müssen Sie uns aber auch hübsch fleißig besuchen! Jeden Donnerstag speist unser Schwiegersohn bei uns; wollen Sie dann auch vorlieb nehmen? Begleiten Sie mich jetzt gefälligst, damit ich Sie meinen Töchtern vorstellen kann.«

»Ich habe noch auf dem Comptoir zu tun!« sagte Herr Berger. »Den Donnerstag sehen wir Sie also verabredetermaßen bei uns. Wir essen um drei Uhr, und beim Kaffee wird Laide musizieren.«

Frau Berger führte nun Otto in die Wohnstube, in die er vier ihrer Töchter mit einer Näherin in voller Tätigkeit fand. Die fünfte Tochter, Namens Julie, war, wie er hörte, ausgegangen, um Proben für die nötigen Stoffe auszusuchen. Schon gestern wäre sie den ganzen Tag auf den Beinen gewesen, hätte aber nur unechte Proben erhalten.

Die Mutter nannte ihm nun jede Tochter bei Namen: Ihre charakteristischen Eigentümlichkeiten lernte er natürlicherweise erst später kennen.

Alle fünf Schwestern gaben sich dem Wahne hin, außerordentlich verschieden zu sein, während sie sich in jeder Beziehung glichen. Adelaide oder Laide, wie sie auch genannt wurde, war allerdings die Hübscheste. Da sie sich dessen wohl bewusst war, wollte sie, um ihre Figur sehen zu lassen, nicht einen Mantel, sondern eine Tunica. Christiane war, was man ein praktisches Mädchen nennen konnte; sie wusste alles zu benutzen. Alwilde litt beständig an Zahnschmerzen. Julie hatte die Einkäufe zu besorgen und Fräulein Gretchen, ja, das war eben die Braut. Sie war auch musikalisch und stand in dem Ruf, witzig zu sein.

Übrigens waren es recht hübsche und niedliche Mädchen, die durchaus nichts Lächerliches an sich hatten. Fräulein Gretchens Bräutigam, der Herr Kopist Schwan, besaß ebenfalls eine witzige Ader und galt für ungemein lebhaft. Jeden, mit dem er in einem leidlich freundschaftlichen Verhältnis stand, nannte er »Herr Petersen«, und das war doch sehr ergötzlich.

»Eben hat Vater Herrn Zostrup eingeladen, Donnerstag unser Mittagsgast zu sein!« erzählte die Mutter. »Ich denke, wenn wir etwas zusammenrücken, wird auch noch ein Plätzchen für ihn in der Loge übrig bleiben, so beschränkt der Raum auch ist!«

Otto bat, sich seinetwegen nicht zu genieren.

»O, es ist eine große Loge!« versetzte die Mutter, verschwieg aber wohlweislich, wieviele auf deren Benutzung schon Anspruch machten. An Damen aus der Familie erschienen in derselben allein elf. In drei Abteilungen mussten sie nach dem Theater gehen, damit die Leute nicht, wenn sie alle auf einmal kämen, argwöhnen möchten, es fände ein Auflauf statt. Als sich eines Abends achtzehn Personen in die Loge hineingepresst hatten, einige zwölfjährige Kinder ungerechnet, die auf dem Schoß gesessen oder vor ihnen gestanden hatten, war die Gesellschaft gemeinschaftlich nach Hause gegangen. Während sie nun vor der Tür auf Einlass wartete, strömten die Leute zusammen, weil sie nicht anders glauben konnten, als dass es hier Lärm gäbe oder jemand von den Krämpfen befallen wäre. Man fragte: »Was ist denn hier los?« und Fräulein Grete antwortete schnell: »Es ist geschlossene Gesellschaft.« Seit diesem Abend gingen sie indessen nur gruppenweise nach Hause.

»Es ist wirklich eine gute Loge!« bekräftigte Fräulein Alwilde, »wenn wir nur andere Nachbarn hätten; die Tür bleibt in fortwährender Bewegung, wodurch ein den Zähnen sehr empfindlicher Zug erregt wird. Außerdem schwatzen sie so laut, dass ich neulich von dem hübschen Lied über Dänemark nicht ein einziges Wort vernehmen konnte.«

»Verloren Sie dadurch aber viel, mein Fräulein?« fragte Otto lächelnd, und bald waren sie beide, als wären sie alte Bekannte gewesen, in heftigen Streit geraten. »Ich halte nicht gar viel auf diese patriotischen Floskeln, mit denen sich der seiner Schwäche bewusste Dichter auf das schöne Gefühl der Vaterlandsliebe bei dem Volk stützt. Sie werden mir zugestehen müssen, dass bei uns die Menge augenblicklich Beifall klatscht, sobald nur die Worte »Vaterland« oder »Christian der Vierte« ausgesprochen werden. Der Dichter muss etwas mehr bieten. Das ist ein etwas zu grobkörniger Patriotismus. Man sollte meinen, Dänemark sei das einzige Land in der Welt.«

»Pfui, Herr Zostrup!« rief Frau Berger, »haben Sie denn Ihr Vaterland nicht lieb?«

»Ich meine es gerade recht zu lieben!« erwiderte er, »da es sich aber wirklich durch so viel Vortreffliches auszeichnet, so wünsche ich, dass nur das Erste gelten, nur das Erste geschätzt werden soll.«

»Ich stehe im Grunde auf Herrn Zostrups
Seite,« bemerkte Fräulein Gretchen, die ihren
Mantel auseinander trennte, um ihn wenden zu
lassen, damit sie ihn, wie sie sich ausdrückte, auch
auf der andern Seite abtragen könnte. »Ich finde, er
hat Recht. Indes muss man berücksichtigen, dass
alles, was auf der Bühne gut gesprochen wird,
immer eine ganz andere Wirkung hervorbringt. Es
verhält sich damit ähnlich, wie mit den Kleider-
stoffen; sie können von geringer Güte und nicht
sehr geschmackvollem Muster sein, trägt sie aber
eine schöne Figur, so nehmen sie sich doch ganz gut
aus!«

»Ich ärgere mich gar oft über das Publikum!«
entgegnete Otto. »Es klatscht am unrechten Ort
Beifall und verrät bisweilen eine merkwürdige Unschuld!«

»Das sind die Herren im Reiche der Geister!«
zitierte Fräulein Gretchen lächelnd.[16]

»Nein, nur die Nachbarn!« erwiderte Otto
schnell.

In diesem Augenblick kehrte Fräulein Julie
zurück. Sie hätte in so vielen Kaufläden Nachfrage
gehalten, berichtete sie, dass sie sich gar nicht mehr
als Mensch fühlte.

---

[16] »Wir sind die Herren im Reiche der Geister,
Wir sind der Stamm, der nie vergeht!«
Studentengesang von Christian Winter

Von allen Regalen hätten sie sich das Zeug herabreichen lassen und es schließlich doch nur dahin gebracht, acht kleine Lappen herauszufinden: schöne Proben nach ihrer Versicherung; und nun konnte sie vortreffliche Auskunft geben, wo man die verschiedenen Zeuge erhalten könnte, wie breit sie wären und was die Elle kostete. »Und wem begegnete ich?« fügte sie hinzu. »Denkt euch nur, mitten in der Oststraße kam der Schauspieler – ihr wisst ja, meine Inklination! Er ist auch außer dem Theater eine wirklich reizende Erscheinung.«

»Dem begegnetest du?« rief Laide. »Das Mädchen hat auch stets Glück!«

»Ich stelle dir hier Herrn Zostrup vor!« sagte die Mutter, denn es schien, als hätte ihn die junge Dame über ihrer Begegnung und ihren Proben völlig vergessen.

Julie verneigte sich und versicherte, sie hätte ihn schon früher gesehen. Er gehörte zu dem Zuhörerkreise des Bischofs Mynster und hätte neulich dicht neben ihrem Stuhl gestanden. Damals hätte er einen olivengrünen Rock getragen.

»Nun, dann kennt ihr euch ja schon!« meinte die Mutter. »Sie ist die Frömmste von meinen Kindern, Herr Zostrup! Wenn die Andern für Spindler und Johanna Schoppenhauer schwärmen, so schwärmt sie für den Pfarrer, der sie eingesegnet hat. Meinen Sohn werden Sie wahrscheinlich schon kennen. Er wurde ein Jahr vor Ihnen Student! Er sieht Sie bisweilen in der Studentenverbindung!«

»Dann werden Sie ihn von einer liebenswürdigeren Seite kennengelernt haben, als er zu Hause zu zeigen pflegt,« bemerkte Adelaide. »Gott sei es geklagt, gegen seine Schwestern besitzt er wenig Galanterie!«

»Liebe Laide, wie kannst du nur dergleichen behaupten!« rief die Mutter. »Du bist stets so unbillig gegen den guten Hans Peter! Wenn Sie ihn erst näher kennenlernen, Herr Zostrup, werden Sie ihn gewiss lieb gewinnen; er ist ein völlig solider junger Mensch von unverdorbenem Gemüt. Entsinnst du dich noch, Laide, wie er an jenem Abend im Theater pfiff, als das unmoralische Stück gegeben wurde? Und wie verdrießt ihn jedes Mal die Aufführung des Rothkäppchens! O, der gute Junge! Übrigens werden Sie bei uns bald eine alte Bekannte treffen. In ungefähr vierzehn Tagen wird eine Dame aus Jütland zum Besuch kommen, um sich den Winter über bei uns aufzuhalten. Können Sie dieselbe nicht erraten? Ein kleines Fräulein aus Lemvig!«

»Maren!« rief Otto.

»So ist es!« entgegnete die Mutter. »Sie soll eine ausgezeichnete Stimme haben!«

»Ja, in Lemvig vielleicht!« meinte Adelaide etwas spöttisch. Und was für einen entsetzlichen Namen sie hat! Wir müssen sie umtaufen, sobald sie kommt. Wir wollen sie Mara oder Massa nennen!«

»Weshalb nicht lieber gleich Massa-Carrara!« sagte Gretchen.

»Nein, sie soll Maja heißen, soll einen Namen aus den bremischen Alltagsgeschichten führen!« schlug Christiane vor.

»Ich stimme für James Vorschlag!« entschied die Mutter. »Wir taufen sie also um und machen aus ihr eine Maja!«

23.

Die Menschen sind nicht immer, was sie scheinen.
Lessing.

Unsere Erzählung ist kein Fantasiegemälde, sondern die Wirklichkeit, in welcher wir leben, Blut von unserm Blute und Fleisch von unserm Fleische. Unsere Tage, Menschen unserer Zeit wollen wir kennenlernen. Aber nicht nur das Alltagsleben, nicht nur die Moosarten der Oberfläche, nein, den ganzen Baum wollen wir beschauen, von der Wurzel bis zu den duftenden Blättern. Die schwere Erde soll die Wurzel drücken, des Alltagslebens Moos und Rinde soll den Stamm bedecken, die starken Zweige sollen sich mit Blättern und Blüten ausbreiten, während die Sonne der Poesie zwischen sie hindurchscheint und Farben, Duft und zwitschernde Vögel zeigt. Allein der Baum der Wirklichkeit kann sich nicht eben so schnell entfalten, wie der der Fantasie, wie der Zauberbaum in Tiecks Elfen. Der Natur müssen wir unser Vorbild entnehmen. Oft kann es wohl den Anschein gewinnen, als ob in derselben ein Stillstand einträte, und dennoch ist es in Wirklichkeit nie der Fall. In ähnlicher Weise verhält es sich mit unserer Erzählung; während sich in den Wechselreden die Charaktere immer klarer entwickeln, findet, wie bei den einzelnen Zweigen des Baumes eine unwahrnehmbare Verwicklung statt. Der Zweig, welcher hoch emporschießt, als ob er sich vom Mutterstamm trennen wollte, strebt nur aufwärts, um seine Krone zu bilden, um den Baum in seiner Ganzheit zu vollenden. Die von dem gemeinsamen Mittelpunkt abweichenden Linien sollen gerade die Harmonie hervorbringen.

226

Wir werden uns deshalb bald davon überzeugen, dass diese Szenen aus dem Alltagsleben keine Abschweifung von den Hauptbegebenheiten sind, noch etwas Episodisches, das sich füglich auch überspingen ließe. Um desto schneller zu dieser Einsicht zu gelangen, wollen wir noch einige Augenblicke in dem Haus des Comptoirchefs, Herrn Bergers, verweilen, wobei wir jedoch berücksichtigen müssen, dass wir in der Zeit schon drei Wochen vorgerückt sind. Wilhelm und Otto haben das *examen philosophicum* glücklich bestanden. Letzterer hatte einige Besuche abgestattet und galt bereits als alter Freund des Hauses. Der Bräutigam redete ihn in seiner witzigen Weise »Herr Petersen« an, und Gretchen machte sich über den melancholischen Blick lustig, den er nicht immer zu bekämpfen wusste. Sie nannte es, »Gesichter schneiden« und bat ihn, diese Miene an ihrem Begräbnistag anzunehmen.

Die erste platonische Liebe der fünf Schwestern hatte ihrem Bruder gegolten. Von sämtlichen war er mit Liebkosungen und Zärtlichkeit überschüttet, war er bewundert und angebetet worden. »Das kleine Mannsbild« nannten sie ihn; hatten sie doch kein anderes. Indes war Hans Peter gegen die lieben Schwestern so unartig und hatte sie so zum Besten, dass sie ihn notwendigerweise aufgeben mussten, als eine von ihnen einen Verehrer fand. Auf ihn übertrugen sie nun alle ihre Liebe; jede schien ihren Teil an ihm zu haben. Er war ja Gretchens Bräutigam, sollte ihr Schwager werden; da war es ihnen doch wohl gestattet, ihn mit dem vertraulichen Du anzureden und ihm selbst ein Küsschen in Ehren zu geben.

Seit Ottos Eintritt in die Familie begannen diese Strahlen jedoch eine andere Richtung zu nehmen. Otto war schön und besaß Vermögen; eines von beiden reicht oft schon aus, ein weibliches Herz zu fesseln. Die Leichtsinnige lässt sich durch Schönheit, die Vernünftige durch Reichtum bestechen.

Maren oder, wie sie hier genannt wurde, Maja war eingetroffen. Die Fräulein hatten schon die Zahl ihrer Schleifen beträchtlich vermindert, ihr Haar anders frisiert, und eines ihrer seidenen Tücher zur Schürze zerschnitten; aber allen diesen Bemühungen zum Trotz blieb sie immer die Dame von Lemvig. Die Aussprache konnten sie von keinen Schleifen befreien. Zu Hause nahm sie den ersten Platz ein, hier wurde ihr derselbe nicht zugestanden. Diesen Abend sollte sie zum ersten Mal das Theater besuchen und das Ballett »Die Nachtwandlerin« sehen.

»Es ist französisch!« sagte Hans Peter, »frivol, wie alles, was wir aus jenem Land haben!«

»Die Szene im zweiten Akt, in welcher sie zum Fenster hineinsteigt, ist es allerdings!« versetzte der Comptoirchef. »Sie gibt der Jugend ein erbauliches Beispiel.«

»Dafür ist der letzte Akt ganz allerliebst!« rief seine Gattin. »Der zweite Aufzug trägt freilich, wie Hans Peter sehr richtig bemerkt, ein ziemlich französisches Gepräge! O Himmel, er wird ganz rot, der liebe Junge!« Sie reichte ihm die Hand und nickte ihm lächelnd zu, worauf sich Hans Peter in sehr hübscher Weise über das Unmoralische auf der

Bühne aussprach. Der Vater fügte noch einige treffende Bemerkungen hinzu.

»Ja, wären alle Männer wie du,« entgegnete Frau Berger, »und alle junge Leute wie Hans Peter, so würde sich auch Ton und Kleidung auf der Bühne ändern! Beim Tanz geht es oft ganz abscheulich zu; das Zeug ist so eng und unanständig, als hätten sie gar nichts an. Übrigens muss man doch zugestehen, dass »Die Nachtwandlerin« wirklich schön ist. Im Grunde genommen ist sie ja auch unschuldig!«

Man vertiefte sich nun mehr und mehr in die Moral und blieb bei diesem Thema bis zur Kaffeestunde.

In Erwartung des bevorstehenden Genusses, wie infolge der vielfachen Erzählungen von dem Verderben in diesem Kopenhagener Sodom, klopfte Marens Herz stärker. Sie musste mit anhören, wie Otto die französischen Stücke verteidigte, mit anhören, wie er von Ziererei sprach. Sollte er etwa schon verdorben sein? Wie gern hätte sie ihn die schöne Rede über Sittlichkeit halten hören, die Hans Peter hielt. »Armer Otto!« dachte sie. »So ist es, wenn man in der Welt allein steht und sich allein in ihr umhertummeln muss!«

Der Comptoirchef brach endlich auf; es war ihm unmöglich, in das Theater zu kommen, da er erst noch einige Geschäfte abzumachen hatte und später in den Klub musste, wo er gestern seinen Hut vertauscht hatte.

»Dann hast du dasselbe Missgeschick gehabt wie Hans Peter!« versetzte seine Gattin. »Er hat gestern in einem der Collegien ebenfalls einen fremden Hut bekommen. Aber was ist denn das? Du hast ja seinen Hut!« rief sie plötzlich, indem sie ihre Blicke auf den Hut richtete, den ihr Mann in der Hand hielt. »Das ist sicherlich Hans Peters Hut; ich möchte darauf wetten, dass er den deinigen hat! Ihr müsst sie hier im Hause vertauscht haben; keiner von euch kennt den Hut des andern, und so bildet ihr euch denn ein, die Verwechselung sei außer dem Hause geschehen!«

Eine der Schwestern brachte nun den Hut herbei, den Hans Peter bekommen hatte. Die Mutter hatte sich nicht geirrt, er gehörte wirklich dem Vater. Also eine Verwechselung im Hause, ein kleines Intermezzo, das seiner Geringfügigkeit halben natürlicherweise schon von alen im nächsten Augenblick vergessen war, nur nicht von den beiden zunächst dabei Beteiligten, denn für sie bildete es einen Lebensmoment, und für uns ist es, wie wir gleich sehen werden, ein bedeutungsvoller Abschnitt, der uns eben dazu bewogen hat, so lange in diesem Kreis zu verweilen. Als unsichtbare Geister wollen wir Vater und Sohn in einem entlegenen Zimmer belauschen. Sie sind allein; die Familie befindet sich bereits im Theater. Wir brauchen kein Bedenken zu tragen, ihren Worten zu lauschen; wir haben es ja mit zwei Moralisten zu tun, es ist Vater und Sohn, es handelt sich nur um Moral über Hüte.

Allein des Vaters Augen rollten, seine Wangen brannten, seine Worte fielen wie Schwerthiebe und mussten auf jedes so weiche Gemüt, wie es der Sohn offenbart hatte, Eindruck machen. Dieser jedoch stand gelassen, festen Blickes und mit einem Lächeln um die Lippen da, wie es nur die Moral zu verleihen vermag. »Du bist im Nebenzimmer gewesen,« entgegnete er ruhig, »wo es für dich nicht unschicklich ist, zu erscheinen, muss es auch mir gestattet sein!«

»Bube!« schrie der Vater und nannte den Ort mit einem bezeichnenden Namen; wir kennen ihn indes nicht, kennen auch nicht seine Bewohner. Victor Hugo schließt sie in seinem schönen Gedicht »la prière pour tous« in das Gebet des Kindes ein. Das Kind betet für alle, betet sogar für diejenigen, welche den süßen Namen der Liebe verkaufen!« [17]

Lass uns beide über dergleichen Vorfälle Schweigen beobachten!« versetzte der Sohn. »Ich bin in mehrere Geschichten eingeweiht. Ich kenne z. B. eine von der schönen Eva – –!«

»Eva!« wiederholte der Vater. – – –

Wir wollen nicht mehr mit anhören. Horchen ist eine schlechte Angewohnheit. Wir sehen, wie Vater und Sohn einander die Hände reichen. Es scheint eine Versöhnungsszene zu sein. Sie trennen sich; der Vater nimmt seine Geschäfte wieder auf, Hans Peter begibt sich in das Theater und ärgert sich über das Unmoralische im zweiten Akt der Nachtwandlerin.

---

[17] »Prie – –
Pour les femmes échevetée!
Qui vendent le doux nom D'amour.«

24.

L'amour est pour les coeurs
Ce que l'aurore est pour les fleurs,
Et le printemps pour la nature.
Vigné.

Liebe ist gleich den Pocken eine Kinderkrankheit. Einige sterben an derselben, Andere werden von ihr entstellt, wieder Andere kennzeichnet sie mit größeren oder kleineren Narben, und der Überrest endlich verrät durch kein Zeichen, dass er auch einst an dieser Krankheit gelitten hat.

Der Goldmacher von C. Hauch.

»Seien Sie aufrichtig, Otto!« sagte Wilhelm, als dieser ihn eines Tages besuchte. »Sie können es nicht über sich gewinnen, Du zu mir zu sagen. So lassen Sie es meinetwegen sein! Wir bleiben trotzdem eben so gute Freunde. Es ist ja doch nur eine Form, obgleich Sie mir einräumen müssen, dass Sie hierin ein großer Narr sind.«

Otto setzte ihm nun auseinander, welch einen seltsamen Widerwillen er gefühlt, welch eine peinliche Empfindung sich seiner bemächtigt und es ihm unmöglich gemacht hätte.

»Und nun haben Sie den Märtyrer gespielt!« sagte Wilhelm lächelnd. »Hätten Sie es mir nicht gleich sagen können, welche Gefühle Sie beherrschten? So sind die meisten Menschen. Wenn sie keine Sorge haben, so geben sie sich einem eingebildeten Kummer hin; es ist ihnen lieber, im kalten Schatten, als im warmen Sonnenschein zu stehen, obwohl die Wahl zwischen beiden doch von uns abhängt. Lieber Freund, bleiben Sie dessen eingedenk: Jetzt schwimmen wir noch auf dem Strom! Bald werden wir aber in die großen Geschäftsflaschen hineingezwängt, in denen wir uns, den cartesianischen Teufelchen gleich, recken und strecken sollen, ohne je herauskommen zu können, bis wir aus dem Leben scheiden!« – er legte seinen Arm vertraulich auf Ottos Schulter. – »Oft habe ich schon gewünscht, über einen Punkt mit Ihnen zu reden! Ich verlange keineswegs, dass Sie mir jedes Wort und jeden Gedanken beichten sollen; ich weiß bereits, dass ich imstande sein werde, Ihnen den Beweis zu liefern, dass die Sache in einer Region liegt, wo dieselbe keinesfalls die Kräfte haben kann, die Sie ihr beilegen. In den kalten Zonen wirkt ein Biss nicht eben so heftig, wie in der warmen; ein Kummer in der Kindheit vermag uns nicht eben so tief zu erschüttern, wie in den reiferen Jahren. Welches Unglück Ihnen auch als Kind widerfahren ist, was Sie auch in Ihrer Wildheit – denn Sie gestehen selbst, dass Sie ausgelassen wild waren – was Sie auch in derselben getan haben mögen, es kann und darf nicht auf Ihr ganzes Leben Einfluss ausüben. Ihr Verstand könnte es Ihnen besser sagen als ich. In unserm Alter leben wir im Lande der Freude oder gelangen nie in dasselbe!«

»Sie sind ein glücklicher Mensch!« rief Otto und schaute wehmütig vor sich hin. »Ihre Kindheit schuf Ihnen nur Freude und Hoffnungen, meine aber, dessen müssen Sie eingedenk bleiben, verlebte ich in tiefster Abgeschiedenheit. Zwischen den Sanddünen der Westküste schlichen meine Tage einsam hin. Mein Großvater war finster und auffahrend; unser alter Pfarrer weilte mit seinen Ge-

danken nur in einer vergangenen Zeit, die ich nicht
kannte, während Rosalie ihrerseits die Welt durch
die Brille der Wehmut betrachtete. Eine solche Umgebung musste auf meine Lebensfreude notwendig
einen Schatten werfen. Sogar in Bezug auf die
Kleidung sticht man ja merkwürdig ab, sobald man
aus einer fernen Provinz nach der Hauptstadt übersiedelt. Erst dort erhält dieselbe einen andern
Schnitt, und man schmilzt allmählich mit seiner
Umgebung zusammen. In geistiger Beziehung
findet dasselbe Verhältnis statt, nur ist man nicht
imstande, sein Wesen und seine Begriffe eben so
schnell, wie den Schnitt der Kleider zu ändern.
Noch befinde ich mich erst kurze Zeit in der
Fremde, und wer weiß,« fügte er mit wehmütigem
Lächeln hinzu, »ob ich nicht auch noch in das
richtige Gleichgewicht kommen und dann dieselbe
Gleichgültigkeit und dasselbe Phlegma, wie die
Menge zeigen werde, wenn mir erst einmal ein
recht großes Unglück zustößt, welches mich ordentlich erschüttert.«

»Ein recht großes Unglück!« wiederholte
Wilhelm. »Das hat in der Tat einen gewissen Sinn.
Es wäre allerdings eine originelle Kur, indes sind
Sie ja auch ein origineller Mensch. Vielleicht
könnten Sie dadurch wirklich in das rechte Fahr-
wasser gebracht werden. »Drehe nicht aus Spinn-
weben ein Ankertau!« sagt ein berühmter Dichter,
dessen Namen ich mich nicht entsinne. Aber die
Sentenz an sich ist gut; Sie sollten ihn sich auf Ihre
Weste sticken lassen, damit Sie ihn gleich immer vor
Augen hätten, so oft Sie den Kopf hängen lassen.
Sehen Sie doch nicht so ernst aus; sind wir denn
nicht Freunde? Von allen meinen jungen Bekannten
sind Sie mir der liebste; gleichwohl kommen

Augenblicke vor, wo ich durchaus nicht weiß, wie
wir miteinander stehen. Ich wär' imstande, Ihnen
jedes Geheimnis anzuvertrauen, bin aber durchaus
nicht sicher, ob Sie sich gegen mich eben so offenherzig zeigen würden. Zürnen Sie mir nicht, teurer
Freund! Ich weiß wohl, dass es Geheimnisse gibt,
die von so zarter Natur sind, dass man sie nicht
einmal seinem liebsten Freunde mitteilen darf.
Solange wir unser Geheimnis bewahren, ist es unser
Gefangener, lassen wir es uns aber entschlüpfen, ist
es unser Herr. Und trotz alledem, Otto, sind Sie mir
so lieb, dass ich auf Sie, wie auf mein eigenes Herz,
vertraue! Dieses verschließt jetzt auch gerade ein
Geheimnis, das mich mit Lebenslust und Freude
durchströmt! Ich sehne mich danach, mich aussprechen zu können. Allein Sie müssen auf meine
Freude eingehen, müssen sie mit mir teilen, oder
kein einziges Wort sagen; in dem Fall haben Sie
nichts, gar nichts gehört! Otto, ich liebe! Deshalb bin
ich glücklich, deshalb ist Sonnenschein in meinem
Herzen, Lebenslust in meinem Blute! Ich liebe Eva,
die schöne liebenswürdige Eva!«

Otto drückte ihm die Hand, blieb aber stumm.

»Nein, nicht so!« rief Wilhelm. »Sprechen Sie
doch ein Wort, begreifen Sie die Welt, die mir auf-
gegangen ist!«

»Eva ist schön, sehr schön!« entgegnete Otto
langsam. »Auch bin ich überzeugt, dass sie gut und
unschuldig ist! Was kann man mehr wünschen? Ich
kann mir vorstellen, wie sie Ihr Herz völlig erfüllt.
Aber wird sie es auch immer vermögen? Sie bleibt
nicht immer jung, nicht immer schön! Wird sie dann
Geist genug besitzen, um Ihnen alles sein zu

können? Wird das augenblickliche Glück, welches Sie ihr und sich bereiten, wird es groß genug sein, um – ich will nicht gerade sagen den Kummer, doch aber die Unzufriedenheit aufzuwiegen, welche diese Verbindung in Ihrer Familie hervorrufen wird? Überlegen Sie um Gottes willen alles sorgfältig!«

»Lieber Freund!« versetzte Wilhelm, »nun redet wirklich Ihr alter Pfarrer aus Ihnen! Aber einerlei, ich kann die Beichte bestehen. Ich antworte: ja, ja, und noch einmal aus vollem Herzen, ja! Weshalb wollen Sie mich nun meinem Sonnenschein in den Schatten versetzen? Weshalb ist es nötig, dass ich in meiner Freude über die Schönheit der Rose daran erinnert werde, wie vergänglich Duft und Farbe sind, wie bald die Blätter abfallen werden? Mit dem Leben verhält es sich eben so! Soll man aber deshalb immer an das Grab, an das Finale denken, wenn der Akt eben erst beginnt?«

»Liebe ist nur eine fixe Idee!« bemerkte Otto, »sie lässt sich bekämpfen, sie ist lediglich von unserm Willen abhängig!«

»Für die Liebe haben Sie freilich kein Verständnis!« erwiderte Wilhelm. »Allein es wird Ihnen schon aufgehen, und dann werden gerade Sie weit heftiger erglühen, als wir anderen. Wer weiß, ob nicht eben sie der Kummer ist, von dem Sie vorhin redeten, das Unglück, welches Ihrem ganzen Wesen das verlorene Gleichgewicht wiedergeben könnte. Dieser Wunsch war ebenfalls ein Ausfluss Ihres unaufhörlichen Haschens nach dem Traurigen. Ich will Ihnen recht wünschen, dass Ihr Herz von Liebe erfüllt werden möge, wie das meinige in diesem

Augenblick. Dann würden alle Einwirkungen von den Dünen her verdunsten und Sie würden mit mir reden, wie das Vertrauen, welches ich Ihnen entgegenbringe, es verdient!«

»Nun, so will ich denn ganz offenherzig zu Ihnen sprechen!« rief Otto. »Sie machen das arme Mädchen unglücklich! Jetzt lieben Sie es freilich, aber Ihre Liebe kann nicht anhalten! Der Abstand zwischen Ihnen und Eva ist zu groß. Ich begreife, offen gestanden, nicht, wie Sie sich durch die bloße Schönheit des Gesichts in dem Grad können hinreißen lassen. Ein Kellnermädchen! Ja, ich wiederhole diesen Ausdruck, der Ihren Ohren wehtut: ein Kellnermädchen! Überall wird er wiederholt werden. Niemand kann einem Adel, den nur die Geburt verleiht, weniger Wert beilegen, als gerade ich; er ist völlig bedeutungslos, und es wird eine Zeit kommen, wo ihm jeder Wert abgesprochen und der Adel des Geistes, der einzige sein wird. Ich sage es Ihnen, der Sie selbst ein Edelmann sind, offen heraus. Je größere Geistesbildung, desto mehr Ahnen! Eva aber besitzt nichts, kann außer ihrem hübschen Gesicht, das Sie gefesselt hat, nichts besitzen. Sie sind zum Diener einer Dienerin herabgesunken, und das heißt Sie und Ihren Geistesadel herabwürdigen!«

»Herr Zostrup!« rief Wilhelm heftig, »Sie beleidigen mich! Allerdings ist es nicht das erste Mal, nun aber bin ich dessen endlich überdrüssig! Ich habe bisher zu viel Gutmütigkeit bewiesen, und das ist der unglücklichste Fehler, den ein Mensch besitzen kann!« Er setzte sich an das Klavier und hämmerte auf die Tasten.

Otto schwieg einen Augenblick, seine glühenden Wangen verrieten den Aufruhr in seinem Innern. Bald hatte er jedoch wieder Ruhe gewonnen und begann in einem scherzenden Tone: »Lassen Sie Ihren Zorn nicht an dem armen Instrument aus, weil wir verschiedenen Ansichten huldigen. Sie spielen lauter Dissonanzen, die mich empfindlicher berühren, als Ihr Zorn!«

»Dissonanzen!« wiederholte Wilhelm. »Ist Ihr Ohr so ungeübt, dass es aus meinem Spiel keine Harmonien herauszuhören vermag? Sie haben für Vieles ein schlechtes Ohr!«

Otto wusste seinen Zorn mehr und mehr auf verschiedene Punkte zu lenken, über welche sie schon früher abweichender Meinung gewesen waren, führte jedoch das Wort mit solcher Milde, dass Wilhelms Zorn eher schwand, als zunahm.

Sie waren wieder Freunde, hüteten sich aber, Evas auch nur mit einem Worte zu erwähnen.

»Ich wäre nicht treu und ehrlich gegen ihn, ließe ich ihn sich in diesen Mahlstrom stürzen!« dachte Otto bei sich selbst, als er wieder allein war. »Noch ist er gut und unschuldig, allein in seinem Alter und bei seinem Leichtsinn – –! Ich muss Eva warnen, und zwar bald, bald! Der Schnee, welcher einmal betreten ist, bewahrt nicht länger seine Reinheit! Wilhelm wird es mir kaum verzeihen, indes ich kann nicht anders!«

Am nächsten Tage war es ihm unmöglich, die Reise nach Roeskilde zu unternehmen; am darauf folgenden Tage wollte er aber seinen Vorsatz zur

Ausführung bringen, das hatte er sich fest vorgenommen.

Noch in früher Morgenstunde beschäftigte ihn Eva; auch Wilhelm beschäftigte sie, wenn gleich in ganz anderer Weise, doch begegneten sie sich in der Reinheit des Willens. Es gab aber auch noch einen Dritten, dessen Blut gleichfalls durch ihren Namen in Bewegung gesetzt wurde, einen Dritten, welcher zu sich sagte: »Die schöne Eva ist dort Kellnermädchen! Man muss mit ihr reden. Die Familie kann ja eine Lustreise dorthin machen!«

»Ihr lieben Kinder!« sagte die Frau des Comptoirchefs, »wir haben diesmal einen entzückenden Herbst, der den Sommer an Schönheit übertrifft. Vater will deshalb, wenn die Witterung so bleibt, mit uns eine kleine Vergnügungsreise nach Lethraborg machen. Wir werden auf derselben das herrliche Herthathal besuchen und in Roeskilde übernachten. Das werden für uns zwei köstliche Tage werden! Was habt ihr doch für einen guten Vater! Sollen wir nicht vielleicht Herrn Zostrup zur Teilnahme an der Fahrt auffordern? Wir sind sonst so viele Damen, und es nimmt sich doch immer gut aus, wenn man ein paar junge Herren in seiner Begleitung hat. Gretchen, du musst eine Einladung schreiben! Du kannst dreist Vaters Namen darunter setzen.«

25.

Diese Dichterbriefe sind so vollkommen in dem Geiste Baggesens geschrieben, dass man sich fast versucht fühlen möchte, die Nachricht von seinem Tode für falsch zu halten, so viele Bestätigung dieselbe auch gefunden hat.
Monatsschrift für Literatur.

> Schlank ist ihr Leib, der Tanne gleich,
> Ihr Schritt so leicht, die Haut so weich,
> Ein Blümchen ist sie hold und süß.

H. P. Holst.

»– Wo blieb die Rose denn? –«
Lulu von Güntelberg.

Den Abend vor Ottos Vergnügungsfahrt nach Roeskilde, zu der er die Einladung des Comptoirchefs angenommen hatte, besuchte er die Familie, in welcher sich Fräulein Sophie aufhielt. Ihre Mutter wäre schon, wie Letztere erzählte, vor drei Tagen abgereist. Wilhelm hätte ihr bis Roeskilde das Geleit geben wollen, allein die Mutter hätte seine Begleitung abgelehnt.

»Wir haben heute einen Genuss gehabt,« sagte Sophie, »einen Genuss, den wir noch lange in Erinnerung behalten werden. Ist Ihnen schon das neue Buch, welches unter dem Titel »Geisterbriefe« erschienen ist, zu Gesicht gekommen? Es ist Baggesens Schreibweise in ihrer vollendetsten Schönheit, es bringt eine Musik, wie ich nie glaubte, dass sie in Worte gelegt werden könnte. Was für ein Dichter ist das! Durch ihn hat die dänische Dichtkunst auch ihre Julitage erhalten! Der natürliche Gedanke ist stets so bezeichnend, und doch zugleich so einfach ausgesprochen! Man wird zu dem Glauben verleitet, dass man selbst solche Verse schreiben könnte, so leicht fließen sie dahin!«

Man hält sie auf den ersten Blick für Prosa,« sagte die Frau des Hauses, »und doch sind es die schönsten meisterhaftesten Verse, die ich kenne. Sie müssen das Buch lesen, Herr Zostrup.«

»Vielleicht lesen Sie es uns heute Abend vor!« sagte Sophie bittend; »ich höre es gern noch einmal.«

»Bei dem zweiten Mal wird man namentlich den einzelnen Schönheiten mehr Aufmerksamkeit zuwenden können,« meinte die Hausfrau.

»Ich bleibe und höre zu!« sagte ihr Gatte.

»Das muss in der Tat ein Meisterwerk sein,« rief Otto, »ein wahres Meisterwerk, da Sie sämtlich von demselben in so hohem Grad hingerissen sind!«

»Es ist Baggesen selbst, und zwar, wie er in der anderen Welt singen muss, in der alles Menschliche verklärt wird!«

»Es duften die Wiesen, bespült von den
Wogen,
Und plätschernd durcheilet
Ein Bächlein den Wald in gewundenem Bogen,«

begann Otto, und das geistige Bravourstück
entfaltete sich in seiner ganzen Schönheit und in
allen seinen Tönen mehr und mehr. Man befand
sich mitten in dem Winterlager der Musen, in
welchem der Dichter

>»Auf dem Rücken die Leyer, das Schwert an
der Seite
In den Kampf mit den Feinden der Musen sich
stürzet!«

Ottos finsterer Blick hellte sich während des
Lesens immer mehr auf und gewann einen immer
lebhafteren Ausdruck. »Vortrefflich!« rief er, »das
ist es, was ich selbst gedacht und gefühlt, aber nie in
Worten auszusprechen vermocht habe!«

»Ich bin ein eigentümliches Mädchen!« bemerkte Sophie. »So oft ich einen neuen Dichter von
hervorragendem Talent lese, halte ich diesen für
den größten. So ging es mir mit Byron und Victor
Hugo. »Kain« erschütterte mich. » Notre Dame« erfüllte meine ganze Seele. Einst konnte ich mir
keinen größeren Dichter als Walter Scott denken,
und über Oehlenschläger habe ich ihn doch vergessen, ja sogar Heibergs Lustspiele nahmen eine
Zeit lang unter meinen Auserwählten den ersten
Rang ein. Obwohl ich mich also zur Genüge kenne
und mir meiner Beweglichkeit völlig bewusst bin,
so glaube ich doch bestimmt, dass ich mit diesem
Werk eine Ausnahme machen werde. Von anderen
Dichtern wurden mir Gegenstände der Außenwelt
anschaulich gemacht, dieser dagegen veranschau-
licht mir mein eigenes Inneres, meine eigenen Gedanken, mein eigenes Ich, und deshalb werde ich

für die Geisterbriefe stets das gleiche Interesse hegen.«

»Sie sind eine wahre Geistesnahrung!« sagte Otto. »Sie sind ein Wort zur rechten Zeit; in dem See muss Bewegung sein, wenn er sich nicht in einen Sumpf verwandeln soll!«

»Der Dichter führt ein schneidiges Schwert,« begann die Frau des Hauses, »und doch tun die Schläge, die er austeilt, nicht weh. Eine Wunde von einer scharfen Klinge schmerzt nicht so sehr, wie die von einem verrosteten schartigen Messer.«

»Wer mag nur der Dichter sein?« fragte Sophie.

»Möchten wir es nie erfahren!« erwiderte Otto. »Das Ungewisse verleiht dem Buch noch einen besonderen Reiz! In einem kleinen Land, wie es das Unsrige ist, hat es für den Autor etwas Gutes, nicht bekannt zu sein. Hier stehen wir ja fast aufeinander und schauen uns bis in die Falten der Kleider hinein. Bei uns ist die Persönlichkeit oft das Ausschlaggebende, und dann kommen die Blätter, in denen Freund oder Feind einen Helfershelfer hat, welcher mit dem Adelspatent der Anonymität dem Ganzen das Siegel aufdrückt. Möchte man nie einen Schriftsteller kennen!

Was kümmert uns auch seine Person, wenn nur sein Buch vortrefflich ist!«

»– Schlag nieder diesen lockeren Haufen, der deines Sängers Grab entweiht!«

las Otto, und die großartige Tondichtung war
zu Ende. Alle waren von derselben ergriffen. Otto
allein hatte einige kleine Einwendungen. Es gefiel
ihm nicht, dass die Musen mit Pfeifen und
Trommeln anrückten, und noch weniger, dass in
einem Dichtwerk von so hinreißender Schönheit so
viele ungehörige Ausdrücke wie »auf das Maul
schlagen,« »Schlammkasten« und ähnliche vor-
kämen.

»Wenn jedoch der Dichter gerade das Plumpe
bekämpfen will,« entgegnete Sophie, »muss er es ja
auch bei seinem Namen nennen. Von dem
prosaischen Schlamm zeigt er uns übrigens nur
geringe Proben in einer Seifenblase. Wir sollen sie
sehen, aber nicht hineingreifen. Ich finde, dass Sie
unrecht haben.«

»Die Begriffe von Idee und Form,« fuhr Otto
fort, »scheinen mir ebenfalls nicht klar genug dargestellt; sie verschwimmen vollständig. Selbst Prosa
ist eine Form!«

»Aber die Form selbst ist das Wichtigste!« versetzte die Frau des Hauses. »Es verhält sich mit der
Poesie, wie mit der Bildhauerkunst; die Form ist es,
welche erst Bedeutung verleiht.«

»Ich bitte um Vergebung!« unterbrach sie Otto.
»Mit der Poesie ist es, wie mit dem Baum, den Gott
wachsen lässt. Die innere Kraft spricht sich in der
Form aus; beide werden gleich wichtig, allein das
Innere halte ich doch für das Heiligere. Das ist hier
auch der Gedanke des Dichters. Die Ansicht, welche
er in Worte kleidet, ergreift uns eben so sehr, wie
die schöne Form, in der sie vorgetragen wird.«

Nun erhob sich ein Streit über Form und Stoff, wie er später in ganz Kopenhagen geführt wurde.

»Ich werde stets die Geisterbriefe bewundern,« sagte Sophie, »werde stets für diese Verse schwärmen! Diese Nacht werde ich einzig und allein von diesem Kunstwerk träumen!« Wie wenig man kann, was man will, lehrte der Augenblick.

Wenn wir durch das Fernrohr einen Fixstern beobachten und uns im Anschauen verlieren, ist ein Härchen imstande, uns den großen Körper zu verbergen, kann uns ein Stäubchen von unseren emporfliegenden Gedanken ablenken. Fräulein Sophie wurde während ihrer letzten Äußerung ein Brief eingehändigt, welchen ein Reisender von der Mutter gebracht hatte. Sie befand sich bereits auf Fünen und meldete ihre glückliche Ankunft.

»Und was teilt sie Ihnen sonst für Neuigkeiten mit?« fragte die Frau vom Hause.

»Mama hat ein neues Mädchen gemietet, oder besser gesagt, hat sich eines liebenswürdigen jungen Mädchens, der niedlichen Eva in Roeskilde angenommen. Herr Zostrup und Wilhelm erzählten uns diesen Sommer einige Züge von ihr, die uns mit einem gewissen Interesse für dieselbe erfüllten. Wir sahen sie auf der Herreise, und schon damals wurde Mama von ihrem zurückhaltenden Wesen ganz eingenommen. Bei der Rückreise hat sie nun völlig Mamas Herz gewonnen. Es wäre auch wirklich Schade, wenn ein so schönes und ehrbares Mädchen in einem Wirtshaus bleiben sollte. Es ist sehr hübsch! Nicht wahr, Herr Zostrup?«

»Recht hübsch!« erwiderte Otto und wurde blutrot, denn Sophie hatte ihre Frage in ganz eigentümlicher Weise betont.

Schon in früher Morgenstunde des folgenden Tages begab sich Otto zum Haus des Comptoirchefs.

Der veränderlichen Witterung unseres Klimas zum Trotz erschienen alle Damen in ihren besten Kleidern. Auf jedem Sitze mussten drei Personen Platz nehmen. Hans Peter und der Bräutigam wurden neben dem Kutscher untergebracht. Es dauerte aber noch eine wahre Ewigkeit, bis die kalte Küche, die den Proviant für mehrere Tage liefern sollte, eingepackt war und die ganze Gesellschaft endlich zum Sitzen kam.

Als sie glücklich zur Stadt hinausgekommen waren, fiel es Christian mit einem Mal ein, dass sie ja die Regenschirme vergessen hätten, die sie vielleicht recht gut gebrauchen könnten. Der Kutscher musste deshalb absteigen, um sie zu holen, und der Wagen hielt inzwischen bei der zum Andenken an die Aufhebung der Leibeigenschaft errichteten Freiheitssäule. Die arme Schildwache vor derselben musste nun den Gegenstand für Fräulein Gretchens muntere Einfälle abgeben. Sie blickte einige Male auf ihre Uniform hinab. Schnell verglich sie dieselbe da mit einem Krähwinkler, der auf seinen Vorteil (Vorderteil) sähe. Ein Mann, der auf einem Fuder Stroh vorüberfuhr, nahm eine hohe Stellung ein. Es waren höchst drollige Bemerkungen.

Otto bemühte sich, dem Gespräch eine andere Wendung zu geben. »Haben Sie schon das vor Kurzem im Buchhandel erschienene Gedicht »Die Geisterbriefe« gelesen?« fragte er und entwickelte ihnen darauf die Schönheit und Tendenz derselben.

»Darin wird die gegenwärtige Richtung in der Literatur tüchtig gegeißelt!« bemerkte Herr Berger. »Der Mann soll witzig sein, ein neuer Baggesen!«

»Die »Kopenhagener Post« wird darin eine Pumpe genannt!« sagte Hans Peter.

»Ein herrlicher Einfall!« rief Gretchen lachend. »Auf wen ist denn aber die Schrift eigentlich gemünzt?«

»Auf die Soröer [18] und den »Heiligen Andersen,« wie er darin stets genannt wird.«

»Bekommt der auch etwas ab?« fragte Laide. »Das kann ihm für sein »Schwatz! Schwatz!« nichts schaden! Er war sehr unartig gegen die Damen.«

»Mir gefällt es, wenn sie sich untereinander zanken!« erklärte Frau Berger. »Heiberg wird wohl auch etwas gegeißelt? Ist das der Fall, dann wird er schon eine witzige Antwort erteilen.«

»Ja,« versetzte ihr Mann, »er weiß es stets so zu drehen, dass er die Lacher auf seiner Seite hat, und dann kann es uns völlig gleich sein, ob er recht hat, oder nicht.«

---

[18] Ingemann und Hauch.

»Dieses Buch ist ganz für Heiberg,« meinte Otto. »Der Verfasser hat sich nicht genannt, ist aber ein tüchtiger Mann.«

»Mein Gott, wir haben den Dichter doch nicht etwa in eigener Person vor uns?« rief Julie und blickte Otto fragend an. »Ihnen ist dergleichen zuzutrauen, Herr Zostrup! Heiberg ist auch Ihr Lieblingsdichter. Ich kann mich noch recht gut all des Schönen entsinnen, was Sie über seinen Töpfer Walter und seine Psyche äußerten.«

Otto versicherte, er könnte auf die Ehre keinen Anspruch erheben.

Erst spät am Vormittage langte man in Roeskilde an. Eva empfing sie nicht. Die Vorkehrungen zu der Fahrt nach Lethraborg wurden getroffen; gegen Abend gedachte man wieder im Wirtshaus einzutreffen, und dann würde Eva gewiss sichtbar werden.

Die Gesellschaft lustwandelte im Lethraborger Garten; die Aussicht von den Terrassen war schön, man schaute durch die Fenster hinein und wurde endlich darüber einig, dass es am Besten wäre, hineinzugehen.

»Es sollen sich im Schloss sehr schöne Gemälde befinden!«, sagte der Bräutigam.

»Die müssen wir sehen!« riefen sämtliche Damen.

»Besuchen Sie öfter die Christiansborger Bildergalerie?« fragte Otto.

»Das kann ich gerade nicht sagen!« versetzte Frau Berger. »Sie wissen ja, was man nahe hat, bekommt man selten zu sehen, wenn man sich nicht dazu zwingt, und das haben wir noch nicht getan. Es werden auch schwerlich viele Menschen hinaufkommen; das Umherwandeln in den großen Sälen ist zu ermüdend.«

»Wir besitzen daselbst herrliche Stücke von Ruysdal!« erzählte Otto. »Salvator Rosas prächtiger Jonas ist ebenfalls des Ansehens wert!«

»Wir müssen wirklich einmal hinauf, solange noch unsere kleine Maja hier ist. Es kostet ja nicht mehr als zur Ausstellung, und diese haben wir voriges Jahr dreimal besucht. Die Aussicht von den Schlossfenstern soll sowohl nach der Kanalseite, als nach dem Walle zu überaus schön sein.«

Die Gesellschaft betrachtete nun das Innere Lethraborgs und machte darauf einen Spaziergang durch den Park und den daran stoßenden Wald. Die Laubbäume hatten zwar schon ihr gelbes Herbstgewand angelegt, aber das Ganze gewährte eine Abwechslung, die weit reicher war, als man sie im Sommer findet. Die dunkeln Tannen, die gelben Buchen und Eichen, deren äußerste Zweige hellgrüne Schösslinge getrieben hatten, boten einen höchst malerischen Anblick dar und bildeten einen prachtvollen Vordergrund zu der Aussicht auf das alte Leire, die jetzt zu einem kleinen Dorfe herabgesunkene Königsstadt und über den Fjord hinweg auf die stattliche Domkirche.

»Der Anblick erinnert mich an die prachtvollen Dekorationen in unserm Theater!« sagte Frau

Berger, und sofort wandte sich die Unterhaltung
wieder dem Theater zu.

»Und doch können sich die Dekorationen auf
dem königlichen Theater mit dieser hier nicht
messen,« meinte Hans Peter, »eine solche sollten sie
haben!«

»Ja, sie sollten so vieles haben,« versetzte Gretchen, »vor allem auch einige andere Stücke! Ich
begreife nicht, dass es unsern Dichtern so ganz an
Erfindungsgeist fehlt. Erzähle doch deine originelle
Idee zu einem Lustspiel, die du mir neulich mit-
teiltest!« sagte sie zu ihrem Bräutigam und
streichelte ihm die Wangen.

»O,« erwiderte dieser und affektierte eine gewisse Gleichgültigkeit, »das war ein Einfall, wie
man deren so viele haben kann. Aber er ließe sich
allerdings zu einem ganz leidlichen Stück ver-
arbeiten. Nach Aufgang des Vorhangs müsste man
dicht vor den Lampen die Giebel zweier Häuser
erblicken. Die schrägen Dächer müssten gerade bis
auf die Bühne hinabgehen, sodass diese nur eine
halbe Elle breit wäre und eine lange Wasserrinne
zwischen den beiden Häusern vorstellte. Nun
müsste in jeder Dachkammer eine ordentliche, aber
unglückliche Familie wohnen, und diese müssten in
die Dachrinne hinaustreten. Das ganze Stück dürfte
nur in ihr spielen.«

»Allein was sollte denn eigentlich darin geschehen?« fragte Otto.

»Ja,« erklärte der Bräutigam, »darüber habe ich
freilich noch nicht nachgedacht, aber sehen Sie, die

Idee ist doch da! Ich zähle mich ja nicht zu den Dichtern und habe auf meinem Büro zu viel zu tun, sonst würde man auch wohl so ein kleines Stück schreiben können!«

»Gott, die Idee sollte wirklich Heiberg haben!« rief Gretchen.

»Nein, dann würde er sie zu einem Singspiel benutzen,« entgegnete der junge Bräutigam, »und die kann ich nicht leiden.«

»O, das müsste köstlich werden!« rief Gretchen entzückt. »Ich sehe schon das ganze Stück vor mir! Herrlich, wie sie auf den Dächern umherklettern! Eine zu originelle Idee! Du lieber Freund!«

Abends traf die Familie wieder in Roeskilde ein.

Der Comptoirchef sah sich nach Eva um. Otto erkundigte sich nach ihr, Hans Peter tat desgleichen, und alle drei erhielten dieselbe Antwort: »Sie ist nicht mehr im Hause.«

26.

Wär' ich die Luft,

um die Flügel zu schlagen,

Wolken zu jagen,

Das wär' ein Leben.

Fr. Rückert.

Den ersten Abend nach Ottos Rückkunft nach Kopenhagen brachte er in Fräulein Sophies Gesellschaft zu, und das Gespräch drehte sich um seine kleine Reise. »Die schöne Eva ist verschwunden!« erzählte er.

»Sie hatten sich wohl schon auf ein Zusammentreffen mit ihr gefreut?« fragte Sophie.

»Keineswegs!« erwiderte Otto.

»Das reden Sie mir vergeblich vor! Sie ist wirklich schön und besitzt in ihrem Wesen etwas unaussprechlich Zartes, das einen jungen Herrn wohl zu fesseln vermag. Mit meinem Bruder ist es in diesem Punkt ebenfalls nicht ganz richtig. Allein, offen gestanden, hege ich Ihretwegen, Herr Zostrup, doch eine größere Besorgnis. Stille Wasser – Sie kennen ja das Sprichwort! – Sie haben also nach der schönen Eva Nachforschungen angestellt? Diese Mühe hätte ich Ihnen ersparen können. In dem Briefe, welchen ich neulich Abend erhielt, wurde mir ihre Abreise mitgeteilt. Mama hat sie mit nach unserm Gut genommen. Es schien ihr sündhaft, dass das niedliche und unschuldige Mädchen in einem Wirtshaus zugrunde gehen sollte. Der Wirt und die Wirtin haben, da sie auf unserem Gut geboren sind, Mama unend-

lich lieb, und da Eva unzweifelhaft bei dem Tausch gewinnt, ist die Angelegenheit schnell abgemacht worden. Es ist gut, dass sie unter Mamas Obhut gekommen ist.«

»Das Mädchen ist mir fast völlig gleichgültig!« entgegnete Otto.

»Fast,« wiederholte Sophie. »Aber wie viel Grad Wärme schließt dieses fast in sich? ›O Verité! où sont tels autels et tes prêtres?‹[19] fügte sie hinzu und erhob lächelnd den Zeigefinger.

»Die Zeit wird Ihnen den Beweis liefern, wie sehr Sie sich im Irrtum befinden!« erwiderte Otto mit großer Ruhe.

Die Frau des Hauses, welche mehrere Besuche abgestattet hatte, kehrte jetzt zurück und erzählte, wie überall nur von den Geisterbriefen gesprochen würde; auch hier wurden sie sofort wieder zum Mittelpunkte des Gesprächs gemacht. Otto war ein sehr fleißiger Gast des Hauses. Die Damen saßen bei seinen Besuchen gewöhnlich an ihren Kanevas und stickten Prachtstücke, während ihnen Otto aus den Geisterbriefen vorlas. Darauf begann er den Calderon, bei welchem Sophie etwas Verwandtes mit dem anonymen Dichter entdeckte. Die Dichtungen boten Stoff zur Unterhaltung, und das Alltagsleben schlang seine leichten bunten Bänder dazwischen; kam nun noch Wilhelm hinzu, so musste er musizieren, und alle machten die Bemerkung, dass seine Fantasien viel weicher, viel abgerundeter geworden waren. Sein Piano hatte er

---

[19] Voyage de Pythagore

nach ihrer Behauptung Weysen abgelauscht. Niemand dachte daran, wie viel man von seinem eigenen Herzen lernen kann. Übrigens war er noch immer derselbe muntere, lebensfrohe Jüngling, wie sonst. Niemand verfiel darauf, sich ihn und Eva zusammen zu denken. Seit jenem Abend, an welchem sich die Freunde beinahe verunreinigt hätten, hatte er ihren Namen nie wieder erwähnt; aber es war Otto nicht entgangen, wie Wilhelms Auge bei jeder weiblichen Gestalt, die an ihnen vorüberging, aufflammte, und wie er in Gesellschaften stets den Schönsten seine Huldigungen darbrachte. Otto bemerkte dann wohl scherzend, er bekäme wieder seine morgenländischen Gedanken. Oehlenschlägers Helge und Goethes italienische Sonette waren jetzt Wilhelms Lieblingslektüre. Das Üppige in denselben floss mit den Träumen, die sein heißes Blut erzeugte, zusammen. Evas Schönheit, nichts als ihre Schönheit, hatte das erste Gefühl bei ihm erweckt. Das sittsame und anmutige Wesen des armen Mädchens hatten ihn dann noch mehr gefesselt und dahin gebracht, Stand und Verhältnisse zu vergessen. In dem Augenblick, da er sich ihr zu nähern beabsichtigte, war sie verschwunden. Nun drang das Gift in sein Blut. Sein leichter glücklicher Sinn bewahrte ihn jedoch davor, in Wehmut und Grübeleien zu versinken; sein Schönheitssinn war erwacht, wie er behauptete. In Gedanken drückte er die Schönheit an sein Herz, nur in Gedanken – und doch auch dies ist, wie die Schrift sagt, Sünde.

Otto dagegen bewegte sich auf den Gebieten der Philosophie und Dichtkunst. Das Schöne in ihnen fasste seine Seele auf; begeistert sprach er es aus, und Sophies Augen blitzten und ruhten mit

Wohlgefallen auf ihm. Das schmeichelte ihm und gab seiner Begeisterung neue Nahrung. Seit vielen Jahren war ihm kein Winter so angenehm, so abwechselungsreich verflossen, wie dieser. Er haschte nach der ihn umgaukelnden Freude, und doch gab es Augenblicke, in denen der Gedanke in ihm aufstieg: »Das Leben fließt dahin, und ich genieße seine Freuden nicht!« Mitten in seinem besten Wohlsein fühlte er sich von einer wunderbaren Sehnsucht nach dem beweglichen Reiseleben ergriffen. Paris stand wie ein leuchtender Glücksstern vor seinen Augen.

»Hinaus in das Leben und Treiben der Welt!« wiederholte er so oft zu Wilhelm, bis auch in diesem derselbe Gedanke erwachte. »Mit Frühlings Anfang reisen wir!« – Pläne wurden entworfen, die Umstände fügten sich günstig. So sollten denn mit der Wiederkehr des Lenzes, im April, die glücklicheren Tage beginnen. »Wir fliegen nach Paris,« sagte Wilhelm, »fliegen der Freude und Fröhlichkeit entgegen!«

Diese waren freilich auch in der Heimat zu finden und ließen sich finden. Wir wollen den Abend festhalten, der sie brachte. Vielleicht können wir daselbst noch mehr als Freude und Fröhlichkeit finden.

27.

Seht, ein Fest wie zu Johanni!
Aber wie? Im Februar?
Kommt nur, seht das lust'ge Völklein.
Dr. Balfungo.

In Dänemark bilden die Studenten weder
Burschenschaften noch Landsmannschaften und
tragen keine bestimmten Farben. Nicht nur das
Katheder bringt die Professoren mit ihnen in Berührung. Wenn von einem Unterschied zwischen
ihnen und jenen überhaupt die Rede sein kann, so
ist es nur der, welcher stets zwischen jüngern und
ältern Gelehrten herrschen wird. Deshalb halten sie
gemeinschaftliche Zusammenkünfte, deshalb
nehmen sie gegenseitig an ihren Freuden teil. Wir
wollen nun einen Abend im Studentenverein zubringen und uns selbst überzeugen, inwieweit Fräulein Sophie recht hat, wenn sie sich wünscht, ein
Mann zu sein, nur um Student werden und Aufnahme in den Verein finden zu können. Wir wählen
einen bestimmten Abend, nicht nur um einen
Glanzpunkt hervorzuheben, sondern auch deshalb,
weil uns dieser Abend mehr als eine bloße Beschreibung wird bringen können.

Oft war im Verein davon die Rede gewesen,
eine gemeinschaftliche Fahrt nach dem Tiergarten
zu veranstalten. Man hatte zu diesem Ausflug das
Dampfschiff Caledonia mieten wollen. Allein
während der Sommermonate ist die Anzahl der
Vereinsmitglieder schwächer, da die größere Mehrzahl zum Besuch ihrer Familien nach den Provinzen
geflattert ist. Der Winter versammelt sie dagegen
alle wieder. Diese Zeit ist demnach für große Unter-

nehmungen die geeignetste. Die lange besprochene Fahrt nach dem Tiergarten wurde deshalb auf den Fastnachtsmontag, den vierzehnten Februar 1831, festgesetzt. So lautete auch die Einladung an die Professoren und die älteren Mitglieder. »Es ist mir zu kalt!« entschuldigte sich einer. »Muss man selbst für einen Wagen sorgen?« fragte ein anderer. Nein, der Tiergarten war nach Kopenhagen gezaubert. Im Studentenverein selber, in dem roten Haus in der Ballhausstraße Nr. 225 erhob sich der Tiergarten-hügel mit seinen grünen Bäumen, seinen Schaukeln und Sehenswürdigkeiten. Seht, auf einen solchen Einfall konnten nur die Schüler der schwarzen Schule geraten!

Der Abend des vierzehnten Februar erschien. Die Gäste versammelten sich in den Zimmern des ersten Stockwerks. Mittlerweile waren in der Ober-etage alle Vorbereitungen beendet. Diejenigen, welche die Gaukler vorstellten, hatten ihre Plätze eingenommen. Eine mächtige Knallkugel ahmte den Signalschuss des Dampfschiffes nach, und nun ging es stürmisch die Treppen hinauf nach dem Tier-garten, zu dem zwei große Säle mit Geschmack und Genialität umgeschaffen waren. Große Tannen-bäume verbargen die Wände, man trat in einen vollständigen Wald hinein. Die Tür, welche die beiden Säle verband, war mit Hilfe von weißen Tüchern so dekoriert, dass man durch ein Zelt zu schreiten meinte. Leierkasten spielten, Trommeln wirbelten, Trompeten schmetterten, und aus Zelten und von Tribünen herab überschrien die Ausrufer einander. Es war ein Lärm und Geschrei, ein Ge-wühl und Gedränge, dass man sich in der Tat in den Tiergarten versetzt glaubte. Die Haupteffektstücke des wirklichen Tiergartens fanden sich auch hier, und zwar waren sie nicht etwa nachgemacht, sondern man hatte sich die Originale selbst zu verschaffen gewusst. Meister Jakels eigene Puppen waren für den Abend gemietet. Ein Student, der sich durch sein täuschendes Nachahmungsvermögen hervortat, ließ die hervorragendsten Schauspieler in den Jakelschen Masken auftreten. Die Festung Frederikssteen war dieselbe, welche wir uns draußen angesehen haben. »Die ganze Kavallerie und Infanterie, hier ein Kerl ohne Bajonett, da ein Bajonett ohne Kerl!« Der alte Jude saß unter dem Baum und sang einen Vers, um sein fünfzigjähriges Tiergartenjubiläum zu verkündigen. Einer aß brennendes Werg, ein Anderer zeigte einen Bären. Polignac stand als Wachsfigur vor einem Wachsfigurenkabinett. Die Magdalenenstiftung hatte ihre Büchse nicht vergessen; der Tambourmajor schlug Wirbel, und wirkliche warme Waffeln dufteten aus der Nachbarbude. Selbst die Quelle sprudelte in dem vordersten Zimmer. Wurde sie auch nur aus einer Teemaschine unterhalten, die zwischen Steinen und Moos verborgen stand, so lieferte sie doch echtes Quellwasser, welches frisch aus der Christiansborger Quelle geholt war. Von überraschender Wirkung war aber die große Anzahl niedlicher Mädchen, die sich um dieselbe gruppiert hatten. Mehrere der jüngsten Studenten mit weiblichen Zügen waren in Damenkleidung erschienen; einige konnten wirklich hübsch genannt werden. Wer hat die Schöne mit dem Tambourin gesehen und sie wieder vergessen können? Man scharte sich um die Damen, die alten Professoren machten ihnen förmlich den Hof, und was das Schönste war, ein paar Damen, die weniger Glück machten, wurden auf die andern eifersüchtig.

Otto war sehr aufgeräumt; der Lärm, das Volksgewühl, die verschiedenen Menschen, alles war naturgetreu wiedergegeben. Hier kam der Stockmeister mit seiner Gattin und der kleinen Enkelin; dort drehten sich drei niedliche Amackerinnen umher, und da wanderte die ganze Botanisiergesellschaft unter Führung ihres wirklichen Professors. Otto setzte sich in eine Schaukel. Ein verlaufener Klarinettenspieler und ein Trommelschläger betäubten ihn mit Disharmonien. Eine junge Dame, eine der Schönheiten, in weißem Kleid und mit einem leichten Tuch um die Schultern, kam auf ihn zu und warf sich ihm in die Arme. Es war Wilhelm. Otto fiel seine sprechende Ähnlichkeit mit Fräulein Sophie auf. Deshalb stieg ihm das Blut in das Gesicht, als die Schöne den Arm um ihn schlang und ihre Wange an die seinige schmiegte. In dieser Gestalt trat ihm mehr von Sophie als von Wilhelm entgegen. Obwohl Wilhelms Züge gröber waren und dieser seine Schwester auch an Größe übertraf, so sah Otto doch Sophie verkörpert in ihm, und deshalb wurde sein Auge durch diese markierten Bewegungen, durch dieses Umhertummeln mit den andern Studenten auf das Empfindlichste beleidigt. Als Wilhelm sich ihm auf den Schoß setzte und die Wange an die seinige drückte, fühlte er sein Herz fieberhaft klopfen und sein Blut mit Feuersglut durch seine Adern rollen. Er stieß ihn fort, aber die Schöne wurde nicht müde, ihn mit immer neuen Liebkosungen zu überhäufen.

Nun begann auf einem kleinen sogenannten Krähwinklertheater eine Vorstellung der damals beliebten »Kellerleute,« einiger dramatisierter Schnurren, die in vieler Beziehung mit der

Glasbrennerschen Muse Ähnlichkeit haben. Die Dame drückte Otto fest an sich und flog tanzend mit ihm in die Menge hinein. Die Wärme, der Lärm und besonders das allzu übertriebene Schnüren wirkten dergestalt auf Wilhelm ein, dass ihm unwohl wurde. Otto führte ihn nach einer Bank und wollte ihm das Kleid öffnen, allein alle jungen Damen eilten herbei und schoben, ihrer Rolle getreu, Otto beiseite, umringten die Kranke und verbargen sie, während ihr das Kleid, um ihr Luft zu verschaffen, im Rücken aufgetrennt wurde; aber kein Herr durfte davon Augenzeuge sein.

Gegen Abend wurde ein Lied angestimmt, ein Schuss wurde abgefeuert, und der letzte Vers verkündigte:

»Der Schuss ist gefallen, das Schiff muss nun fliehn
Zur Stadt in des Abends Grauen. –
Kommt, Freunde, lasst nach den Tischen uns ziehn
In bunter Reih' Herren und Frauen.[20]

Und nun stürmten alle in dampfschiffartiger Eile wieder die Treppen hinab, und bald saßen sie in bunter Reihe um die gedeckten Tische.

Wilhelm war Ottos Dame, der Baron wurde Baronesse angeredet, man stieß mit den Gläsern an, und der Gesang begann.

»Ein Hoch dem treuen Landesvater,
Ein Hoch von seinen Musensöhnen!«

---

[20] Fastelabendlied im Tiergarten zu singen, von Felix Purelli

Daran reihte sich das patriotische Lied:

»Ich kenn' ein Land im hohen Nord,
Wo es sich herrlich lebet!«

Es schloss mit den Worten:

»Ein Hurra
Dem König und seinen Reskripten!« [21]

In der Freude muss alles Frohe mit herangezogen werden, und das tat man. Hier herrschte Jugendlust in jugendlichen Herzen!

»Nichts gleicht dem Studentenleben,
Nichts dem Los, das es bringt!«

so lautete der Refrain des nächsten Liedes, welches mit dem Toaste schloss:

»Hoch das Mädchen unsrer Träume,
Das der Mund nicht nennen darf!«[22]

Da war es, als ob Feuer und Flammen in Wilhelms Adern glühten. Er stieß mit seinem Glase so heftig an das Ottos, dass es zerbrach und der Wein über das Tischtuch floss.

»Ein Hoch den Damen!« rief einer der Senioren. »Die Damen sollen leben!« klang es durch die verschiedenen Zimmer, welche alle als Speisesäle dienen mussten.

---

21 N.David
22 H.C.Andersen

Die Damen erhoben sich, stiegen auf ihre
Stühle, einige sogar auf den Tisch, verneigten sich
und dankten für den Toast.

»Nein, nein!« bat Otto seinen Freund flüsternd,
indem er ihn hinabzog. »In diesen Kleidern ähneln
Sie Ihrer Schwester so auffallend, dass es mich un-
angenehm berührt, wenn Sie so aus Ihrer Rolle
fallen.«

»Und Ihre Augen,« entgegnete Wilhelm
lachend, »ähneln einem Augenpaar, das mein Herz
verwundet hat. Die erste Liebe soll leben!« rief er
Otto zu und stieß wieder mit ihm an, dass die Hälfte
des Weines verschüttet wurde.

Der Champagner schäumte, und unter Lärmen
und Lachen, in denen sich die höchste Karnevalsfreude aussprach, wurde ihnen in einem lustigen
Lied das Bild des Tiergartens, aus dem sie eben erst
zurückgekehrt waren, aufs neue vor Augen geführt.

Standen Bäume nicht im Saale,
Wie im Parke schlank und licht?
Floß die Quelle nicht im Thale,
Hörten wir ihr Plätschern nicht?
Zelte, Gauklerbuden standen
Aufgerichtet allerwärts,
Alles, alles war vorhanden,
Eins nur fehlt', ein Frauenherz.

Vor der Bude als Trompeter
Steht der flotte Musensohn,
Jener ruft Gewalt und Zeter,
Kommt dann mit der Bürste schon,

Putzet dir die Stiefel gratis
Doch mein Lied ist nun wohl satis.[23]

»Das Mädchen lebe, deren Augen meinen gleichen!« flüsterte Otto, der sich von der allgemeinen Munterkeit mit fortreißen ließ.

»Auf ihr Wohl haben wir zwar schon angestoßen!« erwiderte Wilhelm, »aber die Gesundheit der Dame seines Herzens kann man auch zweimal trinken!«

»Sie denken also noch immer an Eva?«

»Sie ist schön und niedlich. Wer weiß, was für ein Ende es genommen hätte, wenn sie hier geblieben wäre. Nun aber hat sich Mama in der Rolle des Schicksals gefallen. Jetzt muss sie und die andere hohe Nemesis die Geschichte lenken. Ich wasche meine Hände in Unschuld.«

»Sind Sie wirklich völlig geheilt?« fragte Otto. »Wenn Sie nun aber Eva im Sommer wiedersehen – –?«

»So hoffe ich nicht krank zu werden!« versetzte Wilhelm. »Ich besitze eine starke Konstitution! Aber jetzt müssen wir zum Tanz hinauf!«

Alle verließen stürmisch die Tische und begaben sich wieder nach der Oberetage hinauf. Jetzt sah man hier nur den grünen Wald; Theater und Buden waren fortgeräumt, bunte Papierlampen hingen in den Bäumen; ein großes Orchester spielte,

---

[23] Dr. Balfungo

und ein halbbacchantischer Ball begann im Wald. Wilhelm war Ottos Tänzerin, allein schon nach dem ersten Tanz suchte sich die Dame einen lebhafteren Kavalier auf.

Otto zog sich nach der Wand zurück. Die nach der Straße hinausführenden Fenster waren hinter Tannenzweigen verborgen. Sein Auge folgte Wilhelm, über dessen große Ähnlichkeit mit Sophie er sich verstimmt fühlte. Zufällig glitt seine Hand zwischen die Zweige hinein und berührte das Fensterbrett. Auf demselben lag ein kleiner toter Vogel.

Um die Illusion noch zu erhöhen, hatte man eine große Menge lebendiger Vögel gekauft, die während der Tiergartenszene zwischen den Bäumen umherfliegen sollten, aber die armen Tierchen waren sämtlich vor Schreck über den wilden Lärm gestorben. In allen Fenstern und Winkeln lagen sie tot umher. Einen dieser Vögel hatte Otto gefunden.

»Sehen Sie, er ist tot!« sagte er zu Wilhelm, der eben wieder an ihn herangetreten war.

»Nun, das ist ja schön!« erwiderte er, »so haben Sie doch etwas, um ihre sentimentale Laune zu befriedigen!« Otto würdigte ihn keiner Antwort.

»Wie wäre es, wollen wir einen Schottischen versuchen?« fragte Wilhelm lachend, und der Wein und das jugendliche Blut glühten in seinen Wangen.

»Ich wünschte, Sie recht bald wieder in Ihren eigenen Kleidern zu sehen!« sagte Otto. »Sie ähneln, wie gesagt, Ihrer Schwester in einem Grad ...«

»Ich bin auch meine Schwester,« unterbrach er seinen Freund in seiner tollen Ausgelassenheit. »Und zum Dank für deine reizende Vorlesung, deine vortreffliche Unterhaltung und deine fesselnde Liebenswürdigkeit will ich dich mit einem Küsschen belohnen!« Mit diesen Worten berührte er Ottos Stirn mit seinen Lippen. Dieser schob ihn zurück und verließ die Gesellschaft.

Mehrere Stunden vergingen, ehe er einzuschlafen vermochte. Am Ende musste er selbst über seine Verstimmung lächeln. Was schadete es, dass Wilhelm seiner Schwester ähnelte?

Am nächsten Morgen stattete ihr Otto einen Besuch ab, und alle hörten mit lebhaftem Interesse seiner Schilderung des lustigen St. Johannistages im Februar zu. Er verschwieg auch nicht, wie sehr Wilhelm seiner Schwester geähnelt, und welch ein unangenehmes Gefühl dies in ihm erregt hätte, und man lachte. Während seines Berichtes musste er aber unwillkürlich eine Vergleichung anstellen. Welch einen großen Unterschied entdeckte er jetzt! Sophie besaß doch eine Schönheit von ganz anderer Art! Nie hatte er sie so aufmerksam betrachtet. Der Küsse, welche ihm Wilhelm gegeben, geschah natürlicherweise keine Erwähnung, aber Otto gedachte ihrer, dachte jetzt ganz anders über dergleichen als früher, und – Amors Wege sind gar wunderbar! Wir werden ja sehen, wie die Sachen nach vierzehn Tagen stehen.

28.

»Hurra, Kopenhagen und Paris,
Sie sollen beide grünen und blühn!«
Die Dänen in Paris von *J. L. Heiberg.*

Wilhelms Vetter, Joachim, war aus Paris ein-getroffen. Wir erinnern uns noch des jungen Offiziers, aus dessen Briefe Wilhelm seinem Freunde eine Schilderung der Julikämpfe ab-geschrieben hatte. Als ein begeisterter Freiheitsheld war er zurückgekehrt, mit ganzer Seele griff er für die kämpfenden Polen Partei, gern hätte er in Warschau in ihren Reihen mitgefochten. Sein Geist und seine Beredsamkeit machten ihn doppelt interessant. Die Kämpfe der Julitage, deren Augen-zeuge er gewesen war, wurden ihnen allen anschau-lich. Joachim war schön; sein feines und etwas blasses Gesicht hatte scharfe Züge. Es hätte den Eindruck einer gewissen Ermüdung machen können, hätten nicht seine dunklen Augen einen so großen Glanz gehabt, der beim Reden noch zu-nahm. Die feinen schwarzen Augenbrauen, ja selbst der kleine Schnurrbart, verliehen dem Gesichte einen ganz eigenen Ausdruck, der an die besseren englischen Stahlstiche erinnerte. War er seiner Figur nach auch klein und fast hager, so standen doch alle Teile seines Körpers in vollkommen richtigem und schönem Verhältnis. Die Lebhaftigkeit des Franzosen sprach sich in jeder Bewegung aus, dabei verriet er aber auch zugleich eine Bestimmtheit, die zu sagen schien: »Man kennt seine eigenen geistigen Vorzüge!«

Er wusste alle für sich einzunehmen; auch Otto lauschte gern auf Vetter Joachims Schilderungen, aber wenn aller Blicke auf dem Erzählenden ruhten, richtete Otto sein Auge oft plötzlich auf Fräulein Sophie und fand, dass sie ihm doch eine etwas allzugroße Aufmerksamkeit zuwendete. Richtete Joachim seine Rede auch an alle, so weilten seine Blicke bei den Hauptmomenten doch allein auf seiner hübschen Cousine. »Sie interessiert ihn!« sagte Otto bei sich selbst, »und der Vetter? Ja, er erzählt gut, aber hätten wir anderen nur auch solche Reisen gemacht, so würden wir einen Vergleich mit ihm nicht zu scheuen haben!«

»Karl der Zehnte war ein Jesuit!« sagte Joachim, »das Ziel, das er sich gesetzt hatte, war die uneingeschränkte Despotie, und deshalb vergriff er sich an der Charte. Der Zug nach Algier war nur ein glänzendes Feuerwerk, veranstaltet, um dem Nationalstolz zu schmeicheln. Alles nur Schein und Falschheit. Wie jener Riese des Altertums wollte er die Charte in einer Umarmung töten!«

Nun ging es bald über die Jesuiten, bald über die Charte und Polignac her. Die einzelnen kleinen Züge, die nur ein Augenzeuge zu geben vermag, machten den Kampf anschaulich. Man sah förmlich die letzte Nacht, sah die sonderbare Geschäftigkeit auf den Plätzen, wo die Kugeln gegossen wurden, und in den Straßen, in denen sich die Barrikaden erhoben. Umgestürzte Wagen und Karren, Tonnen und Steine wurden aufeinander gehäuft, selbst die hundertjährigen Bäume des Boulevards wurden zu Zwecken der Verschanzung umgehauen. Und der Kampf begann, Franzosen kämpften wider Franzosen, für Freiheit und Vaterland opferten sie

das Leben, und dann schilderte er den Sieg und
Louis Philippe, den er bewunderte und liebte.[24]

»Es war eine Weltbegebenheit,« bemerkte
jemand aus der Gesellschaft, »sie elektrisierte
Könige und Völker. Noch jetzt fühlen sie die Bewegung. Das vorige Jahr war ein merkwürdiges
Jahr.«

»Auch für die Kopenhagener schillerte es in
drei Farben!« bemerkte Otto. »Drei Dinge ergriff die
Menge mit gleichem Interesse: die Julirevolution,
die Geisterbriefe und die Kellerleute!«

»Da urteilen Sie doch zu bitter, Herr Zostrup!«
entgegnete die Frau vom Hause. »Der wirklich Gebildete beschäftigte sich doch nicht mit diesen
Berliner »Eckenstehern,«, die der große Haufe bei
uns einzubürgern suchte.«

»In die Masse drangen sie doch ein!« versetzte
Otto, »in der Klasse der Beamten, wie bei den
Bürgern fanden sie Aufnahme.«

---

[24] Ceux qui pieusement sont morts pour la patrie
On droit qu'a leur cercueil la foule vienne et prie,
Entre les plus beaux noms, leur nom est le plus beau,
Toute gloire près d'eux, passe et tombe éphémère.
Et, comme ferait une mère,
La voix d'un peuple entier les berce en leur tombeau!
Victor Hugo.

»Das will ich gern glauben!« rief Joachim. »Das sieht dem hiesigen Volk ganz ähnlich!«

»Nein, das sieht vielmehr den Ausländern ähnlich!« behauptete die Wirtin. »In Paris flattern sie noch leichter von einer Revolution, in der sie selbst eine Rolle spielten, zu einer Kritik von Jules Jauin oder einigen neuen Tänzen der Taglioni und von da zu einer *histoire scandaleuse*!«

»Nein, meine gnädige Frau, von der Letzten nimmt man in der Tat keine Notiz; die gehört schon zur Tagesordnung!«

»Das lässt sich denken!« schaltete Fräulein Sophie ein.

Nun erkundigte man sich nach den Kammern. Die Antwort des Vetters war erschöpfend. Die Frau vom Hause wünschte über den Blumenmarkt, über die eingefriedigten niedlichen Gärtchen auf den Plätzen nähere Auskunft zu erhalten. Sophie bat um Nachrichten über Victor Hugo. Sie bekam eine Schilderung von ihm, von seiner Wohnung auf der *Place royale*, und dazu noch von der ganzen *Europe littéraire*. Vetter Joachim war höchst interessant.

Zwei Tage lang machte Otto keinen Besuch.

»Wo sind Sie denn so lange gewesen?« fragte Sophie, als er wiederkam.

»Auf meiner Studierstube!« erwiderte er; in seinen Augen lag etwas Düsteres.

»O, dass Sie nicht eine halbe Stunde früher gekommen sind! Da war der Vetter hier; er schilderte mir den *jardin des plantes* in Paris. O ganz vortrefflich!«

»Ja, es ist ein höchst interessanter junger Mann!« entgegnete Otto.

»Der prächtige Garten!« fuhr Sophie fort, ohne auf die Betonung zu achten, die Otto auf seine Antwort gelegt hatte. »Erinnern Sie sich wohl, Herr Zostrup, der charakteristischen Beschreibung, die Barthelemy von ihm gibt?

»Où tout homme, qui rêve à son pays absent,
Retrouve ses parfums et son air caressant.«

Eine ganze Allee mit Käfigen, in denen wilde Tiere, Löwen und Tiger sitzen, befindet sich in demselben. In voller Freiheit gehen Elefanten und Auerochsen in kleinen Höfen umher. Giraffen nagen an den Zweigen der hohen Bäume. Mitten im Garten sind Bärengruben, in denen die Bären umhergehen. Kein Gitter hält das Publikum zurück; es kann dicht bis an den steilen Rand herantreten. Dort oben hat der Vetter auch gestanden!«

»Gottlob stürzte er nicht hinab!« bemerkte Otto kühl.

»Was fehlt Ihnen?« fragte Sophie. »Sie scheinen sich wieder in Ihrer elegischen Stimmung zu befinden. So, wie Sie jetzt aussehen, denke ich mir Victor Hugo, wenn er noch nicht über die Behandlung der tragischen Katastrophe mit sich einig geworden ist!«

»Das ist mein altes Erbübel!« erwiderte Otto. »Mich könnte die Lust anwandeln, zu den Bären hinabzuspringen, von denen Sie reden!«

»Um zu sterben?« fragte Sophie. »Nein, Sie müssen leben. –

> »C'est le bonheur de vivre,
> Qui fait la gloire de mourir!«
> *Victor Hugo.*

»Sie sprechen heut viel französisch!« versetzte Otto mit einer äußeren Freundlichkeit, die die Bitterkeit im Ausdruck mildern sollte. »Vielleicht wurde die Konversation mit dem Herrn Leutnant in dieser Sprache geführt?«

»Für die französische Sprache hege ich das meiste Interesse,« entgegnete sie. »Ich werde den Vetter bitten, sich recht oft mit mir in derselben zu unterhalten. Sein Akzent ist vortrefflich, und er selbst ist ein höchst angenehmer Mann!«

»O, ungemein!« bestätigte Otto.

»Sie bleiben doch zu Mittag bei uns!« redete ihn die Frau vom Hause an, die eben eintrat.

Otto entschuldigte sich mit Unwohlsein.

»Das sind nur Grillen!« meinte Sophie.

Die Damen scherzten so lange darüber, bis Otto zu bleiben erklärte. Vetter Joachim kam wieder und war interessant, sehr interessant, wie alle behaupteten. Seine Erzählungen drehten sich meistens um Paris, aber er sprach auch von Kopenhagen und stellte Vergleichungen an. Die Stille auf den hiesigen Straßen hatte besonders einen tiefen Eindruck auf ihn gemacht.

»Die Leute hier,« sagte er, »gehen wahrlich einher, als ob sie einen tiefen Kummer oder eine große Freude zu tragen hätten, die sie nicht aussprechen dürften. Besucht man ein Café, so glaubt man in ein Trauerhaus zu treten. Jeder sitzt still über seine Zeitung gebeugt! Das erscheint allerdings auffällig, wenn man von Paris kommt. Man fragt sich überrascht: Ist es möglich, dass die wenigen Grade nördlicher so viel Kälte in das Blut bringen können? In unserm Theater herrscht dieselbe Stille. Ich liebe nun einmal das bewegliche Leben! Die einzige Kühnheit, zu der sich das hiesige Publikum mitunter emporschwingt, besteht darin, einen armen Dichter, der gegen die guten Sitten verstoßen hat, auszupfeifen; aber ein jämmerlicher Sänger, der weder Stimme noch Anstand besitzt, eine elende Schauspielerin, die werden geduldet, ja auch wohl von guten Freunden oder aus Mitleid beklatscht. Sie soll so ängstlich sein! Sie hat ein so gutes Herz! In Paris kennt man solche Rücksichten nicht, man pfeift ganz einfach. Der Maschinenmeister wie der Regisseur, kurzum, jeder erhält seinen Beifall oder Tadel. Selbst die Direktion wird dort ausgepfiffen, wenn sie ihrer Stellung nicht gewachsen ist.«

»Da predigen Sie ja eine förmliche Revolution in unserm Theaterstaat!« unterbrach ihn die Frau des Hauses. »Der Kopenhagener kann einmal kein Pariser sein, und soll es auch nicht sein!«

»Das Theater ist hier wie dort das mächtigste
Organ des Volkslebens. Es ist unleugbar von großer
Einwirkung, und das unsrige steht hoch, sogar sehr
hoch, wenn man berücksichtigt, nach wie verschiedenen Richtungen hin es seine Wirksamkeit
ausdehnen muss. Unser einziges Theater ist für alle
Zweige der Dramatik bestimmt, es soll die Aufgabe
des *Théâtre français*, der großen wie der komischen
Oper und des Theaters der *Porte Saint Martin* erfüllen, mit einem Wort, es soll alle Arten umfassen.
Bei uns müssen dieselben Schauspieler, welche
heute Abend in der Tragödie auftreten, sich morgen
im Lustspiel oder im Singspiel zeigen. Wir besitzen
Künstler und Künstlerinnen, welche es mit den
besten Pariser Kräften aufnehmen können; nur eine
Einzige daselbst überragt alle unsrige, aber auch
alle, die ich sonst noch in Europa gesehen habe:
Diese Einzige ist Mademoiselle Mars. Sie werden
den Grund, aus welchem ich ihr besonders den
Vorrang einräume, eigentümlich finden. Er liegt in
ihrem Alter, welches sie uns durch ihr hinreißendes
Spiel völlig zu vergessen zwingt. Sie ist noch
hübsch; wohlbeleibt, ohne korpulent genannt
werden zu können. Nicht Schminke, nicht falsches
Haar und falsche Zähne verleihen ihr den Schein
der Jugendlichkeit, nein, ihre Seele atmet wahren
Jugendsinn, und von ihr wird jedes Glied jugend-
lich belebt. Jede Bewegung ist voller Anmut!
Entzückt hängt jedes Auge an ihr; ihr Blick ist voller
Ausdruck und ihr Organ, das sonorste, das ich
kenne. Das ist Musik! Wie kann man wohl die Jahre
berechnen, wenn man von einer unsterblichen Seele
ergriffen wird! Für Leontine Fay schwärme ich, aber
die alte Mars hat mein Herz. Noch eine Dritte gibt
es, welche bei den Parisern in hoher Gunst steht,
Jenny Vertpré an dem *Gymnase dramatique*, allein sie

würde sicherlich bald verdunkelt werden, sähen die Pariser unser Fräulein Pätges, denn diese ist ein Talent, welches auf jeder Bühne glänzen würde. Die Vertpré besitzt zwar ihre Munterkeit und ihre Laune, aber nicht ihr Proteus-Genie und ihren Adel. Ich sah die Vertpré in » *La reine de seize ans,*« einem Stücke, welches bei uns noch nicht zur Aufführung gekommen ist, aber ich fand in ihr nichts anderes, als eine naseweise Soubrette in königlicher Pracht, eine Holbergsche Pernille[25], wie sie eine Pariserin geben würde. Wir haben ferner Frau Wexschall, wir haben einen Frydendal –! Wäre Dänemark nur ein größeres Land, dann würden diese Namen ganz Europa erfüllen!«

Darauf beschrieb er die Dekorationen in der Sylphide, in Natalie und in mehreren Balletten, beschrieb den ganzen darin entfalteten Reichtum, die ganze verschwenderische Pracht.

»Aber unser Orchester ist ausgezeichnet!« bemerkte Fräulein Sophie.

»Es enthält sicherlich einzelne ausgezeichnete Künstler,« erwiderte Joachim, »was indes die Leistungen des Ganzen anlangt, so – –! Sie wissen, ich bin nicht musikalisch und vermag mich deshalb auch nicht mit der Klarheit eines Kunstkenners über die Musik auszusprechen; aber so viel kann ich versichern, dass in meinem Ohr, in meinem Gefühl etwas liegt, das mir in Paris zuflüsterte: Das ist vortrefflich! Hier dagegen ruft es: Maß gehalten, meine Herren, maßgehalten! Die Singstimme ist doch das

---

[25] Der gewöhnliche Name, welchen Holberg in seinen Stücken den weiblichen Dienstboten beigelegt hat.

274

Erste, ist gleichsam die Dame, während die Instrumente die Rolle des Kavaliers spielen, welcher jene dem Publikum vorstellen soll! Seine Aufgabe ist es, sie hübsch an der Hand zu führen, sie muss den ersten Platz einnehmen, aber hier wird sie zur Seite gestoßen, und es kommt mir vor, als ob jedes Instrument auf den ersten Platz Anspruch erhöbe und unablässig riefe: Hier bin ich, hier bin ich!«

»Das klingt freilich ganz hübsch,« versetzte Sophie, »allein man darf Ihnen nicht Glauben schenken! Sie haben sich einmal in das Fremde verliebt; deshalb soll daheim alles im Hintergrunde stehen!«

»In keiner Weise, die dänischen Damen zum Beispiel scheinen mir die hübschesten und sittsamsten unter allen zu sein, die ich kennengelernt habe!«

»Scheinen?« wiederholte Otto.

»Es fehlt Joachim nicht an Beredsamkeit!« sagte die Frau vom Hause.

»Die hat in der Fremde ihre Ausbildung erhalten!« erwiderte er. »Hier in der Heimat gibt es nur zwei Stellen, an denen man sich öffentlich hören lassen kann, auf der Kanzel und bei einem Festmahl im Schützenhaus. Doch es ist ja wahr, nun bekommen wir ebenfalls Stände, bekommen ein mehr politisches Leben. Die erste Wirkung fühle ich schon im Voraus; alle werden jetzt nur für Politik schwärmen, die Blätter werden in Politik aufgehen, die Dichter Politik singen und die Maler ihre Ideen dem politischen Leben entnehmen. *C'est un* Übergang, wie Frau La Fleche sagt.[26] Kopenhagen ist zu klein, um eine große, und zu groß, um eine kleine Stadt zu sein. Seht, darin liegt der Fehler!«

Otto fühlte eine unwiderstehliche Lust, ihm in den meisten Dingen, die er über die Heimat äußerte, zu widersprechen. Allein jeden kühnen Schlag parierte der Vetter mit einem Scherzwort.

Kopenhagen müsste das nordische Paris sein, behauptete er, und das würde es nach fünfzig oder hundert Jahren auch wohl werden. Die Lage wäre ungleich schöner, als die der Seinestadt. Die Marmorkirche müsste erhöht und zu einem Pantheon umgeschaffen werden, geschmückt mit Thorwaldsens und anderer Künstler Werken. Zum Louvre könnte Christiansborg erweitert werden, dessen Galerie sicherlich zahlreiche Besucher herbeiziehen würde; aus der Oststraße und einigen andern müsste man sogenannte Passagen machen, wie in Paris, mit Glas gedeckt, mit Fliesen belegt, Läden an den Seiten, die dann des Abends, wenn tausende von Gasflammen sie erleuchteten, als Promenaden benutzt werden würden. Die Esplanade könnte die Champs Elysées mit ihren Schaukeln und Rutschbahnen, mit ihrer Musik und ihren *Mats de Cocagne*[27] vorstellen. Auf den Seen der Umgegend müssten wie auf der Seine kleine See- gefechte geliefert werden. »Voilà!« endigte er seine Rede, »das müsste glänzend sein!«

---

[26] Holbergs Jean de France.

[27] Aufgerichtete Mastbäume, an deren Spitze Esswaren, Kleidungsstücke oder Geld aufgehängt sind. Leute der niederen Volksklassen bemühen sich nun hinaufzu- klettern, um sich der Gewinne zu bemächtigen. Die besten Sachen hängen am höchsten.

»O, göttlich schön müsste das sein!« stimmte Sophie ein.

In dem Gesicht des Vetters lagen Leben und Gedanken; die feinen Züge wurden durch den Ausdruck markiert. So prägte sich sein Bild in Ottos Seele ab und stellte sich neben Sophies Bild, wie sie mit ihren großen braunen seelenvollen Augen dastand, während ihre Blicke unverwandt auf dem Vetter ruhten. Die schön geformte weiße Hand mit den spitzen Fingern spielte mit den Haarlocken, die ihr über die Wange hinabglitten.

Otto wollte nicht daran denken.

29.

Und hab' ich einsam auch geweint,
So ist's mein eigner Schmerz.
Goethe.

In der letzten Zeit war Otto nur selten bei
Herrn Berger gewesen. Das Haus des Comptoirchefs vermochte ihm kein Interesse abzugewinnen.
Seine Besuche wurden deshalb seltener. Geschäfts-
sachen hatten ihn indes eines Tages dahingeführt.

Der Zufall oder das Schicksal, wie man es
nennt, sobald sich auch nur ein Schatten von Folgen
offenbart wollte, dass in dem Augenblick, in
welchem sich Otto wieder fortbegeben wollte,
Maren durch das Vorzimmer kommen musste. Von
allen Damen war sie allein zu Hause. In drei
Wochen sollte sie nach Lemvig zurückkehren. Sie
sprach ihr Bedauern darüber aus, dass sie nur so
selten Herrn Zostrups Gesellschaft genossen hätte.

»Ihre alten Freunde haben Sie vergessen!«
fügte sie etwas ernst hinzu. Nach ihrer Versicherung hatte sie sich in der Hauptstadt übrigens
recht gut amüsiert und mit Ausnahme der aus-
gestopften Vögel alles gesehen; aber auch diesen
hatte sie für morgen ihren Besuch zugedacht.
Siebzehnmal war sie im Theater gewesen und hatte
zweimal die Nachtwandlerin gesehen. Dagegen
hatte sie keiner Aufführung des Freischützes bei-
gewohnt, obwohl sie, der Wolfsschlucht wegen,
gerade diese Oper am liebsten gehört hätte. Bei
Aarhuus gäbe es nämlich eine Stelle im Wald, der
man den Namen Wolfsschlucht beigelegt hätte.

Diese wäre ihr bekannt, und sie wünschte nun zu sehen, ob sie der auf dem Theater gliche.

»Ich soll doch Rosalie von Ihnen grüßen?« fragte sie endlich.

»Sie bleiben ja noch drei Wochen hier,« entgegnete Otto, »da ist es also noch zu früh, vom Abschied zu reden.«

»Allein Sie kommen ja fast niemals her,« versetzte sie. »Sie haben sich einen angenehmeren Umgangskreis gesucht! Des Barons Schwester wird Sie gewiss öfter zu sehen bekommen; sie soll ein schönes und sehr kluges Mädchen sein; vielleicht darf man bald gratulieren?«

Otto wurde blutrot.

»Mit Beginn des Frühlings gedenken Sie eine Reise in das Ausland zu unternehmen,« fuhr sie fort; »wir werden Sie deshalb in Jütland nicht willkommen heißen können, ja vielleicht werden Sie nie wieder nach Ihrer Heimat zurückkehren! Das wird die alte Rosalie betrüben. Sie hat Sie so unglaublich lieb. Alle Briefe, die ich hier bekommen habe, enthielten Grüße an Sie, Herr Zostrup. Ich habe eine große Menge an Sie auszurichten. Allein Sie haben mir durch Ihr Ausbleiben nie Gelegenheit gegeben, sie Ihnen zu bestellen, und ich darf einem jungen Herrn doch keinen Besuch abstatten. Aus alter Freundschaft gestatten Sie wohl, dass ich die Erste bin, welche den Lieben in der Heimat Ihre Verlobung anzeigt?«

»Wie können Sie nur auf einen solchen Gedanken verfallen?« erwiderte Otto. »Ich besuche
viele Familien, zu denen junge Damen gehören;
sollte das Herz daran teilhaben, dann würde es
schlimm mit mir bestellt sein. Ich hege große
Achtung vor Fräulein Sophie, ich führe die nämliche
Sprache gegen dieselbe, wie gegen Sie. Das ist das
Ganze. Ich merke, dass auch Sie bereits den Einwirkungen der Kopenhagener Luft unterlegen sind;
in der Hauptstadt geht man stets darauf aus, die
Leute zu verloben. Sie haben sich von den andern
Damen hier im Haus anstecken lassen. Wie können
Sie an solche Geschichten nur glauben!«

Maren scherzte nun zwar auch darüber; als er
sie aber verlassen hatte, setzte sie sich in einen
Winkel, bedeckte das Gesicht mit ihrer kleinen
Schürze und weinte – – – vielleicht, weil sie nun
bald die lebhafte Hauptstadt verlassen sollte, deren
königliches Theater sie siebzehnmal besucht hatte,
ohne die Wolfsschlucht gesehen zu haben.

»Verlobt!« wiederholte Otto bei sich selbst und
dachte an Sophie, an den Vetter und an seine eigene
Kindheit, die wie eine schwere Gewitterwolke
seinen Lebenshimmel verdunkelte. Viele Gedanken
bewegten seine Seele. Er gedachte auch jenes Weih-
nachtsabends, an dem er zum ersten Mal mit Sophie
zusammentraf, bei welcher Gelegenheit sie ihm als
Lebensparze die Glücksnummer reichte. Er bekam
dreiunddreißig, sie vierunddreißig. Die
Aufeinanderfolge der Zahlen diente zu einer Art
Vereinigung zwischen ihnen. Er gewann damals
den Stammbaum und wurde dadurch in den Adel,
dem auch sie angehörte, erhoben. Der ganze Scherz
erhielt Bedeutung für ihn. Von Neuem überlas er

den beigefügten Vers. Immer und immer wieder tönte ihm der Schluss desselben vor Ohren:

»Empfang' den Adel jetzt aus meiner Hand,
Sei treu und wahr auch stets im neuen Stand!«

»O Sophie!« rief er laut, und die Flamme, welche, ohne dass er es erkennen wollte, schon längst in seiner Seele geglimmt hatte, loderte hoch empor. »Sophie, dich muss ich an mein Herz drücken!« Er verlor sich in liebliche Träume, die aber bald durch finstere Gestalten gestört wurden. "Kann sie denn glücklich werden? Kann ich es? Ihre Weihnachtsgabe, jenes Bild, welches eine durchbrochene Eisdecke darstellte, auf der der treue Hund vergebens wartete, ist bedeutungsvoll. Es zeigt mir die Erfüllung meiner Hoffnungen. Ich sinke und werde nie zurückkehren!"

Das Bild des Vetters mischte sich in seine Träume. Das feine Gesicht mit dem kleinen Bärtchen guckte naseweis und geschwätzig hervor, und er sah, wie Sophies Augen auf dem Vetter ruhten, während ihre weiße Hand mit den braunen Locken spielte, welche über ihre Wangen hinabflossen.

»O, Sophie!« seufzte Otto und entschlummerte.

30.

– Andre leben wir,
Noch Andre denken wir zu sein; wir scheinen
Noch Andre – Andre macht die Zeit aus uns.
Schefer.

»Wenn die Knospen aufbrechen, dann brechen wir auch auf!« hatten Otto und Wilhelm oft gesagt. Nach ihrem Plan wollten sie gleich bei Beginn des Frühlings nach Paris reisen, aber unterwegs zuerst den Rhein besuchen und die Strecke von Köln bis Straßburg auf dem Dampfschiff zurücklegen.

»Ja, den Rhein muss man zuerst sehen!« hatte Vetter Joachim gesagt; »wenn man die Schweiz und Italien schon bereist hat, vermag er nicht mehr zu fesseln. An seinem Anblick muss man sich zuerst weiden, aber freilich muss man ihn nicht im Frühling besuchen, sondern erst gegen Herbst. Wenn das Weinlaub sein volles Farbenspiel erhalten hat und die schweren Trauben an den Reben hängen, seht, dann treten die alten Ruinen recht hervor, dann feiert der Rhein seine Galatage. Bereisen Sie ihn erst um diese Zeit, so haben Sie auch noch den anderen Vorteil, dass Sie dann gegen den Winter in Paris eintreffen, und das muss man; dann kommt man nicht *post festum*, dann hat dort die Freude, das Theater, die Soiréen, kurz alles, was die *beau monde* zu interessieren imstande ist, den Gipfelpunkt erreicht.«

Obgleich Otto sonst kein großes Gewicht auf die Worte des Vetters legte, ging er doch dieses Mal merkwürdigerweise auf die Ansichten desselben ein. »Es würde in der Tat das Klügste sein, die Reise erst gegen den Herbst anzutreten,« meint er, »es würde ihnen gewiss auch nur zum Vorteil gereichen können, wenn sie sich noch etwas gründlicher darauf vorbereiteten.«

»Das ist stets gut,« sagte Joachim, »was indes in der Fremde selbst weit ersprießlicher ist, als alle Vorbereitungen in der Heimat, lässt sich in die wenigen Worte zusammenfassen: »Gebt allen Verkehr mit Landsleuten auf!« In der Gegenwart reist alle Welt. Paris ist jetzt nicht weiter von uns entfernt, als Hamburg vor ungefähr dreißig Jahren. Während meines Aufenthalts in Paris lebten daselbst sechzehn oder siebzehn Landsleute. O, wie die zusammen klebten! Ihrer Elf wohnten in demselben Hotel, tranken zusammen Kaffee, gingen zusammen aus, besuchten zusammen den Restaurateur und saßen im Theater auf einer Bank nebeneinander. Das ist das Allertörichste, was man tun kann. Meiner Ansicht nach ist das Reisen für jeden vorteilhaft, vom Fürsten an bis zum Handwerksburschen herab. Allein wir lassen zu Viele reisen! Wir sind nicht reich und sollten deshalb in diesem Punkt Einschränkungen eintreten lassen. Der plastische Künstler, der Dichter, der Polytechniker und der Arzt, die müssen reisen; weshalb indes die Theologen außer Land sollen, das mag der liebe Gott wissen! Schon zu Hause können sie närrisches Zeug genug lernen. Kommen sie nun erst gar in katholische Länder, dann ist es völlig aus mit ihnen. Was sollen ferner die Bücherwürmer in der Fremde? Wie angemauert sitzen sie in der Diligence und auf ihren Zimmern, durchstöbern die Bibliotheken ein wenig, bringen uns aber nach ihrer Rückkunft nicht so viel Nutzen, dass man sich eine Prise Tabak dafür kaufen könnte. Die, welche am

meisten kosten, bringen dem Land gewöhnlich am
wenigsten Nutzen und Ehre. Gottlob habe ich meine
Reise selbst bezahlt und brauche mit meiner
Meinung deshalb nicht zurückzuhalten!«

Wir wollen nun hören, was Fräulein Sophie
sagt und deshalb einige Tage überspringen.

»Wir behalten Sie also noch bis zum August?«
sagte sie eines Tages, als sie sich mit Otto allein
befand. »Das ist vernünftig! Auf diese Weise
können Sie noch einige Zeit bei uns in Fünen verweilen und Kräfte zur Reise sammeln. Die Reise
wird Ihnen in vieler Beziehung von Nutzen sein.«

»Ich hoffe es,« erwiderte Otto. »Vielleicht kann
ich es noch dahin bringen, eben so interessant, eben
so liebenswürdig, wie Ihr Vetter zu werden!«

»Das wäre doch zu viel von Ihnen verlangt!«
entgegnete Sophie nickend. »Sie werden sich seine
Laune, seine Leichtigkeit, die Welt aufzufassen, nie
aneignen können. Sie werden nur gegen die Ver-
derbtheit der Pariser eisern, nur die melancholische
Größe der Schweiz und die Einsamkeit in den
ungarischen Wäldern auffassen.«

»Sie wollen mich zu einem Menschenhasser
machen, der ich durchaus nicht bin!«

»Wenigstens besitzen Sie ein angeborenes
Talent für diesen Charakter!« versetzte Sophie.
»Etwas wird ja auf der Reise doch wohl ab-
geschliffen werden, und auf diese Veränderung
freue ich mich eben.«

»Um Ihnen zu gefallen, mein Fräulein,« fragte Otto, »muss man demnach ein leichtes flatterhaftes Gemüt besitzen?«

»Freilich!« entgegnete Sophie ironisch.

»So beruht es also doch auf Wahrheit, was Ihr Herr Vetter mir versichert hat!« sagte Otto. »Will man bei den Damen Glück machen, so muss man wenigstens etwas leichtfertig, genusssüchtig und flatterhaft sein, das allein ist imstande interessant zu machen. Er hat sich allerdings mit der Welt bekannt gemacht, er besitzt in allen Stücken Erfahrung.«

»Ja, vollkommen!« sagte Sophie laut lachend.

Otto schwieg und runzelte die Augenbrauen.

»Ich wünsche Sonnenschein!« sagte Sophie und hob lächelnd den Zeigefinger. Otto blieb unverändert, und nun runzelte sie die Stirn.

»Sie müssen sich noch sehr verändern!« sagte sie halb ernst und hüpfte zum Zimmer hinaus.

Drei Wochen verstrichen, während große Ereignisse im Reiche des Herzens vor sich gingen. Es wurde zwar noch ein diplomatisches Geheimnis beobachtet, allein die Augen plauderten es durch ihre mimische Sprache aus; nur der Mund schwieg, und der ist allerdings die entscheidende Macht.

Otto besuchte das Haus des Comptoirchefs. Maren war gerade den Tag vorher abgereist. Ver-

gebens hatte sie drei Wochen lang auf seinen Besuch
gewartet.

»Sie vergessen Ihre wahren Freunde völlig!«
sagten die Damen. »Maja war ebenfalls recht böse
auf Sie, obwohl sie uns dennoch Grüße an Sie aufgetragen hat. Nun segelt sie auf der salzigen See.«

Dies war jedoch nicht der Fall, da sie bereits ge-
landet war. In diesem Augenblick fuhr sie gerade
über die braune Heide, dachte an Kopenhagen, an
die dort genossenen Freuden, aber auch an den
verlebten Kummer – es ist betrübend, von einem
Jugendfreund vergessen zu werden! – Otto war so
schön, so klug – sie träumte in ihrem Gram gar nicht
davon, wie schön und klug sie selbst in der Heimat
erscheinen würde. Schönheit und Klugheit hatte
man schon vor ihrer Abreise an ihr entdeckt; nun
war sie noch in der Hauptstadt gewesen, und das
verleiht ein ganz besonderes Ansehen.

Vögel umflatterten ihren Wagen; vielleicht
sagte ihr das Gezwitscher derselben schon, was
zwei Jahre später in Erfüllung gehen sollte. »Du
wirst Braut, des Sekretärs niedliche Braut, sollst
sowohl ihn wie die Spieldose bekommen, wirst die
feinste Dame in der Stadt und doch zugleich die
vortrefflichste Mutter. Deine erste Tochter wird
Maja heißen – es ist ein schöner Name und wird
dich an vergangene Tage erinnern.«

31.

Noch immer heißt das Kloster Andersskov,
Zur Mahnung an des frommen Anders Wohnung.
Der Hügel dort, wo er
Vom Schlaf gestärkt, erwachte, heißt noch jetzt
Der Ruhehügel. Sieh, ein Kreuz steht oben
Mit einer Inschrift in latein'scher Sprache
Die halb verloschen ist.
J. L. Heiberg

Es war Frühling, frischer, Leben erweckender Frühling. Nur einen Tag und eine Nacht noch, und die Zugvögel waren zurückgekehrt, die Wälder standen mit grünen duftenden Blättern wie verjüngt da, und der Sund trug ein schwimmendes Venedig von reich beladenen Schiffen. Nur einen Tag und eine Nacht noch, und Sophie war von Otto getrennt, das salzige Meer schied sie voneinander. Frühling war es aber trotzdem in seinem Herzen, von ihm aus flogen seine Gedanken den Zugvögeln gleich nach Fünen hinüber und zwitscherten von den Freuden des Sommers. Die Hoffnung brachte ihm, wie es im Lied heißt, »Gold und grüne Wälder,« brachte ihm mehr, als die Schiffe durch den Sund führten, mehr, als ihm Seelands Buchen zu zeigen vermochten. Sophie hatte ihm beim Abschied die Hand gedrückt. In ihren Augen lag, was das Herz hoffen und träumen durfte.

Er vergaß leider, dass Hoffnung und Traum gerade das Gegenteil der Wirklichkeit ist.

Vetter Joachim war nach Stockholm übersiedelt und kam weder im Frühling noch im Sommer nach

Fünen. Dagegen gedachte Otto einige Wochen daselbst auf dem Gut der ihm befreundeten Familie zuzubringen, wollte jedoch erst in der letzten Hälfte des August mit Wilhelm dorthin reisen. Einen glücklichen Augenblick musste ihm der dortige Aufenthalt doch wohl bringen, und viele fast eben so glückliche. In seinem Zimmer stand ein Rosenstrauch; die ersten Knospen desselben bildeten sich und öffneten den roten Purpurmund. So rein und zart wie diese Blätter waren auch Sophies Wangen. Er beugte sich über die Blume, lächelte dabei und las aus ihr liebliche Gedanken heraus, die mit seiner Liebe verwandt waren. Eine Rosenknospe ist ein süßes Mysterium.

> »Der Blätter reiche Menge
> Schafft Labyrinth'sche Gänge,
> Und rings erfüllt die Luft
> Der süße Rosenduft.«[28]

Endlich kam der Tag, an welchem Otto nach glücklich überstandenen Abschiedsvisiten mitten am Tag in Gesellschaft dreier junger Studenten die Reise durch Seeland antrat. Bis Slagelse, von wo aus sie gleich Abrahams und Loths Hirten zur Rechten und zur Linken auseinandergingen, hatten sie gemeinsam einen Wagen genommen. Otto blieb allein, um nachts mit der Post nach Nyborg weiter zu fahren.

Da es erst vier Uhr nachmittags war und Otto hier keine Bekannten hatte, blieb ihm nichts anderes übrig, als einen Spaziergang zu machen.

---

[28] Ambrosius Stub. Gestorben 1758.

»Es sind ja wohl noch einige Trümmer des alten Antvorskov vorhanden?«[29] fragte er.

»Allerdings, aber nur sehr unbedeutende!« antwortete der Wirt. »Das Kloster wurde in ein Schloss umgewandelt, welches wieder in die Hände eines Privatmannes überging, und nun ist in den letzten Jahren um der Steine willen ein Teil nach dem andern abgetragen worden. Nur wenige Trümmer einer roten Mauer, die hier und da im Garten hervortreten, rühren noch aus älterer Zeit her. Aber die Lage ist überaus schön! Verfolgen Sie nur immer den Weg nach dem großen Dorf dort, Landsgrav heißt es, dann sind Sie auf der Straße nach Korsör und dicht bei dem Kreuz des Heiligen Anders. Es ist ein sehr hübscher Spaziergang!«

»Klosterruinen und Heiligenkreuz!« versetzte Otto. »Das klingt ja wirklich ganz romantisch!« und er begann seine Wanderung.

Ein Paar Gymnasiasten, die ihre Bücher in einem Riemen trugen, und später ein vierschrötiger Ulan, der eine ältliche, hinter Geranien und Goldlackstöcken halb versteckte Jungfrau militärisch grüßte, waren die Einzigen, welchen er auf seinem Weg begegnete. Dagegen fiel es Otto auf, dass sich überall, wo er erschien, die Fenster öffneten; man war neugierig, wer wohl der Fremde sein könnte, der die Straße hinabging.

Eine lange Allee führte von der Stadt gerade auf das Schloss zu. Auf beiden Seiten bildeten aus-

---

[29] Kloster Andersskov oder Antvorskov wurde von Waldemar I. 1177 gestiftet.

gebaute Häuser mit kleinen Blumengärten vor den Türen eine Art Vorstadt. Bald erreichte Otto die letzten Trümmer des alten Antvorskov. Von den umhergeworfenen und zerfahrenen Mauersteinen sah der Weg ganz rot aus. Mächtige Trümmerhaufen, deren einzelne Steine mit dem Mörtel eine einzige, untrennbare Masse bildeten, lagen zwischen hohen Brennnesseln fast verborgen. In einiger Entfernung stand ein allein liegendes zweistöckiges Haus; es war schmal und weiß angestrichen; ein dicker Pfeiler, wie man ihn in den Kirchen findet, trug die starke Mauer. Es war die Hälfte des letzten Schlossflügels, ein Zwischending von altertümlicher und moderner Bauart, von Ruine und Wohnung.

Otto ging in den Garten, der auf dem Hügel und dessen Terrassen angelegt war. Nur junge Bäume befanden sich in demselben, aber die Gänge und der größte Teil, der einst die alten Anlagen enthalten hatte, waren zugewachsen und bildeten eine förmliche Wildnis. Eine weite Aussicht über die Ebene fort bis an den Belt, und sogar noch nach Fünen hinüber bot sich seinen Blicken dar. Von der Terrasse stieg er zu der untersten Mauer hinab; in dieser befand sich noch aus der Klosterzeit her ein Stück von einem Grabstein eingemauert, auf welcher sich die Umrisse einer weiblichen Gestalt und neben derselben ein von einer Schlange umwundenes Knochengeripp erkennen ließen. Otto stand im Anschauen versunken da, als ein alter Mann mit zwei Eimern an einer über die Schultern gelegten Trage zu dem nahegelegenen Brunnen kam.

Der Alte ging mit großer Bereitwilligkeit auf ein von Otto angeknüpftes Gespräch ein und erzählte von Ausgrabungen und von einem geheimen unterirdischen Gang, der zwar noch nicht aufgefunden, dessen Existenz jedoch seiner Versicherung nach unleugbar wäre. Bis jetzt hätte man nur einige kleine Gewölbe gefunden, die vermutlich als Gefängnisse gedient hätten, da von der Mauer eines derselben eine eiserne Kette herabhinge. Die richtige Stelle, an der sich der geheime Gang befände, hätte man jedoch noch immer nicht getroffen, denn finden müsste er sich lassen. Er ginge von hier tief unter dem See und dem Wald fort, gerade nach Sorö. Große eiserne Türen wären dort unten; zu Weihnachten könnte man deutlich hören, wie sie auf- und zugeschlagen würden. »Wer das hätte, was dort unten versteckt ist,« sagte der Alte, »der wäre ein reicher Mann und brauchte sich nicht mehr so zu schinden und zu plagen!«

Otto betrachtete den einsam stehenden Flügel, der sich aus der Terrasse erhob. Wie prächtig musste es nicht hier in früheren Zeiten gewesen sein!

Unmittelbar an dem großen, meilenlangen Wald, der sich jenseits Sorö bis an die Ufer des Königsbachs erstreckt, lag das reiche Kloster, in dem Hans Tausen, dieser große Reformator, predigte, was ihm der Geist eingab. Die Zeiten wechseln. Das Kloster verschwand.

> »Stattlich ragt an gleicher Stelle,
Wo einst stand die enge Zelle,
Jetzt ein Schloss mit goldnen Sälen.«[30]

Wo die Mönche Bußpsalmen sangen, tanzten Ritter und Frauen zu klingendem Spiel; aber auch diese Töne verstummten, die blühenden Wangen wurden Staub. Da herrschte wiederum Stille. Manch liebes Mal ritt da Holberg von Sorö durch den grünen Wald hierher und erfreute den Schlossverwalter von Antvorskov mit seinem Besuch. Otto erinnerte sich, was eine Tochter desselben als alte Frau einem seiner Freunde erzählt hatte. Sie war ein Kind und lag noch in der Wiege, als der alte Holberg mit seinem Weißbrötchen und einem Glas voller eingemachter Früchte, seinem gewöhnlichen Proviant auf solchen kleinen Ausflügen, angeritten kam. Die junge Frau des Schlossverwalters saß vor ihrem Spinnrad. Holberg ging mit dem Hausherrn im Zimmer auf und ab; ihre Unterhaltung drehte sich um Politik. Die junge Frau, welche sich für Politik ungemein interessierte, mischte sich in das Gespräch. Da drehte sich Holberg zu ihr um und sagte: »Ich glaube, der Spinnrocken will mitsprechen.[31] Otto lächelte bei der Erinnerung an den eben so witzigen als ungalanten Dichter und verließ den Garten, indem er einen vielfach gekrümmten

---

[30] Andersskov von Oehlenschläger.

[31] Die bereits verstorbene Frau Jürgensen, Mutter des berühmten dänischen Uhrmachers Urban Jürgensen, hat obige Anekdote erzählt. Sie passierte bei ihren Eltern, als sie noch in der Wiege lag. Übrigens hat das Wort »Nokkehoved,« Spinnrocken, im Dänischen auch noch die Nebenbedeutung: Flachshaar.

Hohlweg verfolgte, an dessen steilen Abhängen üppige Dornbüsche in so reicher Fülle wucherten, dass das Strauchwerk über die steinerne Umfriedigung weit hinausging. Slagelse nahm sich von hier aus mit hohen Hügeln im Hintergrunde recht malerisch aus. Bald erreichte er Landsgrav. Als er das Feld betrat, auf welchem das hölzerne Kreuz mit dem Bilde des Erlösers zur Erinnerung an den Heiligen Anders stand, ging eben die Sonne unter.

Neben dem Kreuz gewahrte Otto einen Mann, der zu knien schien. Die eine Hand ruhte fest auf dem Holz, während die andere ein spitzes Messer führte, mit welchem er wahrscheinlich seinen Namen einschnitt. Er bemerkte Otto nicht. Neben dem Mann stand ein mit Wachstuch überzogener Kasten und in einiger Entfernung lagen ein paar Stiefel, ein Ränzel und ein Knotenstock. Es musste ein Handwerksbursche oder ein Hausierer sein.

Eben wollte Otto wieder umkehren, als sich der Fremde emporrichtete und ihn gewahr wurde. Wie festgenagelt blieb Otto stehen; es war der deutsche Heinrich, den er vor sich sah.

»Ist das nicht Otto Zostrup?« begann der Mann, und das hässliche, gleisnerische Lächeln spielte ihm wieder um den Mund. »Nein, das hätte ich doch nie erwartet!«

»Es geht ihm gut, Heinrich?« fragte Otto.

»Es lässt sich noch halten!« versetzte Heinrich. »Ihm geht es besser! Du lieber Gott, wer hätte damals, als er auf meinen Knien ritt und ich ihm den Arm tätowierte, denken können, dass er ein so vornehmer Herr werden würde! Ja, es geht sonderbar in der Welt zu! Hat er wieder von seiner Schwester etwas gehört? Sie wurde freilich nicht so vorgezogen wie er, obgleich sie ein gar schönes Kind war.«

»Seitdem ich erwachsen bin, habe ich sie nicht wieder gesehen!« erwiderte Otto mit einem Beben, das er vergebens zu bekämpfen suchte. »Weiß er, wo sie sich aufhält?«

»Ich bin beständig auf Reisen,« entgegnete Heinrich, »allein so viel ich weiß, befindet sie sich noch immer auf Fünen. Sie wird wohl einen unseres gleichen, einen einfachen Mann nehmen müssen, während er sich ein feines Fräulein wählen kann. Ja, ja, wer das Glück hat, führt die Braut heim. Er kann sich jetzt zu den Großen zählen. Da erhält der alte Heinrich doch gewiss Erlaubnis, sich auf seinem Gut produzieren zu dürfen? Aber niemand von uns würde wohl Lust haben, von der Vergangenheit zu plaudern, von dem roten Haus an dem Bach in Odense!« Das Letzte flüsterte er ganz leise. »Er schenkt mir wohl eine Mark?« fragte er.

»Er soll sogar mehr bekommen!« sagte Otto und gab ihm ein nicht unbedeutendes Geldgeschenk. »Allein ich wünsche, dass wir einander fremd bleiben, wie wir es in der Tat sind!«

»Ei gewiss, gewiss!« versetzte Heinrich und nickte bejahend mit dem Kopf, während er sein Auge auf dem Geschenk, welches ihm Otto reichte, ruhen ließ. »Der gnädige Herr zürnt mir also nicht mehr wegen meines Scherzes drüben in Jütland?« fragte er mit gleisnerischem Lächeln und küsste

Otto die Hand. »Ich hätte ihn damals nicht erkannt. Hätte er mir seine Schulter nicht gezeigt, und hätte ich auf ihr nicht jenes O und Z erblickt, die ich selbst eingeätzt hatte, so wäre es mir nie in den Sinn gekommen, dass wir einander kennten. Aber da fiel es mir wie Schuppen von den Augen! »Otto Zostrup« hätte ich sagen sollen. Statt dessen sagte ich »Odenseer Zuchthaus.« Das war wirklich nicht hübsch von mir, da er ein so guter Herr ist!

»So ist es! Doch nun lebt wohl!« sagte Otto und reichte ihm unwillig die Hand.

»Dort schaut unser Erlöser auf uns herab!« entgegnete Heinrich und blickte nach dem Bild am Kreuz. »So wahr der Herr lebt, so gewiss kann er, Herr Zostrup, sich auf die Verschwiegenheit meines Mundes verlassen. Dort hängt mein Heiland am Kreuz, wie er auf meiner eigenen Haut eingeätzt ist, und wie in meinem Vaterland sein Bild an allen Landstraßen steht. Hier ist die einzige Stelle im Land, auf der das Kreuzeszeichen unter freiem Himmel aufgerichtet ist, und hier halte ich meine Andacht; denn, wie er weiß, Herr Zostrup, gehöre ich nicht seinem Glauben an, sondern dem der Jungfrau Maria. Hier habe ich das heilige Zeichen, welches über jeder Tür in meinem Vaterland steht, in das hölzerne Kreuz eingeschnitten. Schau er her! Ein I, ein H und dieses S.[32] Darin liegt zugleich mein eigener Name, denn H bezeichnet Heinrich, I heißt ich, und S bedeutet Sünder. Es sagt also: Ich, Heinrich, bin ein Sünder. Nun habe ich meine Andacht verrichtet, habe von ihm obendrein ein gutes

---

[32] I.H.S. d.h. Jesus hominum salvator (Jesus, der Menschen Heiland).

Trinkgeld erhalten und kann heut' Abend im Krug
ein Bett bezahlen. Ist die Magd daselbst nur hübsch
und lässt sie sich beschwatzen, dann fühle ich mich
noch immer jung und will mir einbilden, ich sei
Herr Zostrup und habe das schönste, zarteste Fräulein erobert. Juchhei! Das ist Komödiantenleben, das
wir führen!«

Noch lange, nachdem ihn Otto verlassen hatte,
hörte ihn dieser singen:

»Tra ri ro.
Der Sommer, der ist do!
Zum Biere, zum Biere,
Der Winter liegt gefangen,
Und wer nicht dazu kommt,
Den schlagen wir mit Stangen.
Jo, jo!
Der Sommer, der ist do!« [33]

Wie an einem hellen sonnigen Tag sich plötzlich ein Nebel herabsenken, das warme Sonnenlicht
verhüllen, die grüne Küste verbergen und über alles
seinen düsteren Schleier breiten kann, so ging es
Otto, der sich eben erst noch so glücklich und
jugendfroh gefühlt hatte.

»Sie können sich ruhig schlafen legen!« sagte
der Wirt zu Otto nach seiner Rückkunft. »Sie sollen
zeitig geweckt werden, um die Post nicht zu ver-
säumen.«

Allein seine Ruhe glich der eines Fieberkranken.

---

[33] Büschings Volkslieder.

Das Posthorn schmetterte in der menschenleeren Straße. Sie rollten davon; der Tag begann zu
grauen.

»Liegt dort drüben der Richtplatz?« fragte
einer der Reisenden und zeigte nach der Anhöhe,
auf der sich das Kreuz bei der weiten Entfernung
nur wie ein einfacher Pfahl ausnahm.

»Es ist das Kreuz des Heiligen Anders!« erwiderte Otto, und lebendig regte sich in ihm die
Erinnerung an den vorhergehenden Abend.

»So existiert es also wirklich noch?« bemerkte
der Fremde. »Ich habe in den Geisterbriefen von
demselben gelesen.«

Es war ein schöner Morgen; die Sonne brannte
heiß, die See war spiegelglatt, das Dampfschiff glitt
desto schneller dahin. Die Fähre, welche bereits
zwei Stunden früher abgesegelt war, lag noch kaum
eine halbe Stunde vom Land. Schlaff hingen die
Segel herab, nicht ein Lüftchen rührte sich.

Das Dampfschiff fuhr dicht vorüber. Die
Passagiere auf der Fähre, die zum größten Teil
Kutscher, Handwerksburschen oder Bauern waren,
standen neugierig auf dem Verdeck umher, um es
zu beobachten; sie grüßten. Einer der Vordersten
stützte sich auf seinen Knotenstock, lüftete den Hut
ein wenig und rief: »Guten Morgen, meine hohen
Herrschaften!« Es war der deutsche Heinrich. Er
wollte also auch nach Fünen!

Ottos Herz klopfte stärker; er starrte in den
brausenden Strudel, der sich um das Rad bildete,

und betrachtete schweigend den Regenbogen, der
sich über demselben zeigte.

»Das ist ein schöner Anblick!« sagte dicht
neben ihm einer der Fremden. »Ein sehr schöner!«
entgegnete Otto und unterdrückte den Seufzer, der
sich unwillkürlich aus seiner Brust hervordrängen
wollte.

Kaum zwei Stunden hatte die Fahrt gedauert,
als schon die Taue auf die Schiffsbrücke von
Nyborg geworfen wurden, und das Schiff an der
Insel Fünen vor Anker ging.

32.

Es ist gar süß, von lieber Hand
Zur Ankunft sich begrüßt zu sehn,
Gar süß, wenn unser Auge fand
Nur treue Freunde uns umstehn.
Dann wird's so traulich, wird's so stille
Um uns und in der eignen Brust!
Henriette Hauck.

Otto bestellte sofort einen Wagen und langte ungefähr zur Speisezeit der Familie auf dem Gut an. In dem mittelsten Hofe hielten zwei Kaleschen und ein sogenannter holsteinischer Wagen; zwei fremde Kutscher mit breiten Tressen um die Hüte, unterhielten sich, als Wilhelm in das Tor hineinfuhr, auf das Lebhafteste. Sein Postillon stieß in das Horn.

»Still doch!« rief ihm Otto zu.

»Heute sind Fremde auf dem Gut!« entgegnete der Postillon, »ich will ihnen nur ankündigen, dass hier noch einer dazu kommt!«

Otto blickte bald nach dem Garten, bald nach den Fenstern, ob er keine der Damen entdecken könnte. Nur aus einer Seitentüre guckte ein weiblicher Kopf hervor, dessen Haar unter die Mütze zurückgestrichen war. Otto erkannte die zusammengewachsenen Augenbrauen. »Dass ich sie zuerst erblicken muss!« seufzte er, und der Wagen rollte in den innersten Hof. Die Hunde bellten, die Truthähne kollerten, aber kein Wilhelm ließ sich blicken. Der Kammerjunker, der vortreffliche Nach-

bar erschien und dicht hinter ihm Sophie; beide
riefen lächelnd: »Willkommen!«

»Prächtig! Da haben wir ja gleich unsern
Mann!« rief der Kammerjunker; »ihn können wir zu
unserer Komödie gebrauchen!«

»Es ist herrlich, dass Sie kommen!« sagte
Sophie, »Sie kommen uns wie gerufen!« Sie reichte
ihm die Hand, die er an seine Lippen drückte. »Wir
wollen heut' Abend lebende Bilder stellen!« erzählte
sie. »Der Pfarrer hat noch nie dergleichen gesehen.
Auf Wilhelm müssen wir leider verzichten, da er in
Svendborg ist und erst in zwei Tagen zurückkehrt.
Sie müssen die Rolle des Offiziers übernehmen,
während der Kammerjunker die Nachtwandlerin
vorstellt, die mit dem Licht in der Hand zum
Fenster hineinsteigt. Wollen Sie unsere Bitte erfüllen?«

»Alles, was Sie verlangen!« versetzte Otto.

»Bewahren Sie aber reinen Mund!« entgegnete
Sophie und legte den Finger auf den Mund. In
diesem Augenblick kam die Mama die Treppe
hinab.

»Lieber Zostrup!« sagte sie und drückte ihm
mit wahrer Innigkeit beide Hände. »Ich habe mich
schon förmlich nach Ihnen gesehnt! Wilhelm ist
verreist, und Sie müssen deshalb schon zwei Tage
lang mit uns vorlieb nehmen!«

Otto schritt durch den langen Gang, in
welchem die alten Familienbilder hingen; es war, als
ob auch diese ihm ein freundliches Willkommen

zunickten. Nur eine einzige traumreiche Nacht schien ihm seit seiner letzten Anwesenheit hierselbst verflossen zu sein. Ein Jahr im Strom der Zeit ist ja auch nicht so viel als eine Winternacht im Leben des Menschen.

Hier war alles so gemütlich und heimisch; keiner hätte es den Bäumen da draußen angesehen, dass sie seitdem schon einmal blätterlos und schneebedeckt da gestanden hatten. Üppig grün wiegten sie sich in der Sonnenwärme, gerade wie damals, als Otto zum letzten Mal aus diesem Fenster schaute.

Ihm wurde wie im vorigen Jahre die rote Kammer angewiesen. Die Mittagsglocke läutete.

Auf dem Gange begegnete ihm Louise.

»Zostrup!« rief sie freudig und ergriff seine Hand. »Seit Jahr und Tag habe ich Sie nicht gesehen!«

»Ja, in diesem Jahre ist viel geschehen!« sagte der Kammerjunker. »Besuchen Sie mich nur bald, dann sollen Sie sehen, was ich mir zu meinem Vergnügen habe machen lassen. Denken Sie sich nur: eine Kegelbahn! Fräulein Sophie hat auch schon einen Stamm mitgeschoben.«

Der Kammerjunker führte die Mutter zu Tisch. Otto näherte sich Sophie.

»Wollen Sie nicht der Schwester des Kammerjunkers den Arm bieten?« flüsterte sie.

Mechanisch verneigte sich Otto vor Fräulein Jakoba.

»Wählen Sie sich lieber eine von den Jungen!« sagte dieser, »das wünschen Sie doch lieber.«

Otto verbeugte sich abermals, und ein schneller Blick, den er dabei nach Sophie hinüberwarf, belehrte ihn, dass sie bereits den Arm des alten Pfarrers angenommen hatte. Lächelnd führte er Jakoba zu Tisch.

Die durch ihr Nähkästchen bekannte Mamsell nahm den Platz zu seiner Linken ein. Er betrachtete nun die Gesellschaft, die außer den bereits Erwähnten, aus einigen ihm unbekannten Herren oder Damen bestand. Ein Stuhl stand noch leer, wurde aber bald besetzt; ein junges Mädchen, bescheiden in seinem Putz, aber sonst ganz wie Louise gekleidet, trat ein.

»Weshalb erscheinst du erst so spät?« fragte Sophie.

»Das wissen nur Eva und ich!« sagte Louise und sah die Eintretende freundlich lächelnd an.

Eva setzte sich. Vielleicht fühlte sich Otto nur durch die vollkommene Übereinstimmung in ihrem und Louises Anzuge aufgefordert, diese beiden so genau zu betrachten und unwillkürlich Vergleichungen anzustellen. Sie trugen beide ein einfaches dunkelbraunes Kleid und hatten den Hals mit einem kleinen seladongrünen seidenen Tuch verhüllt. Louise war für ihn eine anmutige Erscheinung, ohne dass sie gerade schön genannt werden konnte; Eva dagegen war idealisch; ein gewisses Etwas in ihrem Wesen erinnerte ihn an die blassroten feinen Hyazinthen. Nach einer schönen Mythe wird jeder Mensch von einem unsichtbaren Engel umschwebt, der ihm trotz aller Verschiedenheit dennoch vollkommen ähnlich ist. Eva war der Engel, Louise dagegen das menschliche Wesen in seiner ganzen Reinheit. Ottos und Sophies Augen trafen sich. Welche Kraft, welche Schönheit war in Sophie verkörpert! Ihr Geist, das musste er einräumen, überragte weit Louises Geist, und an Schönheit war sie eine Prachtblume, und nicht wie Eva eine feine, leicht zu brechende Hyazinthe. Aus diesen Augen sog er Beredsamkeit und wurde interessant, wie der Vetter, obschon er nicht in Paris gewesen war.

Des Kammerjunkers Gespräch drehte sich nur um Ferkel, allein das war ebenfalls unterhaltend; seine Begeisterung schöpfte er vielleicht aus derselben Quelle, wie Otto. Er erzählte von der Kraft des grünen Buchweizens und teilte zur Bestätigung mit, dass Schweine, welche von demselben fräßen, wie toll würden. Das müsste wohl auch der Geschichte von den Teufeln, die in die Säue gefahren wären, zugrunde liegen. Nur kohlschwarze Schweine wären imstande, den grünen Buchweizen zu verdauen, hätten sie jedoch eine einzige weiße Stelle am Körper, so würde diese Stelle bestimmt krank. »Nicht wahr? Höchst merkwürdig!« schloss er seinen Vortrag.

In der Begeisterung artete seine Rede allmählich in ein förmliches Schreien aus, was Fräulein Jakoba zu der Bemerkung veranlasste, man müsste fast glauben, dass er selbst von dem grünen Buchweizen gekostet hätte.

Otto schnitt aus der grünen Melonenschale inzwischen einen Mann aus und ließ ihn auf dem Rande seines Weinglases reiten: Das lenkte Sophies Aufmerksamkeit von dem Kammerjunker ab. Der ganzen Gesellschaft gefiel das Ausgeschnittene, und die Mamsell stammelte schüchtern die Bitte hervor, er möchte es ihr für ihr Nähkästchen schenken.

Gegen Abend setzten die Vorbereitungen zu den lebenden Bildern alles in Bewegung.

Eva sollte Hero darstellen. Mit einer Fackel in der Hand sollte sie auf einem Tisch knien, der zu einem Ballon drapiert war. Das arme Mädchen fühlte sich über die ihm zugedachte Rolle ganz unglücklich. Sophie lachte Eva jedoch wegen ihrer Furcht aus und gab ihr die Versicherung, sie würde Bewunderung erregen, und deshalb sollte und müsste sie diese Rolle übernehmen.

»Tu meiner Schwester schon den Willen!« sagte Louise bittend, und nun zeigte sich Eva bereit, löste ihr langes braunes Haar auf und ließ Sophie die Draperie ordnen.

Otto musste eine Offizieruniform anziehen. Er stellte sich in ihr den Schwestern vor.

»Aber das Gold ist ja nicht an den Kragen geheftet!« sagte Sophie und begann sofort dem Übelstand abzuhelfen. »Sie können den Waffenrock dreist anbehalten, während ich die Arbeit verrichte,« fuhr sie fort. Wenn ihre zarte Hand dabei

hin und wieder Ottos Wange berührte, durchzuckte
ihn gleichsam ein elektrischer Schlag, und das Blut
strömte ihm glühend durch die Adern. Wie gern
hätte er gewagt, diese Hand an seine Lippen zu
drücken!

Ein lautes Gelächter erscholl, als der Kammerjunker in einem weißen Unterrock, der kaum seine
Knie bedeckte, und in einer weiten weißen Damen-
nachtjacke erschien. Fräulein Sophie musste ihm die
Locken ordnen. Sie nahm sich dabei sehr anmutig
aus; als ihre Hand ihm das Haar von der Stirn strich
und dann über seine Wange hinabglitt, küsste er
dieselbe. Sie versetzte ihm dafür zur Strafe einen
leichten Schlag ins Gesicht und ermahnte ihn, sich
nicht zu vergessen. »Wir sind Damen!« versetzte er
entschuldigend und erhob sich in seinem ganzen
Staate. Alle lachten, nur Otto vermochte es nicht,
sondern fühlte eher Lust, ihn zu prügeln. Nachdem
sich die Zuschauer in einem dunklen Zimmer versammelt hatten, wurden die Flügeltüren geöffnet.

In einem weißen Gewand, das Haar über die
Schultern herabwallend und eine Fackel in der
Hand, starrte Eva als Hero über das Meer hinaus.
Keines Künstlers Fantasie hätte es sich schöner aus-
zumalen vermocht. Die großen dunkelblauen
Augen drückten Wehmut und Liebe aus. Es war
vollkommen Evas natürlicher Blick, nur mit dem
Unterschied, dass man sie hier in völliger Ruhe sah.
Die feinen schwarzen Augenbrauen hoben noch den
Ausdruck; die ganze Gestalt war wie hingehaucht.

Ein neues Bild folgte, Faust und Gretchen in
der Laube, hinter welchen Mephistopheles mit
seinem diabolischen Lächeln stand. Des Kammer-

junkers Mamsell stellte Gretchen dar. Bei Öffnung
der Saaltür ergriff sie mit lautem Geschrei die
Flucht; sie konnte unmöglich sitzen bleiben, es war
ihr doch gar zu bang. Die Gruppe war gestört, man
lachte und fand es höchst belustigend; indes der
Kammerjunker verstand durchaus keinen Spaß, er
schalt laut und fluchte, sie müsste unter allen Umständen wieder herein. Darüber wuchs das Gelächter der Zuschauer und wurde auch keineswegs
schwächer, als der Kammerjunker, sein Kostüm als
Nachtwandlerin vergessend, halb in den Rahmen
trat, in welchem die Bilder gestellt wurden, und die
Mamsell wieder auf die Bank drückte. Diese
Gruppe war nur wenige Augenblicke sichtbar, denn
die Türen wurden gleich wieder geschlossen. Die
Zuschauer klatschten, allein es ließ sich auch ein
Pfeifen hören. Gelächter und Gespräch durch-
brausten das Zimmer. Obgleich schon wieder ein
neues wunderbar liebliches Bild im Rahmen erschien, war es doch unmöglich, die Ruhe völlig
herzustellen. Es war Sophie als Correggio's
Magdalene. Ihr reicher Haarwuchs wogte über die
Schultern und runden Arme hinab, und vor ihr lag
ein Totenkopf neben dem heiligen Buche.

Ottos Blut begann schneller zu kreisen; noch
nie hatte er Sophie schöner gesehen. Das Publikum
konnte indes die vorangegangene komische Szene
noch immer nicht vergessen, weshalb sich auch hier
und da ein unterdrücktes schwaches Lachen hören
ließ.

Dies machte sich endlich bei dem folgenden
Bild Luft, in welchem sich der Kammerjunker als
Nachtwandlerin, die Hand vor dem ausgegangenen
Licht haltend, am offenen Fenster zeigte.

Alle Mitspielenden erhielten einen stürmischen Beifall.

»Das ganze Arrangement ist von Fräulein Sophie ausgegangen!« rief der Kammerjunker, und nun ertönte ihr Name von den Lippen des Publikums.

Erst zwei Tage später traf Wilhelm ein. Er schlief mit Otto in einem Zimmer zusammen. Dieser erzählte von den lebenden Bildern und bemerkte auch, wie schön Eva als Hero gewesen wäre.

»Das lässt sich denken!« erwiderte Wilhelm, ohne jedoch weiter darauf einzugehen. Über den Kammerjunker und die gestörte Gruppe brach er in lautes Gelächter aus!

Otto erwähnte Evas noch einmal, allein Wilhelm glitt in seinen Antworten leicht darüber hin. Otto konnte nicht dahinter kommen, wie die Verhältnisse jetzt standen.

»Wollen wir jetzt nicht schlafen?« fragte endlich Wilhelm; sie wünschten einander Gute Nacht, und es wurde still.

Der Schlaf, wie ihn uns Tieck als einen alten Mann mit einem Kasten, aus welchem er seine Traummarionetten nimmt, dargestellt hat, begann nun seine nächtlichen dramatischen Märchen, die so lange anhielten, bis die Sonne zu den Fenstern hineinschien.

33.

Und näher, immer näher rückt er ihr, –
– »O, gib mir Hoffnung doch in dieser Nelke!«
Sie seufzet: – »Ach, ich will – doch nein! – ich will
nicht!«
Die Tänzerin von *Paludan-Müller*.

»Ich werde schon noch dahinter kommen!«
meinte Otto. »Die heiße Liebe kann doch unmöglich
schon verschwunden sein!« Auch nicht der
geringste Zug entging seiner Aufmerksamkeit. Eva
war dasselbe stille, schüchterne und sittsame Wesen
wie zuvor, eine Hauselfe, die nach allen Seiten hin
freundlich einwirkte. Wilhelm redete mit ihr, aber
durchaus nicht leidenschaftlich, ja nicht einmal mit
erkünstelter Gleichgültigkeit. Gleichwohl können
wir Ottos Beobachtungsgabe kein volles Vertrauen
schenken, denn sein Blick flog zu oft nach einem
lieberen Gegenstande; seine Aufmerksamkeit war
eigentlich doch vor allem Sophie gewidmet.

Sie lustwandelten im Garten.

»Wie Ihnen gewiss bekannt sein wird,« sagte
Otto, »schwärmte einst Ihr Bruder für die schöne
Eva. Ist ihr hiesiger Aufenthalt unter diesen Ver-
hältnissen nicht gefährlich? Hat Ihre Frau Mutter
vorsichtig gehandelt?«

»Wilhelms wegen bin ich vollkommen ruhig!«
erwiderte Sophie. »Seien Sie nur auf Ihrer Hut! Eva
ist sehr liebenswürdig und hat sich, seitdem sie sich
hier befindet, bedeutend zu ihrem Vorteil verändert.
Meine Schwester Louise schwärmt jetzt förmlich für

sie, und Mama betrachtet sie fast als ein Pflegekind.
Sie werden gewiss bemerkt haben, dass sie keineswegs zurückgesetzt wird. Sie ist übrigens schwächlich, sie gleicht den zarten Gebirgsblumen, die in
Schnee und Kälte gedeihen, in der geschützten
Schlucht, in welche die Sonne hineinscheint, aber
ihr Haupt neigen. Es kommt mir in der Tat so vor,
als ob sie, seitdem sie Pflege und gute Tage erhielt,
schwächer geworden ist. Als ich sie in Roeskilde
sah, war sie weit blühender!«

»Vielleicht denkt sie an Ihren Bruder, denkt an
ihn mit stillem Leid!«

»Das glaube ich nicht!« entgegnete Sophie,
»sonst würde Louise sicherlich etwas davon wissen,
da sie Evas volles Vertrauen besitzt. Sie können sich
beruhigen, falls Sie die Eifersucht plagt!«

»Wie kommen Sie auf diese Idee? Meine Gedanken fliegen aufwärts und nicht abwärts!« sagte
er mit einem gewissen Stolz. »Mein Gefühl sagt mir,
dass ich mich nie in Eva verlieben könnte. Ihr meine
Liebe weihen, nein, bei dem bloßen Gedanken
daran regt sich in mir ordentlich eine Art Widerwillen gegen sie. Aber Sie sagen es auch nur aus
Scherz, Sie wollen mich necken, wie Sie schon so oft
getan haben. Bald werden wir voneinander
scheiden! In zwei Monaten bin ich nicht mehr in
Dänemark! Zwei lange Jahre gedenke ich in der
Fremde zu weilen – ! Wie viel kann sich nicht innerhalb derselben ereignen? Werden Sie meiner gedenken, Fräulein, meiner recht von Herzen gedenken?« Er beugte sich hinab und küsste ihr die
Hand.

Sophie wurde blutrot. Beide schwiegen.

»Nun, steht ihr hier beide so allein?« sagte in diesem Augenblick die Mutter, welche sich ihnen auf einem Seitenwege näherte.

Otto bückte sich noch tiefer und brach eine der schönen Levkoyen ab, die über die Rabatte hinaushingen.

»Rauben Sie Louise ihre schönsten Blumen?« sagte sie lächelnd. »Gerade dieses Beet lässt sie am wenigsten von einer fremden Hand entweihen!«

»Ich war so unglücklich, eine Blume desselben zu brechen!« versetzte Otto verlegen.

»Er wollte mir die dunkelrote Nelke zu meinem Kranz auf dem Mittagstisch pflücken,« bemerkte Sophie, um ihm zu Hilfe zu kommen. »Wenn er sie nahm, war mein Gewissen nicht beschwert!«

Darauf promenierten sie alle drei gemeinsam weiter, plauderten von Kirschen und Stachelbeeren, von der Leinwand auf der Bleiche und von dem warmen Sommertag.

Am Abend saßen Eva und die beiden Schwestern bei ihren Handarbeiten; Otto und Wilhelm hatten neben ihnen Platz genommen. Sie unterhielten sich von Kopenhagen.

Sophie wusste ein Menge komischer Züge zu berichten, die ihr an den dortigen jungen Damen

aufgefallen waren. Otto ging auf ihre Ideen ein und
verstand es, ihre Erzählungen in geistreicher Weise
zu unterstützen. Was die weibliche Jugend hauptsächlich interessierte, wurde darauf zum Gegenstande des Gesprächs gemacht.

»Schon wenn es den Konfirmandenunterricht
besucht, erwacht in dem Mädchen die Schwärmerei.
Es empfindet einen gewissen Zug zu dem männlichen Herzen. Nur vor zwei Fremden darf es demselben jedoch erst Ausdruck verleihen: vor dem
Pfarrer und dem Arzt. Für diese beiden, namentlich
für den ersten, schwärmt es; mit ihm steht es in
einer Art geistigen Rapports. Seine leibliche
Liebenswürdigkeit verschmilzt mit seiner geistigen.
Des Mädchens erste Liebe kann man deshalb am
besten die Pfarrerliebe nennen.«

»Das ist vortrefflich gesagt!« rief Sophie.

»Immer tiefer predigt er sich in des Mädchens
Herz hinein!« fuhr Otto fort. »Es zerschmilzt in
Tränen, küsst ihm die Hand, geht in die Kirche, aber
nicht um Gottes, sondern um des lieben Pfarrers
willen!«

»O, das kenne ich gar gut!« sagte Sophie und
lachte.

»Pfui, diese Ansicht kannst du unmöglich
teilen!« rief Louise. »Und ich begreife nicht, wie Sie,
Herr Zostrup, dergleichen behaupten können. Das
ist ja hässlich! Sie kennen nicht die Seele eines
jungen Mädchens, verstehen das reine Gefühl nicht,
in welchem es sich zu dem Mann hingezogen fühlt,
der ihm das Heiligtum der Religion öffnet. Treiben

Sie doch mit dem Unschuldigen, dem Reinen, das da weit von jeglichem irdischen Eindruck entfernt ist, nicht Ihren Spott!«

»Ich versichere,« entgegnete Otto lächelnd, »wäre ich Dichter, so würde ich in hundert witzigen Epigrammen diese Pfarrerliebe lächerlich machen; und wäre ich Lehrer, so würde ich vom Katheder herab gegen sie protestieren!«

»Das hieße Gift in einen Brunnen werfen!« versetzte Louise. »Sie können als Mann nicht das Reine, das Heilige fühlen, das sich in eines jungen Mädchens Brust regt. Eva, nicht wahr, du gibst mir recht?«

»Das ist auch Herrn Zostrups Ernst nicht!« erwiderte sie und blickte ihn mit einem Ausdruck sanften Vorwurfs an.

Wilhelm lachte laut.

34.

Ach, ich bin kein starker Baum –
Ach, ich bin die Blume nur,
Die des Maies Kuss geweckt,
Und von der nicht bleibt die Spur,
Wie das weiße Grab sie deckt!
Rückert.

Am folgenden Vormittag langte Besuch an; es waren zwei junge Damen ans Nyborg, Freundinnen von Sophie und Louise. Vor dem Mittagsessen beabsichtigte man einen Spaziergang durch das Wäldchen nach dem sogenannten »Glückshügel« zu unternehmen, auf welchem der Flachs in voller Blüte stand. Otto sollte den Damen das Geleit geben.

»Auch ich nehme an dem Ausflug teil!« sagte der Kammerjunker, der gerade, als sich die Damen mit Otto auf den Weg machten, in vollem Trab in den Hof sprengte. Die ganze Gesellschaft bestand also aus fünf Damen und zwei Herren.

»Das Vieh ist doch nicht etwa auf den Feldern, durch die unser Weg führt?« fragte Eva.

»Nein, mein gutes Mädchen,« versetzte Sophie, »du kannst völlig unbesorgt sein. Außerdem haben wir ja auch zwei Herren bei uns!«

»Die würden uns gegen die wilden Bullen allerdings keinen Schutz gewähren können!« äußerte Louise. »Allein wir haben nichts zu besorgen! Da, wo wir gehen, kommt das Vieh erst nach dem Melken hin. Ich kann mich auch nicht zu den Heldinnen zählen! Übrigens ist es noch gar nicht so lange her, dass der eine Bulle den Hirten fast getötet hätte. Sie erinnern sich wohl noch der Sidsel, jener Magd mit den zusammengewachsenen Augenbrauen? Die hat er ebenfalls erst vor Kurzem arg am Arm verletzt!«

»Auch gibt es hier im Wald eine wilde Sau mit elf Ferkeln!« versicherte Sophie mit ironischem Ernst, »deren Begegnung schwerlich glücklich ablaufen würde!«

»Sie kann uns ebenso gefährlich werden wie die Bullen!« bemerkte der Kammerjunker und lachte über Evas Befürchtungen.

Das Gespräch nahm darauf eine andere Richtung.

»Was meinen Sie?« fragte Sophie. »Wollen wir nicht Peer Krüppel einen Besuch abstatten? Dann können die Herren gleich die hübsche Schmiedstochter bewundern; sie ist doch in der Tat zu schön, um seine Frau zu sein!«

»Hat sich Peer Krüppel verheiratet?« fragte Otto.

»Nein, die Hochzeit wird erst kommenden Sonntag stattfinden!« erwiderte der Kammerjunker. »Aber die Braut befindet sich schon in seinem Haus. Den Sonntag vor acht Tagen wurden sie zum ersten Mal aufgeboten und zogen dann gleich zusammen. Nicht selten geschieht das sogar noch früher, wenn der Mann einer Frau nicht entbehren kann. – Sie hat ihn selbstverständlich nur des Geldes wegen genommen!«

»Ja, bei dem Bauer gibt die Liebe selten den Ausschlag,« meinte Louise. »Voriges Jahr hatten wir eine ganz junge Magd, die sich mit einem Mann verheiratete, der recht gut ihr Großvater hätte sein können. Nach ihrer eigenen Erklärung nahm sie ihn einzig und allein, weil er so gutes irdenes Geschirr hatte.«

»Das sind doch etwas gar zu zerbrechliche Dinge, um sich darauf zu verheiraten!« rief Otto.

Inzwischen hatten sie den Saum des Wäldchens erreicht. Hier lag ein kleines Haus, Hopfenranken hingen in üppiger Fülle über die Umfassung des Gärtchens vor der Tür hinab und die Katze stand mit gekrümmtem Rücken auf dem morschen Geländer des Ziehbrunnens. Sophie trat an der Spitze der ganzen Gesellschaft in die Wohnstube, in welcher Peer Krüppel mitten auf seinem Arbeitstisch saß und nähte; aber leicht und gewandt wie ein Kobold, glitt er sofort vom Tisch herab, um ihr die Hand zu küssen. Die schöne Schmiedstochter rührte in dem großen Grapen auf dem Herd. Johanniskräuter, zwischen Balken und Decke gesteckt, wuchsen üppig hervor und prophezeiten den Bewohnern des Hauses ein langes Leben. An der von Rauch geschwärzten Decke glänzten Heringsseelen, wie ein gewisser Teil der Eingeweide des Herings genannt wird, die Peer Krüppel nach dem Volksglauben an die Decke geschleudert hatte, vollständig überzeugt, dass er, so lange sie da hingen, vom kalten Fieber verschont bleiben würde.

Otto nahm an der Unterhaltung nicht teil, sondern blätterte in einem dicken Heft mit Liedern, die er vorfand; sie waren in ein Stück blaues Packpapier zusammengeheftet. Der größte Teil derselben trug Überschriften, wie »neue traurige Lieder« – »von der grässlichen Mordtat«, – »der freche Verbrecher«, – »der Teufel in der Lachsstraße«, – »Roats Sturz« und ähnliche Dinge, die heutzutage bei dem Bauer leider die besseren alten Volkslieder verdrängt haben.

Mit Louise, Eva und einer der Damen aus Nyborg ging Otto den Andreen, die, ehe sie Peer Krüppel und seine Braut verließen, ihnen noch einige Scherzworte zu sagen hatten, langsam voraus.

»Wollen wir über das Brachfeld nach dem Hünengrab gehen?« fragte Louise. »Wir haben heute klares Wetter und werden deshalb bis Seeland hinüber sehen können. Die Andern werden uns jedenfalls nachkommen, da sie uns von diesem Fußsteige aus sofort entdecken müssen.«

Otto öffnete das Gitter, und sie schlugen ihren Weg quer über das Brachfeld ein. Sie hatten schon eine ziemliche Strecke Weges zurückgelegt, als der Kammerjunker erst mit seinen beiden Damen den Fußsteig betrat, von dem aus sie die vorausgegangene Gesellschaft gewahren konnten.

»Sie wollen nach dem Hünengrab!« sagte er.

»Da werden sie wahrscheinlich einen kleinen Schreck bekommen!« meinte Sophie. »Auf einem Teil des Feldes dort drüben muss das Jungvieh

316

liegen. Bei der bedeutenden Entfernung, die sie von demselben trennt, kann in ihnen leicht die Besorgnis aufsteigen, dass sie die Kühe und die wilden Bullen vor sich haben.«

»Wollen wir sie nicht lieber zurückrufen?« fragte die andre Dame.

»Ein wenig Angst müssen wir ihnen doch einjagen!« versetzte Sophie. »Rufen Sie ihnen zu: Da ist das Vieh!«

»Das kann ich mit gutem Gewissen tun!« entgegnete der Kammerjunker, und nun schrie er, so laut er konnte: »Da ist das Vieh! Kehrt um, kehrt um!«

Eva vernahm es zuerst. »O, mein Gott!« stammelte sie, »hören Sie nur, was sie uns zurufen!«

Otto schaute rings umher, ohne von dem Vieh etwas zu entdecken.

»Jetzt stehen sie still!« sagte Fräulein Sophie, »rufen Sie noch einmal!«

Abermals ließ der Kammerjunker seine Stimme erschallen, und Sophie ahmte das Brüllen der Kühe nach. Bei diesem Lärm richtete sich das Jungvieh in die Höhe.

Nun wurde Louise es gewahr. »O, mein Gott!« rief sie, »dort drüben ist wirklich das ganze Vieh!«

»Lasst uns laufen!« schrie Eva und ergriff die Flucht.

»Um Gottes willen!« rief ihr Otto nach, »gehen Sie ruhig und langsam, sonst könnte es hinter uns herkommen.«

»Eilt, eilt!« tönte es vom Walde herüber.

»O, mein Gott!« schrie Eva laut, als sie bemerkte, wie das Vieh beim Anblick der Fliehenden den Schwanz emporhob.

»Nun kommen sie!« rief die Dame, welche sie begleitete, und stieß ebenfalls einen lauten Schrei aus.

Wie vom Winde getragen, floh Eva voran, hinter ihr her stürmte die Dame und Louise folgte atemlos.

Nun sah Otto in der Tat, wie alles Vieh, das bei der Flucht der Damen instinktmäßig nachsetzte, in gleicher Richtung, wie sie über das Feld dahinjagte.

»Er hatte jetzt keine andere Wahl, als mit den übrigen um die Wette nach dem Gitter zu eilen. Schnell öffnete er es und hatte es eben glücklich wieder geschlossen, als auch schon das Vieh dicht hinter ihnen war, aber keiner hatte sich so viel Ruhe bewahrt, um zu sehen, ob es groß oder klein wäre.

»Nun ist keine Gefahr mehr!« rief Otto, nachdem er das Gitter fest verschlossen hatte; allein die Damen flohen trotzdem, in einem großen Halbkreis die Bäume vermeidend, unaufhaltsam der Stelle zu, wo der Kammerjunker und seine beiden Damen sie bei ihrer Ankunft mit schallendem Gelächter empfingen.

Sophie fühlte sich über diesen Scherz so belustigt, dass sie sich vor Lachen an einen Baum lehnen musste. Der Anblick dieser Flucht wäre ein unbezahlbares Schauspiel gewesen! Eva an der Spitze, und Herr Zostrup als galanter Kavalier an allen vorüberstürmend, um das Gitter zu öffnen.

Louise war bleich wie der Tod, sie zitterte am ganzen Körper, während die Freundin Arm und Stirn an einen Baum lehnte und schwer atmete.

»Buh!« rief Sophie noch einmal und lachte.

»Aber wo ist denn Eva?« fragte Otto und rief ihren Namen.

»Sie lief vor mir her!« sagte Sophie. »Gewiss ruht auch sie unter einem Baum und sammelt Kräfte.

»Eva!« rief Sophie. »Wo bleibt mein Held? *I want a hero!!*«[34]

Otto ging zurück, um sie aufzusuchen. In demselben Augenblick kam Wilhelm. Der Kammerjunker bedauerte, dass er nicht hätte, Zeuge des Wettlaufs sein Können, und erzählte ihm den Vorfall.

---

[34] Byrons Don Juan.

»Kommen Sie doch, kommen Sie doch her!«
hörte man Otto rufen. Sie fanden ihn im hohen Gras
kniend. Eva lag totenbleich der Länge nach auf der
Erde ausgestreckt. Ihr Kopf ruhte auf Ottos Schoß.

»Gott im Himmel!« rief Wilhelm und warf sich
vor ihr nieder. »Eva, Eva! O, sie ist tot, und du
trägst die Schuld, Sophie, du hast sie getötet!«
Vorwurfsvoll blickte er die Schwester an, die, von
Schmerz ergriffen, in Tränen ausbrach und ihr Gesicht mit den Händen bedeckte.

Otto lief nach dem Bauerhaus und holte
Wasser. Peer Krüppel selbst hüpfte wie ein Gnom
durch die hohen Nesseln und großen Kletten, die
über ihm zusammenschlugen, hinter demselben her.

Der Kammerjunker nahm Eva auf seinen
starken Arm und trug sie nach dem Bauerhaus.
Während des Ganges ließ Wilhelm nicht einen
Augenblick ihre Hand los. Schweigend folgten die
Übrigen.

»Sucht sie nach Hause zu schaffen!« sagte
Wilhelm, »ich werde selbst den Arzt holen. Mit
diesen Worten stürzte er zum Haus hinaus, eilte
durch das Wäldchen nach dem Gut und befahl
einigen Knechten, einen Tragsessel zum Transport
der Kranken hinüberzubringen. Darauf ließ er einen
der leichtesten Wagen anspannen, setzte sich selbst
als Kutscher hinein und jagte, was die Pferde laufen
wollten, nach Nyborg, der nächsten Stadt, die
jedoch beinahe drei Meilen entfernt war.

Sophie war untröstlich. »Ich trage allein die
Schuld!« sagte sie und weinte.

Otto fand sie unter einem Holunderstrauch vor dem Hause sitzend. Sie hatte die Blässe Evas nicht länger anzusehen vermocht.

»Sie sind daran unschuldig!« versicherte Otto. »Glauben Sie mir, morgen wird Eva wieder vollkommen gesund sein. Sie selbst,« fügte er beruhigend hinzu, »hat sich völlig unklug benommen. Ich warnte sie und bat sie, nicht zu laufen. Ihre eigene Furchtsamkeit ist an allem Schuld.«

»Nein, nein!« erwiderte Sophie, »meine Albernheit, mein Mutwille hat das ganze Unglück angerichtet!«

»Es geht jetzt schon weit besser!« berichtete der Kammerjunker, der so eben aus dem Hause trat. »Sie ist aber auch teufelsmäßig schüchtern, vor einigen Kälbern, vor so wenigem Jungvieh gleich so fortzulaufen! Trotzdem es ein so trauriges Ende nahm, muss ich immer noch lachen, wenn ich daran denke!«

Jetzt langten die Knechte an, die Wilhelm mit dem Tragsessel herübergeschickt hatte.

Eva fühlte sich stark genug, gehen zu können, wenn sie sich auf einen von ihnen stützen dürfte. Einstimmig waren aber alle übrigen der Ansicht, dass es besser wäre, sie ließe sich tragen.

»Fühlst du keine Schmerzen mehr?« fragte Louise und küsste sie schwesterlich auf die Stirn.

»Nein, gar keine!« entgegnete Eva. »Seien Sie mir nicht böse, dass ich Sie so erschreckt habe. Ich

bin so furchtsam, und die Bullen waren schon dicht
hinter uns!«

»Es waren ja, so wahr mir Gott helfe, nur
Kälber!« beteuerte der Kammerjunker. »Sie wollten
spielen, und liefen nur, weil Sie alle liefen!«

»Es war ein unbesonnener Scherz von mir!«
sagte Sophie und ergriff Evas Hand. »Ich bin ganz
unglücklich darüber!«

»O, nicht doch!« erwiderte Eva wehmütig froh.
»Morgen befinde ich mich gewiss wieder ganz
wohl!« Ihr Auge schien jemand zu suchen.

Otto verstand diesen Blick. »Es ist bereits nach
dem Arzt geschickt worden. Wilhelm hat es selbst
übernommen, ihn zu holen!«

Als sie ungefähr in der Mitte des Wäldchens
waren, kam ihnen die Mutter entgegen. Sie sah eben
so blass wie Eva aus.

Alle suchten sie zu beruhigen; Eva bückte sich,
um ihr die Hand zu küssen. Kopfschüttelnd vernahm sie den Vorfall aus dem Mund des Kammerjunkers. »Was für ein unkluger, törichter Scherz!«
sagte sie. »Da sehen wir die Folgen!«

Erst spät am Nachmittage kam Wilhelm mit
dem Arzt. Letzterer fand die Patientin außer aller
Gefahr und schrieb die Behandlungsweise derselben vor. Ruhe und die warme Sommerluft wären
die besten Heilmittel für sie.

»Sehen Sie,« sagte Otto, als er mit Sophie gegen Abend im Garten zusammentraf, »heute vermochte Wilhelm sein Gefühl nicht zu verbergen!«

»Ich befürchte, dass Sie recht haben!« versetzte Sophie. »Er liebt Eva! Das ist doch recht unglücklich. Erzählen Sie mir, was Sie über dieses Verhältnis wissen!«

»Ich weiß so gut wie nichts!« sagte Otto und berichtete darauf von dem ersten Zusammentreffen mit dem kleinen Jonas.

»Das hat er uns schon alles selbst mitgeteilt! Aber wissen Sie nicht mehr?« Ihre Stimme wurde weich und vertraulich, und mit einer gewissen Innigkeit blickte sie ihm ins Auge.

Er gab ihr darauf kurz den Inhalt des Gespräches an, welches er im vorigen Herbst mit Wilhelm gehabt hatte, wie dieser über seine aufrichtige Warnung böse geworden und seitdem zwischen ihnen von Eva nie wieder die Rede gewesen wäre. »Ich muss meine Furcht der Mutter entdecken!« sagte Sophie. »Fast freue ich mich nun darüber, dass er schon in zwei Monaten seine Reise antritt, obgleich wir dann auch Sie verlieren!«

Und Ottos Herz klopfte, das Geheimnis seines Herzens schwebte ihm auf den Lippen, jeden Augenblick wollte er es aussprechen. Allein Sophie hatte stets eine neue Frage über den Bruder an ihn zu richten. Sie waren bereits aus dem Garten, waren schon auf dem Hof, und noch immer hatte Otto nichts gesagt.

Deshalb war er so wortkarg, als er spät abends mit Wilhelm ihr gemeinschaftliches Schlafzimmer aufsuchte. Wilhelm sagte ebenfalls kein Wort, aber sein Auge ruhte öfter erwartungsvoll auf Otto, als ob er hoffte, dass dieser das Schweigen brechen würde. Wilhelm stellte sich an das offene Fenster und sog die frische Luft in vollen Zügen ein. Plötzlich aber drehte er sich um, schlang seine Arme um Otto und rief: »Ich kann es nicht aushalten! Einem muss ich es gestehen! Ich liebe sie und werde sie nie aufgeben, wenn sich auch alle meinen Wünschen widersetzen! Seit Monaten habe ich bis jetzt meine Gefühle verheimlicht, jetzt vermag ich es nicht länger, oder ich sänke zum elenden Schwächling herab, und dazu bin ich nicht geschaffen!«

»Weiß sie es?« fragte Otto.

»Ja und nein! Ich weiß nicht, was ich darauf antworten soll. Hier im Hause habe ich nie mit ihr allein gesprochen. Damals, als Weyse in Roeskilde die Orgel spielte, hatte ich für sie ein hübsches seidenes Tuch mitgebracht. Ich wollte ihr doch gern eine Freude machen! Als ich dort am offenen Fenster stand, kam eine Frau mit prächtigen Levkojen vorüber und bot mir einen Strauß derselben an, den ich auch kaufte. »Das sind schöne Blumen!« sagte Eva, als sie in das Zimmer trat. »Mir würden sie doch nur verwelken,« entgegnete ich, »setzen Sie sich dieselben in Wasser und behalten Sie sie!« Sie wollte nur eine einzige annehmen, allein ich nötigte ihr alle auf. Sie errötete, und ihr Auge schaute mir wunderbar tief in die Seele. Ich weiß nicht, was für ein Gefühl mich überschlich, aber es wäre mir nicht möglich gewesen, ihr das Tuch zu überreichen; es kam mir so vor, als ob darin eine Beleidigung für sie läge. Eva verließ mit den Blumen das Zimmer. Aber am nächsten Morgen schien sie mir unruhig zu sein. Ich bemerkte, dass sie beim Abschied bald rot und bald blass wurde! – Sie muss in meiner Seele gelesen haben – –!«

»Und das Tuch –?« unterbrach ihn Otto.

»Das schenkte ich meiner Schwester Sophie!« versetzte Wilhelm.

35.

Sage mir,
Was mein Herz begehrt? –
Mein Herz ist bei dir,
Halt' es werth!
Westöstlicher Divan von Goethe.

Wieder steht dort in dem Zimmer
Jener Mann, heimtückisch lauernd.
Reiseerinnerungen von B. S. Ingemann.

Nach einigen Tagen war die Röte wieder auf Evas Wangen zurückgekehrt. Bei ihrem ersten Ausgang begab sie sich mit den Übrigen auf das Feld, um das Rapsstroh brennen zu sehen. Es war in zwei ungeheuere Haufen zusammengefahren. Zur festgesetzten und in der ganzen Gegend bekannt gemachten Morgenstunde, damit niemand glauben möchte, es wäre Feuer ausgebrochen, wurde das Stroh angezündet. Es lag auf dem nächsten Feld in unmittelbarer Nähe des Guts, auf welchem der Raps auf einem ausgespannten Segel ausgedroschen war.

Auf einem Gemälde des Landschaftsmalers Dahl erblickt man den brennenden Vesuv, aus dessen Krater die glühende Lava herabströmt. Der Hintergrund zeigt den Meerbusen bis nach Neapel und Ischia. Es gehört zu den effektvollsten Gemälden. Obgleich das flache Dänemark, das an großen Naturszenen arm ist, keine so glänzende Situation aufzuweisen hat, so bot dieser Morgen hier doch ein Gemälde von ähnlichem Farbenspiel dar. Wir wollen es uns etwas näher ansehen. Den Vordergrund nimmt eine Hecke von Haselnuss-

stauden ein, deren Nüsse büschelweise herab-
hängen und mit ihrem hellen Grün stark gegen die
dunkeln Blätter abstechen. Blaue Zichorienblumen
und blutroter Mohn bedecken die Grabenborde
neben dem hohen Steg, über welchen die Damen
hüpfen. Die zarte Sylphegestalt ist Eva. Auf dem
Feld, aus dem nur die gelben Stoppeln hervorragen,
stehen Otto und Wilhelm; zwei prächtige Jagdhunde umkreisen sie wedelnd. Linker Hand gewahrt das Auge einen kleinen, mit Schilf und
Wasserlilien fast zugewachsenen See. Gelbe
Wiesenblumen bilden um ihn gleichsam Rabatten.
Vorn, wo der Wald eine Biegung macht, liegt wie
eine Scheune hoch, das zusammengefahrene Stroh.
Der Knecht schlägt Feuer an und setzt die Schober
an ihrem äußersten Rand in Brand. Schnell wie die
herabströmende Lava läuft nun das rote Feuer die
Riesenhaufen hinan. Es knistert und braust in ihnen.
In einem Augenblick sieht man nur noch zwei
brennende Hügel; hoch schlägt die rote Flamme in
die blaue Luft empor, hoch über den Wald hinaus,
der jetzt nicht mehr zu sehen ist. Ein dicker
schwarzer Rauch steigt in die klare Luft und
schwebt hoch oben, wie eine Wolke über der
Gegend. Aus den Flammen und dem Rauch trägt
der Wind große Feuerballen in die Höhe, welche
sprühend und knisternd auf den Wald zu getrieben
werden. Es sieht ängstlich aus, wie sie an den
nächsten Bäumen hängen bleiben und Zweige und
Blätter versengen.

»Lasst uns weiter zurücktreten,« sagte Sophie,
»die Hitze wird hier zu drückend!« Sie zogen sich
bis an den Graben zurück.

»Was für eine Menge Nüsse,« rief Wilhelm, »und von diesen soll ich nicht eine einzige bekommen! Wenn sie reif sind, bin ich schon längst fort!«

»Allein Sie bekommen Trauben und andere köstliche Früchte!« erwiderte Eva lächelnd. »Wir müssen uns mit dem Schönen in der Heimat begnügen!« –

»Ja, in der Heimat ist es auch schön, sehr schön!« rief Wilhelm. »Hier gibt es herrliche Blumen, wilde Nüsse, und da haben wir sogar den Vesuv vor uns!« Mit diesen Worten wies er auf die brennenden Haufen.

»Nein!« versetzte Sophie, »mir scheinen sie mehr einem Scheiterhaufen zu gleichen, auf welchem sich die Hindu-Witwen lebendig verbrennen lassen! Ein solcher Tod muss entsetzlich sein!«

»Jedenfalls muss er schnell eintreten!« erwiderte Eva.

»Möchtest du dich wirklich verbrennen lassen, wenn du eine Hindu-Witwe wärst, z. B. des Herrn Zostrup oder Wilhelms,« sagte sie leicht hingeworfen, »wenn er tot im Feuer läge?«

»Verlangte es die Landessitte, und hätte ich wirklich die einzige Stütze verloren, die ich in der Welt besäße, ja, dann würde ich es tun!«

»O, nein, nein!« rief Louise.

»Im Grunde ist es erhaben!« meinte Sophie.

»Der Schmerz ist dabei vielleicht nicht einmal das Peinlichste!« sagte Otto und pflückte zerstreut einige Nüsse von der Hecke; »ich kenne ein Märchen von schmerzlicheren Brandwunden.«

»Wie lautet es?« fragte Wilhelm.

»In großer Gesellschaft lässt es sich nicht erzählen; man darf es einander nur unter vier Augen mitteilen. Bei Gelegenheit will ich es einmal erzählen.«

»O, ich kenne das Märchen, welches Sie meinen,« entgegnete Wilhelm. »Sie können es ja einer meiner Schwestern erzählen, welcher Sie es gerade am liebsten anvertrauen wollen. Ich für mein Teil werde oder muss es vielmehr Eva mitteilen!«

»Es ist noch zu früh am Tag, um Märchen anzuhören,« versetzte Louise, »lasst uns lieber ein Lied singen!«

»Nein, dann müssen wir noch vor Abend weinen!« erwiderte Wilhelm, und sie kamen um den Gesang, wie um das Märchen.

Die Mutter erschien endlich auch in Begleitung ihres alten treuen Lieblingshundes Wasser; die beiden wollten doch auch sehen, wie herrlich sich das Feuer ausnähme. Das Rapsstroh ging zur Neige; der andere Brand, von dem das Märchen zu erzählen wusste, ja, der kam noch nicht zum Ausbruch, aber man konnte jede Stunde am Tage darauf gefasst sein.

Am Abend schritt Otto allein durch die große Kastanienallee. Hell schien der Mond durch die Zweige der Bäume. Als er in den mittleren Hof schritt, liefen ihm Wilhelm und Sophie, nur auf den Fußspitzen leise auftretend, entgegen. Schweigen gebietend, hob Sophie die Hand auf.

»Kommen Sie!« flüsterte sie ihm zu, »das ist eine Szene zum Malen! – In der Leutestube, in welche man vom Hof aus ganz gut durch das Fenster hineinblicken kann, geht es lustig her!«

»Ja, kommen Sie!« bat auch Wilhelm.

Otto schlich sich leise hin. Ein Lichtschimmer fiel durch das Fenster.

In der Stube wurde gelacht und laut gesprochen. Einer schlug auf den Tisch, ein anderer stimmte das alte Volkslied an:

>»Und ich will reisen ins Preußenland,
>Hurra!
>Und als ich kam ins Preußenland
>Hurra!« – –

Otto blickte zum Fenster hinein.

An einem langen hölzernen Tische saßen einige Knechte und Mägde; am Ende desselben stand Sidsel in gebückter Stellung. Ihr Antlitz war glänzend rot; sie stieß einen Fluch aus und lachte. Niemand dachte daran, dass man sie belauschte. Aller Augen waren auf einen großen Kerl gewandt, der mit aufgeschlagenen Hemdärmeln und einem zinnernen Becher in jeder Hand dastand. Es war der
330

deutsche Heinrich, der ihnen seine Kunststücke vormachte. Otto erbleichte. Wäre vor seinen Augen ein Toter von der Leichenbahre aufgesprungen, es hätte ihm keinen größeren Schrecken einjagen können.

»Hokuspokus Larifari!« rief Heinrich und reichte einem halb erwachsenen Burschen, der zwischen dem Knaben- und Jünglingsalter stand, den einen Becher. »Hast du dir schon eine Liebste angeschafft, so verwandelt sich das Korn in diesem Becher in Mehl, bist du dagegen noch ein Gelbschnabel, so wird nur Grütze daraus!«

»Na, Anders Peersen!« sagten alle Mädchen und lachten, »nun werden wir ja sehen, ob du ein echter Mann bist!«

Sophie sprang fort.

Das schallende Gelächter und Händeklatschen verrieten den Ausgang.

»Ist das nicht derselbe, dessen Kunststücke wir im Tiergarten mit ansahen?« fragte Wilhelm.

»Freilich!« erwiderte Otto. »Er ist mir wahrhaft widerwärtig!« Nach diesen Worten folgte er Fräulein Sophie.

Als sich spät am Abend die Übrigen zur Ruhe begaben, schlug Wilhelm noch seinem Freunde Otto vor, mit ihm eine kleine Runde zu machen, wie er es nannte. »Ich glaube, Meg Merrilies, wie meine Schwester Sidsel nennt, hat des Gauklers Herz gewonnen, obwohl er recht gut ihr Vater sein könnte.

Als sie zusammen die Allee hinuntergingen, hatten sie sich viel zuzuflüstern. Vermutlich soll er diese Nacht in einer der Scheunen schlafen. Ich möchte doch nachsehen. Aller Wahrscheinlichkeit nach liegt er da und raucht noch eine Pfeife und kann uns das ganze Gehöft in Brand stecken. Wollen wir nicht hinabgehen? Wir nehmen Wasser und Fingal mit!«

»Lassen Sie ihn schlafen!« erwiderte Otto, »er wird doch nicht so närrisch sein, Tabak im Stroh zu rauchen. Aufrichtig gesagt möchte ich von ihm nicht gesehen werden. Er war wiederholt auf dem Gut meines Großvaters, wo ich mit ihm gesprochen habe, und seitdem plagt er mich. Nein, ich mag ihn nicht sehen!«

»So gehe ich allein!« sagte Wilhelm.

Ottos Herz klopfte heftig; er stand am offenen Fenster und schaute über den dunklen Wald hinaus, der vom Mond hell beschienen vor ihm lag. Unten im Hof hörte er Wilhelm die Hunde locken. Auch eine andere Stimme unterschied er, die wohl dem Verwalter angehören mochte; dann wurde es wieder still. Otto dachte an den deutschen Heinrich und an Sophie, an den guten und bösen Engel seines Lebens. Er malte es sich aus, wie sie ihm die Hand reichte, wie sie seine Braut wäre, und ihr Heinrich nun jene Vergangenheit enthüllte, bei deren Erinnerung ihm das Blut in den Adern stockte. Ihm war zumute, als stände ihm an diesem Abend noch etwas Böses bevor. »Ich fühle es im Voraus!« sagte er laut.

Wilhelm kam noch immer nicht.

Auf diese Weise verfloss fast eine Stunde. Endlich kehrte Wilhelm, von beiden Hunden, die bis an den Bauch schmutzig waren, begleitet, von seinem Streifzuge zurück.

»Trafen Sie jemand?« fragte Otto.

»Es war allerdings etwas da,« erwiderte Otto, »wenn auch nicht in der Scheune. Die dummen Hunde verleugneten ganz ihre Natur. Es war, als ob sich jemand die Mauer entlang und durch das Röhricht im Waldgraben schliche. Die Hunde setzten hinein, schauen Sie nur, wie sie aussehen. Augenblicklich kamen sie indes wieder zurück, winselten und ließen Schwanz und Ohren hängen. Es war mir nicht möglich, sie wieder hineinzubringen. Da wurde der Verwalter abergläubisch; aber sicherlich ist es doch der Gaukler gewesen, oder einer der Knechte, der ein Stelldichein hatte. Wie übrigens jemand in das Röhricht hineingehen kann, ohne bis an den Hals zu versinken, ist mir unerklärlich!«

Alles war draußen wieder ganz still. Die Freunde traten an das offene Fenster, hielten sich umschlungen und blickten in die schweigende Nacht hinaus.

36.

Bring' häusliche Hilfe
Incubus! Incubus!
Tritt hervor und mache den Schluss!
Goethes Faust.

Es gibt so bange Zeiten,
Es gibt so trüben Mut!
Novalis.

Am nächsten Morgen erzählte Wilhelm beim Kaffeetisch sein nächtliches Abenteuer. Die Schwestern lachten darüber; die Mama beobachtete dagegen Stillschweigen, verließ das Zimmer und kam erst nach einiger Zeit zurück.

»Wir haben einen Besuch von Dieben gehabt,« erzählte sie, »und fast hat es den Anschein, als ob der Diebstahl von den eigenen Leuten des Guts ausgeübt wäre. Sie haben sich über den Wäscheschrank hergemacht und sind gar nicht sehr rücksichtsvoll gewesen. Der hübsche alte silberne Becher, den mir die Großmutter vermachte, ist auch verschwunden. Ich hätte ihnen lieber den Wert des Silbers gegeben als das Stück verloren.«

»Befehlen die gnädige Frau nicht, dass das Sieb gehen soll?« fragte der alte Diener. »Es ist das ein ziemlich sicheres Mittel.«

»Das ist nur Aberglaube!« erwiderte sie; »bei demselben kann leicht ein Unschuldiger in Verdacht geraten.«

»Wie die gnädige Frau befehlen!« versetzte der
Diener kopfschüttelnd.

Inzwischen wurde eine allgemeine Hausunter-
suchung vorgenommen. Die Koffer des Gesindes
wurden untersucht, allein man fand nichts.

»Wenn Sie nur das Sieb gehen lassen wollten!«
wiederholte der alte Diener von Neuem.

Auf einer Promenade durch den Garten, die
Otto spät am Nachmittage unternahm, ließ er sich
mit dem Gärtner in ein Gespräch ein. Sie unterhielten sich über den Diebstahl.

»Das erfüllt jeden von uns mit Ärger,« sagte er,
»da wir die gnädige Frau und die ganze Herrschaft
lieb haben. Auf einem bleibt doch der Verdacht
ruhen. Wir trauten es der Sidsel zu, denn sie ist
grundschlecht. Wir Leute ließen unter uns das Sieb
gehen, aber es rührte sich bei ihrem Namen nicht
von der Stelle. Nachdem wir es auf eine Messerspitze gestellt hatten, nannten wir die Namen aller
Leute auf dem Gut, aber es stand, als wäre es festgenagelt! Allerdings bekamen wir etwas zu sehen,
was niemand geglaubt hätte. Ich will es auch gar
nicht erzählen, obgleich jeder von uns seine eigenen
Gedanken dabei hatte. Ich hätte einen Eid darauf
abgelegt, dass es nicht möglich wäre.«

Otto bat, ihm den Namen dessen, auf welchen
man den Verdacht lenkte, nicht zu verschweigen.

»Ihnen kann ich es ja wohl anvertrauen,« entgegnete er, »aber Sie dürfen es sich nicht merken
lassen. Als wir heut' Mittag um das Sieb standen,

und es sich bei Sidsels Namen nicht rührte, wurde sie leidenschaftlich, weil Worte gefallen waren, die ihr nicht angenehm sein konnten, wenn sie unschuldig war. Sie richtete sich in die Höhe und sagte: Hier auf dem Hofe gibt es ja noch mehr Leute, als wir, die wir uns schinden und plagen müssen! Es sind Fremde hier, und die feine Mamsell, und auch der Pächter. Ich will zwar niemanden des Diebstahls beschuldigen, aber alle müssen genannt werden.«

»Das taten wir denn auch. Ja, wir nannten sogar Ihren Namen, Herr Zostrup, obschon wir genau wussten, dass Sie keinen Anteil daran hatten; allein wir wollten nun einmal niemanden übergehen. Das Sieb stand auch ganz still, bis wir Evas Namen nannten; bei ihm ließ sich eine Bewegung wahrnehmen. Keiner von uns wollte daran glauben, und Peer behauptete auch geradezu, die Bewegung rühre vom Zug aus dem Schornstein her. Noch einmal nannten wir sämtliche Namen, und das Sieb stand, bis wir zu Evas kamen; wieder konnten wir ganz deutlich eine Bewegung bemerken. Da schlug der alte Peer gegen das Sieb, dass es auf den Fußboden fiel und schimpfte, dass es eine schändliche Lüge wäre; er wollte für Eva jegliche Bürgschaft übernehmen. Ich hätte es auch getan, aber sonderbar war es doch immer mit dem Sieb. Die Meisten haben nun doch ihre eigenen Gedanken, aber niemand möchte es der Herrschaft mitteilen, welche so große Stücke auf sie hält. Ich kann auch immer noch nicht so recht daran glauben.«

»Sie ist sicher unschuldig!« sagte Otto, und es betrübte ihn, dass irgendjemand auch nur den geringsten Verdacht gegen Eva hegen könnte. Er

336

dachte an den deutschen Heinrich und Sidsel, die ihm allein verdächtig vorkamen. Da fiel ihm plötzlich ein eigentümliches Experiment ein, das er einmal von Rosalie gehört hatte. Es schien ihm anwendbar und in psychologischer Hinsicht sicherer, als das mit dem Sieb.

»Es ist nicht unmöglich, dass es zur Entdeckung führt,« sagte er, als er Sophie und dem Verwalter seinen Plan mitgeteilt hatte.

»Wir wollen einen Versuch damit machen!« versetzte sie. »Ich halte den Plan für ganz vortrefflich. Ich muss mich dann auch mit der Probe unterwerfen, obgleich ich in das Geheimnis eingeweiht bin!«

»Ja wohl, Sie, Ihre Schwester, Wilhelm, Eva, wir alle müssen mit!« stimmte Otto bei. »Die Anregung dazu darf aber nicht von mir, sondern muss von dem Verwalter ausgehen.«

»Wahr, sehr wahr!« erwiderte dieser. »Also heute Abend, sobald es dunkel ist!«

Die Zeit kam, der Verwalter rief die Leute zusammen. »Jetzt,« sagte er, »weiß ich, wie wir den Dieb entdecken können!« Alle sollten in diesem vordersten Zimmer bleiben. Im Nebenzimmer, in welchem vollkommene Dunkelheit herrschte, stände rechts in der Ecke ein kupferner Kessel. An diesen sollten alle, indem sie einer nach dem anderen hineingelassen würden, herantreten und die Hand auf den flachen Boden desselben legen. Wer unschuldig wäre, dessen Hand bliebe weiß und rein, während die Hand des Schuldigen festbrennen und schwarz wie eine Kohle werden würde.«

»Wer nun,« schloss er seine Rede, »ein gutes Gewissen hat, gehe mit ihm und mit Gott hinein, berühre den Boden des Kessels, begebe sich darauf in das dahinter befindliche Zimmer und zeige mir dort seine Hand. Jetzt gehe ich, um euch in Empfang zu nehmen.«

Die Töchter, die Freunde, Eva, und alle Leute traten den Weg an. Der Verwalter fragte jeden Ankommenden: »Sage mir auf dein Gewissen, ob deine Hand den flachen Boden des Kessels berührte?«

Alle antworteten: »Ja!«

»So zeige mir denn deine Hand!« fuhr er fort, und sie zeigten sie ihm, und bei Allen war sie schwarz; Sidsels allein war weiß.

»Du bist die Diebin!« erklärte der Verwalter bestimmt. »Dein böses Gewissen hat dich geschlagen. Du hast nicht den Kessel berührt, nicht deine Hand auf seinen Boden gelegt; sonst wäre sie wie die der Anderen schwarz geworden. Der Kessel war inwendig mit Kienruß bestrichen; diejenigen, welche sich ihm mit gutem Gewissen näherten, weil sie dessen gewiss waren, dass ihre Hand rein bleiben würde wie ihr Gewissen, wurden gerade schwarz! Du hast dich selbst gerichtet. Gestehe, oder es wird dir übel ergehen!«

Sidsel erhob ein grässliches Geschrei und warf sich auf die Knie. »Gott, steh mir bei!« rief sie und bekannte dann, dass sie die Diebin wäre. Eine

Bodenkammer wurde zum Gefängnis eingerichtet; hier wurde die Delinquentin eingesperrt, bis die Sache am folgenden Tage dem Amtsrichter zur Anzeige gebracht werden könnte.

»Sie muss nach Odense ins Zuchthaus und Wolle spinnen!« sagte Wilhelm, »da gehört sie hin!«

Als sich die Familie um den Teetisch versammelt hatte, scherzte Sophie über die Tagesbegebenheiten, Eva aber sagte bedauernd: »Die arme Sidsel!«

»In England würde sie gehängt werden,« erklärte Wilhelm, »das würde kein übler Anblick sein.«

»Abscheulich!« erwiderte Louise, »die Unglücklichen müssen ja schon auf dem Weg dorthin vor Schreck sterben!«

»Im Gegenteil, das ist gerade lustig,« versetzte Wilhelm. »Höre selber, welch' herrliche Musik Rossini dazu gesetzt hat!« Darauf spielte er den Marsch aus der *gazza ladra*, unter dessen Klängen das junge Mädchen zum Galgen geführt wird. »Ist das nicht lustig? Ja, das ist ein Komponist!«

»Ich finde die Musik eher charakteristisch!« entgegnete Otto. »Nicht die Gefühle des Mädchens wollte der Komponist zum Ausdruck bringen. Es spricht sich in diesen Klängen die Freude des rohen Haufens über die herrliche Augenweide aus, die ihm der Anblick der Exekution gewährt. Es ist keine tragische Oper, und deshalb wählte der Komponist gerade diese Farbe.«

»Aus Ihnen redet nur der Widerspruchsgeist!«
erwiderte Wilhelm. »Die Ansichten, welche Sie da
äußern, habe ich noch von keinem Menschen gehört!«

»Wenn der Soldat Spießruten läuft, wird eben-
falls eine lustige Musik gespielt,« versetzte Otto.
»Gerade der Kontrast bringt hier die größte
Wirkung hervor.«

Ein eintretender Diener erzählte lächelnd, dass
Peer Krüppel, der Neuvermählte, wie er ihn nannte,
draußen stände und mit dem Baron Wilhelm zu
sprechen wünschte. »Er ist wegen eines Walzers
gekommen, den ihm der Herr Baron versprochen
haben.«

»Er kommt auffallend spät auf den Hof,«
meinte Sophie, »sonst pflegen doch die Bauern mit
der Sonne zu Bett zu gehen!«

Draußen auf dem Gang stand der An-
gemeldete, der seine Holzschuhe an dem Portal
zurückgelassen hatte, in bloßen Strümpfen, die
Mütze in der einen und einen großen Stock in der
andern Hand. Er wüsste, wie er sagte, dass es für
die Herrschaft noch Tag wäre. Da er gerade am
Hofe vorübergegangen wäre, hätte er gedacht, er
könnte vielleicht gleich den Walzer von Kopenhagen bekommen, den ihm der Herr Baron versprochen hätte. Er sollte morgen auf einer Hochzeit
spielen, und möchte ihn gern dazu haben, müsste
ihn jedoch erst einüben.

Sophie fragte nach seiner jungen Frau und
scherzte mit ihm über seine Wahl. Louise reichte
340

ihm eine Tasse Kaffee, die er draußen, im Gang stehend, trank. Otto konnte ihn durch die offene Tür sehen. Aus den sonderbaren Grimassen, die ihm Peer Krüppel schnitt, glaubte er den Wunsch herauslesen zu können, dass ihn derselbe zu sprechen wünschte. Als sich ihm Otto deshalb näherte, steckte ihm dieser ein Papier in die Hand, während er ihm mit einem sehr sprechenden Blick zu verstehen gab, dass er Stillschweigen beobachten möchte.

Otto ging auf die Seite und betrachtete das schmutzige Stück Papier, welches ungeschickt zusammengelegt und mit einem Klumpen Siegellack geschlossen war. Die sehr unleserlich geschriebene Adresse lautete:

»AN den wuLgeborenen Her Odto Zustraab.« Zuerst versuchte er das Billett beim Mondschein herauszubuchstabieren, allein selbst bei Licht ließ es sich nur schwer enträtseln.

Erst nach vieler Mühe gelang es ihm, den Sinn dieses halb deutschen, halb dänischen Kauderwelsches, von dessen Orthografie wir in der Aufschrift eine Probe gaben, herauszubekommen. Der Brief war von dem deutschen Heinrich. Er bat, Otto möchte ihn noch diesen Abend im Wald unfern Peer Krüppels Wohnung aufsuchen. Er hätte ihm eine Mitteilung zu machen, die des kleinen Ganges wohl wert wäre. Herrn Zostrups Ausbleiben würde demselben zu großer Betrübnis und zu großem Elend gereichen.

Eine seltsame Angst überfiel Otto. Wie war es ihm möglich, sich unbemerkt zu entfernen? Hin sollte und musste er; eine eigentümliche Angst trieb ihn fort. »Je früher, desto besser!« sagte er, eilte die Treppe hinab und schwang sich, da die Tür vielleicht Geräusch gemacht hätte, gewandt über das niedrige Gartengitter. Bald hatte er den Wald erreicht. Er fühlte sein eigenes Herz klopfen. »Ewiger Gott!« betete er, »stärke meine Seele! Befreie mich von dieser Angst, die mich überwältigt! Leite alles zum Besten!« Jetzt befand er sich in der Nähe von Peer Krüppels Haus. Eine Gestalt lehnte sich gegen den Brunnen. Otto blieb stehen, suchte zu unterscheiden, wer es wäre, und erkannte endlich den deutschen Heinrich.

»Was hat er mir zu sagen?« fragte Otto.

Schweigen gebietend hob Heinrich die Hand, winkte ihm und öffnete eine kleine Gittertür, die hinter das Haus führte. Mechanisch folgte ihm Otto.

»Auf dem Gutshof ist es ja schlimm hergegangen!« begann Heinrich. »Sidsel ist eingesteckt und wird morgen nach dem roten Hause in Odense am Bache abgeführt!«

»Und zwar nur nach Verdienst!« versetzte Otto; »übrigens kümmert mich das wenig.«

»Allerdings,« entgegnete Heinrich; »gewissermaßen geht das keinen von uns an. Allein Sie müssen doch ein gutes Wort für sie einlegen! Sie müssen diese Strafe von ihr abzuwenden suchen!«

»Sie ist aber völlig gerecht!« erwiderte Otto, »und was gibt mir überhaupt das Recht, mich in diese Angelegenheit zu mischen? Was hat er mir eigentlich zu sagen?«

»Der gute Herr müssen nicht böse werden!« begann Heinrich von Neuem, »aber es tut mir doch Leid um das arme Mädchen. Da Sie es nicht kennen, so kann ich mir freilich denken, dass das Unglück desselben Sie wenig rührt; aber Sie werden sogleich ganz andere Saiten aufziehen, wenn ich Ihnen nur ein einziges Wörtchen ins Ohr flüstre, wenn ich Ihnen entdecke, dass es Ihre eigene Schwester ist, Herr Zostrup!«

Vor Ottos Augen wurde es schwarz, Todeskälte ließ sein Blut fast erstarren, und seine Hände klammerten sich an der Mauer fest, sonst wäre er zur Erde gesunken; nicht ein Laut entschlüpfte seinen Lippen.

Mit einer gewissen Vertraulichkeit legte ihm der deutsche Heinrich die Hand auf die Schulter und fuhr mit erheuchelter Bewegung in der Stimme fort: »Das ist allerdings hart für Sie zu hören! Ich habe auch lange mit mir selbst gekämpft, ob ich es Ihnen mitteilen sollte. Indes lieber ein kleiner Schmerz als ein großer! Ich sprach gestern mit ihr, ohne jedoch Ihrer Erwähnung zu tun, obgleich es für mich doch ein eigentümliches Gefühl war, dass der Bruder mit dem gnädigen Fräulein oben an der Tafel saß, während die Schwester auf dem nämlichen Gutshofe als Schweinemagd dient. Nun hat man sie sogar noch eingesteckt! Es würde mir um des Mädchens wie um ihretwillen leidtun, Herr Zostrup, wenn morgen der Amtsrichter käme, und Ihre Schwester in die Klauen der roten Engel fiele, aus denen sie nicht wieder so leicht herauszubekommen wäre! Aber jetzt könnte ihr vielleicht noch geholfen werden. Im Lauf der Nacht – –. Ich werde schon auf der Lauer liegen –, ich werde mich in der großen Allee vor dem Gut aufhalten. Ist sie erst so weit gekommen, so befindet sie sich in Sicherheit; ich werde sie aus dieser Gegend des Landes fortführen. Ich will es Ihnen nur gestehen, dass wir uns gestern halb und halb verlobt haben. Sie begleitet mich, und Sie stellen der Besitzerin des Gutes vor, dass es das Beste sei, den Vogel fliegen zu lassen!«

»Aber wie kann ich nur? Wie kann ich nur?« rief Otto.

»Es bleibt doch immer Ihre Schwester!« sagte Heinrich, und beide verharrten einen Augenblick im Stillschweigen. »So werde ich denn um Mitternacht, wenn auf dem Hof alles ruhig ist, in der Allee warten!« sagte endlich Heinrich.

»Ich muss!« rief Otto, »ich muss! Gott helfe mir!« –

»Jesus Maria helfe!« sagte Heinrich, und Otto verließ ihn.

»Sie muss meine Schwester sein, sie, die Entsetzlichste von Allen!« seufzte er. Seine Knie wankten, er musste sich an einen Baum lehnen, Totenblässe lagerte auf seinem Antlitz, kalte Schweißtropfen standen ihm auf der Stirn. Ringsum verbreitete der Wald dunkle Nacht; nur nach der linken Seite hin schimmerten durch das Gestrüpp die Strahlen des Mondes vom See zurück.

»Dort hinein!« seufzte er. »Alles wäre dann
vergessen, meinem Jammer wäre ein Ende gemacht!
– Was für eine Schuld habe ich mir denn vorzu-
werfen? War ich denn schon, ehe ich auf dieser Erde
geboren wurde? Soll ich hier für Sünden büßen, die
ich in einer andern Welt beging?« – Leblos starrte
sein düsteres Auge aus dem bleichen Antlitz hervor.
So sitzt in schweigender Mitternacht der Tote auf
seinem Grab, so schaut der Nachtwandler auf die
lebende Welt um sich her. – »Diesen Augenblick
hatte ich vorausgefühlt; dieser Augenblick, der jetzt
erschienen ist, war die Quelle, die ihr Gift über
jeden Tag meiner Jugend spritzte. Sie ist meine
Schwester! Sie? Ich Unglückseliger!« Tränen
stürzten ihm aus den Augen, ein förmlicher Weinkrampf überfiel ihn, laut schluchzte er, denn es war
ihm unmöglich, seine Stimme zu dämpfen. Er sank
halb am Baum nieder und weinte, da die Nacht
seine Seele umhüllte. Schwere bittere Tränen entströmten seinen Augen, wie das Blut strömt, wenn
das Herz durchbohrt wird. Wer konnte ihm hier
Trost spenden? Für ihn lag kein Balsam in dem
milden Wehen der hellen Sommernacht, im
Waldesduft, in der heiligen schweigenden Natur.
Armer Otto!

> Die Thrän', die deinem Aug' entfällt,
> Gibt Ruhe dir, denn eine Welt
> Ist sie voll Schmerz und Weh und Lust,
> Die dir herabrollt von der Brust.

> Ja, schaust du weinend himmelwärts,
> Wird leichter dir es bald ums Herz,
> Denn auch der schwerste Kummer weicht
> Der Thränenflut gar bald und leicht.

Glaubst du, dass er, der gnädig schaut,
Aufs kleinste Würmchen selbst im Kraut,
Dass er, der alles trägt und hält,
Vergessen könnte einer Welt?

37.

Mourir! C'est un instant de supplice ...
mais vivre ... ?
Fréderic Soulié.

Der Arzt aus Nyborg, der einen Kranken auf
einem der Nachbargüter besucht hatte, benutzte die
Gelegenheit, um sich nach Evas Befinden zu er-
kundigen. Man hatte ihn aufgefordert, hier zu übernachten, und die Rückfahrt lieber erst in der
Morgenstunde als noch so spät am Abend anzutreten. Er ließ sich überreden. Otto fand bei seiner
Rückkunft ihn und die Familie in tiefem Gespräch.
Man redete von den Geisterbriefen.

»Wo sind Sie denn gewesen?« fragte Fräulein
Sophie, als Otto eintrat.

»Sie sehen so blass aus!« bemerkte Louise.
»Sind Sie krank?«

»Ich fühle mich nicht wohl!« erwiderte Otto.
»Deshalb ging ich auf einige Augenblicke in den
Garten hinab. Jetzt ist mir aber schon bedeutend
besser.« Und er nahm an der Unterhaltung teil.

Der ihn völlig niederschmetternde Schmerz
hatte sich bereits in Tränen aufgelöst, die dumpfe
Betäubung war von ihm gewichen, und seine Gedanken suchten einen Lichtpunkt, an den sie sich
anklammern könnten. Von Mastrichs umfangreichen Höhlen erzählt man, dass sie sich zu tiefen
Gängen und mächtigen Domen ausdehnen, in
welchen sich der Laut verliert, und das Licht, das

selbst die nächsten Gegenstände nicht zu erreichen vermag, nur wie ein feuriger Punkt erscheint. Um diese Leere und dieses Dunkel auf die Besucher in vollem Maß wirken zu lassen, löscht der Führer seine Fackel aus, und nun ist alles Nacht. Man wird gleichsam von der Dunkelheit durchströmt, die Hand greift unwillkürlich nach einer Mauer, um sich die Gewissheit zu verschaffen, dass man sich wenigstens noch auf einen Sinn verlassen kann. Das Auge sieht nichts, das Ohr hört nichts. Entsetzen ergreift den Stärksten. Dasselbe Dunkel, dasselbe verwandte Gefühl hatten Heinrichs Worte Ottos Seele eingehaucht. Deshalb sank er, wie der Besucher jener Höhlen zu Boden; aber wie sich dessen ganze Seele durch das Auge an den ersten Funken heftet, der plötzlich aufleuchtet, um die Fackel wieder anzuzünden, die ihn aus diesem Grab hinausleiten soll, so klammerte sich auch Otto an den ersten Gedanken an, der ihm eine Aussicht auf Hilfe zu geben schien. »Wilhelm? Seine Seele ist edel und gut, ihn muss ich in mein schmerzliches Geheimnis einweihen, das ihm fast schon der Zufall einmal enthüllt hätte.« Aber wie der erste Funke erlischt, den der Stahl dem Stein entlockt, so erlosch auch dieser Gedanke bald wieder in ihm. Es war ihm nicht möglich, sich Wilhelm anzuvertrauen; das dadurch zwischen ihnen hervorgerufene Verhältnis hätte sie voneinander entfernen müssen; es hätte für ihn nur demütigend sein können. Aber Sophie? Nein, wie hätte er ihr dann die Liebe seines Herzens aussprechen können? Wie tief würde er dann als ein Sohn der Armut und Schande unter ihr stehen! Aber der Mutter? Ja, sie war sanft und gut, mit einer mütterlichen Gesinnung reichte sie ihm die Hand und betrachtete ihn wie einen nahen Verwandten. Seine Gedanken erhoben sich, seine Hände falteten sich zum Gebet. Wer nur den lieben Gott lässt walten!« sprachen unwillkürlich seine bebenden Lippen. Neuer Mut erfüllte erquickend sein Herz. Menschenhilfe glich den Funken, die bald erlöschen, Gott war die ewige Fackel, die ihm ein Licht auf seinem Weg sein und aus dem Dunkel herausführen würde. »Allmächtiger Gott, du allein kannst und willst!« betete er. »Du, der Du die Herzen kennst, Du allein hilf mir und leite mich!« Sein Entschluss stand fest. Keinem Menschen wollte er sich anvertrauen; allein wollte er die Gefangene befreien und sie Heinrich übergeben. Er dachte an die Zukunft, und noch dunkler und schwerer als sonst zeigte sie sich ihm jetzt. Allein wer Gott vertraut kann nie verzagen. Jetzt handelte es sich nur darum, sich den Schlüssel zu Sidsels Gefängnis zu verschaffen. Dann wollte er, wenn sich auf dem Schloss alle zur Ruhe begeben hätten, das Wagnis unternehmen.

Jede kräftige Seele gewinnt Mut und Ruhe, wenn sie erst die Möglichkeit sieht, ihr Werk auszuführen. Mit angenommener Lebhaftigkeit mischte sich Otto in die Unterhaltung; niemand ahnte, welchen Kampf seine Seele gekämpft hatte.

Es ward hin und her gestritten. Wilhelm glänzte durch Beredsamkeit. Der Doktor räumte den Geisterbriefen den ersten Rang in der dänischen Literatur ein. Einst hatte Sophie diese Ansicht geteilt, jetzt zog sie Coopers Romane diesem wie allen übrigen Büchern vor.

»Man vergisst so leicht das Gute über dem Neuem!« sagte Wilhelm. »Ist nun das Neue noch dazu eine überraschende Leistung, so hält die

Menge den Autor leicht für den größten Dichter. Ästhetisch betrachtet befindet sich die Nation noch in der Entwickelungsperiode. Jeder wirklich Gebildete, der sich zu den Besten seines Zeitalters rechnen kann, bekommt durch die Betrachtung seiner eigenen Fortschritte im Reiche des Geistes, Klarheit über die Entwickelung der Nation. Diese hat, wie er, ihre verschiedenen Perioden; bei ihm vermag ein großer Lebensmoment, bei dieser eine erschütternde Weltbegebenheit bisweilen einen plötzlichen Fortschritt zu bewirken. Das Publikum ist wankelmütig, heut' streut es Palmen, morgen ruft es: kreuziget ihn! Allein das betrachte ich eben als einen Entwickelungsmoment. Erlauben Sie, dass ich, um mich deutlich zu machen, ein Bild anwende. Der Botaniker durchstreift Wald und Flur, und sammelt Blumen und Pflanzen; jeder einzelnen derselben wendet er, während er sie pflückt, sein ganzes Interesse, sein ganzes Denken zu; aber der Eindruck einer jeden weicht stets der nächsten. Erst nach längerer Zeit ist er imstande, seinen ganzen Schatz zu genießen und ihn nach Wert und Seltenheit zu ordnen. In ähnlicher Weise greift das Publikum nach Blumen und Gewächsen; wir sind zwar Zeuge seiner emsigen Beschäftigung mit allem Neuen, was auf dem Gebiet der Literatur erscheint, aber noch ist es nicht in den Besitz des Ganzen gelangt. Eine Zeit lang wurde dem Sentimentalen der Vorrang gewährt; der Dichter hieß der Größte, der diese Saiten am besten anzuschlagen verstand; dann ging man zum Gepfefferten über und fiel über lauter Räuber- und Rittergeschichten her. Dann wieder erregte das prosaische Leben Gefallen, und Schröder und Iffland wurde die Palme zuerkannt. Uns eröffneten des Nordens Kraft, Helden und Götter einen neuen bedeutungsvollen Schauplatz. In dieser Zeit schwärmten wir für Trauerspiele. Später ging das Gefühl in uns auf, dass diese doch nicht von dem Fleisch und Blut der Gegenwart wären. Der kleine flatternde Vogel, das Singspiel, lockte uns aus dem dunklen Wald, lockte uns in unser eigenes Haus hinein, in welchem es so warm und gemütlich ist, und in dem man vor allem lachen darf, was für uns Dänen doch ein offenbares Bedürfnis ist. Man darf nicht, wie die Menge, das, was auf der Woge schwimmt, unbedingt als das Oberste anerkennen, sondern muss das Gute einer jeden Zeit schätzen und später ordnen, wie der Botaniker seine Pflanzen ordnet. Jedes Volk muss während des poetischen Sonnenscheins seine Empfindsamkeitszeit, seine Sturm- und Drangperiode, seine Lust an der Heimat und sein leichtsinniges Hinausflattern in die Fremde haben; es muss sich in Einzelheiten verlieren, bevor es die Schönheit des Ganzen erfasst. Jeden Dichter verfolgt der unglückliche Gedanke, dass er das Rad der Zeit sei, während er doch nur, wie Menzel sagt, mit seiner ganzen für ihn schwärmenden Partei ein einzelnes Rad in der großen Maschine ist, ein kleines Glied in der unendlichen Schönheitskette!«

»Du sprichst ja wie ein Plato!« sagte Sophie.

»Würden wir auf dem Gebiet der Musik ebenso wie auf dem der Poesie übereinstimmen,« bemerkte Otto, »so würde in unseren Kunstanschauungen die vollste Einigkeit unter uns herrschen. Mir gefällt die Musik am besten, die durch das Ohr zum Herzen dringt und mich mit sich fortreißt. Kann sie dagegen lediglich vom Verstand bewundert werden, so ist sie mir fremd!«

»Das beruht eben auf Ihren falschen Ansichten, teurer Freund!« versetzte Wilhelm. »In der Ästhetik sind Sie auf dem Reinen, allein in der Musik befinden Sie sich noch weit draußen im Vorhof, in welchem die große Menge mit Zimbeln und Trompeten um das musikalische goldene Kalb tanzt!«

Nun versetzte die ästhetische Einigkeit sie in musikalische Uneinigkeit. Bei ähnlichen Gelegenheiten hatte Otto noch stets das Schlachtfeld behauptet; er hatte stets dem Angreifer durch treffende oder originelle Bemerkungen zu imponieren verstanden. So beweglich, ja exaltiert könnte man sagen, Otto heut' Abend auch war, so zeigte er doch nicht die Ruhe, die Bestimmtheit in seinen Gedanken und Worten, die ihm sonst den Sieg verlieh.

Es verstrich eine lange Stunde, und eine noch längere, noch qualvollere begann mit dem Abendessen. Das Gespräch drehte sich um die Tagesbegebenheiten. Otto beteiligte sich an demselben und suchte Nutzen daraus zu ziehen. Es war für ihn ein wahres Seelenleiden. Sophie lobte laut seinen Erfindungsgeist.

»Ohne Herrn Zostrup,« sagte sie, »wäre die Diebin schwerlich entdeckt worden. Wir haben Herrn Zostrup dafür zu danken, und namentlich für das wirklich ergötzliche Schauspiel!«

Man scherzte darüber und lachte, und Otto musste mitlachen.

»Jetzt sitzt sie in einer kleinen Bodenkammer gefangen,« bemerkte er. »Sie wird eine unbehagliche Nacht zubringen.«

»O, sie schläft vielleicht besser als irgendjemand von uns,« entgegnete Wilhelm. »Dergleichen ist nicht imstande, sie zu genieren.«

»Sitzt sie denn nicht in dem Dachstübchen nach dem Hof hinaus?« fragte Otto. »Da hat sie ja nicht einmal Mondschein!«

»Ei freilich, den hat sie!« versetzte Sophie. »Sie befindet sich in der rechts gelegenen Mansarde nach dem Wald hinaus. Wir haben sie dem Mond so nahe gebracht, wie es die Verhältnisse irgend gestatteten. Die Dachstube auf dem obersten Boden dient uns als Gefängnisturm.«

»Ist sie aber auch fest eingeschlossen?« fragte Otto.

»Die Tür ist durch ein Vorlegeschloss und einen starken Riegel gesichert, die sie nicht aufzubrechen vermag, und ihretwegen tut keiner hier auf dem Gut auch nur einen einzigen Schritt. Sie sind alle nicht gut auf sie zu sprechen.«

Erst gegen elf Uhr erhob man sich vom Tisch.

Der Arzt bat den Baron, ihnen noch ein kleines Stück vorzuspielen.

»Dann muss uns Herr Zostrup auch noch das hübsche jütländische Lied von Steen-Blicher vorsingen!« rief Louise.

»Darum bitte ich auch,« sagte die Mutter, und klopfte Otto auf die Schulter.

Wilhelm spielte.

Otto entschuldigte sich und bat, ihm den Gesang zu erlassen.

»Singen Sie doch!« sagte Wilhelm, und da alle nicht aufhörten, ihn zu bitten, so sang er ihnen das jütländische Lied vor.

»Das haben Sie mit rechter Laune gesungen!« rief Sophie und klatschte ihm Beifall. Als sich darauf alle zum Aufbruch rüsteten, reichte sie ihm die Hand und flüsterte, doch so, dass die Schwester es hören konnte, ihm zu: »Heut' Abend sind Sie recht liebenswürdig gewesen!«

Otto und Wilhelm suchten ihr Schlafzimmer auf.

»Aber mein guter Freund,« begann Wilhelm, »was taten Sie denn vorhin eigentlich im Garten? Beichten Sie mir einmal gefälligst! Sie befanden sich übrigens gar nicht unwohl! Sie gingen auch nicht bloß in den Garten! Sie gingen vielmehr in den Wald und hielten sich lange darin auf. Ich habe es deutlich gesehen. Sie machten doch nicht etwa, während der Musikant hier war, seiner hübschen Frau einen Besuch? Ich traue Ihnen nicht so recht!«

»Sie scherzen!« versetzte Otto.

»Ja, ja,« fuhr Wilhelm fort, »es ist ein niedliches kleines Weibchen. Denken Sie wohl noch daran, wie ich ihr voriges Jahr beim Erntefeste Rosen zuwarf? Jetzt ist sie Peer Krüppels Frau! Wenn sie mit ihrem Gatten einherkommt, muss ich immer unwillkürlich an das alte Märchen: »Die Schöne und das Tier« denken!«

Es war Otto daran gelegen, dass Wilhelm sobald als möglich einschlief, und aus diesem Grund wollte er ihm nicht widersprechen. Er gab sogar zu, dass die junge Frau hübsch wäre, fügte jedoch hinzu, als Krüppels Frau käme sie ihm wie eine schöne Blume vor, auf welcher eine Kröte gesessen hätte; es würde ihm Ekel erregen, die Blume an seine Lippen zu drücken.

Bald waren die Freunde zu Bett. Sie sagten einander Gute Nacht und schienen nun beide zu schlafen. Bei Wilhelm war es auch der Fall.

Otto lag wach; sein Puls ging fieberhaft.

Jetzt schlug die Uhr auf dem Hof Mitternacht. Alles war still, vollkommen still; aber noch wagte Otto nicht, sich zu erheben. Es schlug ein Viertel auf eins. Da richtete er sich langsam in die Höhe und blickte nach Wilhelms Bett hinüber. Dieser lag mit ihm zugewandtem Rücken in tiefem Schlaf. Da stand Otto auf und kleidete sich leise an, wobei er kaum zu atmen wagte. Ein Jagdmesser, das an der Wand hing und Wilhelm gehörte, steckte er in die Tasche und hob ganz leise die Ofengabel auf, mit welcher er die eisernen Klammern, die das Vorlegeschloss hielten, loszubrechen gedachte. Noch einmal überzeugte er sich durch einen Blick auf Wilhelm, dass dieser fest schlief. Jetzt öffnete er die Tür und verließ auf bloßen Strümpfen das Zimmer.

Von den Korridorfenstern aus spähte er umher, ob sich noch an irgendeiner Stelle Licht zeigte. Alles war still, alle hatten sich zur Ruhe begeben. Am meisten beunruhigte ihn der Gedanke, dass einer der Hunde auf dem Gange liegen und bellen könnte. Glücklicherweise war keiner da. Er stieg die Treppe hinauf und ging über den Boden.

Nur ein einziges Mal war er früher hier gewesen; jetzt war alles Nacht. Mit den Händen tastete er vor sich her.

Endlich entdeckte er eine schmale Treppe, die auf den obersten Boden führte. Da sie am äußersten Ende durch eine Falltür geschlossen war, musste er alle Kraft anwenden, um diese zu öffnen. Endlich gab sie mit einem starken Krach nach. Die Treppe, deren er sich bedient hatte, bildete nicht den eigentlichen Aufgang. Diesen, der sich gerade am entgegengesetzten Ende des Bodens befand, hätte er offen gefunden, während die Falltür schon seit längerer Zeit nicht geöffnet war.

Nacken und Rücken schmerzten ihm, als wären sie gebrochen. Oben war er jedoch und stand dicht vor der Tür, auf die der Mond durch eine offene Bodenluke hell hinab schien.

Mit dem Jagdmesser und der Ofengabel gelang es ihm, die Türe bald und ohne bedeutendes Geräusch zu erbrechen. Er sah in ein kleines niedriges

Gemach, auf dessen Boden einige schmutzige Bett-
decken ausgebreitet lagen.

Sidsel schlief mit offenem Munde tief und fest.
Unter der Mütze quoll ein langes Büschel Haar
hervor und beschattete die ganze Stirn. Durch eine
Glasscheibe im Dach fiel der Mondschein gerade
auf ihr Gesicht. Otto beugte sich über sie und betrachtete die rohen hässlichen Züge. Die dicken
schwarzen Augenbrauen glichen einem regellosen
Strich.

»Sie muss meine Schwester sein,« war der Gedanke, der ihn durchzitterte. »Sie ruhte mit mir
unter demselben Herzen! Das Blut, das in diesen
Adern rollt, ist mit dem meinigen verwandt! Sie war
die Verstoßene, die Zurückgesetzte!« Er bebte vor
Schmerz und Angst, allein die Zeit war kurz. »Steh
auf!« rief er und schüttelte die Schlafende.

»Um Gottes willen, was gibt's?« rief sie halb erschreckt und richtete ihre boshaft funkelnden
Augen wild auf ihn.

»Beeilen Sie sich! Folgen Sie mir augenblicklich!« sagte Otto mit bebender Stimme. »Der
deutsche Heinrich wartet in der Allee! Ich will
Ihnen hinaushelfen! Sogleich müssen Sie fort von
hier, morgen ist es zu spät!«

»Was sagen Sie?« fragte sie und blickte ihn
verwirrt an.

Otto wiederholte es.

»Meinen Sie, dass ich wirklich fortkommen kann?« fragte sie und ergriff ihn am Arm, indem sie rasch vom Boden emporsprang und sich ankleidete.

»Nur leise und vorsichtig!« warnte Otto.

»Das hätte ich Ihnen nicht zugetraut!« sagte sie. »Aber erklären Sie mir, aus welchem Grund Sie mir beispringen?«

Otto bebte; es war ihm unmöglich, ihr den Beweggrund mitzuteilen, ihr zuzurufen: »Du bist meine Schwester!« Seine Lippen schwiegen.

»Gegen manchen Kerl,« sagte sie, »bin ich besser gewesen, als sich passte. Denkt aber wohl einer von ihnen an Sidsel! Und Sie erinnern sich meiner, Sie, der sie ein so feiner und vornehmer Herr sind!«

Otto drückte beim Anhören ihrer Rede die Augen zu; mit einer gewissen Vertraulichkeit, die ihn niederschmettern musste, vermischte sich die tierischste Rohheit. »Sie muss meine Schwester sein!« tönte es in seiner Seele.

»Kommen Sie doch! Kommen Sie doch!« sagte er und stieg die Treppe hinab. Sie ging leise hinter ihm her.

»Ich kenne einen bessern Weg!« flüsterte sie ihm zu, als sie den untersten Boden erreicht hatten. Sie ergriff ihn am Arme und führte ihn eine andere Treppe hinab. Plötzlich öffnete sich eine Tür, und Louise trat, noch völlig angekleidet, mit einem Licht in der Hand, heraus. Sie stieß einen schwachen

Schrei aus, als ihr Blick auf das Paar fiel, das dicht vor ihr stand.

Aber eine noch schrecklichere und gewaltsamere Wirkung brachte diese Begegnung auf Otto hervor. Seine Füße schwankten, alles bewegte sich einen Augenblick lang in bunten Farben vor seinen Augen. Es war der Gipfelpunkt seines Leidens. Er stürzte auf Louise zu, ergriff ihre Hand, und totenbleich, mit glanzlosen Augen, flehte er halb kniend mit leiser Stimme: »Um Gottes willen, sagen Sie niemandem, was Sie gesehen haben; ich muss sie retten, denn sie ist meine Schwester. Verraten Sie mein Geheimnis, so bin ich für diese Welt verloren, so muss ich sterben! Erst heute Abend habe ich es selber erfahren! Ihnen bekenne ich alles, verraten Sie mich aber nicht! Suchen Sie morgen zu verhindern, dass man sie verfolgt! – O, Louise, bei Ihrer Seelen Seligkeit, fühlen Sie meine Seelenangst! Ich töte mich, falls Sie mich verraten!«

»O Gott!« stammelte Louise. »Alles, alles will ich! Ich bin stumm und verschwiegen! Schaffen Sie sie fort, schnell, damit Sie niemandem begegnen!« Sie ergriff seine Hand. Als er so vor ihr auf den Knien lag, glich er einem Marmorbild, das Schönheit und doch auch wieder Schmerz ausdrückte.

Schwesterlich neigte sich Louise über ihn, Tränen flossen ihr über die Wangen hinab, ihre Stimme bebte, allein ihre Worte wirkten beruhigend, wie der Trost eines guten Engels. Mit einem Blicke voll echten Vertrauens riss sich Otto los. Ohne ein Wort zu reden, folgte ihm Sidsel.

Er führte sie in das unterste Stockwerk hinab, wo er leise ein Fenster öffnete. Durch dieses konnte sie in den Garten hinaussteigen und von ihm aus leicht die Allee erreichen, in welcher der deutsche Heinrich auf sie wartete. Selbst sie weiter zu begleiten, war unnötig; zu einem solchen Wagnis lag kein Grund vor. Als sie schon auf dem Fensterbrett stand, drückte ihr Otto noch einige Geldstücke in die Hand.

»Gott ist über uns!« sagte er mit feierlicher Stimme. »Habe ihn stets vor Augen und werde rechtschaffen, führe einen bessern Wandel – ! Alles kann noch gut werden!« Unwillkürlich drückte er ihre Hand in der seinigen. »Gedenke stets deines himmlischen Vaters!« fügte er hinzu.

»Ich werde mich schon durchschlagen!« versetzte sie und stand draußen im Garten; sie nickte und verschwand hinter der Hecke.

Lange blieb Otto noch stehen und lauschte, ob sich kein Geräusch vernehmen ließe, ob keiner der Hunde anschlüge. Er war für ihre Sicherheit besorgt. Aber alles war stille.

Wie oft eine alte Melodie plötzlich in unserer Erinnerung wach werden und vor unserem Ohr ertönen kann, so erklang mit einem Mal eine Bibelstelle in seinem Herzen: »Nähme ich Flügel der Morgenröte und bliebe am äußersten Meere, so würde mich doch deine Hand daselbst führen und deine Rechte mich halten! – Du bist uns nahe! Du kannst und willst unser Wohl. Du allein hilfst!« Betend erhoben sich seine Gedanken zu Gott.

Ruhiger kehrte er nach seinem Zimmer zurück. Wilhelm schien zu schlafen; als sich Otto jedoch seinem Bett näherte, hob er plötzlich den Kopf in die Höhe und schaute forschend um sich.

»Was hat das zu bedeuten?« rief er. »Sie sind schon wieder in den Kleidern! Wo haben Sie gesteckt?« und immer neugieriger wiederholte er seine Fragen.

Otto schützte eine scherzhafte Ursache vor.

»Reichen Sie mir einmal Ihre Hand!« verlangte Wilhelm. Als sie ihm dieser gab, untersuchte er seinen Puls. »Völlig richtig!« sagte er. »Ihr Blut hat sich noch nicht beruhigt. Ein neuer Beweis, dass man auf niemanden schwören darf! Während ich hier in aller Unschuld schlafe, läuft er auf Abenteuer aus. Sie sind mir ein lockerer Vogel!«

Viele Gedanken durchkreuzten in diesem Augenblick Ottos Seele. Sobald nur Louise Schweigen behielt, konnte niemand auf die Möglichkeit verfallen, dass er Sidsel zur Flucht verholfen hätte. Wilhelms Scherze musste er geduldig über sich ergehen lassen.

»Habe ich nicht recht?« fragte Wilhelm.

»Wenn es sich nun in der Tat so verhielte,« erwiderte Otto, »würden Sie mich dann verraten?«

»Trauen Sie mir das im Ernst zu!« entgegnete Wilhelm. »Als ob ich nicht wüsste, dass wir alle schwache Geschöpfe sind!«

Otto ergriff seine Hand. »So seien Sie denn verschwiegen!«

»Gewiss!« versicherte Wilhelm und schwor es ihm gegen seine Gewohnheit feierlich zu. »Nun habe ich einen Schwur darauf abgelegt; allein gelegentlich müssen Sie mir von Ihrer Angebeteten ein wenig erzählen!«

»Ei freilich!« bestätigte Otto mit einem tiefen Seufzer. Vor dem Freund stand er nicht mehr rein und unschuldig da.

Sie schliefen. Hässliche Träume schreckten Otto fortwährend aus dem Schlaf auf.

38.

– – Wie entzückend
Und süß ist es, in einer schönen Seele
Verherrlicht uns zu fühlen, es zu wissen,
Dass unsre Freude fremde Wangen rötet,
Dass unsre Angst im fremden Busen zittert,
Dass unsre Leiden fremde Augen nässen.
Schiller.

»Wie bleich!« sagte Wilhelm am nächsten Morgen zu Otto. »Sehen Sie, das sind die Folgen der Nachtschwärmereien!« »Wie meinen Sie das?« fragte Otto.

Wilhelm scherzte über sein Abenteuer.

»Das hat Ihnen ja nur geträumt!« versetzte Otto.

»Was?« erwiderte Wilhelm. »Sie erkühnen sich, das mir einbilden zu wollen? Ich bin ja völlig wach gewesen. Wir haben sogar davon gesprochen. Mich könnte wirklich die Lust begleichen, Ihnen eine moralische Vorlesung zu halten. Das hätte ich nur sein sollen! Auf welche Predigt hätte ich mich da von Ihnen gefasst machen können!«

Sie wurden zum Tee gerufen. Otto befand sich in der höchsten Aufregung. Was würde er hören müssen? Was würde man sagen?

Sophie war sehr heiterer Laune.

»Haben die Herren vergangene Nacht etwas gehört?« fragte sie. »Haben Sie sich beide dem Schlaf überlassen?«

»Selbstverständlich!« erwiderte Wilhelm und warf unwillkürlich einen Seitenblick auf Otto.

»Der Vogel hat das Weite gesucht!« erzählte sie. »Er ist dem Taubenschlag entflogen!«

»Was für ein Vogel?« fragte Wilhelm.

»Sidsel!« entgegnete sie, »und das Lustigste bei der ganzen Geschichte ist, dass ihr Louise die Flügel gelöst hat. Louise ist plötzlich als Stern auf dem romantischen Gebiet erschienen! Denkt euch nur! Diese Nacht ist sie auf den obersten Boden gestiegen, hat den Gefängnisturm geöffnet, Sidsel eine moralische Predigt gehalten und sie darauf laufen lassen. Heute morgen kommt nun Louise, erzählt Mama ihr rührendes Abenteuer und berichtet allerlei herzbrechende Dinge!«

»Ich begreife in der Tat nicht,« sagte die Mutter, »woher du den Mut erhieltest, dich so spät aus deinem Zimmer zu entfernen, und noch obendrein zu ihr hinauf zu gehen. Übrigens war es hübsch von dir! Lass sie nur immerhin laufen! Das ist, wie du ganz richtig sagst, auch das Beste. Wir hätten es schon gestern Abend tun sollen!« »Ich habe sie so aufrichtig bedauert!« erklärte Louise. »Nun traf es sich grad, dass ich noch etwas zu tun hatte, nachdem ihr Andern schon lange zu Bett wart. Alles war so still. Es war mir, als hörte ich Sidsel seufzen. Obgleich es gewiss nur auf meiner Einbildung beruhte, fühlte ich doch Mitleid mit ihr!

Sie war so unglücklich! Deshalb ließ ich sie ent-
fliehen!«

»Bist du denn närrisch geworden?« fragte
Wilhelm. »Was sind das für Geschichten? Wie
kannst du des Nachts auf den Boden laufen? Das ist
ein ganz übel angebrachtes Mitleid!«

»Es ist eine schöne Handlung!« sagte Otto,
bückte sich unwillkürlich und küsste Louise die
Hand.

»Ja, das ist Wasser auf seine Mühle!« rief
Wilhelm. »In meinen Augen haben dergleichen
Handlungen wenig Wert!«

»Wir wollen darüber Stillschweigen beobachten!« entschied die Mutter. »Der Verwalter
soll ebenfalls keine weitern Schritte unternehmen.
Wir erhielten ja den alten silbernen Becher wieder.
Gerade sein Verlust hatte mich am unangenehmsten
berührt. Wir wollen Gott danken, dass wir sie los
sind! Die Ärmste stürzt sich doch noch ins Unglück!«

»Befinden Sie sich noch immer unwohl, Herr
Zostrup?« fragte Sophie und blickte ihn an.

»Ich habe nur noch ein wenig Fieber,« erwiderte er. »Ich werde recht weit spazieren gehen,
dann wird mir hoffentlich wieder ganz wohl
werden!«

»Sie sollten auch einige Tropfen nehmen!« riet
die Mutter.

»Du brauchst wegen seiner Gesundheit keine Furcht zu hegen!« tröstete sie Wilhelm. »Er muss sich nur Bewegung machen! Diese Krankheit führt noch nicht zum Tod!«

Otto ging in den Wald. Er fühlte sich so feierlich gestimmt, als befände er sich in einer Kirche, und sein Herz jubelte dankbare Loblieder. Louise war sein guter Engel gewesen. In ihm lebte die Gewissheit, dass sie sein Geheimnis nie verraten würde. Sein Vertrauen zu ihr war unerschütterlich. »Befinden Sie sich noch immer unwohl?« hatte Sophie gefragt. Schon der bloße Ton ihrer Stimme hatte wie der Duft heilender Kräuter auf ihn gewirkt; ihr Auge hatte ihm Mitgefühl und – Liebe verkündet. »O Sophie!« seufzte er. Beide Schwestern schwebten ihm in so liebenswürdiger Gestalt vor Augen.

Er trat in den Garten und schritt durch die große Allee. Hier kam ihm Louise entgegen, und es hatte fast den Anschein, als ob sie ihn suchte. Außer ihr war niemand in der Allee zu sehen.

Otto drückte ihre Hand an seine Lippen. »Sie haben mir das Leben gerettet!« sagte er.

»Lieber Zostrup!« erwiderte sie, »werden Sie nur nicht Ihr eigener Verräter. Sie kam ja glücklich fort. Meine kleine Unwahrheit hat, Gott sei Dank, das Ganze verdeckt. Übrigens hege ich eine Vermutung – ja, ich kann sie gar nicht wieder los werden. Sollte nicht alles auf einem Irrtum beruhen? Unmöglich kann sie die sein, für welche Sie dieselbe ausgaben! Sagen Sie mir, was Sie mir mitteilen dürfen. Hier von der Bank aus können wir jeden bemerken, der die Allee betritt. Niemand kann uns hören!«

»Ja, Ihnen allein kann ich mich anvertrauen!« sagte Otto; »Ihnen allein will ich mein ganzes Herz ausschütten!« Er erzählte ihr nun, was wir bereits wissen: von der Fabrik, wie er das Haus genannt, in welchem ihn der deutsche Heinrich zuerst gesehen und jenen Namenszug in seine Schulter geätzt hatte; ferner von der Begegnung im Tiergarten und dem späteren Zusammentreffen bei dem Kreuz des Heiligen Anders.

Louise bebte, teilnehmend ruhte ihr Blick auf Ottos blassem, schönem Antlitz. Er zeigte ihr den Brief, den er gestern Abend erhalten hatte, und gab ihr Heinrichs Worte genau wieder.

»Danach scheint es allerdings richtig zu sein!« bemerkte Louise. »Dennoch war es heute Morgen meine unumstößliche Überzeugung, dass Sie betrogen sind. Nicht ein einziger Zug derselben gleicht den Ihrigen! Kann zwischen Bruder und Schwester eine so große Verschiedenheit herrschen, wie zwischen Ihnen beiden? Doch wenn es sich auch als Wahrheit herausstellen sollte, versprechen Sie mir, dass Sie nicht zu viel daran denken wollen. Es gibt einen gütigen Gott, der alles zum Besten lenken kann!« –

»Diese entsetzlichen Lebensverhältnisse,« sagte Otto, »haben mir die Munterkeit meiner Jugend geraubt. Sie greifen zerstörend in meine ganze Zukunft ein! Nicht Wilhelm, nein, niemandem habe ich mich anzuvertrauen vermocht. Sie wissen alles! Gott wollte, dass ich mich Ihnen offenbaren sollte! Ich baue fest auf Sie!« Er drückte ihr die Hand. Schweigend, mit dem sicheren Blick der Zuversicht und der Treue blickten Sie einander an. »Ich verlasse bald mein Vaterland,« begann Otto von Neuem. »Möchte es für immer sein! Mit Angst werde ich in die Heimat zurückkehren, in der kein Glück meiner wartet! Ich stehe so völlig allein in der Welt!«

»Allein Sie besitzen Freunde, aufrichtige Freunde!« entgegnete Louise teilnahmsvoll! Uns müssen Sie ebenfalls unter dieselben rechnen! Sie müssen mit Freuden an die Rückkehr nach Dänemark denken. Meine Mutter hat Sie so lieb gewonnen, als wären Sie ihr eigener Sohn. Wilhelm und Sophie – wir werden Sie als einen Bruder betrachten!«

»Sophie gleichfalls?« rief Otto aus.

»Sollten Sie daran zweifeln?« fragte Louise.

»Sie kennt mich nicht, wie Sie mich kennen! Und täte sie es – – –!« Er drückte die Hände auf die Augen und brach in Tränen aus. »Sie wissen alles! Sie wissen mehr, als ich ihr zu bekennen vermöchte!« seufzte er. »Ich bin unglücklicher, als Sie glauben! Nie werde ich sie vergessen können, nie!«

»Um Gottes willen, fassen Sie sich!« sagte Louise und erhob sich. »Es könnte jemand kommen! Sie würden die Aufregung, in der Sie sich befinden, nicht zu verhehlen imstande sein! Alles kann noch gut werden! Vertrauen Sie dem himmlischen Vater!«

»Teilen Sie Ihrer Schwester nicht mit, was ich Ihnen gestanden habe! Sagen Sie es niemandem! Ihnen allein habe ich jedes Geheimnis meiner Seele entschleiert!«

»Ich werde Ihnen eine gute Schwester sein!« entgegnete Louise und drückte ihm die Hand.

Still schritten sie die Allee hinab.

– Die Schwestern schliefen in einem gemeinschaftlichen Zimmer.

Als Sophie am Abend schon eine Weile zu Bett war, suchte Louise erst das Schlafzimmer auf.

»Du bist ja ein förmliches Nachtgespenst geworden!« sagte Sophie. »Wo bleibst du denn so lange? Hoffentlich wirst du doch diese Nacht nicht wieder den Boden ersteigen, du lächerliches Mädchen? Hätten sich Wilhelm, Zostrup oder ich auf dergleichen verlegt, so könnte man das natürlich finden, aber du!«

»Bin ich denn so völlig verschieden von euch?« fragte Louise. »Ich sollte meiner Schwester weniger ähnlich sein, als selbst Herr Zostrup, während ihr beide doch so wesentlich voneinander verschieden seid?«

»In unseren Anschauungen und in unserer Begeisterung haben wir viel miteinander gemein!« versetzte Sophie.

»Er ist sicherlich nicht glücklich!« rief Louise. »Man kann es auch in seinen Augen lesen!«

»Allerdings, allein das macht ihn gerade interessant!« erwiderte Sophie. »Er bildet einen recht hübschen Schlagschatten im Alltagsleben!«

»Das sagst du so ruhig!« versetzte Louise und neigte sich über ihre Schwester hinab. »Ich möchte fast glauben, es wäre Liebe –!«

»Liebe!« unterbrach sie Sophie und richtete sich im Bett empor. Nun erschien ihr Louise mit einem Mal in einem interessanten Licht. »Wen sollte er deiner Meinung nach lieben?«

»Dich!« erwiderte Louise und ergriff die Hand ihrer Schwester.

»Vielleicht!« meinte Sophie. »Ich mache ihn auch zum Gegenstand meiner Neckereien. Als der Vetter noch hier war, ging es freilich besser. Armer Zostrup!«

»Und du, Sophie?« fragte Louise. »Hast du ihn wieder lieb?«

»Du scheinst mir ja eine förmliche Beichte abnehmen zu wollen!« erwiderte Sophie. »Er ist, wie alle junge Herren, verliebt. Auch der Vetter flüsterte mir, wie du dreist glauben kannst, allerlei schöne Dinge in die Ohren. Selbst der Kammerjunker flattert nach Kräften mit, die gute Seele! Ich bleibe aber meinem Vorsatze getreu, ein vernünftiges Mädchen zu sein! Du kannst dich darauf verlassen,

Zostrup wird stets ein mürrischer Charakter bleiben!«

»Wenn nun der Kammerjunker um deine Hand anhielte, würdest du ihm das Jawort geben?« fragte Louise und setzte sich zu ihrer Schwester auf das Bett.

»Wie kommst du auf diesen Einfall?« fragte sie. »Hast du etwas gehört? Du jagst mir Furcht ein! O Louise, ich führe wohl Scherzworte auf meinen Lippen und plaudere allerlei, aber trotzdem bin ich doch nicht in mir froh, das kannst du mir glauben!«

Sie redeten vom Kammerjunker, von Otto und von dem französischen Vetter. Die Nacht war schon weit vorgeschritten. Heiße Tränen traten Sophie in die Augen, aber gleichzeitig lachte sie und schloss mit einem Zitat aus Jean Paul. – Eine halbe Stunde später schlief und träumte sie; ihr runder weißer Arm lag auf der Decke, und leise bewegten sich ihre Lippen,

»Süß lächelnd, als ob eben
Ein Engel den Mund ihr küsst.«[35]

Louise drückte ihr Antlitz in das leichte Kissen und – weinte.

---

[35] Christian Winther

39.

Ein Farbengewimmel, ein Schreien und
Lärmen,
Musik und Getümmel, ein Stoßen und Schwärmen,
Ein Laufen und Tanzen, ein Fahren und Rollen
Reißt fort alle Gaffer zum Spielen und Tollen.

Th. Overskou.

Ein Paar Tage vergingen; Otto vernahm weder
vom deutschen Heinrich noch von seiner Schwester
das Geringste. Peer Krüppel schien in die Verhältnisse nicht eingeweiht zu sein. Sein ganzes Wissen
erstreckte sich darauf, dass der Brief, den er Otto zu
überreichen hatte, für jeden Andern ein Geheimnis
sein sollte. Was den deutschen Heinrich anlangte, so
hielt sich dieser, seiner Ansicht nach, jetzt wahrscheinlich in einer andern Gegend des Landes auf,
würde sich aber zum St. Knuds-Markt in Odense
gewiss einfinden.

In Ottos Seele herrschte ein eigentümlicher
Kampf. Louises Behauptung, dass er bestimmt das
Opfer eines Betrugs wäre, entwickelte Hoffnungen,
die für ihn allmählich eine immer größere Gewissheit gewannen. »Kann sich nicht der deutsche
Heinrich zur Förderung seiner Pläne meiner Furcht
bedient haben?« dachte er. »Ich muss mit ihm
sprechen, er soll mir die Wahrheit beschwören.« Er
verglich Sidfels hässliche und rohe Züge mit dem
Bild, das er sich in seiner Erinnerung noch dunkel
von seiner kleinen Schwester bewahrt hatte. Sie war
ein zartes Kind mit großen Augen gewesen. Er entsann sich noch deutlich, dass seine Umgebung
damals geäußert hatte, sie wäre so fein und zart,

dass sie schwerlich am Leben bleiben würde. Wie sollte nun dieses plumpe, hässliche Geschöpf mit den boshaften Augen und den zusammengewachsenen Augenbrauen aus ihr geworden sein! »Ich will mit Heinrich reden!« beschloss er. »Sie kann meine Schwester nicht sein! So schwer wird mich Gott nicht prüfen wollen!« Bei diesem Entschluss fühlte er sich etwas ruhiger. Der Stern der Liebe konnte sich auf Augenblick in seinem Lebenssee abspiegeln.

Die Liebe zu Sophie war nicht länger ein gefangener Vogel in seiner Brust, die Flügel waren ihm gelöst, Louise hatte sein Dasein erfahren, er musste seinem Ziel entgegenflattern.

Der St. Knuds-Markt wurde abgehalten; die Familie beabsichtigte deshalb, nach Odense zu reisen. Eva war die Einzige, die ihrem eigenen Wunsch zufolge zu Hause blieb.

»Ein Besuch Odenses würde auch für dich lohnenswert sein!« meinte Sophie, »aber du denkst nie daran, deine geografischen Kenntnisse zu erweitern! Ein Marktgeschenk sollst du aber trotzdem von mir bekommen: einen Mann von Honigkuchen mit Mandeln verziert!«

Wilhelm riet ihr ebenfalls, die flüchtige Freude zu ergreifen und sich ihnen anzuschließen. Allein Eva wiederholte ihre Bitte und man gab ihrem Wunsch nach.

»Wie viel Freude gibt es doch hienieden!« sagte Wilhelm, »wenn man dieselbe nur zu erhaschen versteht. Ist ein Tag in Paris eine Glanzblume, so ist ein Tag auf dem Odenseer Markt doch auch eine Blume. Die Welt, in der wir leben, ist voller Lust und Herrlichkeit. Ich möchte fast mit König Waldemar sagen: Könnte ich die Erde behalten, so möchte Gott meinetwegen den Himmel für sich behalten. Hier ist es weit besser, als wir verlangen können, und Gott weiß, ob man sich nicht auch noch in der andern Welt nach dem lieb gewordenen Alten hienieden sehnt!« »Etwa nach dem Odenseer Markt?« fragte Sophie ironisch.

Otto war still und in sich gekehrt. Eine innere Stimme sagte ihm, dass dieser Tag einer der merkwürdigsten seines Lebens werden würde. Der deutsche Heinrich sollte ihm eine Erklärung geben. Auch zwischen Sophie und ihm sollte es zur Erklärung kommen. Sollte er wohl bei beiden auf eine Glück verheißende rechnen können? Würden ihm nicht vielleicht Gram und Schmerz als Marktgeschenk zufallen? Der Wagen rollte seinem Ziel entgegen. Von den verschiedenen Nebenwegen kamen Herrschafts- wie Bauerwagen, einer suchte immer an dem andern vorbeizujagen, und wie der Kanal zwischen Frankreich und England die Schiffe aus dem Atlantischen Ozean sammelt, so sammelte auch hier die große königliche Landstraße die Fahrenden, Reitenden und Gehenden.

An der Rückseite der meisten Bauerwagen waren einige Pferde angebunden, welche mittrabten. Die Wirtschafterinnen auf den Gütern hatten ihre roten Hände und Arme mit langen Handschuhen bedeckt. Vor ihren rot glühenden Gesichtern hielten sie Regenschirme zum Schutz gegen Staub und Sonnenschein ausgespannt.

»Der Kammerjunker muss mit seinen Damen schon vor uns aufgebrochen sein,« sagte Sophie, »sonst hätte er uns gewiss schon eingeholt!« Otto sah sie forschend an. Sie dachte an den Kammerjunker!

»Bei der Fraugder Kirche wollen wir halten!« schlug Sophie vor. »Herr Zostrup muss Kingos [36] Grab sehen, muss sehen, wo der Dichter unserer herrlichen geistlichen Lieder ruht. Einige richtige Posaunenengel, welchen man ordentlich ansehen kann, wie schwer der Marmor ist, aus dem sie gemeißelt, sind in der Kapelle mit Bischofsstab und Mütze in fliegender Stellung angebracht.«

Otto lächelte, sie dachte also doch auch daran, ihm Freude zu bereiten.

Die Kirche wurde besichtigt, das Grab besucht, und bald rollten sie wieder auf der großen Landstraße Odense entgegen, dessen hohe Domkirche mit ihrem stattlichen Turm sie schon aus weiter Ferne begrüßt hatte.

Wir stellen an den Porträtmaler die Anforderung, dass er nicht bloß die Person an und für sich, sondern, dass er sie auch in dem ihr günstigsten Augenblick auffassen soll. Sowohl bei dem hässlichen als auch bei dem unbedeutenden Gesicht muss der Maler die demselben eigentümliche Schönheit wiederzugeben und zum vollen Ausdruck zu bringen wissen. Jeder Mensch hat Augenblicke, in welchen etwas Geistiges oder

---

[36] Als Bischof des Bistums Fühnen 1703 in Fraugde gestorben.

Charakteristisches bei ihm hervortritt. Auch die Natur hat selbst da, wo sie uns die kahlsten, reizlosesten Gegenden zeigt, ähnliche Augenblicke. Licht und Schatten geben ihr irgendeinen hervortretenden Moment. Der Dichter muss darin dem Maler ähneln, muss diesen Augenblick bei dem Menschen wie in der Natur ergreifen.

Wäre der Leser ein Kind, das Odense zu seiner Heimat hätte, so bedürfte es nur der Worte »St. Knuds-Markt«, und dieser selbst, mit allen Strahlen der Kindheitsfantasie geschmückt, würde in den glänzendsten Farben vor ihm stehen. Unsere Schilderung wird und kann nur ein Schatten werden, wird dem einen vielleicht dies, dem anderen jenes bieten.

Schon in der Vorstadt verkündigte das Menschengewühl und der ausgestellte Töpferkram, der den ganzen Bürgersteig bedeckte, dass der Markt im vollen Gange war.

Der Wagen fuhr über die Brücke.

»Sehen Sie nur, wie schön es hier ist!« rief Wilhelm.

Zwischen den Gärten der Stadt und einer Wiese mit vielen Bleichen schlängelte sich der Bach Odense. Die prächtige St. Knuds-Kirche mit ihrem hohen Turm schloss den Prospekt.

»Was war das dort für ein rotes Haus?« fragte Otto, als dieses bereits ihren Blicken entzogen war.

»Das Fräuleinkloster!« erwiderte Louise, der ihr Gefühl sagte, welcher Gedanke in ihm aufgestiegen war.

»Zur Zeit der Grafenfehde stand dort die alte bischöfliche Wohnung, in der damals Andersen Baldenak residierte,« erzählte Sophie. »Dort drüben, nicht weit vom Ufer des Baches befindet sich die sogenannte Glockentiefe. So heißt die Stelle, bis zu welcher eine Glocke vom St.-Albani-Turm aus geflogen und daselbst versunken sein soll. Ihre Tiefe ist bodenlos. Der Tod reicher Leute in Odense wird dadurch angekündigt, dass die Glocke unter dem Wasser zu läuten beginnt.«

»Es ist ein hässlicher Gedanke,« sagte Otto, »dass das Läuten in der Tiefe auf den Tod der Reichen vorbereitet!«

»So tragisch darf man es nicht auffassen!« entgegnete Sophie lachend und suchte dem Gespräch eine andere Wendung zu geben, indem sie fortfuhr: »Odense besitzt viele Merkwürdigkeiten von dem Königsgarten mit seinen Schwänen an bis zu dem umfangreichen, massiv gebauten Theater, welches mit La Scala und mehreren andern italienischen das gemein hat, dass es sich aus den Ruinen eines Klosters erhoben hat.«

»In Odense haben sich Aristokratie und Demokratie am längsten erhalten,« fiel Wilhelm lachend ein. »Noch in meiner Kindheit tanzten am Geburtstag des Königs auf dem Ball im Rathaussaal Adel und Bürger getrennt voneinander.«

»Waren denn die Bürgerlichen nicht stark genug, den leichten Adel zum Fenster hinaus zu werfen?« fragte Otto.

»Sie scheinen zu vergessen, Herr Zostrup, dass Sie selbst geadelt sind!« bemerkte Sophie. »Ich selbst war ja die Schicksalsgöttin, die Ihnen den Stammbaum reichte!«

»Sie erinnern sich also wirklich noch jenes Abends?« versetzte Otto mit sanfter Stimme, und die Gedanken wogten eben so bunt durch seine Seele, wie das Menschengewühl durch die Straßen, durch die ihr Weg führte.

So ziemlich im Herzen der Stadt treffen fünf Straßen zusammen; die Stelle, an der sie sich kreuzen, bildet einen kleinen Platz, welcher Kreuzmarkt heißt. In dem dort gelegenen Gasthof pflegte die Familie ihr Absteigequartier zu nehmen.

»Zwei und eine Viertelstunde zu spät!« rief der Kammerjunker, der ihnen schon auf der Treppe entgegeneilte. »Gutes Marktwetter und gute Pferde! Ich bin schon vor dem Westtor gewesen und habe zwei prächtige Stuten gekauft. Die eine schlug hinten aus, und es hätte nicht viel gefehlt, so hätte ich einen Schlag vor die Brust bekommen, dass ich keines anderen Marktgeschenks mehr bedurft hätte! Jakoba stattet Besuche ab, trinkt Schokolade und isst Massen von Kuchen dazu, denn sie will Bäcker Peer mit seinem köstlichen Backwerk Ehre antun. Die Mamsell ist auf dem Markt, um sich nach Sieben umzusehen. Nun wissen Sie unsere Geschichte.«

Die Damen gingen auf ihr Zimmer, während die Herren im Saal blieben.

»Hier werden Sie einmal eine richtige Stadt und einen ordentlichen Markt zu sehen bekommen, Herr Zostrup!« sagte der Kammerjunker und schlug Otto auf die Schulter.

»Odense war einst meine erste Hauptstadt!« erklärte Wilhelm. »Noch immer gilt in meinen Augen die St. Knuds-Kirche für die prächtigste, die ich kenne. Gott weiß, ob die Peterskirche in Rom auf mich jetzt, wo ich in meinem Mannesalter stehe, einen solchen Eindruck machen wird, als jene auf mich in meiner Kindheit ausgeübt hat.«

»In der St. Knuds-Kirche,« erzählte der Kammerjunker, »liegt die Jungfrau mit den Katzen!«

»Oder vielmehr die Bischöfin!« nahm Wilhelm das Wort. »Die Sage weiß nur von einer Bischöfin, Namens Mus, die ihre Katzen in dem Grad liebte, dass sie befohlen hatte, ihr dieselben in den Sarg zu legen. [37] Wir werden sie später zu sehen bekommen!«

»Sowohl die Bischöfin wie die Katzen,« meinte der Kammerjunker, »sehen wie der trockenste Klippfisch aus! Sie müssen sich übrigens auch das Fräuleinstift und die Militärbibliothek ansehen!«

---

[37] Die irdischen Überreste des Leichnams so wie die Katzengerippe sind noch heutigen Tages in einer Kapelle, in welche man vom linken Seitengange gelangt, zu sehen

»Sowie das Hospital und das Zuchthaus!«
fügte Wilhelm lachend hinzu.

Ein Trommelwirbel draußen auf der Straße zog
sie an das Fenster. Der städtische Trommelschläger,
in gestreifter Hose und Jacke von halbwollenem
Zeug und mit einem gelben Bandelier über der
Schulter, stand draußen, schlug die Trommel und
las dann aus einem Papier mit lauter Stimme vor,
welche Sehenswürdigkeiten in der Stadt ein-
getroffen wären.

»Er schlägt eine gute Trommel!« sagte der
Kammerjunker.

»Es müsste Rossini und Spontini gewiss eine
Herzensfreude gewähren, den Kerl zu hören!«
meinte Wilhelm. »So zur Neujahrszeit wäre Odense
eigentlich eine Stadt für diese beiden Komponisten.
Sie müssen nämlich wissen, dass hier dann
Trommeln und Pfeifen ihre Triumphe feiern. Man
trommelt das neue Jahr ein. Sieben oder acht kleine
Trommelschläger und Pfeifer ziehen mit einem
langen Gefolge von Kindern und alten Weibern von
Tür zu Tür. Es wird sowohl Zapfenstreich wie
Reveille geschlagen. Dafür erhalten sie ein kleines
Geldgeschenk. Ist nun das neue Jahr be-
schriebenerweise in der Stadt gründlich ein-
getrommelt, so ziehen sie auch noch auf das Land
hinaus und trommeln für Speck und Grütze. Dieses
»Neujahreintrommeln« dauert bis gegen Fastnacht!«

»Und dann kommen neue Vergnügungen an
die Reihe!« fiel ihm der Kammerjunker ins Wort.
»Dann erscheinen die Bootsmannschaften aus Stige,
dem nächsten Fischerdorfe am Odenseer Fjord, mit

voller Musik, auf den Schultern ein mit allerlei Flaggen reich geschmücktes Boot tragend. Darauf legen sie ein Brett zwischen zwei Boote, auf welchem zwei der Jüngsten und Gewandtesten so lange ringen, bis einer in das Wasser fällt. In den letzten Jahren stürzten sich beide gleichzeitig hinein. Die Ursache zu dieser Neuerung liegt darin, dass sich einmal der Besiegte über den Spott, den er deshalb über sich ergehen lassen musste, dergestalt ärgerte, dass er noch an demselben Tag aus dem Fischerdorf verschwand und seitdem völlig verschollen ist. Alle diese Lustbarkeiten verlieren sich jetzt übrigens mehr und mehr. In meinen Knabenjahren wurden dergleichen Vergnügungen weit allgemeiner gefeiert! Was war das für ein Staat, wenn die Gewerke ihren Schild vor dem neuen Gildenhaus aufhingen und der Hanswurst dem Zug voranlief; und zu Fastnacht, wenn die Schlächter einen mit Bändern und Fastnachtsruten aufgeputzten Ochsen durch die Straßen führten; auf seinem Rücken saß ein kleiner Knabe in weißem Hemd und mit Flügeln. Dazu hatten sie türkische Musik mit Becken! Sehen Sie, das alles habe ich selbst erlebt, obgleich ich noch gar nicht so alt bin! Baron Wilhelm muss diese Ochsenherrlichkeit auch noch gesehen haben! Nun ist es vorbei! Man ist jetzt feiner geworden. Selbst der St. Knuds-Markt ist das nicht mehr, was er einst gewesen!«

»Trotzdem freue ich mich darauf!« versetzte Wilhelm. »Wir wollen auf dem Markt die Kronjüten besuchen, die unter ihren Töpfen mitten im Heidekraut sitzen. Möglicherweise können Sie noch Bekannte antreffen, Herr Zostrup! Bekommen Sie nur nicht Heimweh, wenn Sie das Heidekraut riechen und der Ton klirrender Töne an Ihr Ohr schlägt!«

Nun erschienen die Damen wieder. Ehe man Besuche abstattete, wollte man sich noch den Markt ansehen. Der Kammerjunker bot der Mutter seinen Arm. Otto gewahrte es mit heimlicher Freude und näherte sich Sophie. Da sie sich ja in das Gedränge hineinwagen wollten, nahm sie gern seine Begleitung an.

Ähnlich wie im Mittelalter, wo die verschiedenen Gewerke ihre besonderen Straßen und Stadtviertel einnahmen, hatten sich die Verkäufer auch hier aufgestellt. Die Gasse, welche auf den Markt führte und im Mund des Volks die »Schustergasse« hieß, entsprach auch ihrem Namen vollkommen. Hier hatten die Schuhmacher ihre Buden dicht nebeneinander aufgeschlagen. Die Wände und aufgerichteten Stangen waren mit allerlei Arten Schuhwerk behängt, selbst die Tische waren mit plumpen Schuhen und Stiefeln mit dicken Sohlen beladen. Hinter jedem stand der biedere Meister in seinem langen Sonntagsfrack, den wohlgebürsteten Filzhut auf dem Kopf.

An die Schuhmacherbuden reihten sich die der Hutmacher, und darauf gelangte man mitten auf den großen Marktplatz, auf dem die Zelte und Buden mehrere parallel laufende Straßen bildeten. Die Galanterieläden, die Goldschmied- und Konditorbuden, die größtenteils ebenfalls nur von Leinwand waren, während die kleinere Anzahl aus Holzwerk bestand, konnten als Glanzpunkte gelten. Ringsum flatterten Bänder und Tücher, ringsum war Lärm und Gedränge. Reihenweise kamen die Mädchen aus demselben Dorf anmarschiert, sieben oder acht Unzertrennliche, die Hände fest ineinander geschlungen. Es war unmöglich, die Kette zu sprengen; sobald sie ins Gedränge geriet, rollte sich die ganze Schar in einem Knäuel zusammen.

Hinter den Buden hatten die Holzarbeiter, Töpfer, Drechsler und Sattler ihre Arbeiten auf der Erde ausgebreitet. Auf Tischen stand Spielzeug, gewöhnlich plump und mit schreienden Farben bemalt. Überall probierten Kinder ihre kleinen Trompeten oder ließen ihre Puppen tanzen. Bauermädchen drehten und wendeten die Nähkästchen, um welche sie im Handel standen, und sich selbst, ehe er abgeschlossen war, gar oftmals hin und her. Von all den verschiedenen Ausdünstungen, welche noch durch den Duft der Honigkuchen gewürzt wurden, war die Luft dick und schwer.

Hier begegneten Bekannte einander, ein paar Bauermädchen, die vielleicht aus demselben Dorf stammten, aber später getrennt wurden. »Guten Tag!« riefen sie aus, ergriffen einander bei den Händen, schwenkten mit den Armen und lachten. »Lebe wohl!« – Das war die ganze Unterhaltung, ähnliche fanden überall statt.

»Dort ist Heidekraut!« rief Otto, als sie sich der Gegend näherten, in welcher die jütischen Töpfer ihre Waren feilboten. »Wie der Duft erquickt!« Er bückte sich und hob einen Zweig auf, der noch so frisch und grün war, als wäre er gestern erst ab-geschnitten.

»Ei du mein Heiland! Ist das nicht Herr Otto?« rief plötzlich eine weibliche Stimme dicht neben ihnen, und eine junge jütländische Bauerfrau hüpfte über alle Töpfe hinweg ihnen entgegen.

Otto kannte sie. Es war die kleine Marie, des Aalbauern Tochter, die, wie wir uns noch von Ottos Besuch bei den Fischern her erinnern werden, nach Ringkjöbing gezogen war und sich daselbst für die Heu- und Kornernte bis Michaeli hatte dingen lassen, die flinke Marie, die »Dirne,« wie der Vater sie nannte. Sie hatte sich in Ringkjöbing mit dem reichen Topfhändler verlobt und verheiratet und war nun über das Meer nach dem Odenseer Markt gekommen, wo sie zufälligerweise Herrn Otto treffen musste.

»Ihre Eltern wohnten nicht weit von dem Gut meines Großvaters!« sagte Otto zu Fräulein Sophie, welche lächelnd die Freude der jungen Frau über das Zusammentreffen mit einem Jugendbekannten betrachtete. Der Ehemann, um den sich viele Käufer drängten, hörte nichts von allem.

»Nein, wie fein und schön Sie doch geworden sind!« sagte die junge Frau. »Aber sehen Sie, ich erkannte Sie doch sogleich! Die Großmutter denkt Ihrer noch beständig. Die alte Frau ist höchst rüstig und lebendig; dass sie nicht sehen kann, macht gar nichts aus! Sie sind bereits der zweite Bekannte, den ich hier auf dem Markt getroffen habe. Es ist ganz erschrecklich, wie die Leute hier von allen Weltenden zusammenströmen! Der Gaukler ist auch hier! Sie werden sich des deutschen Heinrichs wohl noch erinnern. Dort drüben in dem grauen Haus, gleich an der Ecke des Markts, zeigt er seine Kunststücke im Thorwege!«

»Es freut mich, Sie gesehen zu haben!« sagte Otto und nickte freundlich. »Grüßen Sie alle zu Hause, und vor allen Dingen die Großmutter!«

»Grüßen Sie auch von mir!« sagte Sophie lächelnd. »Sie aber, Herr Zostrup, müssen um der alten Bekanntschaft willen, jedenfalls einen Einkauf machen. Ich verlange von Ihnen ebenfalls ein Marktgeschenk, und bitte Sie deshalb um jenen großen Topf dort!«

»Wo bleibt ihr denn?« rief Wilhelm und kam zurück, während die Andern langsam vorausgingen.

»Wir kaufen Töpfe!« versetzte Sophie. »*Souvenir de Jutlande.* Jener dort hat eine glänzende Zeichnung!«

»Sie sollen ihn bekommen!« erwiderte Otto. »Allein wenn ich nun gleichfalls ein Marktgeschenk von Ihnen verlangte, – erbäte, wollte ich sagen – –?«

»Dem meine Hand vielleicht erst Wert verliehe!« entgegnete Sophie lächelnd. »Ich glaube, Sie zu verstehen! Was sagen Sie zu einer Heideblume? – Ich raube mir eine!« sagte sie zu der jungen Frau, indem sie ein wenig Heidekraut nahm und es Otto lachend ins Knopfloch steckte. »Grüßen Sie Großmama!«

Otto und Sophie gingen.

»Das war ja eine sonderbare lachlustige Person!« sagte die Frau halb laut und schaute ihnen nach; mit ihren Blicken folgte sie Otto, und ihre Hände falteten sich. Vielleicht dachte sie an die Tage ihrer Kindheit.

Auf dem St.-Knuds-Kirchhof holten Otto und Sophie die Übrigen ein. Sie beabsichtigten, sich die Kirche anzusehen. An den Markttagen war sie mit all ihren Grabgewölben geöffnet.

Von welcher Seite man auch das prächtige, alte Gebäude von außen betrachtet, überall hat es, namentlich durch seinen hohen Turm und dessen Spitze, etwas Imponierendes. Das Innere ist von eben so großer, ja beinahe von noch größerer Wirkung. Da sich jedoch der Haupteingang, der durch das Wappenhaus führt, ebenso wie die kleineren Eingänge an der Seite der Kirche befinden, so übt sie auf den Besucher bei dem Eintritt nur eine geringe Wirkung aus. Erst, wenn man den Haupteingang passiert hat, wird man ergriffen. Dann ist alles, wohin das Auge fällt, groß, schön und hell. Das ganze Innere ist weiß mit reicher Vergoldung. Oben an der hohen Wölbung prangen noch von alter Zeit her eine Menge goldener Sterne. Erst ganz oben, höher als die Seitenschiffe der Kirche, sind auf beiden Seiten große gotische Fenster angebracht, durch welche das Licht herabströmt. Die Seitenschiffe sind mit alten Malereien geschmückt, die ganze Familien, Frauen und Kinder darstellen, alle in geistlicher Tracht, mit langen Gewändern und großen Halskrausen. Gewöhnlich sind die Figuren nach dem Alter aufgestellt, der Älteste macht den Anfang und dann geht es der Reihe nach bis zum jüngsten Kind herab. Alle stehen mit gefalteten Händen und blicken fromm vor sich nieder, bis einmal auch diese Farben in Staub zerfallen.

Dem Eingang der Kirche gerade gegenüber gewahrt man einen mit Basreliefs bedeckten Stein eingemauert, welcher anzeigt, dass sich hier eine Grabstätte befindet. Diese zog Ottos Aufmerksamkeit auf sich.

»Hier ruht[38] König Hans, Königin Christina, der Prinz Francesco und Christian der Zweite!« erklärte Wilhelm. »Sie liegen alle in der kleinen Grabkammer.«

»Wie? Hier ruht Christian der Zweite?« rief Otto. »Dänemarks kluger und kühner König?«

»Christian der Böse!« sagte der Kammerjunker, über den Ton der Begeisterung verwundert, mit dem Otto seinen Namen ausgesprochen hatte.

»Christian der Böse?« wiederholte Otto. »Dieser Ausdruck ist leider bei uns gebräuchlich, sollte es aber nicht sein! Wir dürfen nicht vergessen, wie sich der schwedische und dänische Adel damals aufführte, welche Grausamkeiten er beging, und dass wir Christians des Zweiten Geschichte nur von einem Mitglied der beleidigten Partei haben. Der Autor wollte dem damals zur Regierung Gelangten schmeicheln. Ein Fürst muss Verbrechen begangen oder seine Macht verloren haben, wenn seine Fehler im Gedächtnis der kommenden Geschlechter bleiben sollen! Man vergaß Christians gute Seiten und wies immer auf seine Schattenseiten

---

[38] Beim Abbruch der Graabröder Kirche wurden diese Überreste der königlichen Eltern und zweier ihrer Kinder in einen Sarg gelegt und hier in der St. Knuds-Kirche beigesetzt. Die erwähnte Grabkammer wurde erst später erbaut.

hin, an denen das Zeitalter nicht wenig Anteil hatte!«

Der Kammerjunker unterließ nicht, das Stockholmer Blutbad, Torben Oxe's Hinrichtung und überhaupt alles aufzuzählen, was sich gegen den unglücklichen König vorbringen lässt.

Otto schlug ihn indes kühn aus dem Feld, einmal aus Begeisterung für Christian den Zweiten, dann aber auch, weil es der Kammerjunker war, den er bekämpfte. Sophie ergriff Ottos Partei, ihr Auge funkelte ihm Beifall zu, und so musste ihm wohl der Sieg zufallen.

»Was sagt der Dichter über das Los eines Königs?« begann Sophie.

Beklage ihn!
Des Bösen mehr als Guten bringt die Welt!
Des Guten Quell sucht jeder gern in sich,
ihm schreibt man nur der Zeiten Laster zu![39]

»Wäre es Christian gelungen, den aufrührerischen Adel zu bezwingen,« rief Otto, »hätte er seine kühnen Pläne ins Werk setzen können, dann würde er den Beinamen der Große erhalten haben! Das Urteil der Welt kümmert sich nicht um den schöpferischen Geist, sondern wird lediglich durch den Erfolg bestimmt!«

Louise hielt es indes mit dem Kammerjunker; deshalb gingen sie beide gemeinschaftlich den Gang hinauf, der nach dem Glupschen Grabgewölbe

---

[39] Aus Oehlenschlägers »Erik und Abel«.

führte. Die Mutter und Wilhelm waren bereits voraus.

»Ich beneide Sie um Ihre Beredsamkeit!« sagte Sophie und schaute Otto recht liebreich in die Augen. Sie bückte sich darauf über das Gitter, welches das Grab umgab, und blickte gedankenvoll auf den Stein hinab. In Ottos Seele bewegten sich Liebesgedanken.

»Geist und Herz müssen das Große bewundern!« rief er. »Beides besitzen Sie.« – So sprechend ergriff er ihre Hand.

Eine leichte Röte überflog Sophies Wangen. »Die Andern sind schon voraus!« bemerkte sie, »kommen Sie, lassen Sie uns auf das Chor hinaufgehen!«

»Nein, lassen Sie uns vor den Altar treten!« versetzte Otto. »Das ist ein kühner Gang für das ganze Leben!«

Sophie sah ihn fragend an. »Bemerken Sie dort den Grabstein im Pfeiler?« fragte sie nach einer kurzen Pause.

»Ich meine die Dame mit den über einander gelegten Armen und dem gemalten Gesicht. Sie soll in einer Nacht zwölf Ritter tot getanzt haben; der dreizehnte, welchen sie aufforderte, durchschnitt ihr beim Tanz den Gürtel, worauf sie sofort tot zu Boden sank!«

»Das ist ja eine wahre nordische Turandot gewesen!« versetzte Otto. »Ihr Marmorherz musste schließlich selbst brechen und verbluten. Darin, dass das steinerne Bild bemalt ist, liegt ein gewisser Spott. Den kommenden Geschlechtern zeigt sie sich wie zu ihren Lebzeiten als ein Steinbild, weiß und rot, nur eine Schönheitslarve. Sie warnt die jungen Damen ...!«

»Freilich, vor dem Tanzen!« entgegnete Sophie, bemüht, Ottos eigentümlichen Ernst zu verscheuchen.

»Trotzdem,« rief er, »muss es mit Seligkeit, ja mit unendlicher Seligkeit erfüllen, unter wogenden Tönen, Arm in Arm mit der Geliebten, ihr das Leben tanzend opfern und blutend ihr zu Füßen sinken zu können!«

»Und dann noch gerade den Anblick zu genießen, wie sie mit einem Neuen weiter tanzt!« sagte Sophie lachend.

»Nein, nein!« erwiderte Otto, »das könnten, das würden Sie nicht! O Sophie, wenn Sie wüssten – – !«

Er näherte sich ihr noch mehr, neigte sein Haupt dem ihrigen entgegen, und sein ausdrucksvolles Auge flammte in doppeltem Feuer.

»Sie müssen mit uns kommen, um die Katzen zu sehen!« erscholl mit einem Mal die laute Stimme des Kammerjunkers, der unerwartet zwischen sie trat.

»Um den Anblick dürfen wir nicht kommen!« erklärte Sophie. »Da werden Sie, Herr Zostrup, Gelegenheit bekommen, über die Vergänglichkeit der weiblichen Schönheit zu moralisieren!«

»Heute Abend auf dem Rückweg,« tröstete sich Otto, »in der milden Sommerluft soll mich kein Kammerjunker bei meiner Bewerbung stören. Es soll und muss endlich zur Entscheidung kommen! Konnte das Unglück auch die Wildheit meiner Kinderjahre bändigen, so flößte es mir doch auch Trotz ein und ließ meine Selbstständigkeit nie erschlaffen. Nur die Liebe hat mich weich, hat mich schwach gemacht. Kann ich dadurch mir ein Weib gewinnen?« Ernst und finsteren Blickes folgte er Sophie und ihrem Begleiter.

40.

Was er gesucht, blieb unerreicht;
Der Abend trüb' und trüber.
Rudolf Schley.

Siehst du das Vögelein
Nisten im Wald?
Willst du mein Weibchen sein?
Werd' es doch bald! –
– Bräutigam bin ich!
Arion. 2. Band.

Dicht neben der St. Knuds-Kirche, wo einst das
alte Mönchskloster stand, liegt jetzt das Haus eines
Privatmannes. Die vortreffliche Wirtin, welche einst
auf der Bühne alle Herzen als Ida Mynster[40] be-
zauberte, erwartete die Familie zu Mittag.

Nach Tisch machte man einen Spaziergang
durch den Garten, der sich bis zum Bach Odense
erstreckte.

In der Abenddämmerung beabsichtigte Otto,
wie er Louise mitgeteilt hatte, den deutschen
Heinrich aufzusuchen, und sie hatte ihm das Versprechen abgelegt, die Aufmerksamkeit während
seiner Abwesenheit von ihm abzulenken.

Die Gesellschaft trank in der Laube Kaffee. Still
grübelnd wandelte Otto in der Allee den Bach entlang auf und ab. Die hübsche Partie vor ihm fesselte
sein Auge. In nächster Nachbarschaft lag eine

---

[40] Siehe »Die Reise durch Fühnen« von Oehlenschläger.

Wassermühle; milchweiß brauste der Bach über die beiden großen Räder. Hinter der Mühle befand sich eine Brücke, auf welcher ein lebhafter Verkehr stattfand. Wagen und Fußgänger zogen fortwährend über dieselbe. Auf dem Altane der Müllerwohnung stand der Mühlenknappe und pfiff sich ein Lied. Es war ein Gemälde, wie es uns Christian Winter und Uhland in ihren farbenreichen Gesängen vorführen. Jenseits der Mühle erhoben sich hohe Pappeln, welche zur Hälfte die grüne Wiese, in der der »Nonnenhügel« liegt, verbargen. Da, wo jetzt der wilde Thymian wächst, soll sich eine Nonne ertränkt haben.

Im hellen Sonnenglanz lag die Gegend vor ihm. Alles war Ruhe und Sommerwärme. Plötzlich drangen zu Ottos Ohren tiefe mächtige Orgeltöne; er drehte sich um. Die Töne, die einen Widerhall in seinem Herzen fanden, kamen aus der St. Knuds-Kirche, die dicht hinter dem Garten lag. Der Sonnenschein der Landschaft und die Kraft der Töne hauchten auch ihm Licht und Kraft ein, um nun getrost der Finsternis entgegengehen zu können.

Die Sonne neigte sich zum Untergang, als Otto allein über den Marktplatz auf das alte Eckhaus zu schritt, in welchem der deutsche Heinrich seine Taschenspielerkünste zeigte. Hier stand einst die St. Albanikirche, in welcher der Heilige Knud, den sein Diener Blake[41] verraten hatte, von den Aufrührern getötet wurde. Nach allgemeinem Volksglauben soll dort von dem tiefen Keller unter dem Hause aus ein

---

[41] Davon rührt die sprichwörtliche Redensart in Dänemark her, »einen falschen Blake spielen.«

unterirdischer Gang nach dem sogenannten »Nonnenhügel« führen. In den Nachbarhäusern will man noch jede Nacht ein eigentümliches Geräusch unter dem Marktplatz vernehmen, wie wenn plötzlich ein Wasserfall hinabstürze. Die Gebildeteren suchen die Ursache in einem unterirdischen, aber ganz natürlichen Wasserlauf, der mit dem nahe gelegenen Bach in Verbindung stehe. In der letzten Zeit ist das alte Haus in eine Fabrik umgewandelt worden; die zerbrochenen Fensterscheiben, deren Öffnungen hier und da mit Holzspänen verstopft oder mit Papier verklebt sind, so wie die massenhaften Menschenknochen, die noch von jener Zeit herrühren, in welcher hier ein Gottesacker war, erfüllten die Einwohner Odenses mit einem ganz besonderen Interesse für dieses Haus.

Wenn man in das Haus hineintritt, befindet man sich mit dem Marktplatz in vollkommen gleicher Höhe; vom Hinterhaus nach dem Garten zu geht es dagegen plötzlich tief hinab, und hier steigen dicke alte Mauern aus dem Fundament empor. Die Lage ist mithin romantisch: dicht daneben das alte Fräuleinstift mit den zackigen Giebeln, und in geringer Entfernung der Bach, in dessen Tiefe nach dem Volksglauben ein dämonisches Wesen, »der Flussmann,« lebt, der jährlich sein Menschenopfer verlangt, aber es in der voraufgehenden Nacht ankündigt. Den Hintergrund bilden Wiesen, Dörfer und grüne Wälder.

Über den Hof hinweg, unter einer nach der Seitenstraße führenden Einfahrt, hatte der deutsche Heinrich seinen Schauplatz aufgeschlagen. Der Eintritt kostete acht Schilling; Standespersonen bezahlten jedoch nach Belieben.

Otto langte während einer Vorstellung an. Das ganze szenische Arrangement bestand aus einem Laken. Mitten auf dem Pflaster saß ein schreckliches Ungetüm, mit einem offenbar gefärbten Mohrengesicht und einem furchtbaren Kopfwulst aus Rosshaaren. Obgleich eine alte Bettdecke die Figur verhüllte, konnte man sehen, dass es eine weibliche war.

Landleute und Straßenjungen bildeten das Publikum. Da sich Otto im Hintergrund hielt, wurde er von Heinrich nicht bemerkt.

Die Vorstellung hatte bald ihr Ende erreicht, und der Haufen verlief sich. Da erst trat Otto hervor.

»Wir müssen noch etwas miteinander besprechen,« begann Otto. »Heinrich, er ist nicht ehrlich gegen mich gewesen! Das Mädchen ist keinesfalls die Person, für welche er es ausgab; er hat mich hintergangen, ich verlange eine Erklärung!«

Der deutsche Heinrich hörte schweigend zu, aber jede Miene verriet seine innere Erregung; erst malte sich auf seinem Antlitz Verwunderung, dann Schlauheit und List. Sein tückischer, boshafter Blick maß Otto von Kopf bis zu den Füßen.

»So leben Sie ja also in der vollkommenen Überzeugung, dass ich Sie hinter das Licht geführt habe!« entgegnete er. »Weshalb kommen Sie denn aber zu mir? Dann bedarf es ja keiner weitern Erklärung. Fragen Sie sie doch selbst!« Mit diesen Worten zeigte er auf die schwarz Gefärbte.

»Was soll dieses hochmütige Wesen, Otto!«
sagte dieselbe lachend. »Du solltest deine Schwester
immerhin anerkennen, wenn sie sich auch das Gesicht ein wenig geschwärzt hat.«

Otto richtete einen finsteren, unwilligen Blick
auf sie, presste seine Lippen zusammen und suchte
sich zu sammeln. »Es ist mein fester Entschluss, die
Sache untersuchen zu lassen!« sagte er mit er-
zwungener Ruhe.

»Wenn Sie sich nur keine Unannehmlichkeiten
dadurch zuziehen!« versetzte Heinrich halb
lachend.

»Was hat er da zu lachen, wenn ich mit ihm
rede!« rief Otto mit glühenden Wangen.

Otto lehnte sich ruhig an die Tür, die in den
Garten führte.

»Ich kenne den Polizeimeister,« fuhr Otto fort,
»ihm könnte ich unbesorgt alles Weitere überlassen.
Ich habe jedoch einen milderen Weg eingeschlagen
und bin selbst gekommen. In Kurzem verlasse ich
Dänemark, reise mehrere hundert Meilen fort und
kehre möglicherweise nie wieder zurück. Daraus
kann er ersehen, dass der Hauptgrund meines
Kommens eine reine Grille ist. Ich wünschte zu
wissen, weshalb er mich täuschte, wünschte zu
wissen, in welchem Verhältnis er zu diesem
Frauenzimmer steht!«

»Ei, also nur das ist es, was Sie wünschen?«
erwiderte Heinrich mit einem boshaften Blick.
»Meinetwegen können Sie es erfahren! Vernehmen

Sie denn, dass Sidsel meine Liebste ist und auch meine Frau werden soll –! Aber Ihre Schwester ist sie trotzdem! So ist es und dabei bleibt es!«

»Du könntest mir wohl etwas schenken, ehe du abreist!« sagte Sidsel, die bei Heinrichs Rede mehr und mehr aufzuleben schien, und verzog ihr geschwärztes Gesicht.

Otto sah sie stirnrunzelnd an.

»Ja, ich rede dich mit du an,« fuhr sie fort, »darein musst du dich schon finden! Dieses kleine Vergnügen muss eine Schwester doch haben!«

»Sie sollten ihr doch wenigstens das Patschhändchen reichen!« sagte Heinrich laut lachend.

»Elender Bube!« schrie Otto. »Sie hat keine Berechtigung, sich mir als Schwester aufzudrängen. Ich will meine wirkliche Schwester aufsuchen, will Beweise für die Wahrheit in Händen haben, und dann werde ich mich als Bruder beweisen, werde für ihre Zukunft Sorge tragen. Bringe er mir ihren Taufschein, bringe er mir nur ein einziges amtliches Zeugnis – aber noch vor Ablauf von acht Tagen! Hier ist meine Adresse, es ist ein Briefkuvert, lege er die Papiere hinein, die er aufzutreiben vermag, und übersende er sie mir unverzüglich! Aber Beweise, oder er ist ein größerer Schuft, als ich glauben möchte.«

»Lasst uns nur ein paar vernünftige Worte miteinander reden!« entgegnete Heinrich mit gedämpfter einschmeichelnder Stimme. »Sie geben mir fünfzehn Taler und sollen dann nie wieder eine

Ungelegenheit von uns zu befürchten haben. Sehen Sie, das ist doch weit einfacher!«

»Ich habe mich deutlich genug über das ausgesprochen, was ich ihm zu sagen hatte!« erwiderte Otto. »Weiter haben wir nichts miteinander zu schaffen!« Mit diesen Worten drehte er ihnen den Rücken zu, um sich fort zu begeben.

Heinrich hielt ihn am Rock fest.

»Was will er?« fragte Otto.

»Ich meinte nur,« versetzte Heinrich, »Sie hätten sich vielleicht wegen der fünfzehn Taler bedacht, die – –!«

»Schurke!« schrie Otto im höchsten Zorn. Die Stirnadern schwollen ihm an, und er stieß Heinrich mit einer solchen Kraft von sich, dass dieser mit dem Rücken gegen die wurmstichige Gartentür stürzte. Die Füllung derselben fiel heraus. Hätte sich Heinrich nicht mit beiden Händen angeklammert, so wäre es ihm nicht besser gegangen. Flammenden Blickes stand Otto einen Augenblick schweigend da, dann warf er das Briefkuvert, auf welchem seine Adresse stand, Heinrich vor die Füße und ging.

Bei Ottos Eintreffen im Gasthof stand der Hausknecht gerade im Begriff anzuspannen.

»Haben Sie gute Nachrichten?« flüsterte Louise.

»Im Grunde genommen, bin ich nicht weiter als vorher!« erwiderte er, »nur dass mir mein eigenes Gefühl überzeugender als je sagt, dass ich von ihm hintergangen bin!« Darauf erzählte er ihr kurz das ganze Gespräch.

Der Wagen des Kammerjunkers war ebenfalls bereits vorgefahren. Auf diesem gab es mehr als hinreichenden Platz für zwei, während auf dem andern zu Viele saßen. Der Kammerjunker bat deshalb, dass man von den bequemen Sitzen auf seinem Wagen Gebrauch machen möchte, und Otto musste mit ansehen, wie die Mutter und Sophie das freundliche Anerbieten dankbar annahmen. Würde ihn dieser Tausch vorher in hohem Grad verstimmt haben, so hatte er jetzt doch weniger dagegen einzuwenden. Seine Gedanken waren noch fortwährend mit dem Besuch bei dem deutschen Heinrich beschäftigt, und seine Seele war mit einer Bitterkeit erfüllt, die seine unwiderstehliche Sehnsucht, Sophie seine heiße Liebe zu gestehen, für einen Augenblick zurückhielt.

»Heinrichs Spielball, sein Werkzeug bin ich gewesen!« dachte er. »Jetzt macht er sich über mich lustig, und ich muss es dulden! Die Schreckliche kann nicht meine Schwester sein! Es ist unmöglich!«

Auf den Straßen war nun Ruhe eingekehrt. Sie stiegen in die Wagen. Im gegenüberliegenden Eckhaus war große Gesellschaft. Das Licht strömte durch die langen Fenstervorhänge; ein biegsamer Tenor und ein hoher klangvoller Sopran schmolzen zusammen in Mozarts *»audiam, audiam, mio bene!«*

»Der Vogel darf nicht von meinem Herzen fort-
flattern!« seufzte Otto und setzte sich an Louises
Seite. Der Wagen setzte sich in Bewegung.

Der Vollmond schien, aus den Gräben stieg der
Duft wilder Blumen empor, die Moorgründe
dampften, über den Wiesen lagerte sich weißer
Nebel, als ob Erlkönigs Töchter den nächtlichen
Reigen eröffnet hätten.

Louise saß still und verstimmt. Ein geheimer
Kummer bedrückte ihr Herz. Auch Otto verhielt
sich schweigend.

Der Kammerjunker fuhr voran, knallte mit der
Peitsche und stieß hin und wieder ein wildes Hallo
aus.

Wilhelm begann das Lied: »Schweigende
Nacht,« und der Kammerjunker stimmte ein.

»Singe doch mit, Menschenkind!« rief Wilhelm
dem schweigenden Otto zu, und bald bildeten beide
Gesellschaften eine einzige singende Karawane.

Erst in später Nacht erreichten sie das Gut.

41.

Das Schicksal reißt oft Blätter an uns ab, wie beim Weinstock geschieht, damit die Früchte früher reifen.
Jean Paul.

Erst gegen Morgen vermochte Otto einzuschlafen.

Man ließ ihn und Wilhelm ungestört fortschlafen. Daher stand die Sonne schon hoch am Himmel, als die beiden Herren endlich am Kaffeetisch erschienen. Der Kammerjunker hatte sich bereits eingefunden und auf seinen Anzug größere Sorgfalt verwandt als gewöhnlich.

»Herr Zostrup soll zu den Eingeweihten gehören!« sagte die Mutter. »Die Fremden werden es erst heut' Abend erfahren. Der Kammerjunker und meine Tochter Sophie haben sich verlobt.«

»Sehen Sie, Herr Zostrup, bei hellem Mondenschein bin ich ein glücklicher Mann geworden!« erzählte der Kammerjunker und küsste Sophie die Fingerspitzen. Er reichte Otto die andere Hand.

Auf Ottos Antlitz ging keine Veränderung vor sich, nur ein leichtes Lächeln spielte um seine Lippen. Er vermochte es, seine Gratulation auszusprechen. »Das ist ja also ein Freudentag!« sagte er. »Wäre ich ein Dichter, würde ich Ihnen ein Lied widmen!«

Mit einem wunderbar schmerzlichen Ausdruck sah ihn Louise an.

Wilhelm redete den Kammerjunker Schwager an, und schüttelte ihm lachend beide Hände.

Otto war ungewöhnlich aufgeräumt, scherzte und lachte. Die Damen begaben sich auf ihre Ankleidezimmer, Otto ging in den Garten.

Wie überzeugt war er doch von Sophies Gegenliebe gewesen! Wie gern hörte sie ihn erzählen; mit welchem Ausdruck ruhte dann ihr Auge auf ihm. In ihren kleinen Neckereien hatte er die Bestätigung gesehen, dass die Hoffnung, die er nährte, nicht auf Selbsttäuschung beruhte. Sophie war der Lichtpunkt gewesen, um den sich alle seine Gedanken gedreht hatten. Die Liebe zu ihr war sein guter Engel, der ihn in seinen trüben Augenblicken tröstete und ihm ein späteres Lebensglück verkündigte.

Nun – war plötzlich alles vorbei; es war, als ob ihn der Engel verlassen hätte. Die Liebesflamme, die seine Seele bis dahin völlig durchglüht hatte, war in einem einzigen Moment bis auf den letzten Funken erloschen. Er fühlte keinen Schmerz, kein Leiden, aber eine unendliche Leere. Ihm kam es so vor, als wäre der Geist von seiner Seele gewichen. Sophie war ihm fremd geworden; ihr geistvolles Auge, welches jetzt dem Kammerjunker Liebe zulächelte, hatte für ihn allen Ausdruck verloren; er las in demselben nur den seelenlosen Blick des Automaten. Eine erschlaffende Gleichartigkeit bemächtigte sich seiner, totbringend wie das Gift, das in das Blut des Menschen übergeht. »Das eitle Mädchen! Es glaubt, indem es ein treues Herz von sich stößt, das Mächtigere von uns zu sein! Wenn es nur gewahren könnte, wie verwandelt sein Bild in meiner Brust steht. Alle seine Schwächen, die vorher meine Liebe übersah, treten jetzt mit scharfen Zügen hervor! Nicht ein Wort ist meinem Gedächtnis entfallen. Der Diamant hat seinen Glanz verloren, ich fühle nur seine scharfen Ecken!«

Sophie hatte einen Mann vorgezogen, der in geistiger Beziehung tief unter Otto stand. Sophie, die für Kunst und Schönheit, für alles Herrliche im Reiche des Geistes schwärmerisch eingenommen schien, hatte ihn so zu täuschen vermocht!

Wir wollen die Unterredung der Schwestern auf ihrem Zimmer mit anhören.

Louise schien sich in wehmütiger Stimmung zu befinden, still blickte sie vor sich hin.

Sinnend, mit einem Lächeln um die Lippen, stand Sophie da.

»Der Kammerjunker ist doch sehr schön!« rief sie nach einiger Zeit. »Er sieht so männlich aus!«

»Du musst ihn liebenswürdig finden!« entgegnete Louise.

»Ja,« erwiderte die Schwester, »solche kräftige Gesichter haben mir stets gefallen! Er ist ein ganzer Axel, ein nordischer schwarzbärtiger Wilder. Zarte Gesichter, wie das Wilhelms, kommen mir zu weibisch vor. – Und er ist so gut! Unmittelbar nach der Hochzeit, hat er gesagt, wollen wir nach

Hamburg reisen. – Was meinst du, welches Kleid soll ich anziehen?«

»Zur Reise nach Hamburg?« fragte Louise.

»Aber, Mädchen, was schwatzest du? Heute, meine ich. Zostrup hat sich ja recht hübsch benommen! Er gratulierte. Übrigens war es mir doch ein wenig wunderlich um das Herz, als es ihm mitgeteilt wurde. Ich hatte mich schon auf eine Szene gefasst gemacht! Ich hatte nicht übel Lust, dich zu bitten, es ihm vorher zu sagen. Er hätte vorbereitet werden sollen. Aber er betrug sich ja im Ganzen recht vernünftig! Ich hätte es ihm gar nicht zugetraut. Ich wünsche ihm wirklich alles Gute, allein er ist ein sonderbarer Charakter, so melancholisch! Glaubst du, dass ihm meine Verlobung nahe gehen wird? Ich habe recht wohl bemerkt, wie er sich, als mich mein Bräutigam küsste, plötzlich nach dem Fenster umdrehte und mit den Blumen spielte. Ich würde mich freuen, wenn er uns recht bald verließe. Die Reise in das Ausland wird ihm gut tun! In der Fremde wird er auch wohl seinen Herzenskummer vergessen. Morgen denke ich an Vetter Joachim zu schreiben, der ebenfalls sehr überrascht sein wird.«

Spät am Nachmittag kamen Jakoba, die Mamsell, der Pfarrer nebst einigen andern Gästen.

Abends war der Tisch festlich gedeckt. Die Verlobten saßen nebeneinander, und Otto war der Ehrenplatz an Sophies Seite eingeräumt worden. Der Pfarrer hatte nach einer bekannten Melodie ein Lied gedichtet, welches gesungen wurde. Otto fiel mit seiner hübschen und kräftigen Stimme in den Gesang ein und stieß mit dem Brautpaar an. Der

Kammerjunker bemerkte, Herr Zostrup müsste sich nun auch bald eine Braut aussuchen.

»Sie ist bereits gefunden!« erwiderte Otto, »aber für jetzt muss es noch ein Geheimnis bleiben!«

»Auf das Wohl Ihrer Braut!« sagte Sophie und stieß mit ihm an; aber bald ruhte wieder ihr geistvoller Blick nur auf dem Kammerjunker, der sich weitläufig über die Vorteile der Stallfütterung mit Klee erging; doch diese ihre Blicke brachten ihn wieder zu seinem Liebesglück zurück.

Es war ein sehr munterer Abend. Erst spät in der Nacht brach die Gesellschaft auf. Die Freunde gingen auf ihr Zimmer.

»Mein lieber treuer Otto!« sagte Wilhelm und legte den Arm um seine Schulter. »Sie waren heut' Abend sehr heiter und unterhaltend. Bewahren Sie sich diese gute Laune!«

»Das hoffe ich!« versetzte Otto; »hätten wir nur immer so fröhliche Abende, wie dieser war.«

»Seltsamer Mensch!« sagte Wilhelm und schüttelte den Kopf. »Nun werden wir bald unsere Reise antreten, und dann wollen wir die Freude, den herrlichen Goldvogel erhaschen!«

»Und ihn uns nicht wieder entschlüpfen lassen!« fiel ihm Otto ins Wort. »Früher sagte ich: morgen, morgen! Jetzt aber sage ich: heute und alle Tage! Fort mit den Grillen und Sorgen! Jetzt begreife ich, was Sie einst zu mir sagten, man kann glücklich sein, wenn man nur will!«

Wilhelm ergriff ihn bei der Hand und schaute ihn halb wehmütig an.

»Werden Sie sentimental?« fragte Otto.

»Ich affektiere nur, was ich nicht bin!« entgegnete Wilhelm, indem er plötzlich von dem natürlichen Ernst des Augenblicks zu seiner gewöhnlichen Munterkeit überging. –

Die nächsten Tage verstrichen unter Besuchen und Gegenbesuchen. Jeden Posttag durchsuchte Otto vergebens die Ledertasche des Postboten, fand indes nie einen Brief vom deutschen Heinrich und hörte auch nichts von ihm. »Ich bin hintergangen, und darüber fühle ich mich froh und glücklich! Sie, die Schreckliche, ist nicht meine Schwester!«

Es war für ihn ein Bedürfnis, fortzukommen, weit, weit von der Heimat, und trotzdem fühlte er keine Sehnsucht nach den Bergen der Schweiz oder der Üppigkeit des Südens.

»Die Natur macht weichmütig; sie will ich deshalb nicht aufsuchen! Mir sind Menschen nötig, diese egoistischen falschen Geschöpfe, diese Herren der Welt! Wie sanft treten wir doch unseren Schwachheiten gegenüber auf, wie sehr bewundern wir unsere Tugenden! Was mit dem Ziel unserer Wünsche übereinstimmt, das finden wir vortrefflich. Nur denen, die uns lieben, schenken wir unsere Liebe! Wen liebe ich, im Grunde genommen, anders als mich selbst? Wilhelm? Meine Freundschaft mit ihm ist auf dem Grundstein seiner Unentbehrlichkeit für mich erbaut! Die Freundschaft ist mir ein Bedürfnis. War ich nicht einst überzeugt, dass ich

Sophie anbetete, dass ich ihren Verlust nicht würde ertragen können? Und trotzdem war nur die Gewissheit, dass sie mich nicht liebte, nötig, um mein leidenschaftliches Gefühl sofort erlöschen zu lassen. Sophie selbst erschien mir weniger schön, ich bemerkte Fehler, wo ich früher nur Liebenswürdigkeit wahrnahm. Nun ist sie mir beinahe schon ganz fremd. Darin gleichen wir uns alle. Wer fühlte recht lebendig, recht treu für mich, ohne sich von seinem eigenen Interesse leiten zu lassen? Rosalie? Meine alte ehrliche Rosalie? Ich bin unter ihren Augen aufgewachsen wie die Pflanzen, die sie zog! Ich bin ihr eben so lieb wie diese! Als ihr Kanarienvogel eines Tages tot in seinem Bauer lag, weinte sie bitterlich; sie sollte ihn nicht mehr singen hören, sollte nicht mehr für sein Bauer und sein Futter sorgen können! Der Verlust brachte sie zum Weinen; sie verlor, was ihr ganzes Interesse in Anspruch genommen hatte. Auch an mich knüpft sich ihr Interesse. Interesse ist der Name für das, was die Welt Liebe nennt. Louise – –!« fast laut sprach er den Namen aus, und seine Gedanken verweilten mit sonderbaren Verknüpfungen bei demselben. »Sie zeigte sich freilich treu und aufopfernd, allein ist sie nicht ebenfalls von allen Übrigen verschieden? Wie oft hörte ich nicht, dass Sophie sie deshalb verspottete und höhnisch auf sie hinabblickte!« Ottos bitteres Gefühl suchte vergebens nach einem Schatten von Eigenliebe bei Louise, nach einem einzigen eigennützigen Grunde für ihr wahrhaft edeles Betragen. »Fort von Dänemark, zu fremden Menschen! Glücklich, wer unstet umherflattern, Bekanntschaften anknüpfen und sofort wieder von dannen eilen kann! Bei der ersten Begegnung erscheinen die Menschen in ihrem geistigen Sonntagskleid, alle Lichtpunkte treten hervor. Allein der Festtag ist bald vorüber, und die Glanzpunkte sind verschwunden!«

»In der nächsten Woche reisen wir ab!« sagte Wilhelm. »Dann soll es gehen

Über die blaue schäumende Flut,
Fort von der Heimat, von Haus und Gut!

soll gehen über die Heide, den Rhein hinauf, durch die liebliche Champagne nach der Stadt der Städte, dem lebhaften fröhlichen Paris.

42.

»– Sinnend stand
Ein Mädchen sanft und milde.
Ich reichte dem freundlichen Kinde die Hand,
Doch scheu das liebliche Reh entschwand. – –
– Es wohnen die Mädchen vom Rheine zum Belt
Gar fein und lieblich in Schloss und Zelt;
Doch keines kann mir gefallen.«
Schmidt von Lübeck.

Der letzte Tag in der Heimat war gerade Fräulein Sophies Geburtstag. Für den Nachmittag war die ganze Familie zum Kammerjunker eingeladen, wo Jakoba und die Mamsell durch ihre Kochkunst zu glänzen gedachten.

Ein Tisch voll Geschenke, sämtlich von der Hand des Kammerjunkers, warteten Fräulein Sophies. Es war das erste Mal, dass er ihren Geburtstag in dieser Weise feierte, und er hatte nun, sei es, dass die Idee in ihm selbst aufgestiegen oder ihm von Andern eingegeben war, den sehr guten Gedanken gefasst, sie für jedes zurückgelegte Lebensjahr mit einer besonderen Gabe zu überraschen. Jedes Geschenk war mit Rücksicht auf das bestimmte Lebensalter ausgewählt. So nahm die erste Stelle unter den Geschenken eine Tüte voll Zuckerwerk ein, und den Beschluss bildete Seidenzeug zu einem prächtigen Mantel. Aber zwischen diesen beiden Geschenken lagen Wertstücke, voll denen mehr als die Hälfte solid genannt werden konnte: goldene Ohrringe, eine Boa, französische Handschuhe und ein Reitpferd. Letzteres stand selbstverständlich nicht auf dem Tisch. Was war das für eine Freude und Glückseligkeit! Später ging die Gesellschaft spazieren und löste sich allmählich in einzelne Gruppen auf.

Eva war die einzige, welche der Einladung nicht gefolgt war. Sie blieb stets am liebsten zu Hause. Doch hätte sie sich heute vielleicht überreden lassen, hätte sie sich nicht so merkwürdig entkräftet gefühlt.

Still und einsam saß sie nun daheim in der großen menschenleeren Wohnstube. Die Dämmerung war schon eingebrochen; sie ließ ihre Arbeit ruhen; die schönen gedankenvollen Augen blickten vor sich hin. Gedanken, die wir nicht entschleiern dürfen, regten sich in ihrer Brust.

Plötzlich ging die Tür auf, und Wilhelm stand vor ihr. Während des Spaziergangs hatte er sich fortgeschlichen. Eva war, wie er wusste, allein zu Hause. Keiner konnte auf den Einfall geraten, dass er ihr einen Besuch abstattete; keiner hätte sich träumen lassen, was er ihr mitteilen wollte.

»Sie hier!« rief Eva, als sie ihn erblickte.

»Notgedrungen habe ich Sie aufgesucht!« erwiderte er. »Ich habe mich von den Andern weggestohlen; niemand weiß, dass ich hier bin. Ich muss mit Ihnen reden, Eva. Morgen reise ich ab; allein ich kann nicht ruhig und froh reisen, ohne zu wissen, was dieser Augenblick entscheiden muss!«

Eva erhob sich, ihr Antlitz war mit dunkler Röte übergossen, ihr Auge blickte zur Erde. »Herr

Baron!« stammelte sie. »Es ziemt sich nicht, dass ich hier bleibe!« – Sie wollte das Zimmer verlassen.

»Eva!« rief Wilhelm, und ergriff ihre Hand. »Sie wissen, dass ich Sie liebe! Mein Gefühl ist aufrichtig! Sprechen Sie ein Ja, und es soll mir heilig wie ein Eid sein. Dann reise ich fröhlichen Herzens, wie man reisen muss! Es soll in meinem Herzen stehen, vor meinen Ohren klingen, so oft Sünde und Versuchung an mich herantreten! Es wird mich aufrecht erhalten, wird mich gut und unverdorben zurückbringen! Eva, um Gottes willen, lassen Sie mich nicht als ein siecher lebensüberdrüssiger Schwächling zurückkehren.«

»O Gott!« seufzte sie und brach in Tränen aus, »ich kann ja nicht und – will auch nicht! Sie vergessen, dass ich nur ein armes Mädchen bin, das Ihrer Mutter alles verdankt! Mein Ja würde dieselbe betrüben und Sie selbst dereinst mit Reue erfüllen! Ich kann nicht – ! Ich liebe Sie nicht!« fügte sie mit bebender Stimme hinzu.

Wilhelm stand sprachlos da.

Plötzlich ergriff Eva die Klingelschnur.

»Was machen Sie?« rief er.

Der Diener trat herein.

»Ich bitte, Licht zu bringen,« sagte sie, »jedoch erst müssen Sie mir helfen, diese Blumen in den Garten hinabzutragen; es ist ihnen gut, wenn sie im Nachttau stehen!«

Der Diener gehorchte; sie selbst nahm einen
der Töpfe und verließ das Zimmer.

»Ich liebe Sie nicht!« wiederholte Wilhelm still
für sich und kehrte zu der Gesellschaft zurück, wo
alles eitel Lust und Freude atmete.

Das Abendessen ward im Garten eingenommen; die Lichter brannten in der freien Luft,
ohne dass die Flamme flackerte; es war ein
Sommerabend, reizend wie der Oktober des Südens.
Die Resedastauden dufteten, und zwischen den
hohen Kiefern, den Pinien des Südens, donnerten
bei dem Toaste auf Sophie Kanonen.

Am nächsten Morgen lagerte auf allen Gesichtern, die gestern noch so fröhlich gelächelt
hatten, Wehmut und Trennungsschmerz. Der
Reisewagen hielt vor der Tür. Die gute Mutter wie
die Schwestern weinten; sie küssten Wilhelm und
reichten Otto die Hand.

»Leben Sie wohl!« sagte Louise, »vergessen Sie
uns nicht!« und ihr von Tränen umflorter Blick
ruhte auf Otto. Eva stand stumm und bleich
daneben.

»Sie werden meiner gewiss nicht vergessen!«
flüsterte Otto, indem er Louises Hand ergriff. »Ihre
Schwester werde ich vergessen!«

Der Wagen rollte fort; Wilhelm warf sich in
eine Ecke desselben. Otto schaute noch einmal
zurück; alle standen vor der Tür und wehten mit
ihren Taschentüchern.

43.

In one short speaking sience all conveys –
And looks a sigh and weep without a tear.
Barrett's Women.

»Erlass uns unsere Schulden,
Wie selbst wir Andern getan;
Entfern' von uns den Versucher,
Verschließ' uns des Bösen Bahn.«
A. v. Chamisso.

Wir begleiten die Freunde nicht, sondern bleiben vielmehr auf Fünen zurück, wo wir eine noch kühnere Reise als sie unternehmen wollen, nämlich einundzwanzig Jahre in der Zeit zurück. Wir wollen die Begebenheiten bei Ottos Geburt jetzt kennenlernen. Wir müssen uns also aus dem Jahr 1830 in die Zeit von 1809 zurückversetzen. Wir bleiben in Odense, dieser alten Stadt, die ihren Namen von Odin erhalten haben soll.

Unter dem Volk erzählt man sich noch heutigen Tages eine Sage, die sich über die Wahl dieses eigentümlichen Namens der Stadt gebildet hat. In geringer Entfernung von der jetzigen Stadt erhob sich vor Alters auf einem Hügel ein stattliches Schloss. Dort wohnte König Odin mit seiner Gemahlin. Zu jener Zeit war die Stadt Odense noch nicht vorhanden, aber man war gerade mit dem Bau des ersten Hauses[42] zu derselben beschäftigt. Am Hof herrschte über den Namen der neuen Stadt

---

[42] Dasselbe soll in der heutigen Kreuzstraße (Korsgade) gestanden haben.

Uneinigkeit. Nach langem Schwanken einigte man sich dahin, dass der Name der Stadt aus den ersten Worten gebildet werden sollte, die der König oder die Königin am nächsten Morgen aussprechen würde. Schon früh am Morgen erwachte die Königin und schaute zum Fenster hinaus über den Wald fort. Das erste Haus der Stadt war gerichtet, die Zimmerleute hatten hoch über dem Sparrenwerk des Daches einen großen Kranz mit Flittergold aufgehängt. »Odin, sieh'!« rief da die Königin erfreut. Deshalb wurde die Stadt »Odinseh« genannt, woraus denn im Laufe der Zeit Odense geworden ist.

Fragt man ein Kopenhagener Kind, woher wohl die kleinen Kinder kommen, so lautet die Antwort: »Aus dem Peblinger See.« Die Odenser Kleinen wissen nichts von einem Peblinger See; sie bleiben dabei: »Wir sind aus dem Rosenbache geholt,« einem kleinen Bach, der erst in den letzten Jahren zu diesem freundlichen Namen gelangt ist, gerade so wie in Kopenhagen die jetzige »Chrystallstraße« in einem merkwürdigen Gegensatz zu ihrem früheren Namen steht. Der Rosenbach nun läuft mitten durch die Stadt und soll in früheren Zeiten mit dem Bache Odense eine Insel gebildet haben, auf welcher damals die Stadt lag. Hiervon leiten wieder Andere den Namen Odense ab, als: Odins Ei oder Odins Oe (Insel). Wie es sich nun auch immer verhalten mag, der Bach hat noch immer den nämlichen Lauf und 1809, als er noch nicht zur Füllung des sogenannten Weidendamms am Westtor einen großen Teil seines Wassers hergeben musste, war er, namentlich im Frühjahr, tief und wasserreich. Oft trat er aus seinen Ufern und überschwemmte die kleinen Gärten, welche ihn auf beiden Seiten umgaben. So läuft er halb verborgen durch die Stadt, bis er die Nordstraße erreicht. Nachdem er hier einen Augenblick zum Vorschein gekommen ist, taucht er unter die Straße selbst unter und strömt wie ein kleiner Fluss durch den Keller der alten Amtsstube, welche der berühmte Oluf Bagger[43] gebaut hat.

Es war in später Nachmittagsstunde an einem Sommertag des Jahres 1809. Obgleich das Wasser im Bach ziemlich hoch stand, waren doch zwei Waschfrauen am Ufer desselben mit dem Spülen ihrer Wäsche beschäftigt. Ihren Leib hatten sie durch vorgebundene Binsenmatten zu schützen gesucht. Rüstig schlugen sie das Zeug auf der Waschbank mit ihren Schlägeln. Sie waren in einem lebhaften Gespräch begriffen, allein die Arbeit ging ungestört fort.

»Ja,« sagte die Eine, »lieber ein wenig mit Ehren, als viel mit Unehren. Sie ist verurteilt! Morgen soll sie mit der Fiedel gehen. Das ist wahr und gewiss. Ich weiß es von des Trompeters Karen und der Frau des Bettelvogts. Über beider Zungen gehen keine Lügen.«

»O, mein Heiland!« schrie die Andere und ließ den Schlägel sinken, »Johanne Marie soll mit der

---

[43] Er war so reich, dass er, als ihn einst Friedrich der Zweite besuchte, das Zimmer mit Zimmet heizen ließ. In der zweiten Sammlung dänischer Volkssagen von Thiele findet sich mehr über diesen merkwürdigen Mann. Noch heutigen Tages leben Nachkommen von ihm in Odense, nämlich die Familie des Buchdruckers Ch. Iversen, die mehrere Merkwürdigkeiten, welche demselben gehört haben, besitzt

Fiedel gehen? Das schöne Mädchen, das so rechtschaffen aussah und sich so hübsch kleidete!«

»Das war gerade ihr Unglück!« versetzte die
Andere. »Sie wollte immer oben hinaus – ! Nein,
lass einem jeden das Seine, predige ich meinen
Kindern alle Tage. Jucken tut wohl, aber wenn es zu
lange dauert, macht es Schmerzen! Lieber soll man
arbeiten, bis einem das Blut unter den Nägeln
hervorspritzt!«

»Ei, sieh doch!« fiel die Andere ihr ins Wort,
»da geht ja die ehrliche Haut, Johanne Mariens
Vater. Das ist ein braver Mann; wie hat er sich über
seine Tochter gefreut, und nun muss er ihr morgen
selbst die Fiedel umhängen. Aber sollte sie denn
wirklich gestohlen haben?«

»Sie hat es ja selbst eingestanden,« erklärte die
Erste, »und der Oberst kennt in diesem Punkt keine
Schonung. Ich glaube, der Profos ging dort eben
hinein!«

»Der Oberst sollte nur seinen eigenen Sohn im
Zaum halten! Das ist ein schlimmer Bube; als ich
neulich mit meinem Garn beschäftigt und lustig,
wie immer war, nannte er mich »Weibsbild«! Hätte
er »Weib« gesagt, so würde ich ihm das nicht sehr
übel genommen haben, denn das braucht gar nicht
so böse gemeint zu sein. Aber Weibsbild ist ein
grober Ausdruck! – – O weh, da geht der ganze
Plunder zum Kuckuck!« schrie sie plötzlich, als das
Laken, welches sie um die Waschbank geschlungen
hatte, losging und mit dem Strom fortschwamm.
Schnell lief sie hinterher, und das Gespräch war
abgebrochen.

Der alte Mann, den sie gesehen und bedauert
hatten, lenkte seine Schritte nach dem nahegelegenen großen Haus, in welchem der Oberst
wohnte. Sein Blick war zu Boden gesenkt; ein tiefer
stiller Schmerz sprach aus seinem gerunzelten
Antlitze Leise klingelte er und verbeugte sich tief
vor der schwarzgekleideten Dame, die ihm die Tür
öffnete.

Wir kennen sie bereits; es war die alte Rosalie,
damals freilich zwanzig Jahre jünger als zu der Zeit,
in der wir ihr an der Westküste Jütlands begegneten.

»Guter alter Mann!« sagte sie und legte freundlich ihre Hand auf seine Schulter. »Oberst Zostrup
ist zwar streng, aber unmenschlich ist er nicht, und
das müsste er sein, ließe er ihn morgen seinen
Dienst verrichten. Der Oberst hat sich selbst dahin
ausgesprochen, dass er morgen zu Hause bleiben
könnte!«

»Nein!« versetzte der Alte. »Der Herr wird mir
Kraft verleihen! Gott sei Lob und Dank, dass
Johanne Mariens Mutter ihre Augen geschlossen
hat; sie braucht das Elend nicht mit anzusehen! Wir
haben keine Schuld daran!«

»Braver Mann!« sagte Rosalie. »Johanne war
stets so gut und ehrbar, und nun – – !« sie schüttelte
traurig den Kopf. »Ich würde jede Bürgschaft für sie
übernommen haben; aber sie hat ja selbst ihre
Schuld eingestanden!«

»Das Recht muss seinen Gang gehen!« erwiderte der Alte, und Tränen strömten ihm die Wangen hinab.

In demselben Augenblick öffnete sich die Tür, und Oberst Zostrup, ein hoher hagerer Mann mit einem scharfen Blick, stand vor ihnen. Rosalie verließ das Zimmer »Profos!« sagte er, »für morgen hat er Urlaub!«

»Herr Oberst, meine Pflicht gebietet mir, zugegen zu sein, und wenn ich wagen darf, noch ein geringes Wort hinzufügen: Die Leute würden mein Wegbleiben übel auslegen!«

Schon von früh an war am folgenden Tage der Platz, an welchem das Rathaus und die Hauptwache liegen, mit Menschen angefüllt; sie wollten das schöne Mädchen mit der Fiedel gehen sehen. Die Zeit begann ihnen lang zu werden, und noch immer zeigte sich nichts von dem erwarteten Schauspiel. Die Schildwache, welche ihre abgemessenen Schritte vom Schilderhause taktmäßig hin und zurückging, vermochte ebenfalls keine Auskunft zu erteilen. Die Rathaustür war verschlossen. Alles schien deshalb eine gegründete Veranlassung zu dem Gerücht zu geben, welches sich plötzlich verbreitete, dass die hübsche Johanne Marie bereits vor einer Stunde innerhalb des Rathaushofes mit der Fiedel gegangen wäre und sich folglich niemand mehr an dem Auftritt würde weiden können. Obgleich eine solche Vollstreckung des Urteils der gesunden Vernunft völlig widersprach, da ja die Strafe eben in der Öffentlichkeit bestand, so fand das Gerücht doch vielfach Glauben und erregte großen Unwillen.

»Das ist nichtswürdig!« sagte ein Frauenzimmer aus der niedrigen Volksklasse, in der wir die eine Waschfrau wieder erkennen, »das ist nichtswürdig, die Leute so zum Narren zu halten! Wie ein Gaul habe ich mich gestern abgerackert, und nun soll man sich hier zwei Glockenstunden lang die Beine steif stehen, ohne etwas zu sehen zu bekommen!«

»Das dachte ich mir gleich,« versetzte eine andere Frau, »ein glattes Gesicht findet viele Freunde! Sie hat gewiss verstanden, die Großen für sich zu gewinnen!«

»Glaubst du nicht,« fragte eine Dritte, »dass sie mit dem Sohn des Obersten auf freundschaftlichem Fuße gestanden hat?«

»Früher würde ich Nein gesagt haben, denn sie sah zu ehrbar aus, und an den Eltern ist nie etwas auszusetzen gewesen. Hat sie aber gestohlen, wie es jetzt an das Licht gekommen ist, so kann sie auch sonst noch schlimme Dinge begangen haben. Der Sohn des Obersten ist ein lockerer Zeisig. Im Geheimen zecht und schwärmt er! Wir Anderen wissen mehr als der Vater; der hat ihn stets unter harter Zuchtrute gehalten; übertriebene Härte macht aber böses Blut!«

»Gott sei mir gnädig, nun geht es los!« fiel ihr die zweite Frau ins Wort, als eine Abteilung Soldaten aus der Wache abmarschierte und sich so aufstellte, dass sie einen freien Platz einschloss. Jetzt öffnete sich die Tür des Rathauses und zwei Polizeidiener so wie einige Wächter führten die Verurteilte, der die Fiedel bereits umgehängt war,

heraus. Letztere besteht aus einem hölzernen Joch,
das dem Delinquenten über die Schulter gelegt
wird; nach vorn zu geht von demselben eine Spitze
aus, an welcher die Hände fest gebunden werden;
oben sind zwei eiserne Bügel angebracht, von denen
der vorderste eine kleine Glocke trägt, während von
dem andern ein langer Fuchsschwanz über den
Rücken des Verurteilten herabhängt.

Das Mädchen schien höchstens neunzehn Jahre
alt zu sein und hatte eine ungewöhnlich schöne
Figur; das Gesicht war edel und fein gebildet, aber
totenblass; jedoch gewahrte man keinen Ausdruck
von Schmerz oder Scham; das Mädchen machte
vielmehr den Eindruck einer büßenden Magdalena,
die still das Werk der Buße vollzieht.

Der alte Vater desselben, der Profos, folgte
langsam nach; sein Blick war fest, keine Miene verriet, was in seiner Seele vorging; schweigend nahm
er seinen Platz an einem der steinernen Pfeiler vor
der Wache.

Ein lautes Gemurmel erhob sich unter der
Menge, als sie das schöne Mädchen und den armen
alten Vater erblickte, der selbst die Schande seiner
Tochter mit ansehen musste. Ein gefleckter Hund
schlüpfte in den offenen Kreis hinein; des Mädchens
einförmiger Gang mitten auf dem Platz, das unauf-
hörliche Läuten der kleinen Glocke und der Fuchsschwanz, der im Wind hin und her wehte, reizte
den Hund so, dass er zu bellen begann und in den
Fuchsschwanz beißen wollte. Die Wächter jagten
ihn zwar fort, aber er kam bald wieder zurück, und
wenn er sich auch nicht in den Kreis hineinwagte,

so steckte er doch den Kopf vor und hörte mit
seinem Gebell nicht auf.

Die Menge, welcher die Schönheit des
Mädchens und der Anblick des alten Vaters schon
ein gewisses Mitleid eingeflößt hatte, geriet hierbei
wieder in eine lustige Laune; man lachte, und fast
das ganze Schauspiel war sehr ergötzlich.

Die Stunde war abgelaufen, die Fiedel sollte
abgenommen werden. Der Profos näherte sich, aber
indem er die Hand nach dem Joch ausstreckte,
schwankte der alte Mann und sank in demselben
Augenblick auf das harte Steinpflaster.

Allen Augenzeugen erpresste dieser Auftritt
einen Schrei, nur das junge Mädchen stand stumm
und unbeweglich. Die Gedanken desselben
schienen in weiter Ferne zu schweben; doch
glaubten Einzelne bemerkt zu haben, wie es die
Augen zudrückte. Das hatte indes nur einen kurzen
Augenblick gedauert. Ein Polizeidiener befreite es
von der Fiedel; sein alter Vater wurde in die Wach-
stube getragen. Das Mädchen führten zwei Polizeidiener in das Rathaus.

»So, nun ist es vorbei!« sagte ein alter Hand-
schuhmacher, der sich unter den Zuschauern befand. »Der nächste Diebstahl bringt sie in das
Zuchthaus!«

»O, darin haben sie es gar nicht so schlimm!«
versetzte ein Anderer. »Dort singen und trällern sie
den ganzen Tag und brauchen nicht für das Essen
zu sorgen!«

»Freilich, aber das Essen ist auch danach!«

»Das ist gar nicht so übel! Manch armer Mensch würde Gott dafür danken, und Johanne Marie würde überdies das Beste bekommen. Ihre Tante ist ja Kochfrau in demselben, und das ist ja bekannt, Kochfrau und Inspektor hängen stets zusammen. Die Geschichte wird, wie ich mir denken kann, dem Alten gewiss das Leben nehmen. Es gab einen ordentlichen Krach, als er auf das Steinpflaster fiel; er muss sich arg verletzt haben.«

Die Menge verlief sich.

Die schlimme Prophezeiung des Letzten ging in Erfüllung.

Drei Wochen später trugen sechs Soldaten einen gelben, aus Stroh geflochtenen Sarg aus einem ärmlichen Haus. Mit gebrochenen Augen und gefalteten Händen lag der alte Profos im Sarge. Bleich wie der Tote, den man zur letzten Ruhe trug, saß Johanne Marie in der einsamen Kammer auf dem Rand ihres Bettes. Eine mitleidige Nachbarin ergriff sie bei der Hand und rief sie, da sie weder zu sehen noch zu hören schien, mehrmals bei Namen.

»Johanne, komm Sie mit in meine Wohnung. Esse Sie einen Teller Erbsen und friste Sie Ihr Leben, wenn nicht um ihretwillen, so doch um des armen Kindes willen, welches Sie unter dem Herzen trägt!«

Das Mädchen stieß einen eigentümlichen Seufzer aus. »Nein!« sagte es und drückte die Augen zu, »das ist nicht der Fall!«

422

Gutmütig zog die Nachbarin es mit sich.

Wenige Tage waren erst vergangen, als eines Morgens zwei Polizeidiener in die ärmliche Kammer traten, in welcher der Profos gewohnt hatte. Johanne Marie wurde wieder vor Gericht geladen.

Ein neuer Diebstahl war im Haus des Obersten begangen. Rosalie behauptete, das Fortgekommene schon seit einiger Zeit vermisst zu haben. Sie hätte indes gemeint, dass es das Beste wäre, es zu vergessen. Des Obersten aufbrausendes Gemüt und seine Erbitterung gegen Johanne Marie, die nach seinem Dafürhalten die Schuld an dem Tod ihres alten braven Vaters trug, forderte sie wieder vor Gericht, damit die Sache genauer untersucht werden könnte.

Rosalie, welche, eingenommen von der Schönheit und dem anmutigen Wesen des Mädchens, es noch immer lieb hatte, war diesmal ruhig, völlig überzeugt, dass es jeden Verdacht widerlegen könnte, da ja wahrscheinlich der Diebstahl erst in den letzten Tagen begangen worden war. Dahinter kam man auch bald, und so konnte also Johanne Marie schwerlich den Diebstahl verübt haben. Allein trotzdem gestand sie zur Verwunderung der Meisten sofort, dass sie die Täterin wäre, und noch dazu gestand sie es mit einer Ruhe, die allgemeines Erstaunen erregte. Ihr edeles, schön gebildetes Gesicht schien blutlos, die dunkelblauen Augen strahlten in einem Glanz, wie man ihn bei Fieberkranken zu finden pflegt. Die Schönheit, die scheinbare Ruhe, und dennoch diese Verstocktheit im

Laster brachten einen eigentümlichen Eindruck auf die Augenzeugen hervor.

Sie wurde zum Zuchthaus verurteilt. Von den besseren Menschen verachtet und verstoßen, verbüßte sie in Odense ihre Strafe. Niemand hätte sich vorzustellen vermocht, dass unter einer so schönen Larve ein so verdorbenes Gemüt verborgen sein könnte.

Sie wurde an das Spinnrad gesetzt. Still und in sich versenkt, verrichtete sie die Arbeit, die ihr aufgegeben wurde. Nie nahm sie an der rohen Freude der übrig Gefangenen Teil.

»Verliere nur nicht den Mut, Johanne Marie!« sagte der deutsche Heinrich, der am Webstuhl saß. »Singe mit, dass das eiserne Gitter klirrt!«

»Johanne, du hast deinen Vater in die Grube gebracht!« sagte die Kochfrau, ihre Verwandte. »Wer hat dich verlockt, so böse Wege zu wandeln?«

Johanne Marie schwieg; die großen dunkeln Augen starrten still vor sich hin, während sie das Spinnrad drehte. Nach Verlauf von fünf Monaten wurde sie krank, todkrank, und gebar einen Knaben und ein Mädchen, zwei schöne wohlgebildete Kinder, nur dass das Mädchen so zart und fein war, dass sein Leben an einem Faden zu hängen schien.

Die sterbende Mutter küsste die Kleinen und weinte; es war das erste Mal, dass man sie in diesem Haus hatte weinen sehen. Die Kochfrau saß allein neben ihrem Bett.

»Zieh deine Hand nicht von den unschuldigen Kindern ab!« sagte Johanne Marie. »Teil ihnen, wenn sie größer werden, mit, dass ihre Mutter unschuldig war! Mein Erlöser weiß, dass ich nie einen Diebstahl verübt habe. Unschuldig bin ich und war es damals, als ich draußen vor der Wache zum Spott umhergehen musste, ebenso wie ich es noch jetzt bin, wo ich hier sitze!«

»Mein Heiland, was sagst du da?« rief die Frau.

»Die Wahrheit!« erwiderte die Sterbende. »Gott sei mir gnädig! – meine Kinder –! «

Sie sank auf ihr Lager zurück und war tot!

44.

O wunderschön ist Gottes Erde,
Und wert, darauf vergnügt zu sein!
Hölty.

Wir kehren wieder nach dem Rittergut auf
Fünen zurück; aber während wir in der Vergangen-
heit verweilten, sind Herbst und Winter verflossen.
Otto und Wilhelm waren bereits zehn Monate fort.
Der Frühling des Jahres 1832 ist angebrochen.

Nach dem Wunsch des Kammerjunkers und
Sophies fand ihre Hochzeit den zweiten April statt,
weil dieser Tag in den Annalen Dänemarks durch
die Seeschlacht auf der Rhede von Kopenhagen
unsterblich ist. In der Heimat, in der nur die Mutter,
Louise und Eva lebten, war es jetzt still geworden.
Eva hatte den ganzen Winter über gekränkelt. Von
einem Monat zum andern wurde sie schwächer,
obwohl sie in keiner Weise den hinwelkenden
Blumen glich. Man bemerkte kein bestimmtes
Zeichen von Siechtum an ihr; es hatte eher den Anschein, als ob das Geistige das Leibliche über-
wältigte; sie glich der Astrallampe, die, sobald sie
nach allen Seiten ihre Strahlen hinwirft, fast ein
ätherischer Gegenstand zu sein scheint. Ihre
dunkelblauen Augen hatten einen ganz eigenen
Ausdruck von Geist und Gefühl, der selbst die einfache Dienerschaft des Schlosses ergriff. Der Arzt
versicherte, dass Evas Brust durchaus nicht angegriffen wäre; ihre Krankheit wäre ihm ein völliges
Rätsel. Ein schöner Sommer würde unzweifelhaft
wohltuend auf sie wirken.

Wilhelm und Otto schrieben wechselweise. Es wurde als ein Festtag betrachtet, so oft Briefe eintrafen. Dann wurden die Landkarte und die Pläne der großen Städte hervorgelangt. Louise und Eva machten dann die Reise mit.

»Heute sind sie da, morgen dort!« riefen sie.

»Wie sehr ich es ihnen doch gönne, alle diese Herrlichkeiten anzuschauen!« sagte Louise.

»Die schöne Schweiz!« seufzte Eva. »Wie frisch einem die Luft dort umwehen muss! Wie wohl muss man dort sich fühlen!«

»Wäre es möglich, dich dorthin zu schaffen, Eva!« versetzte Louise, »so würdest du gewiss bald wieder hergestellt sein!«

»Hier habe ich es so gut, hier bin ich so glücklich!« entgegnete sie. »Ich bin Gott auch recht dankbar dafür! Wie hätte ich eine Zukunft wie diese hoffen können? Gott wolle es Ihnen und Ihrer guten Mutter lohnen! War ich einst unendlich unglücklich, so ist mir jetzt all mein Kummer und die erlittene Zurücksetzung doppelt vergolten worden. Ich fühle mich so froh, und deshalb möchte ich so gern leben!«

»Und leben sollst du eben!« unterbrach sie Louise. »Weshalb kommen dir jetzt mit einem Male solche trübe Todesgedanken? Im Sommer wirst du, wie der Arzt versichert, wieder völlig gesund werden. Drückt dich vielleicht ein anderer Kummer, den du mir verheimlichen möchtest? Eva, es ist mir nicht unbekannt, dass dich mein Bruder liebt!«

»Diese Liebe wird er in der Fremde vergessen!«
versetzte Eva. »Er muss sie vergessen. Könnte ich
undankbar sein? Wir passen nicht füreinander!«
Darauf erzählte sie von ihrer Kindheit, erzählte von
vergangenen kummervollen Tagen. Zutraulich legte
Louise den Arm um ihre Schulter. So redeten sie bis
zur späten Abendstunde, und oft traten Louise
Tränen in die Augen.

»Nur Ihnen vermochte ich alles mitzuteilen!«
sagte Eva. »Es kommt mir wie eine Sünde vor, und
doch bin ich unschuldig; meine Mutter, meine arme
Mutter war es auch! Ihre Sünde bestand in ihrer
Liebe; sie opferte alles auf, mehr als ein Weib darf.
Der alte Oberst war streng und heftig; sein Zorn soll
oft bis zur Wut ausgeartet sein, in welchem Zustand
er dann nicht mehr wusste, was er tat. Sein Sohn
war jung und wild, meine Mutter ein armes, und
wie man sagt, sehr schönes Mädchen. Sie schenkte
seinen Reden Gehör und wurde ein unglückliches
Wesen; das fühlte sie selbst. Der Sohn des Obersten
bestahl seinen Vater und eine alte Dame im Haus
desselben. Man vermisste das Geraubte. Der Vater
hätte den Sohn getötet, hätte er in ihm den Täter
entdeckt. Deshalb wandte sich der Sohn in seiner
Not an meine arme Mutter, schwatzte ihr allerlei
vor und bat sie inständigst, die Schuld auf sich zu
nehmen. Seiner Ansicht nach könnte ihr nichts
Schlimmeres widerfahren, als aus dem Dienst zu
kommen. Sie dachte anders, sie glaubte, mit der
Ehre wäre alles verloren, ach! Sie hatte ihm ja auch
schon das Beste, was sie besaß, hingegeben. Im
Schmerz und von seinen Bitten überwältigt, ging sie
auf sein Verlangen ein. Mein Vater muss ein sehr
böser und verdorbener Mensch gewesen sein!« –
Eva brach in Tränen aus.

»Du liebes gutes Mädchen!« sagte Louise und küsste sie auf die Stirn.

»Meine arme Mutter wurde zu einer entehrenden Strafe verurteilt. Ich mag sie nicht nennen. Deshalb habe ich auch nie Lust empfunden, nach Odense zu fahren. – Die alte Dame im Haus des Obersten verhehlte einen abermaligen Verlust, zu dessen Entdeckung jedoch der Zufall führte. Der Zorn des Obersten kannte keine Grenzen. Meine Mutter war von Scham und Unglück wie überwältigt. Der erste Fehltritt stürzte sie in stets neue Leiden. – Sie kam in die Strafanstalt in Odense. Der Sohn des Obersten entwich kurz darauf zu Schiff. Meine unglückliche Mutter war verachtet; niemand ahnte, dass sie aus Verzweiflung und Schande eine unverdiente Schmach auf sich genommen hatte. Erst auf ihrem Sterbebett, gleich nach meiner und meines Bruders Geburt teilte sie einer Verwandten mit, dass sie unschuldig wäre. Ein großes und edeles Herz brach unerkannt im Tode!«

»Wie? Du hattest einen Bruder?« fragte Louise, und ihr Herz klopfte stärker. »Starb er? Wo bliebt ihr armen Kinder?«

»Die Kochfrau jener Strafanstalt nahm uns zu sich. Ich war klein und schwach, mein Bruder dagegen stark und voller Leben. Er hielt sich meist unter den Gefangenen auf, während ich mit meiner Puppe in der kleinen Kammer saß. Wir können ungefähr sechs Jahre alt gewesen sein, als wir Kinder eines Tages zu dem alten Obersten geholt wurden. Sein Sohn war in der Fremde gestorben, hatte aber noch kurz vor seinem Tod an den Vater geschrieben, ihm seine Verbrechen bekannt, ihn von

der Unschuld meiner Mutter in Kenntnis gesetzt
und uns für seine Kinder erklärt. Ich soll eine
sprechende Ähnlichkeit mit meinem Vater gehabt
haben. So wie er mich nur erblickte, schrie der alte
Oberst deshalb auch zornig: »Sie will ich nicht zu
mir nehmen!« Ich blieb bei meiner Pflegemutter. Da
der Oberst bald darauf mit meinem Bruder die Stadt
verließ, habe ich denselben seitdem nie wieder gesehen!«

»O Gott!« sagte Louise. »Du besitzest doch
wohl einige Papiere darüber? Weißt du nicht, wer
dein Bruder ist? – Es kann unmöglich anders sein, –
du bist Ottos Schwester!«

»Guter Vater im Himmel!« schrie Eva auf; ihre
Hände begannen zu beben und sie ward leichen-
blass.

»Du wirst ohnmächtig!« rief Louise, schlang
ihren Arm um Evas Leib und küsste sie auf Augen
und Wangen. »Eva! Er ist dein Bruder, der liebe
gute Otto! O, wie glücklich wird er sein, dass seine
Schwester endlich wieder aufgefunden ist! Wie
deine Augen doch den Seinigen gleichen! Eva, du
liebes Mädchen!« –

Louise erzählte darauf, was ihr Otto anvertraut
hatte, erzählte vom deutschen Heinrich, wie Otto
Sidsel Gelegenheit zur Flucht gegeben hätte, und
wie sie demselben dabei begegnet wäre.

Eva brach in Tränen aus. »Mein Bruder! O
Gott! O, könnte ich jetzt doch leben bleiben, leben,
um ihn erst noch zu sehen! Das Leben ist so schön!
Ich mag noch nicht sterben.«

430

»Die Freude wird dich stärken. Es unterliegt gar keinem Zweifel, dass er dein Bruder ist. Wir müssen es der Mama mitteilen! Auch sie wird sich herzlich darüber freuen, und vor allem wird Otto nicht länger trauern und leiden, wie früher. Auf dich kann er stolz sein! O komm, komm!« Obwohl die Mutter schon zu Bett war, führte Louise ihre Freundin doch noch zu ihr, denn wie hätte sie bis zum nächsten Morgen zu warten vermocht!

»Der Herr segne dich, mein gutes Kind!« sagte die Mutter und drückte einen Kuss auf ihre Stirn.

Eva erzählte ihnen nun, wie der Oberst ihrer Pflegemutter eine bestimmte Summe eingehändigt, aber ausdrücklich dabei erklärt hätte, dass er ihr keine weitere Entschädigung für die Erziehung seiner Enkelin zahlen würde. Trotzdem erhielt Eva nach dem Tod ihrer Pflegemutter noch immer zweihundert Taler, für welche die Schwester der Verstorbenen sie zu sich nahm. Mit dieser übersiedelte sie in einem Alter von zehn Jahren nach Kopenhagen. Dort musste sie ein kleines Kind wiegen, welches sie Bruder nannte; es war der kleine Jonas. Schon als sie noch nicht völlig erwachsen war, sagte man ihr Schmeicheleien über ihre Schönheit. Vor ungefähr vier Jahren wurde sie eines Abends von zwei jungen Herren verfolgt; die Bekanntschaft des einen, unseres moralischen Hans Peter, haben wir bereits früher gemacht. Eines Morgens suchte Evas Pflegemutter dieselbe für einen Vorschlag zu gewinnen, der sie in Verzweiflung versetzte. Der Comptoirchef hatte sie gesehen und wollte nun die schöne Blume kaufen. Zu Hause besaß er ja nur eine alte Mohnblume, von der er schon sechs Ableger erhalten hatte. Da ver-

ließ Eva das Haus und kam zu den braven Leuten in
Roeskilde, und von diesem Tage an war Gott recht
gnädig gegen sie gewesen. Weinend sank sie vor
dem Bett der edelen Gutsherrin auf die Knie; eine
Mutter und eine Schwester vereinten ihre Tränen
mit den ihrigen.

»O, möchte ich doch leben bleiben!« betete Eva
aus der Tiefe ihres Herzens. Wie eine Verklärte
stand sie vor ihnen. Durch die Tränen strahlte die
Freude hindurch.

Am nächsten Morgen fühlte sie sich merkwürdig angegriffen. Ihre Füße wankten, ihre
Wangen waren wie Marmor. Sie setzte sich in die
warme Sonne, die durch die Fenster hineinschien.
Draußen standen die Bäume mit großen, halb auf-
gebrochenen Knospen; eine einzige milde Nacht
vermochte den Wald in Grün zu kleiden und den
Sommer zu bringen. Aber in Evas Herz hatte der
Sommer schon seinen Einzug gehalten, in demselben herrschte Lebenslust und Freude. Die großen
gedankenvollen Augen erhoben sich dankbar
himmelwärts. »O, lass mich jetzt nicht sterben,
gütiger Gott und Vater!« betete sie, und ihre Lippen
bewegten sich in weichen Melodien, leise, wie wenn
ein Lufthauch über ausgespannte Saiten gleitet.

Den Sonnenschein, der Blumen Duft,
Lasst sie mich nicht entbehren!
Ich sehne mich nach frischer Luft,
Den Tod von mir zu wehren!
Ins Grab dringt nicht des Lichtes Strahl,
Kein Wort aus Menschenmunde,
Da fehlt der holden Blumen Zahl,
Das Glück im Freundesbunde.

Jetzt kenne ich des Lebens Duft,
Ich will es fest umarmen;
Nicht Lust, nicht Licht ist in der Gruft,
Da kann ich nicht erwarmen.
Fest hält die Erde ihren Raub,
Ich kann den Deckel nicht heben.
Soll werden ich so früh zu Staub?
So gern möcht' ich noch leben!

45.

Kennst du den Berg und seinen Wolkensteg?
Das Maultier sucht im Nebel seinen Weg.
Goethe.

Der Brief war von Wilhelm; jede Zeile atmete
Lebenslust und Freude.
» *Mia cara sorella!* «

»Klingt das nicht hübsch? Es ist italienisch! So
bin ich denn endlich in dem so oft besungenen
Paradies, aber von der so hoch gepriesenen blauen
Luft habe ich noch nicht viel gesehen. Hier ist es
grau, grau, wie in Dänemark. Otto meint zwar, es
sei schön, dass uns der heimatliche Himmel begleitet habe, aber für dergleichen poetische Anschauungen fehlt es mir an Verständnis. Mit dem
Essen ist es schlecht bestellt, und die hier
herrschende Unreinlichkeit wird durch den
Kontrast mit der übertriebenen Reinlichkeit in der
Schweiz, der bezaubernden Schweiz, nur um so
widerlicher! Welche großartige Natur hat die
Schweiz aufzuweisen! Wir haben sie auch, wie du
dir leicht denken kannst, nach allen Richtungen hin
durchkreuzt. Allein du sollst für heute nur von der
Abreise aus ihr und von unserm Einzug in *la bella
Italia* hören, welches bis jetzt noch keine meiner
Erwartungen erfüllt hat. Mir kann nun einmal
dieses kraftlose Volk nicht gefallen, ich kann diesen
Mönchsdunst und diese Unwissenheit nicht aus-
stehen, was nicht zu verwundern ist, da wir unmittelbar aus der Schweizer Natur, von Wolken und
Gletschern, von Größe und Kraft hierher gekommen
sind. Wir reisten etwas schnell durch das Rhonethal
und noch dazu bei trüber Witterung, wodurch

jedoch die ganze Gegend einen eigentümlichen Charakter gewann. Die Wälder auf den hohen Felsenwänden nahmen sich wie Heidebüschel aus; das Tal selbst glich einem einzigen Garten; wohin das Auge schaute, fiel es auf Blumen, Weinstöcke und grüne Wiesen. Die Wolken segelten über und untereinander, während die mit Schnee bedeckten Berge seltsam aus ihnen hervorragten. Eine zerrissene Wolkenwelt zog an uns vorüber, die wilde Jagd, die bei Tagesgrauen wieder ihre Wolkenhülle über sich geworfen hatte. Sie hatte noch Zeit, auf ihrer Flucht die Pissewache zu küssen. Dieser Wasserfall ist durchaus nicht zu verachten. In Brieg hielten wir uns einige Stunden auf, aber schon zwei Stunden nach Mitternacht begann wieder die Reise auf der Straße, die über den Simplon führt. Diese Reise will ich euch wenigstens zu veranschaulichen suchen. Otto und ich saßen im Coupé; denkt euch uns in weißen Staubmänteln, mit Schalmützen auf dem Kopf und in grünen Saffianpantoffeln, denn der Teufel mag in Stiefeln reisen, die peinigen nur die Füße. Wir haben uns beide einen Schnurrbart zugelegt! Es ist mir gelungen, Otto zu verführen. Sie stehen uns verteufelt gut und verleihen uns etwas Imponierendes, was sehr gut ist, da wir jetzt in dem Banditenlande leben, wo man sich Mühe geben muss, den Räubern Respekt einzuflößen. Wir fuhren also. Es war dunkle Nacht und totenstill, wie in dem Moment, in welchem die Ouvertüre zu einer Oper beginnt. Bald sollte ja auch der große Simplonvorhang in die Höhe gehen und uns einen Einblick in das Land der Töne gewähren. Schon unmittelbar vor der Stadt begann der Weg zu steigen. Wir konnten keine Hand vor Augen sehen; ringsum plätscherten und brausten Wasserfälle; es war, als belauschten wir den Pulsschlag der Natur. Dicht über dem Wagen zogen weiße Wolken hin; es machte den Eindruck, als würden durchsichtige Marmorplatten über uns hingeschoben. Während bei uns schon der Tag zu grauen anfing, ruhte über dem Tal tief unter uns noch dunkle Nacht. Erst nach Verlauf einer Stunde trat dort unten zwischen den hölzernen Häuschen die Dämmerung ein.«

»Der steil aufwärts führende Weg ist durch die Felsen gehauen. Der Gigant Napoleon hat ihn durch das Rückgrat der Erde gefurcht. Der Adler, Napoleons Vogel, flog als ein lebendiges Wappenbild über des Meisters Riesenwerk hin. Hier war es kalt und grau, Wolken über uns, Wolken unter uns und im Mittelgrund scharfe Felsenwände.«

»In bestimmter Entfernung voneinander findet man besondere, für die Reisenden aufgeführte Häuser (*Relais*); in einem solchen tranken wir unsern Kaffee. Die Passagiere saßen auf Bänken und Tischen rings um das große Kaminfeuer, welches mit knisterndem Fichtenholz unterhalten wurde. Tausende von Namen und Inschriften bedeckten die Wände. Ich habe mir den Scherz erlaubt, deinen, Mamas, Sophies und Evas Namen hinzuzufügen. Nun stehen sie da, und die Leute, welche sie lesen, werden denken, ihr wäret ebenfalls auf dem Simplon gewesen. Draußen auf dem Flur ritzte ich auch noch den Namen der Mamsell ein und fügte hinzu: »ohne Nähkasten«. Otto weilte in Gedanken bei euch. Wir unterhielten uns in unserer, den Andern unverständlichen Sprache, als ich mit einem Mal ausrief: »Heut' ist ja Evas Geburtstag!« Ich entsann mich dessen zuerst. Wir nahmen uns vor, in der Stadt Simplon auf ihr Wohl zu trinken. Nun ging es wieder weiter. Wo etwa die Gletscher herab-

rutschen und den Weg zerstören könnten, sind die
Felsen gesprengt und bilden große Galerien, durch
welche man, gegen jede Gefahr gesichert, hinrollt.
Ein Wasserfall folgte dem anderen. Nirgends findet
sich ein Geländer am Weg; unmittelbar neben demselben gähnt der schwarze tiefe Abgrund, in
welchem sich die Tannen bis zu einer ungeheueren
Höhe emporheben, obgleich sie nur wie Sparren aus
der mächtigen Felsenwand hervorragten. Bald erreichten wir eine Höhe, in welcher kein Baum mehr
fortkommt. Das große Hospiz lag in Schnee und
Wolken. Wir gelangten in ein Tal. Welche Einsamkeit! Welche Öde! Nichts als kahle Felsen. Sie
schienen von Metall und hatten alle einen grün-
lichen Glanz. Die verschiedensten Moosarten
wechselten ab. Vor uns lag in voller Pracht ein
mächtiger Gletscher; er sah aus wie grünes Glas,
über welches Schnee gestreut ist. Es herrschte hier
oben Hundekälte, aber in Simplon war eingeheizt.
Hier tranken wir Eva zu Ehren eine Flasche
Champagner, und denke dir, in demselben Augenblick, wo wir auf ihre Gesundheit anstießen, war
eine Lawine galant hinabzustürzen. Es war eine
förmliche Kanonade, ein unaufhörliches Rollen
zwischen den Bergen. Es müssen Eva die Ohren
geklungen haben. Frage sie nur! Ich glaube zu
sehen, wie sie lächelt.«

»Nun ging die Reise auf Italien zu; aber kalt
war es und kalt blieb es. Die Natur nahm an Wildheit zu, wir fuhren fortwährend zwischen steilen
Felsen. Denke dir auf beiden Seiten einen Riesen-
stein, eine halbe Meile lang, und mindestens halb so
hoch, dazu einen Weg, nicht breiter, als dass sich
zur Not zwei Wagen ausweichen konnten, und du
wirst dir ein ungefähres Bild von unserer Straße

machen können. Wollte man den Himmel schauen, so musste man den Kopf aus dem Wagen stecken und gerade emporblicken, und dann kam es einem gerade so vor, als sähe man vom Grund des tiefsten Brunnens hinauf, dunkel und eng. Jeden Augenblick dachte ich: »Wenn diese Wände gegeneinanderstießen! Es wäre uns dann nebst Wagen und Pferden wie Ameisen auf einem Denkstein gegangen. Wir fuhren durch eine Rippe der Erde! Das Wasser brauste, die Wolken hingen wie Flocken an den grauen Felsenwänden. In einem kleinen Tal gingen Knaben und Mädchen, in Schaffelle eingehüllt, roh, wie sie den Tieren abgezogen waren.

Mit einem Mal wurde die Luft wunderbar mild. Wir bemerkten den ersten Feigenbaum am Weg und Kastanien hingen über unseren Köpfen. Wir befanden uns bei Isella, dem Grenzdorf Italiens. Otto sang und wurde förmlich ausgelassen; ich meinerseits studierte das erste italienische Wirtshausschild: » *Tabacco e vino.*« Welch' üppige Natur! Maisfelder und Weinranken! Hier wurde der Wein nicht künstlich an Pfählen und Staketen gezogen, wie in Deutschland! Nein, hier hing er in üppigen Girlanden, überall große Weinlauben bildend! Schöne Kinder tummelten sich auf dem Weg umher, aber der Himmel war grau – und das hatte ich in Italien nicht erwartet. Von Domo d'Ossola aus blickte ich auf meine liebe Schweiz zurück. Sie kehrt Italien allerdings auch ihre schönste Seite zu. Leider durfte ich ihr nur einen kurzen Blick zuwerfen, denn in schneller Fahrt eilten wir weiter. Im Wagen saß eine alte Signorina, sie rezitierte Verse und machte Augen *che bella cosa!*«

»Um zehn Uhr langten wir in Baveno an, tranken Tee und schliefen, während der *Lago maggiore* unter unsern Fenstern plätscherte. Am Tag zeigte sich uns der See mit den borromäischen Inseln. »Lieber Gott!« dachte ich, »ist dies das Ganze? So still und lächelnd haben wir es auch daheim. In Zukunft soll Fünen *Isola bella* heißen, und die Ostsee wird wohl groß genug sein, um den Namen *Lago maggiore* erhalten zu können. Auf der Fahrt nach Sesto di Calende kamen wir mit dem Dampfschiff dicht an der am Ufer stehenden Statue des heiligen Borromäus vorbei. Wir hatten einen Geistlichen an Bord, der sich nicht genug wundern konnte, dass wir so weit her wären. Ich zeigte ihm meine große Reisekarte, auf welcher der *Lago maggiore* den südlichsten und Hamburg den nördlichsten Punkt bildete. »Noch weiter her!« sagte ich, »noch immer höher hinauf!« und er schlug die Hände zusammen, als er hörte, dass unsere Heimat jenseits der großen Landkarte läge. Er erkundigte sich, ob wir Calvinisten wären.«

»Liebliche Landschaften durchflogen wir. Die Alpen nahmen sich wie die Glasberge in dem bekannten Märchen aus; wir hatten sie jetzt im Rücken. Die Luft war sommerwarm, aber leicht, wie auf hohen Bergen. Die Frauenzimmer warfen uns Küsse zu, aber sie waren durchaus nicht schön, die guten Damen.«

»Erzähle doch dem Kammerjunker, dass die italienischen Ferkel keine Borsten haben, sondern eine kohlschwarze Haut, die wie die der Mohren ordentlich glänzt!«

»In der Nacht langten wir in Mailand an, wo
wir bei Reichmann wohnen und gutes Essen und
prächtige Betten haben, worauf ich namentlich sehe!
Lange wird diese Glückseligkeit leider nicht dauern.
Auf der andern Seite der Apenninen soll man bis
über die Ohren in Schmutz waten und sich auf
Oliven angewiesen sehen, die in Öl eingemacht
sind. Nun, meinetwegen. Otto mausert sich zu
seinem Vorteil heraus und beginnt lustig zu
werden; es war auch hohe Zeit. In mir ist ebenfalls
eine Art Umschwung eingetreten; ich habe mich mit
der italienischen Musik ausgesöhnt; es ist freilich
ein Unterschied, sie an Ort und Stelle selbst zu
hören. Es liegt mehr als bloß Melodie, es liegt
Charakter in ihr. Das Üppige in der Natur und in
den weiblichen Formen, das leichte Hinflattern des
Volks, bei dem sich selbst der Schmerz in Melodien
ausspricht, hat mein Herz und meinen Verstand
gewonnen. Ja, Reisen verändert ein Menschenkind!«

»Küsse Mama von mir! Eva erzähle von der
Gesundheit auf dem Simplon und von der Lawine,
die in demselben Augenblicke herabstürzte; vergiss
das nicht! Darin liegt gerade die Pointe meines
ganzen Briefes. Schreibe mir dann, wie Eva darüber
errötete, lächelte und sagte: »O, er dachte an mich!«
Im Grunde ist es auch wirklich nobel von mir.
Meiner süßen Sophie und ihrem Kammerjunker,
Jakoba und der Mamsell sende ich einen ganzen
Strauß Grüße, deren richtige Verteilung ich dir
überlasse. Könntet ihr nur Otto und mich mit
unsern Schnurrbärten sehen! Wir machen Eindruck,
und das ist höchst angenehm. Gingen die Tage nur
nicht so schnell dahin! Eilte des Lebens Strom nur
nicht so geschwind vorüber!«

Chesta vita mortale
Che par si bella, e quasi piuma al vento
Che la porta e la perde in un momento![44]

sagen wir Italiener. Das kannst du doch wohl entziffern? Dein liebenswürdiger Bruder Wilhelm.«

Otto hatte den Rand des Briefes zu dem Ergusse benutzt: »Italien ist ein Paradies! Hier ist der Himmel dreimal so hoch, wie bei uns zu Hause. Ich liebe die stolzen Pinien und die dunkelblauen Berge. Möchten alle Menschen diese Herrlichkeiten sehen können!«

Wilhelm hatte hinzugefügt: »Was er vom italienischen Himmel schreibt, ist eitel Gewäsch. Über uns daheim wölbt er sich eben so schön. Er ist und bleibt einmal Sonderling, wie du wohl weißt! *Addio! A revederci!*«

---

[44] Guarini

46.

Où peut-on être mieux
Qu'au sein de sa famille?
Vieil air.

Du bist Herr in deiner Welt,
Hast du dich, so hast du alles!
Mahlmann.

Im Sommer 1833 hatten die Freunde zwei Jahre
auf Reisen zugebracht. Seit einem Jahr hatten
violette Levkojen ein Grab auf dem kleinen Dorf-
kirchhof geschmückt.

»Ein Herz voll inn'ger Lieb' und Treu'
Ging ein zur Liebe und zu Gott!«

las man auf dem Stein.

Einen verwelkten Levkojenstrauß hatte Louise
neben Evas Taufschein und Gesangbuch aufbe-
wahrt gefunden. Es waren die Blumen, welche ihr
Wilhelm an jenem bedeutungsvollen Abend in
Roeskilde geschenkt hatte. Zwischen den welken
Blumen befand sich ein Papierstreifen, auf dem von
ihrer eigenen Hand geschrieben stand: »Wie diese
Blumen welken, so lass auch in meiner Seele das
Gefühl hinsterben, welches diese Blumen mich ge-
lehrt haben!«

Über dem Grab dufteten jetzt Levkojen, die
Blumen ihrer Liebe.

Es war Sonntag, die Sonne schien warm; die Gemeinde, Alt und Jung, versammelte sich allmählich unter der großen Linde, die nicht weit von Evas Grab stand. Man erwartete den jungen Pfarrer, der heut' zum dritten Male predigen sollte.

Die Herrschaft würde gewiss auch erscheinen, war die allgemeine Meinung, denn der junge Baron wäre ja vom Ausland zurückgekehrt. Mit ihm wäre auch wieder der andere Herr angekommen, der bestimmt Fräulein Louise heiraten würde.

»Unser neuer Pfarrer verdient, dass man seine Predigten anhört!« sagte eine der Bauersfrauen. »So jung er noch ist, predigt er doch nur den wahren alten Glauben! Im Gespräch ist er so mild und sanft, als wäre er einer unseres Gleichen, aber auf der Kanzel –! Gott bewahre! Es fuhr mir neulich ordentlich in die Beine, als er vom Jüngsten Gericht sprach!«

»Da ist der Vater!« rief die Menge, die Köpfe der Jungen und Alten entblößten sich, und die Frauenzimmer verneigten sich tief, als ein junger Mann in priesterlichem Ornat auf die Kirchentür zu schritt. Seine Augen leuchteten, und um seine Lippen spielte ein frommes Lächeln. Glatt legte sich das Haar über die blasse Stirn. »Guten Tag, Kinder!« sagte er.

Es war Hans Peter. Er hatte ja das beste Prädikat erhalten und aus diesem Grund die einträgliche Pfarre bekommen. Seine Predigten drehten sich stets um den Teufel und alle seine Werke.

Der Gesang der Gemeinde tönte über die
Gräber hinaus, die die Sonne so warm beschien und
auf denen Levkojen dufteten, tönten zu Evas Grab
hinüber, deren letzter Wunsch gewesen war, zu
leben.

»Nicht Luft, nicht Licht ist in der Gruft,
Da kann ich nicht erwärmen!«

Während des zweiten Liedes hielt ein
herrschaftlicher Wagen vor dem Kirchhof. Die
beiden Freunde, die vor kurzem in die Heimat
zurückgekehrt waren, gingen mit der Besitzerin des
Ritterguts und mit Louise in die Kirche. Die letzten
beiden, auf steten Reisen zugebrachten Jahre hatten
Wilhelms Aussehen etwas älter gemacht; ein gewisser Schatten von Ernst ruhte auf dem sonst
offenen lebensfrohen Gesichte. Otto schien noch
schöner geworden zu sein; sein Äußeres hatte einen
weniger düstren Ausdruck als sonst. Klug und gedankenvoll blickte er vor sich hin, und ein Lächeln
schwebte um seine Lippen, so oft er mit Louise
sprach.

Die Predigt enthielt viele Anspielungen auf die
Heimgekehrten; übrigens zeichnete sie sich durch
eine blühende Sprache und eine Fülle von Bibel-
stellen aus. Die Gemeinde war zu Tränen gerührt;
den guten ehrlichen Leuten war es aus der Seele
gesprochen, wenn dankend hervorgehoben wurde,
dass ihr junger Baron aus allen Gefahren, welche
Reisenden in fremden Ländern so vielfach drohen,
unversehrt heimgekehrt wäre.

Zu Mittag war der Pfarrer auf das Gut eingeladen. Der Kammerjunker und Sophie trafen

ebenfalls ein; allein es währte sieben Längen und sieben Breiten, wie sich Fräulein Jakoba auszudrücken pflegte, ehe sie mit dem Auspacken fertig wurden und in die Stube treten konnten, denn sie hatten ihren kleinen Sohn, Fergus, mitgebracht, der seinen Namen nach dem starken Schotten in Walter Scott's Waverley erhalten hatte. Es war Sophies Wunsch gewesen. Der Kammerjunker verwandelte den Namen Fergus in Gussemann, was nach Jakobas Behauptung nur ein Hundename wäre.

»Nun sollt ihr meinen dicken Schlingel bewundern!« sagte der Kammerjunker und trug selbst den vierschrötigen Jungen mit roten Pausbacken und runden Armen, der sich munter umblickte, umher. »Der hat Mark in den Knochen! Den darf man anfassen! Tralla – ralla – ralla!« und nun begann er mit ihm in der Stube umherzutanzen.

Sophie lachte und reichte Otto die Hand.

Wilhelm näherte sich der Hausmamsell. »Ich habe eine Kleinigkeit für Sie mitgebracht, etwas, von dem ich hoffe, dass es einen Platz in Ihrem Nähkästchen erhalten wird. Es ist ein Mann von ganz kleinen Muscheln, den ich in Venedig für Sie gekauft habe!«

»Gott, von dort drüben her!« sagte sie und verneigte sich.

Nach Tisch lustwandelte man im Garten.

Wilhelm sprach schon davon, dass er nächstes Jahr wieder nach Paris zu reisen gedenke.

»Was der Teufel!« schrie der Kammerjunker. »Nein, da lasse ich mir den Herrn Zostrup gefallen! Der ist doch patriotisch und legt sein Geld in einem Gut an. Sie haben einen vortrefflichen Kauf gemacht; bei Veile, wo Ihr neues Gut liegt, ist es schön. Da gibt es Berge und Täler!«

»Da soll meine alte Rosalie bei mir wohnen!« erklärte Otto. »Dort wird sie sich in die Schweiz versetzt wähnen! Die Kühe sollen abgestimmte Glocken um den Hals tragen!«

»Mein Himmel!« rief Jakoba, »sollen denn die nun auch schon zu Narren gemacht werden! Sie werden es gerade so treiben wie Sophie!«

Sie gingen durch die Allee, in welcher Otto vor zwei Jahren Louise unter Tränen seinen Kummer gebeichtet hatte. Er erinnerte sich dessen; ein leichter Seufzer glitt über seine Lippen, allein sein Auge lächelte Louise freundlich zu.

»Nun fühlen Sie sich doch hoffentlich froh in der Heimat?« fragte sie. »Einen schöneren Sommertag als diesen haben Sie in der Fremde doch gewiss nicht erlebt.«

»Jedes Land hat seine besonderen Schönheiten!« erwiderte Otto. »Die Natur hat unser Dänemark nicht als Stiefkind behandelt. Die Menschen der Heimat sind mir die liebsten; sie kenne ich auch am besten. Die Menschen und nicht die Natur machen ein Land heimisch. Dänemark ist ein gutes Land! Hier hoffe ich auch mein Glück zu finden!« Er ergriff hierbei Louises Hand; sie errötete und schwieg.

Frohe Stunden folgten.

Jeden Sonntag versammelte sich derselbe Kreis;
aber das dritte Mal war die Freude größer, war sie
festlicher.

Die Natur prangte noch immer in ihrem Fest-
tagsgewand. Der Abend war so schön, der Vollmond schien. Jenseits des Belts erhoben sich
bergartig prächtige dunkelblaue Wolken. In weiter
Ferne segelten Schiffe, alle Segel waren aufgezogen,
um jeden Lufthauch aufzufangen. Unter den Mond
flog eine kohlschwarze Wolke hin, die Windstöße
zu bringen drohte.

Eine kleine Jacht glitt ruhig über die See. Am
Steuer saß ein Knabe, der den Eindruck eines halben
Kindes machte. Es war Jonas, der kleine Singvogel,
wie ihn Wilhelm einmal genannt hatte. Seit seiner
Einsegnung, die am letzten Pfingstfest statt-
gefunden hatte, war es mit seinem Sängertraum
vorbei. Das hatte ihm nun keinen sonderlichen
Kummer bereitet, wohl aber hatte es ihm das Herz
schwer gemacht, dass er nicht hatte Pfeifer werden
dürfen. Sein ehrgeizigster Wunsch hatte sich darauf
erstreckt, sich als Regimentspfeifer zu sehen, weil er
dann bei der Konfirmation in roter Uniform, mit
umgeschnalltem Säbel und mit einer Feder auf dem
Tzako, die halb so lang wie er selbst war, hätte erscheinen können. In diesem Staat hätte er dann mit
den Mädchen in den Königsgarten und auf den
runden Turm gehen können, welches die gewöhnliche Promenade der armen Kopenhagener Kinder
am Tag der Einsegnung war. Dann besteigen sie
den hohen Turm, recht als ob sie einen freien Blick
auf die Welt gewinnen wollten. Der kleine Jonas

wurde dagegen als Schiffsjunge eingesegnet und saß jetzt bereits am Steuer in der stillen Nacht.

Auf dem Verdeck lagen zwei Männer und schliefen; ein Dritter ging ruhig auf und ab. Plötzlich rüttelte er einen der Schläfer und stürzte darauf schnell zu den Segeln. Ein Windstoß erhob sich mit einer solchen Schnelligkeit und Kraft, dass sich das Schiff augenblicklich auf die eine Seite legte. Mastbaum und Segel tauchten in das Wasser. Der kleine Jonas stieß einen Schrei aus. Kein Schiff war in der Nähe zu sehen. Die beiden Schläfer fuhren gerade zeitig genug auf, um sich an den Mast klammern zu können. Kräftig griffen sie in die Taue; allein vergebens, die Segel hingen wie Blei im Wasser; das Schiff richtete sich nicht wieder in die Höhe.

»Joseph Maria!« rief der Eine, ein Mann mit grauem Haar und hässlichen Zügen. »Wir sinken! Das Wasser dringt in den Raum!«

Alle drei kletterten schnell nach dem Hinterteil des Schiffes, an dem ein kleines im Wasser nachgezogenes Boot befestigt war. Der eine sprang hinein.

»Meine Tochter!« rief plötzlich der ältere und bückte sich zu dem schmalen Eingange hinab, der in die Kajüte hinunterführte. »Sidsel, rette dein Leben!« Nun erst sprang er selbst in das Boot. »Wir müssen meine Tochter herausbekommen!« rief er. Das eine Kajütenfenster des Schiffes stand bereits unter Wasser. Schnell trat er das andere ein. »Wir sinken!« schrie er herein, und von innen antwortete ein grässlicher Schrei.

448

Der Alte war der deutsche Heinrich, der mit diesem Schiff von Kopenhagen nach dem südlichen Teil Jütlands übersetzen wollte. Sidsel war Heinrichs Tochter; deshalb bemühte er sich, sie zum zweiten Male zu retten.

Das Wasser drang mehr und mehr in das Schiff. Heinrich streckte seinen Arm durch das Kajütenfenster und griff in das Wasser hinein. Plötzlich stieß er auf ein Kleidungsstück; schnell griff er zu, zog es an sich, und es gelang ihm, wirklich es in die Höhe zu bringen, aber es war nur des Schiffers Jacke, nicht die Tochter, wie er gehofft hatte.

»Das Schiff sinkt!« schrie der andere und griff wild in das Tau, welches das Boot festhielt. Vergebens mühte er sich ab, es mit seinem Taschenmesser zu zerschneiden. Das Schiff drehte sich mit Boot und allem um sich selbst, Luft und Wellen kämpften in demselben Miteinander, und dann schoss das Ganze wie in einem Mahlstrom in die Tiefe. Gewaltig brandete die See über die Stelle fort und wurde allmählich wieder still. Ruhig wie vorher schien der Mond auf die Meeresfläche hinab; man sah kein Wrack, sah niemanden mit dem Tode kämpfen.

Die Uhr zeigte drei Viertel eins. In demselben Augenblick erlosch das letzte Licht auf dem Rittergut der Baronin. Alle waren zur Ruhe.

»Nach Paris eile ich zurück!« sagte Wilhelm, »nach meiner herrlichen Schweiz! Hier in der Heimat werde ich schwermütig. Die Levkojen aus dem Grab hauchen einen Duft voll wehmütiger

Erinnerungen für mich aus! Bergesluft muss ich atmen, muss mich im Menschengewühl umhertummeln, dann ergreift mich wieder der Taumel der Lust, und Heiterkeit und ein Leben voller Lust ist das Beste in dieser Welt!«

Otto schloss die Augen, seine Hände falteten sich. »Louise liebt mich! Ich fühle mich so glücklich, dass ich fast besorge, es steht mir wieder ein neuer großer Kummer bevor, wie es bei mir ja immer zu geschehen pflegt. Wäre doch der deutsche Heinrich tot! Erst wenn er nicht mehr hienieden weilt, kann ich vollkommen ruhig, vollkommen glücklich werden!«

Ende.